Ken Follett / Die Nadel

Ken Follett

Roman

Die Nadel

Aus dem Englischen von Bernd Rullkötter

Gustav Lübbe Verlag

Titel der Originalausgabe: Storm Island
Originalverlag: Futura Publications Ltd., London

Aus dem Englischen übertragen von Bernd Rullkötter
Schutzumschlag: Ralf Rudolph
Satz: Friedrich Pustet, Regensburg
Druck, Einband: Richterdruck, Würzburg

Printed in West Germany
ISBN 3-7857-0230-2

Vorwort

Zu Beginn des Kriegsjahres 1944 stellte der deutsche Geheimdienst Beweismaterial für die Anwesenheit einer riesigen Armee im Südosten Englands zusammen. Aufklärungsflugzeuge brachten Photographien von Kasernen und Flugplätzen sowie von Schiffsflotten in *The Wash* zurück; heftiger Funkverkehr, bei dem Signale zwischen Regimentern ausgetauscht wurden, wurde abgehört; deutsche Spione in Großbritannien bestätigten die Vorgänge in ihren Berichten.
Natürlich gab es keine Armee. Die Schiffe waren Nachbildungen aus Gummi und Holz, die Kasernen nicht echter als eine Filmkulisse; die Funksignale waren bedeutungslos, die Spione Doppelagenten.
Dadurch sollte der Feind veranlaßt werden, sich auf eine Invasion über die Straße von Dover einzustellen, damit die Landung in der Normandie am *D-Day* als Überraschungscoup gelingen konnte.
Es war ein gewaltiges, fast unmögliches Täuschungsmanöver. Tausende von Menschen waren an dessen Durchführung beteiligt. Es wäre ein Wunder gewesen, wenn keiner von Hitlers Spionen je davon erfahren hätte.
Gab es überhaupt Spione? Damals glaubten die Engländer, von Mitgliedern der sogenannten Fünften Kolonne umgeben zu sein. Nach dem Krieg entstand der Mythos, daß der englische Geheimdienst MI 5 bis Weihnachten 1939 alle ausgehoben gehabt habe. In Wahrheit scheint es nur sehr wenige gegeben zu haben, und der MI 5 fing fast alle.
Aber einer genügt schon . . .
Wir wissen, daß die Deutschen in Südostengland das sahen, was sie sehen sollten; daß sie einen Trick vermuteten und daß sie sich sehr bemühten, die Wahrheit herauszufinden.
Soweit ist alles Geschichte. Was folgt, ist frei erfunden.
Aber ich glaube, so ähnlich ist es geschehen . . .

Camberley, Surrey — Juni 1977

Die Deutschen waren fast völlig irregeführt. Nur Hitler hatte richtig geraten, und er zögerte, auf seine Ahnung zu setzen.

A. J. P. Taylor
English History 1914–1945

Erster Teil

1

Es war der kälteste Winter seit fünfundvierzig Jahren. Die Dörfer waren eingeschneit, und die Themse war zugefroren. An einem Tag im Januar verspätete sich der Zug von Glasgow nach London sogar um 24 Stunden. Der Schnee und die Verdunklung ließen das Autofahren immer gefährlicher werden: Die Zahl der Unfälle verdoppelte sich, und die Menschen erzählten sich Witze darüber, daß es gefährlicher sei, mit einem *Austin Seven* nachts durch Picadilly zu fahren, als mit einem Panzer durch den Westwall zu stoßen.

Als der Frühling endlich kam, war es herrlich. Sperrballons trieben majestätisch am hellen, blauen Himmel, und Soldaten auf Heimaturlaub flirteten mit Mädchen in ärmellosen Kleidern auf den Straßen von London.

London wirkte kaum wie die Hauptstadt eines Landes, das sich im Krieg befand. Natürlich gab es einige Anzeichen dafür. Henry Faber, der mit dem Rad von Waterloo Station nach Highgate fuhr, bemerkte sie: Haufen von Sandsäcken vor wichtigen öffentlichen Gebäuden, Anderson-Schutzräume in den Gärten der Vorstädte, Propagandaplakate über Evakuierung und Luftschutz. Faber fielen diese Dinge auf – er war weit aufmerksamer als ein durchschnittlicher Eisenbahnangestellter. Er sah Scharen von Kindern in den Parks und schloß daraus, daß die Evakuierung ein Fehlschlag gewesen war. Ihm entging nicht die Zahl der Autos, die trotz der Benzinrationierung auf der Straße fuhren, und er las, welche neuen Modelle die Autofirmen ankündigten. Faber wußte, wie bedeutsam es war, daß Arbeiter zur Nachtschicht in die Fabriken strömten, in denen wenige Monate zuvor die Tagschicht kaum genug zu tun gehabt hatte. Vor allem beobachtete er die Truppenbewegungen über das britische Eisenbahnnetz: Alle Papiere gingen durch sein Büro. Daraus ließ sich eine Menge erfahren. Heute hatte er zum Beispiel einen Stoß Formulare abgestempelt, die ihn vermuten ließen, daß eine neue Expeditionsstreitmacht gesammelt wurde. Er war sich recht sicher, daß sie aus rund hunderttausend Mann bestehen und für Finnland bestimmt sein würde.

Es gab Anzeichen, ja, aber das Ganze hatte etwas Scherzhaftes. Im Radio machte man sich über den Bürokratismus der Kriegsverordnungen lustig, in den Luftschutzbunkern wurde gemeinsam gesungen, und elegante Frauen trugen ihre Gasmasken in eigens von Modeschöpfern entworfenen Behältern. Man unterhielt sich über den Sitzkrieg. Man empfand ihn überlebensgroß und trivial wie einen Film. Alle Fliegeralarme hatten sich bisher ausnahmslos als falsch erwiesen.

Faber hatte einen anderen Standpunkt – aber er war auch ein ganz anderer Mensch.

Er bog mit seinem Rad in die Archway Road und beugte sich ein wenig vor, um die Steigung besser zu bewältigen; seine langen Beine pumpten so unermüdlich wie die Kolben einer Lokomotive. Für sein Alter war er sehr fit. Er war neununddreißig, aber das durfte niemand wissen, wie viele andere Dinge auch.

Faber begann zu schwitzen, während er den Hügel nach Highgate emporkletterte. Das Haus, in dem er wohnte, war eines der am höchsten gelegenen Londons, deshalb hatte er es sich ausgesucht. Es war ein viktorianischer Ziegelbau am Ende einer Terrasse von sechs gleichartigen Bauten. Die Häuser waren hoch, schmal und finster – wie der Geist der Männer, für die sie gebaut worden waren. Jedes besaß drei Stockwerke und ein Untergeschoß mit einem Dienstboteneingang. Für das gehobene Bürgertum des 19. Jahrhunderts war ein Dienstboteneingang unverzichtbarer Bestandteil, selbst wenn man keine Diener hatte. Faber war zynisch, was die Engländer anging.

Nummer sechs hatte Mr. Harold Garden gehört, dem Besitzer von *Garden's Tea and Coffee*, einer kleinen Firma, die während der Weltwirtschaftskrise pleite ging. Da er nach dem Prinzip gelebt hatte, daß Zahlungsunfähigkeit eine tödliche Sünde ist, war dem bankrotten Mr. Garden nichts anderes übriggeblieben, als zu sterben. Das Haus war alles, was er seiner Witwe hinterlassen hatte, die nun gezwungen war, Mieter aufzunehmen. Sie hatte Spaß an ihrer Rolle als Hauswirtin, obwohl die Etikette ihres gesellschaftlichen Kreises verlangte, daß sie so tat, als schäme sie sich ein bißchen darüber. Faber hatte ein Zimmer mit Giebelfenster im Obergeschoß. Er wohnte dort von Montag bis Freitag und erzählte Mrs. Garden, daß er seine Wochenenden bei seiner Mutter in Erith verbringe. In Wirklichkeit hatte er eine weitere Hauswirtin in Blackheath, die ihn Mr. Baker nannte und ihn für den Handelsreisenden einer Papierwarenfirma hielt, der die ganze Woche unterwegs war.

Er schob sein Rad unter den finsteren, abweisenden, hohen Vorderzimmerfenstern den Gartenpfad hinauf. Dann stellte er es in den Schuppen und kettete es mit einem Vorhängeschloß am Rasenmäher an – es war nämlich verboten, ein Fahrzeug unverschlossen abzustellen. Die Saatkartoffeln in den Kästen, die überall im Schuppen standen, trieben Keime. Mrs. Garden pflanzte jetzt auf ihren Blumenbeeten Gemüse an, ihr Beitrag zum Krieg an der Heimatfront.

Faber betrat das Haus, hängte seinen Hut an den Ständer im Flur, wusch sich die Hände und ging hinein zum Abendessen.

Drei der anderen Mieter aßen schon: ein pickeliger Junge aus Yorkshire, der versuchte, in die Armee aufgenommen zu werden, ein Vertreter für Süßwaren mit zurückweichendem sandfarbenen Haar und ein pensionierter Marineoffizier, der nach Fabers Überzeugung an Altersschwachsinn litt. Faber nickte ihnen zu und setzte sich.

Der Vertreter erzählte gerade einen Witz. »Der Staffelführer sagte: ›Sie sind entschieden zu früh zurück!‹ Da drehte sich der Pilot um und sagte: ›Warum? Ich habe meine Flugblätter bündelweise abgeworfen. War das nicht richtig?‹ Da meinte der Staffelführer: ›Um Gottes willen, Sie hätten jemanden verletzen können!‹«

Der Marineoffizier gackerte, und Faber lächelte. Mrs. Garden kam mit einer Teekanne herein. »Guten Abend, Mr. Faber. Wir haben schon ohne Sie angefangen. Ich hoffe, es macht Ihnen nichts aus.«

Faber bestrich eine Scheibe Vollkornbrot dünn mit Margarine und sehnte sich für einen Moment nach einer Scheibe fetter Wurst. »Ihre Saatkartoffeln können gepflanzt werden«, sagte er.

Er beeilte sich mit dem Essen. Die anderen diskutierten darüber, ob Chamberlain entlassen und durch Churchill ersetzt werden solle. Immer, wenn Mrs. Garden etwas sagte, blickte sie Faber an und schien auf seine Reaktion zu warten. Sie litt etwas an Bluthochdruck und war ein bißchen übergewichtig. Obwohl in Fabers Alter, trug sie die Kleidung einer Dreißigjährigen. Faber hatte schnell gemerkt, daß sie nach einem neuen Mann Ausschau hielt. Er beteiligte sich nicht an der Diskussion.

Mrs. Garden drehte das Radio an. Es summte eine Weile, dann sagte ein Sprecher: »Hier ist der *BBC Home Service. It's That Man Again!*«

Faber kannte das Programm. Darin trat regelmäßig ein deutscher Spion namens Fünf auf. Er entschuldigte sich und ging auf sein Zimmer.

Nach der Sendung *It's That Man Again* blieb Mrs. Garden allein im Wohnzimmer zurück. Der Marineoffizier war mit dem Vertreter in den Pub gegangen, und der Junge aus Yorkshire, der einen Hang zum Religiösen hatte, nahm an einer obskuren Gebetsversammlung teil. Sie saß mit einem kleinen Glas Gin im Wohnzimmer, betrachtete die Verdunklungsvorhänge und dachte an Mr. Faber. Wenn er nur nicht soviel Zeit in seinem Zimmer verbringen würde! Sie brauchte Gesellschaft, und zwar seine.

Solche Überlegungen machten sie schuldbewußt. Um das Gefühl zu betäuben, dachte sie an Mr. Garden. Ihre Erinnerungen waren vertraut, doch verschwommen wie eine alte Filmkopie mit ausgefransten Transportlöchern und einem undeutlichen Tonstreifen. Obwohl sie sich leicht daran erinnern konnte, wie es war, ihn bei sich im Zimmer zu haben, konnte sie sich nur mit Mühe sein Gesicht oder seine Kleidung oder seinen Kommentar zu den Kriegsnachrichten des Tages vorstellen. Er war ein kleiner, flinker Mann gewesen, erfolgreich im Geschäft, wenn Fortuna ihm hold war, und erfolglos, wenn nicht, zurückhaltend vor anderen und von unersättlicher Zärtlichkeit im Bett. Sie hatte ihn sehr geliebt. Wenn dieser Krieg je richtig auf Touren kam, würde es viele Frauen in ihrer Lage geben. Sie goß sich einen weiteren Drink ein.

Mr. Faber war so ruhig – das war das Problem. Er schien keine Laster zu haben. Er rauchte nicht, sie hatte nie Alkohol in seinem Atem gespürt, und er verbrachte fast jeden Abend in seinem Zimmer und hörte sich im Radio klassische Musik an. Außerdem las er viele Zeitungen und machte lange Spaziergänge. Sie vermutete, daß er trotz seiner niedrigen Stellung sehr klug war. Seine Beiträge zum abendlichen Gespräch im Eßzimmer waren immer etwas durchdachter als die der anderen. Sicher könnte er eine bessere Stelle bekommen, wenn er es versuchte. Er schien sich selbst nicht die Chance zu geben, die er verdiente.

Das gleiche galt für sein Aussehen. Er war eine beeindruckende Gestalt: hochgewachsen, Nacken und Schultern recht muskulös, ohne ein Gramm Fett, lange Beine. Er hatte ein kräftiges Gesicht mit hoher Stirn, nicht zu kurzem Kinn und hellblauen Augen; es war nicht hübsch wie das eines Filmstars, doch ein Gesicht, das einer Frau gefällt. Sein Mund allerdings war klein und dünnlippig. Sie stellte sich vor, daß er grausam sein konnte. Mr. Garden war zu jeder Grausamkeit unfähig gewesen.

Trotzdem gehörte Mr. Faber auf den ersten Blick nicht zu den Männern, denen eine Frau Aufmerksamkeit schenken würde. Die Hose seines alten, abgetragenen Anzugs war immer ungebügelt – sie hätte sie mit Freuden für ihn gebügelt, doch er bat sie nie darum –, und er trug immer einen schäbigen Regenmantel und eine flache Schauermannsmütze. Er hatte keinen Schnurrbart. Sein Haar ließ er alle zwei Wochen kurz schneiden. Es war, als wolle er wie ein Nichts aussehen.

Er brauchte eine Frau, darüber gab es keinen Zweifel. Sie fragte sich einen Moment lang, ob er das war, was man als »weibisch« bezeichnete, verwarf den Gedanken aber sofort. Er brauchte eine Frau, die ihn herausputzte und seinen Ehrgeiz weckte. Sie brauchte einen Mann, der ihr Gesellschaft leistete und – sie liebte.

Doch er machte nicht den geringsten Annäherungsversuch. Manchmal hätte sie vor Verzweiflung schreien können. Dabei war sie sicher, daß sie attraktiv aussah. Während sie sich einen weiteren Gin einschenkte, schaute sie in den Spiegel. Sie hatte ein nettes Gesicht, blondes lockiges Haar und genug, an dem sich ein Mann festhalten konnte ... Sie kicherte. Wahrscheinlich war sie beschwipst.

Sie schlürfte ihren Drink und überlegte, ob *sie* den ersten Schritt machen sollte. Mr. Faber war offensichtlich schüchtern – chronisch schüchtern. Das andere Geschlecht war ihm nicht gleichgültig – das hatte sie bei zwei Gelegenheiten an seinen Augen ablesen können, als er sie im Nachthemd gesehen hatte. Vielleicht konnte sie seine Schüchternheit durch Keßheit überwinden. Was hatte sie schon zu verlieren? Sie versuchte, sich das Schlimmste vorzustellen. Angenommen, er würde sie zurückweisen. Nun, es wäre peinlich – sogar demütigend, aber niemand brauchte etwas davon zu erfahren. Er würde eben ausziehen müssen.

Der Gedanke an eine Zurückweisung hatte ihr den ganzen Plan verdorben. Sie erhob sich langsam. Es war Zeit, ins Bett zu gehen. Wenn sie im Bett noch einen Gin trank, würde sie schlafen können. Sie nahm die Flasche mit nach oben.

Ihr Schlafzimmer lag unter dem von Mr. Faber. Während sie sich auszog, konnte sie Geigenmusik aus seinem Radio hören. Sie zog ein neues Nachthemd an – rosa, mit besticktem Ausschnitt, und niemand würde es bewundern! Dann goß sie sich ihren letzten Drink ein, nahm ihn mit ins Bett und griff nach ihrem Buch, aber es war zu anstrengend, sich auf die Buchstaben zu konzentrieren. Außerdem war sie der nachempfundenen Abenteuer überdrüssig. Geschichten über gefährliche Liebschaften sind angenehm zu lesen, wenn man mit seinem Mann ein ganz ungefährdetes Liebesverhältnis hat, aber eine Frau braucht mehr als die Romane von Barbara Cartland. Sie schlürfte ihren Gin und wünschte sich, daß Mr. Faber das Radio abstellen würde. Es war, als versuche man, bei einem Tanztee zu schlafen!

Natürlich könnte sie ihn bitten, es abzuschalten. Sie schaute auf die Uhr neben ihrem Bett: Es war nach zehn. Sie könnte ihren Morgenrock anziehen, der zu ihrem Nachthemd paßte, ihr Haar ein wenig durchkämmen, dann in ihre Hausschuhe schlüpfen – ganz hübsch, mit einem Rosenmuster –, hinauf zum nächsten Treppenabsatz huschen, ja – und einfach an seine Tür klopfen. Er würde aufmachen, vielleicht mit Hose und Unterhemd bekleidet, und sie dann so ansehen, wie er sie angesehen hatte, als sie im Nachthemd auf dem Weg ins Badezimmer gewesen war . . .

Sie leerte ihr Glas, stand auf, zog ihren Morgenrock an, schlüpfte in ihre Hausschuhe und ergriff ihren Schlüsselbund, falls er die Tür abgeschlossen hatte und ihr Klopfen wegen des Radios nicht hören konnte.

Niemand war auf dem Treppenabsatz. Sie fand die Treppe in der Dunkelheit. Zwar hatte sie vor, die knarrende Stufe auszulassen, doch sie stolperte auf dem losen Teppich und trat besonders heftig darauf. Aber niemand schien sie zu hören, deshalb ging sie weiter und pochte ganz oben an die Tür. Vorsichtig drückte sie den Griff hinunter. Die Tür war abgeschlossen.

Das Radio wurde leiser gestellt, und Mr. Faber rief: »Ja, bitte?«

Er hatte eine gute Aussprache: Seine Stimme war weder die eines Cockneys noch die eines Ausländers, sie war ganz einfach angenehm neutral.

Sie fragte: »Dürfte ich mit Ihnen sprechen?«

Er schien zu zögern, dann antwortete er: »Ich bin ausgezogen.«

»Ich auch«, kicherte sie und öffnete die Tür mit ihrem Zweitschlüssel. Er stand mit einer Art Schraubenzieher in der Hand vor dem Radio. Er trug eine Hose, aber *kein* Unterhemd. Sein Gesicht war weiß, er schien zu Tode erschrocken.

Sie trat ein und schloß die Tür hinter sich. Was sollte sie sagen? Plötzlich erinnerte sie sich an einen Satz aus einem amerikanischen Film und fragte: »Würden Sie ein einsames Mädchen zu einem Gläschen einladen?« Es war eigentlich albern, da sie wußte, daß er keinen Alkohol auf dem Zimmer hatte, und ihre Kleidung zum Ausgehen bestimmt nicht geeignet war. Aber es klang verführerisch.
Es schien die gewünschte Wirkung zu haben. Ohne ein Wort zu sprechen, kam er langsam auf sie zu. Sie machte einen Schritt nach vorn, seine Arme umfingen sie, sie schloß die Augen und hob das Gesicht. Er küßte sie, und sie bewegte sich leicht in seinen Armen. Dann spürte sie einen schrecklichen, entsetzlichen, unerträglich *scharfen* Schmerz im Rücken und öffnete den Mund, um zu schreien.

Er hatte sie auf der Treppe stolpern hören. Wenn sie noch eine Minute gewartet hätte, wären der Sender wieder in seinem Koffer und die Codebücher in der Schublade gewesen, und sie hätte nicht zu sterben brauchen. Bevor er das Beweismaterial jedoch hatte verstecken können, war der Schlüssel im Schloß zu hören gewesen. Als sie die Tür öffnete, hatte das Stilett schon in seiner Hand gelegen.
Da sie sich in seinen Armen leicht bewegte, verfehlte Faber ihr Herz mit dem ersten Stich der Waffe. Er mußte ihr die Finger in den Rachen stecken, um sie am Schreien zu hindern. Noch einmal stieß er zu, doch sie bewegte sich wieder, so daß die Klinge eine Rippe traf und nur ihre Haut oberflächlich ritzte. Dann sprudelte das Blut, und er wußte, daß es keine saubere Arbeit sein würde. Das war es nie, wenn man nicht mit dem ersten Stoß traf.
Sie zappelte zu sehr, um mit einem Stich getötet zu werden. Er ließ die Finger in ihrem Mund, packte ihr Kinn mit dem Daumen und stieß sie zurück gegen die Tür. Ihr Kopf schlug polternd gegen das Holz. Wenn er nur das Radio nicht leiser gestellt hätte! Aber wie hätte er so etwas ahnen sollen?
Er zögerte, bevor er sie umbrachte, denn es wäre viel besser, wenn sie auf dem Bett stürbe – besser für die Vertuschung, die

er schon zu planen begann –, aber er konnte nicht sicher sein, daß er sie leise dorthin bekommen würde. Er packte ihr Kinn noch fester, preßte ihren Kopf gegen die Tür, so daß sie ihn nicht bewegen konnte, und holte mit dem Stilett zu einem weiten Bogen aus, der ihre Kehle fast ganz zerriß, denn das Stilett war kein Messer mit scharfer Schneide und die Kehle nicht Fabers bevorzugtes Ziel.

Er sprang zurück, um dem ersten Spritzen des Blutes auszuweichen, und machte dann wieder einen Schritt nach vorn, um sie aufzufangen, bevor sie zu Boden fiel. Danach schleppte er sie zum Bett, wobei er versuchte, ihren Hals nicht anzusehen, und legte sie nieder.

Faber hatte schon früher getötet, deshalb rechnete er mit der Reaktion: Sie kam immer, sobald er sich sicher fühlte. Er ging hinüber zu dem Ausguß in der Zimmerecke und wartete darauf. Sein Gesicht war in dem kleinen Rasierspiegel zu sehen. Es war weiß, und seine Augen waren glasig. Er betrachtete sein Spiegelbild und dachte: *Mörder*. Dann übergab er sich.

Danach fühlte er sich besser. Jetzt konnte er an die Arbeit gehen. Er wußte, was zu tun war. Noch während er sie getötet hatte, war ihm eingefallen, was im einzelnen erledigt werden mußte.

Er wusch sich das Gesicht, putzte sich die Zähne und säuberte das Waschbecken. Dann setzte er sich an den Tisch vor das Funkgerät. Er schaute in sein Notizbuch, fand die Stelle und begann, den Schlüssel zu tippen. Es war eine lange Botschaft – über die Aufstellung einer Armee für Finnland. Mittendrin wurde er unterbrochen; er schrieb die Mitteilung in Chiffre auf den Notizblock. Als er fertig war, verabschiedete er sich mit: »Grüße an Willi.«

Nachdem Faber das Sendegerät säuberlich in einem speziell dafür entworfenen Koffer untergebracht hatte, packte er den Rest seiner Habseligkeiten in einen zweiten Koffer. Er zog seine Hose aus, befeuchtete die Blutflecke mit einem Schwamm und wusch sich dann am ganzen Körper.

Schließlich blickte er zu der Leiche hinüber.

Jetzt berührte ihn das Geschehen kaum noch. Es war Krieg,

und sie waren Feinde. Wenn er sie nicht umgebracht hätte, hätte sie seinen Tod verursacht. Sie war eine Bedrohung gewesen; nun verspürte er nichts als Erleichterung darüber, daß diese Bedrohung beseitigt war. Sie hätte ihn nicht erschrecken sollen.
Trotzdem war seine letzte Aufgabe widerwärtig. Er öffnete ihren Morgenrock, hob ihr Nachthemd und zog es bis zu ihrer Hüfte. Sie trug einen Schlüpfer. Er zerriß ihn, so daß ihr Schamhaar zu sehen war. Arme Frau, sie hatte ihn nur verführen wollen! Aber er hätte sie nicht aus dem Zimmer bekommen, ohne daß sie den Sender gesehen hätte. Die britische Propaganda hatte dafür gesorgt, daß diese Leute auf fast lächerliche Weise vor Spionen auf der Hut waren. Wenn die Abwehr tatsächlich über so viele Spione verfügte, wie die Zeitungen behaupteten, hätten die Briten den Krieg schon längst verloren.
Er trat zurück und betrachtete die Leiche mit herabgebeugtem Kopf. Irgend etwas stimmte nicht. Er versuchte, sich in die Lage eines Sexualverbrechers hineinzuversetzen. Wenn ich wahnsinnig vor Begierde nach einer Frau wie Una Garden wäre und sie getötet hätte, nur um mich an ihr auszutoben, was würde ich dann tun?
Natürlich: Ein solcher Wahnsinniger würde ihre Brüste sehen wollen. Faber beugte sich über den Körper, packte den Ausschnitt des Nachthemdes und riß ihn bis zur Hüfte auf. Ihre großen Brüste sackten zur Seite.
Der Polizeiarzt würde bald herausfinden, daß sie nicht vergewaltigt worden war, aber das spielte keine Rolle. Faber hatte an einem Kriminalistenlehrgang in Heidelberg teilgenommen und wußte, daß viele Sexualverbrechen nicht zu Ende geführt wurden. Außerdem hätte er die Täuschung nicht so weit treiben können, auch für das Vaterland nicht. Er drängte den Gedanken zurück.
Faber wusch sich noch einmal die Hände und zog sich an. Es war fast Mitternacht. Er würde noch eine Stunde warten, bevor er verschwand. Das war sicherer.
Er setzte sich, um zu überlegen, was er falsch gemacht hatte.

Es gab keinen Zweifel, daß er einen Fehler begangen haben mußte. Wenn er eine vollkommene Tarnung gehabt hätte, wäre er völlig sicher gewesen. Wenn er völlig sicher gewesen wäre, hätte niemand sein Geheimnis entdecken können. Mrs. Garden hatte sein Geheimnis entdeckt – besser gesagt, sie hätte es entdeckt, wenn sie ein paar Sekunden länger gelebt hätte –, also war er nicht völlig sicher gewesen, also hatte er keine vollkommene Tarnung gehabt, also hatte er einen Fehler begangen.

Er hätte einen Riegel an der Tür anbringen sollen. Es war besser, für chronisch schüchtern gehalten als nachts heimlich von Hauswirtinnen im Nachthemd und mit Zweitschlüsseln besucht zu werden.

Das war der oberflächliche Fehler. Der entscheidende Nachteil bestand darin, daß er eine zu gute Partie war, um Junggeselle zu sein. Es war ein irritierender, kein selbstgefälliger Gedanke. Er wußte, daß er ein angenehmer, attraktiver Mann war und es keinen offensichtlichen Grund dafür gab, weshalb er unverheiratet sein sollte.

Er würde die Nacht im Freien verbringen müssen – im Highgate Wood. Am nächsten Morgen würde er seine Koffer in der Gepäckaufbewahrung eines Bahnhofes abgeben und dann abends zu seinem Zimmer in Blackheath fahren.

Seine zweite Identität würde ihm Zuflucht bieten. Es war kaum zu befürchten, daß die Polizei ihn fassen würde. Der Handelsreisende, der das Zimmer in Blackheath an Wochenenden bewohnte, unterschied sich stark von dem Eisenbahnangestellten, der seine Hauswirtin ermordet hatte. In Blackheath war er überschwenglich, vulgär und aufdringlich; er trug auffallende Krawatten, lud im Pub zu Runden ein und kämmte sein Haar anders. Die Polizei würde die Beschreibung eines elenden kleinen Perversen in Umlauf bringen, der nicht piep sagen konnte, bis er vor Begierde enthemmt war. Niemand würde einen zweiten Blick auf den gutaussehenden Vertreter im gestreiften Anzug verschwenden, der offensichtlich ständig vor Begierde enthemmt war und es nicht nötig hatte, Frauen umzubringen, damit sie ihm ihren Busen zeigten.

Er würde sich noch eine weitere Identität schaffen müssen – zwei waren das mindeste. Er brauchte eine neue Arbeitsstelle und neue Papiere: Paß, Kennkarte, Lebensmittelbuch, Geburtsurkunde. Zum Teufel mit Mrs. Garden. Warum hatte sie sich nicht wie gewöhnlich betrunken, bis sie einschlief?
Es war ein Uhr. Faber schaute sich zum letztenmal im Zimmer um. Ihm war gleichgültig, daß er Spuren hinterließ. Seine Fingerabdrücke waren natürlich im ganzen Haus zu finden; niemand würde daran zweifeln, wer der Mörder war. Auch verspürte er kein Bedauern, daß er den Ort verließ, der zwei Jahre sein Zuhause gewesen war. Er hatte ihn nicht als sein Zuhause betrachtet. Noch nie hatte er etwas als sein Zuhause angesehen. Dies hier würde für ihn immer das Zimmer sein, in dem er begriffen hatte, daß an der Tür ein Riegel fehlte.
Er knipste das Licht aus, nahm seine Koffer, schlich die Treppe hinunter, aus der Tür hinaus und verschwand in der Nacht.

2

Heinrich II. war ein bemerkenswerter König. In einem Zeitalter, in dem der Begriff »Blitzbesuch« noch nicht geprägt war, raste er mit solcher Geschwindigkeit zwischen England und Frankreich hin und her, daß man ihm magische Kräfte zumaß – ein Gerücht, das er verständlicherweise nicht zu unterdrücken suchte. Im Jahre 1173 – entweder im Juni oder im September, je nachdem welche Sekundärquelle man bevorzugt – traf er in England ein und reiste so schnell wieder nach Frankreich ab, daß kein zeitgenössischer Schreiber es je herausfand. Später entdeckten Historiker Aufzeichnungen über die Kosten seiner Unternehmungen in den Schatzkammerrollen. Damals wurde sein Königreich im Norden und Süden von seinen Söhnen angegriffen – nämlich an der schottischen Grenze und im Süden von Frankreich. Aber was genau war der Zweck seines Besuches? Mit wem traf er sich? Warum wurde der Besuch geheimgehalten, obwohl der Nimbus von der magischen Reisegeschwindigkeit des Königs eine Armee aufwog? Was erreichte er damit?

Dieses Problem beanspruchte Percival Godliman im Sommer des Jahres 1940, als Hitlers Armeen wie eine Sichel über die französischen Kornfelder fegten und die Briten sich in blutiger Verwirrung aus dem Flaschenhals von Dünkirchen ergossen.
Professor Godliman wußte mehr über das Mittelalter als jeder lebende Mensch. Sein Buch über den Schwarzen Tod hatte alle bisherigen Thesen der Mittelalterforschung auf den Kopf gestellt; es war ein Bestseller gewesen und als Penguin-Taschenbuch herausgekommen. Danach hatte er sich einer etwas früheren und noch schwerer zugänglichen Periode zugewandt.
Eine der Sekretärinnen des Instituts fand Godliman um 12.30 Uhr an einem strahlenden Junitag in London über eine Handschrift gebeugt. Er übersetzte mühsam das mittelalterliche Latein und machte Notizen in seiner eigenen, noch weniger leserlichen Handschrift. Der Sekretärin, die ihren Lunch im Garten des Gordon Square essen wollte, gefiel der Handschriftenraum nicht, weil er so muffig roch. Man brauchte so viele Schlüssel, um dorthin zu kommen – es hätte ein Grabgewölbe sein können.
Godliman stand wie ein Storch auf einem Bein am Lesepult; ein Scheinwerfer strahlte sein Gesicht von oben unfreundlich an. Er hätte der Geist des Mönchs sein können, der das Buch verfaßt hatte und nun in der Kühle bei seiner geliebten Chronik wacht. Das Mädchen räusperte sich und wartete darauf, daß er sie bemerkte. Godliman war ein kleiner, kurzsichtiger Mann mit runden Schultern, der einen Tweedanzug trug. Sie wußte, daß er völlig vernünftig sein konnte, wenn man ihn einmal aus dem Mittelalter hervorgezerrt hatte. Wieder hüstelte sie und sagte: »Professor Godliman?«
Er blickte auf und lächelte, als er sie erkannte. Jetzt wirkte er nicht mehr wie ein Geist, sondern eher wie ein zerstreuter Familienvater. »Hallo!« sagte er in erstauntem Tonfall, als begegne er seiner Hausnachbarin mitten in der Sahara.
»Ich sollte Sie daran erinnern, daß Sie im Savoy mit Colonel Terry zum Lunch verabredet sind.«
»Oh, ja.« Er nahm seine Uhr aus der Westentasche und schaute auf das Ziffernblatt. »Wenn ich zu Fuß gehe, wird es Zeit.«

Sie nickte. »Ich habe Ihre Gasmaske mitgebracht.«
»Sie sind sehr aufmerksam!« Er lächelte wieder, und sie kam zu dem Schluß, daß er ganz nett aussah. Jetzt nahm er ihr die Maske ab. »Brauche ich meinen Mantel?«
»Sie haben heute morgen keinen getragen. Es ist ziemlich warm. Soll ich hinter Ihnen abschließen?«
»Vielen Dank, vielen Dank.« Er zwängte sein Notizbuch in die Jackentasche und ging hinaus.
Die Sekretärin blickte sich um, erschauerte und folgte ihm.

Colonel Andrew Terry war ein rotgesichtiger Schotte, lattendürr, was daran liegen mochte, daß er schon ein Leben lang stark rauchte, mit schütterem dunkelblonden Haar, das ausgiebig pomadisiert war. Godliman traf ihn an einem Ecktisch im Savoy Grill an; er trug Zivil. Drei Zigarettenstummel lagen im Aschenbecher. Terry stand auf, um ihm die Hand zu schütteln.
Godliman sagte: »Morgen, Onkel Andrew.« Terry war der jüngere Bruder seiner Mutter.
»Wie geht's, Percy?«
»Ich schreibe ein Buch über die Plantagenets.« Godliman setzte sich.
»Sind deine Handschriften immer noch in London? Das überrascht mich.«
»Wieso?«
Terry zündete sich eine weitere Zigarette an. »Du solltest sie aufs Land bringen, um sie vor Bomben zu schützen.«
»Wirklich?«
»Die halbe Nationalgalerie ist in einem Riesenloch irgendwo in Wales untergebracht worden. Wäre vielleicht vernünftig, auch dorthin zu verschwinden. Du hast doch bestimmt nicht mehr viele Studenten.«
»Das stimmt.« Godliman ließ sich die Speisekarte von einem der Kellner geben und sagte: »Ich möchte nichts zu trinken.«
Terry sah seine Speisekarte nicht an. »Im Ernst, Percy, warum bist du noch in der Stadt?«
Godlimans Augen schienen klar zu werden wie das Bild auf ei-

ner Leinwand, wenn der Projektor eingestellt wird, als müsse er zum erstenmal nachdenken, seit er das Restaurant betreten hatte. »Es ist richtig, wenn Kinder und nationale Einrichtungen wie die Bertrand-Russell-Stiftung nicht hier bleiben. Aber ich – mir käme es vor, als liefe ich davon und ließe andere für mich kämpfen. Das ist natürlich kein sehr rationales Argument. Aber es ist auch Gefühlssache, nichts Logisches.«

Terry lächelte wie jemand, dessen Erwartungen sich erfüllt haben. Doch er ließ das Thema fallen und studierte die Speisekarte. Nach einer Weile sagte er: »Du meine Güte, *Le-Lord-Woolton-Pastete!*«

Godliman grinste. »Ich bin sicher, daß es trotzdem nur Kartoffeln und Gemüse sind.«

Als sie bestellt hatten, fragte Terry: »Was hältst du von unserem neuen Premierminister?«

»Der Mann ist ein Esel. Aber Hitler ist ein Narr, und sieh nur, wie erfolgreich er ist. Und du?«

»Wir können mit Winston auskommen. Wenigstens ist er kriegerisch.«

Godliman zog die Augenbrauen hoch. »›Wir?‹ Bist du wieder im Fach?«

»Ich habe eigentlich nie damit aufgehört.«

»Aber du hast doch gesagt –«

»Percy. Kannst du dir eine Dienststelle vorstellen, deren ganzes Personal behauptet, nicht für die Armee zu arbeiten?«

»Das ist doch nicht zu glauben. Die ganze Zeit . . .«

Der erste Gang wurde gebracht. Sie brachen eine Flasche weißen Bordeaux an. Godliman aß Lachsersatz und wirkte nachdenklich.

Schließlich sagte Terry: »Denkst du an das letzte Mal?«

Godliman nickte. »Ich war noch jung damals. Eine schreckliche Zeit.« Doch seine Stimme klang sehnsüchtig.

»Dieser Krieg ist ganz anders. Meine Leute gehen nicht hinter die feindlichen Linien und zählen Biwaks wie ihr. Na ja, das kommt noch vor, aber es ist jetzt nicht mehr so wichtig. Heutzutage hören wir uns einfach den Funkverkehr an.«

»Senden sie nicht in Code?«

Terry zuckte die Achseln. »Codes können gebrochen werden. Wir erfahren heute fast alles, was wir wissen wollen.«
Godliman blickte sich um, aber niemand war in Hörweite. Er brauchte Terry nicht zu sagen, daß solch sorgloses Gerede einen das Leben kosten konnte.
Terry fuhr fort: »Meine Aufgabe ist eigentlich, dafür zu sorgen, daß *sie* nicht die Informationen kriegen, die sie über *uns* benötigen.«
Als nächster Gang folgte Hühnerpastete. Rindfleisch stand nicht auf der Speisekarte. Godliman schwieg, doch Terry sprach weiter.
»Canaris ist ein komischer Bursche. Admiral Wilhelm Canaris, Chef der Abwehr. Ich habe ihn einmal getroffen, bevor es losging. England gefällt ihm. Ich würde sagen, er hält nicht allzuviel von Hitler. Jedenfalls wissen wir, daß er den Befehl erhielt, eine großangelegte Geheimdienstoperation gegen uns einzuleiten, als Vorbereitung für die Invasion – aber er tut nicht viel. Einen Tag nach Kriegsausbruch haben wir ihren besten Mann in England verhaftet. Er sitzt im Wandsworth-Gefängnis. Unfähig, Canaris' Spione. Alte Damen in Pensionen, verrückte Faschisten, kleine Gauner!«
Godliman unterbrach: »Hör zu, mein Lieber, jetzt reicht's.« Er zitterte leicht vor Zorn und Verständnislosigkeit. »All das ist geheim. Ich will davon nichts wissen!«
Terry war unbeeindruckt. »Möchtest du noch etwas? Ich nehme Schokoladeneis.«
Godliman erhob sich. »Nein, danke. Ich gehe zurück an meine Arbeit, wenn es dir nichts ausmacht.«
Terry blickte kühl zu ihm auf. »Die Welt kann auf deine Neueinschätzung der Plantagenets warten, Percy. Wir haben Krieg, mein Guter. Ich möchte, daß du für mich arbeitest.«
Godliman starrte für einen langen Moment zu ihm hinab. »Was in aller Welt könnte ich schon tun?«
Terry lächelte wie ein Wolf. »Spione fangen.«

Auf dem Rückweg zum College war Godliman trotz des Wetters deprimiert. Keine Frage, er würde Colonel Terrys Angebot

annehmen. Sein Land führte Krieg. Es war ein gerechter Krieg. Wenn er auch zu alt war, um zu kämpfen, war er immer noch jung genug, um zu helfen.
Doch der Gedanke, seine Arbeit unterbrechen zu müssen – und für wie viele Jahre? –, deprimierte ihn. Seine Liebe galt der Geschichte. Seit dem Tode seiner Frau vor zehn Jahren hatte ihn das mittelalterliche England ganz in Beschlag genommen. Ihm gefielen die Entwirrung von Geheimnissen, die Entdekkung kaum sichtbarer roter Fäden, die Lösung von Widersprüchen, die Demaskierung von Lügen, Propaganda und Mythen. Sein neues Buch würde auf seinem Gebiet das beste der letzten hundert Jahre sein, und für ein weiteres Jahrhundert würde sich kein anderes mit ihm vergleichen können. Es hatte sein Leben so lange Zeit beherrscht, daß der Gedanke, es im Stich zu lassen, fast unwirklich schien, so schwer zu verdauen wie die Nachricht, daß man eine Waise ist und überhaupt nicht verwandt mit den Menschen, die man immer Mutter und Vater genannt hat.
Das schrille Heulen des Fliegeralarms unterbrach seine Gedanken. Er überlegte, ob er es ignorieren solle. So viele Menschen taten es, und zu Fuß würde er nur zehn Minuten bis zum College brauchen. Aber er hatte keinen echten Grund mehr, in sein Arbeitszimmer zurückzukehren – er wußte, daß er heute nicht mehr arbeiten würde. Deshalb eilte er in eine U-Bahn-Station und schloß sich der dichten Menge von Londonern an, die sich die Treppe hinab auf den verschmutzten Bahnsteig drängten. Er stand dicht neben der Mauer, starrte ein Reklameplakat für Bovril-Brühe an und dachte: Aber es sind nicht nur die Dinge, die ich hinter mir lasse.
Es deprimierte ihn auch, ins Fach zurückzukehren. Es gab einiges, was ihm daran gefiel: die Bedeutung von Kleinigkeiten, der Nutzen, einfach nur clever zu sein, die Gewissenhaftigkeit, die Mutmaßungen. Doch er haßte die Erpressung und den Verrat, den Betrug, die Verzweiflung und die Art und Weise, wie man dem Feind das Messer immer in den Rücken stieß.
Der Bahnsteig füllte sich weiter. Godliman setzte sich, solange

es noch Platz gab, und merkte, daß er sich an einen Mann in der Uniform eines Busfahrers lehnte. Der Mann lächelte und sagte: »Oh, in England zu sein, nun da der Sommer hier ist. Wissen Sie, wer das gesagt hat?«

»Nun da der April dort ist«, korrigierte Godliman. »Es war Browning, Robert Browning. Viktorianisches Zeitalter.«

»Ah, ich dachte, es war Adolf Hitler«, sagte der Fahrer. Eine Frau neben ihm quietschte vor Lachen, und er wandte ihr seine Aufmerksamkeit zu. »Haben Sie gehört, was der Evakuierte zu der Frau des Farmers sagte?«

Godliman schaltete ab und erinnerte sich an einen April, in dem er sich nach England gesehnt hatte. Er hatte hoch oben auf dem Ast einer Platane gehockt und durch den kalten Nebel über ein französisches Tal hinweg hinter die deutschen Linien gespäht. Selbst durch sein Fernglas hatte er nichts als vage dunkle Gestalten sehen können. Er hatte gerade hinunterrutschen und vielleicht noch eine Meile weiter gehen wollen, als ganz plötzlich drei deutsche Soldaten aufgetaucht waren. Sie hatten sich um den Fuß des Baumes gesetzt und Zigaretten angezündet. Nach einer Weile hatten sie Karten hervorgeholt und zu spielen begonnen. Dem jungen Percival Godliman war klargeworden, daß sie es irgendwie geschafft hatten, sich zu drücken, und daß sie den ganzen Tag hier sein würden. Er war auf dem Baum geblieben, fast ohne sich zu bewegen, bis er erbärmlich fror, seine Muskeln steif wurden und seine Blase zu platzen drohte. Da hatte er seinen Revolver hervorgezogen und die drei erschossen – einen nach dem anderen, von oben durch ihre kurzgeschorenen Schädel. Drei Menschen, die gelacht und geflucht und ihren Sold verspielt hatten, waren einfach ausgelöscht worden. Es war das erste Mal gewesen, daß er getötet hatte, und er hatte nichts denken können als: Nur weil ich pinkeln mußte.

Godliman rückte auf dem kalten Beton des Bahnsteigs zur Seite. Ein warmer Wind blies aus dem Tunnel, und ein Zug fuhr ein. Die Menschen, die ausstiegen, suchten sich einen Platz, um auf die Entwarnung zu warten. Godliman lauschte den Stimmen.

»Hast du Churchill im Radio gehört? Wir haben ihn im Duke of Wellington gehört. Der alte Jack Thornton hat geheult. Blöder alter Trottel ...«
»Anscheinend ist Kathys Junge in einem Herrenhaus und hat seinen eigenen Diener! Mein Alfie melkt die Kuh ...«
»Wir haben schon so lange kein Filetsteak auf der Speisekarte gehabt, daß ich den Geschmack ganz vergessen habe ... Weinkomitee sah den Krieg kommen und kaufte zweihunderttausend Flaschen, Gott sei Dank ...«
»Ja, eine Hochzeit im kleinen Kreis, aber warum soll man warten, wenn man nicht weiß, was morgen passiert?«
»Sie nennen es Frühling, Ma, sagt er mir, und dort gibt's jedes Jahr einen ...«
»Sie ist wieder schwanger, mußt du wissen ... Ja, dreizehn Jahre seit dem letzten Mal ... Dabei dachte ich, ich weiß, wie es kommt!«
»Nein, Peter ist nie aus Dünkirchen zurückgekommen ...«
Der Busfahrer bot ihm eine Zigarette an. Godliman lehnte ab und zog seine Pfeife hervor. Jemand begann zu singen.

Ein Luftschutzwart kam vorbei und schrie:
»Ma, laß den Laden runter –
Sieh nur, was du zeigst«, und wir
Riefen: »Ist doch munter.« Oh!
Hoch die Knie, Mother Brown ...

Es dauerte nicht lang, bis alle sangen. Godliman schloß sich an. Er wußte, daß dies eine Nation war, die einen Krieg verlor und sang, um ihre Angst zu verbergen, wie ein Mann pfeift, der nachts an einem Friedhof vorbeigeht. Er wußte, daß die plötzliche Zuneigung, die er zu London und den Londonern verspürte, ein kurzlebiges Gefühl war, verwandt mit Massenhysterie. Er mißtraute seiner inneren Stimme, die flüsterte: »Das, das ist es, weshalb wir Krieg führen, dafür lohnt es sich zu kämpfen.« Er wußte es, doch es machte ihm nichts aus, da er zum erstenmal seit vielen Jahren das unverfälschte körperliche Gefühl der Kameradschaft fühlte und genoß. Als das Entwarnungssignal ertönte, gingen alle singend die Treppe hinauf auf die Straße. Godliman fand eine Telefonzelle und rief Colonel Terry an, um ihn zu fragen, wann er anfangen könne.

3

Die kleine Dorfkirche war alt und sehr schön. Eine Feldsteinmauer umschloß den Friedhof, auf dem wilde Blumen wuchsen. Die Kirche selbst – jedenfalls Teile davon – hatte schon hier gestanden, als Großbritannien zuletzt von einer Invasion heimgesucht worden war, vor fast einem Jahrtausend. Die Nordwand des Hauptschiffs, mehrere Fuß breit und nur von zwei winzigen Fenstern durchbrochen, würde sich an diese letzte Invasion erinnern können. Sie war gebaut worden, als Kirchen nicht nur Schutz vor geistiger, sondern auch vor körperlicher Verfolgung boten. Die kleinen halbrunden Fenster waren besser dazu geeignet, Pfeile hinauszuschießen als den Sonnenschein des Herrn einzulassen. Tatsächlich hatte die Bürgerwehr detaillierte Pläne für den Einsatz der Kirche, falls und wenn die gegenwärtigen europäischen Halsabschneider den Kanal überquerten.

Aber an diesem August des Jahres 1940 dröhnten keine Armeestiefel in dem fliesenvertäfelten Chor – noch nicht. Die Sonne glänzte durch die bunten Fensterscheiben, die Cromwells Bilderstürmer und die Habgier Heinrichs VIII. überlebt hatten; das Dach vibrierte unter den Klängen einer Orgel, die noch nicht von Holzwürmern und Trockenfäule zerfressen war.

Es war eine wunderschöne Hochzeit. Lucy trug natürlich ein weißes Kleid. Ihre fünf Schwestern in aprikosenfarbenen Kleidern waren Brautjungfern. David hatte die Ausgehuniform eines Oberleutnants der *Royal Air Force* an; sie war noch ganz frisch und neu, da er sie zum erstenmal trug. Sie sangen den 23. Psalm ›Der Herr ist mein Hirte‹ zu der Melodie von *Crimond.*

Lucys Vater sah stolz aus, wie es sich für einen Mann an dem Tag gehört, da seine älteste und schönste Tochter einen prächtigen Jungen in Uniform heiratet. Er war Farmer, doch er hatte seit langem nicht mehr auf einem Trecker gesessen, da er sein Ackerland verpachtete und seine Einkünfte benutzte, um Rennpferde zu züchten. Aber in diesem Winter würde seine Weide natürlich gepflügt werden, so daß man Kartoffeln anpflanzen konnte. Obwohl er im Grunde mehr Gentleman als Farmer war, besaß er die von der frischen Luft gebräunte Haut, den breiten Brustkasten und die großen, kräftigen Hände wie die meisten Männer aus dem Landvolk auf seiner Seite der Kirche.

Auch die Brautjungfern waren ihm ähnlich; sie waren Landmädchen. Doch die Braut war wie ihre Mutter. Ihr Haar war tizianrot, lang und kräftig, glänzend und prachtvoll. Sie hatte weit auseinanderstehende bernsteinfarbene Augen in einem ovalen Gesicht. Als sie den Pfarrer mit ihrem klaren, direkten Blick anschaute und mit ihrer festen, deutlichen Stimme »Ja« sagte, war er verblüfft und dachte: »Mein Gott, sie meint es ernst!« – ein seltsamer Gedanke für einen Pfarrer mitten in der Hochzeit.

Die Familie auf der anderen Seite des Kirchenschiffs hatte auch gewisse Kennzeichen. Davids Vater war Rechtsanwalt. Sein ständiges Stirnrunzeln diente seiner berufsmäßigen Verstellung und verbarg ein sonniges Gemüt. (Er war im letzten Krieg Armeemajor gewesen und dachte, daß all das Gerede über die RAF und den Luftkrieg eine Mode sei, die bald vorübergehen werde.) Doch niemand sah so wie er aus, nicht einmal sein Sohn, der jetzt am Altar stand und versprach, seine Frau bis zum Tode zu lieben, was vielleicht nur kurz sein würde, Gott verhüte es. Nein, sie alle mit ihrem fast schwarzen Haar, der dunklen Haut und den langen, schlanken Gliedern glichen Davids Mutter, die jetzt neben ihrem Mann saß.

David war der größte von allen. Er hatte im letzten Jahr an der Cambridge University eine Reihe von Hochsprungrekorden gebrochen. Für einen Mann sah er beinahe zu gut aus – sein Gesicht wäre feminin gewesen, hätte es nicht den dunklen, nicht zu beseitigenden Schatten eines starken Bartes gehabt. Er rasierte sich zweimal am Tag. Seine Wimpern waren lang,

und er wirkte intelligent, was stimmte, und feinfühlig, was nicht stimmte.
Es war ein Idyll: Zwei glückliche, hübsche Menschen, Kinder von soliden, wohlhabenden Familien, die das Rückgrat Englands bildeten, heirateten bei schönstem Sommerwetter, das Großbritannien anbieten kann, in einer Dorfkirche.
Als sie zu Mann und Frau erklärt wurden, waren die Augen beider Mütter trocken, und beide Väter weinten.

Während ein weiteres Paar champagnernasser Lippen mittleren Alters ihre Wange beschmierte, dachte Lucy, daß es ein barbarischer Brauch sei, die Braut zu küssen. Wahrscheinlich leitete er sich von noch barbarischeren Bräuchen im finstersten Mittelalter ab, als es jedem Mann des Stammes gestattet war – jedenfalls wurde es Zeit, sich endlich zivilisiert zu benehmen und die ganze Sache abzuschaffen.
Lucy hatte gewußt, daß ihr dieser Teil der Hochzeit nicht gefallen würde. Sie mochte Champagner gern, aber sie war nicht gerade verrückt nach Hühnerkeulen oder Kaviarklumpen auf kaltem Toast. Und dann die Reden und die Photographien und die Witze über die Flitterwochen . . . Aber es hätte schlimmer sein können. Im Frieden hätte ihr Vater die Albert Hall gemietet.
Bis jetzt hatten neun Leute gesagt: »Mögen all eure Sorgen klein sein«; einer hatte mit kaum zu übertreffender Originalität erklärt: »Ich wünsche mir, daß mehr als ein Zaun um euren Garten läuft.« Lucy hatte zahllose Hände geschüttelt und so getan, als überhöre sie Bemerkungen wie: »Ich hätte nichts dagegen, heute nacht in Davids Pyjama zu stecken.« David hatte eine Rede gehalten, in der er Lucys Eltern dafür dankte, daß sie ihm ihre Tochter gaben, als wäre sie ein lebloses Objekt, das man wie ein Geschenk in weißen Atlas wickelt und dem verdientesten Bewerber präsentiert. Lucys Vater war einfallslos genug gewesen zu verkünden, daß er keine Tochter verliere, sondern einen Sohn gewinne. Es war alles hoffnungslos meschugge, aber man tat es eben für seine Eltern.
Ein entfernter Onkel tauchte leicht schwankend aus der Rich-

tung der Bar auf. Lucy unterdrückte ein Schaudern. Sie stellte ihn ihrem Mann vor: »David, das ist Onkel Norman.«
Onkel Norman schwenkte Davids knochige Hand auf und ab. »Na, mein Junge, wann geht dein Dienst los?«
»Morgen, Sir.«
»Was, keine Flitterwochen?«
»Nur vierundzwanzig Stunden.«
»Aber wie ich höre, hast du gerade erst deine Ausbildung beendet.«
»Ja, aber ich konnte schon vorher fliegen. In Cambridge gelernt. Bei allem, was passiert, kann man Piloten nicht entbehren. Ich nehme an, daß ich schon morgen in der Luft bin.«
Lucy sagte ruhig: »David, hör auf«, doch er achtete nicht auf sie.
»Was wirst du fliegen?« fragte Onkel Norman begeistert wie ein Schuljunge.
»Eine Spitfire. Ich habe sie gestern gesehen. Tolle Mühle!« David hatte sich bewußt die ganze Ausdrucksweise der RAF angeeignet – Mühlen und Kisten und der Bach und Banditen um 2 Uhr. »Sie hat acht Geschütze, macht 350 Knoten und kann in einem Schuhkarton gewendet werden.«
»Großartig, großartig. Ihr Jungs haut die Luftwaffe ganz schön in die Pfanne, was?«
»Gestern haben wir sechzig runtergeholt und nur elf von unseren verloren«, sagte David stolz, als hätte er sie selbst abgeschossen. »Vorgestern, als sie Yorkshire angriffen, haben wir die ganze Meute mit dem Schwanz zwischen den Beinen zurückgeschickt – und keine einzige Mühle verloren!«
Onkel Norman packte David an der Schulter mit der Inbrunst des Beschwipsten. »Nie«, zitierte er schwülstig, »hatten so viele so wenigen so viel zu verdanken. Das hat Churchill vor kurzem gesagt.«
David versuchte bescheiden zu grinsen. »Er muß von den Kasinorechnungen gesprochen haben.«
Lucy war die Art zuwider, wie sie Blutvergießen und Zerstörung verharmlosten. Sie sagte: »David, wir sollten jetzt abfahren und uns umziehen.«

Sie fuhren getrennt zu Lucys Heim. Ihre Mutter half ihr aus dem Hochzeitskleid. »Nun, mein Kind, ich weiß nicht genau, was du heute nacht erwartest, aber du solltest wissen –«
»Oh, Mutter, du brauchst uns nicht in Verlegenheit zu bringen«, unterbrach Lucy. »Es ist ungefähr zehn Jahre zu spät, um mich aufzuklären. Wir schreiben das Jahr 1940!«
Ihre Mutter errötete leicht. »Na gut, Kind«, sagte sie freundlich. »Aber wenn du über irgend etwas sprechen möchtest, später vielleicht . . .«
Lucy fiel ein, daß es ihre Mutter einige Mühe kosten mußte, so etwas zu sagen, und sie bedauerte ihre scharfe Antwort. »Danke.« Sie berührte die Hand ihrer Mutter. »Ich denke daran.«
»Dann laß ich dich jetzt allein. Ruf mich an, wenn du etwas brauchst.« Sie küßte Lucy auf die Wange und ging hinaus.
Lucy saß im Unterrock vor dem Frisiertisch und begann ihr Haar zu bürsten. Sie wußte genau, was sie heute nacht zu erwarten hatte. Mit einem leichten Glühen der Freude erinnerte sie sich.
Es war eine gut geplante Verführung gewesen, obwohl Lucy damals nicht daran gedacht hatte, daß David jeden Schritt vorausberechnet haben könnte.
Es geschah im Juni, ein Jahr nachdem sie sich beim ›Fröhlichen Lumpenball‹ kennengelernt hatten. Inzwischen trafen sie sich jede Woche, und David hatte einen Teil der Osterferien bei Lucys Familie verbracht. Mutter und Vater waren mit ihm einverstanden: Er sah gut aus, war klug, benahm sich wie ein Gentleman und stammte aus genau derselben Gesellschaftsschicht wie sie. Ihr Vater hielt ihn für etwas zu überheblich, doch ihre Mutter meinte, daß der Landadel das seit sechshundert Jahren über Studenten gesagt habe; sie selbst glaubte, daß David gut zu seiner Frau sein werde, was auf lange Sicht schließlich am wichtigsten sei. Im Juni verbrachte Lucy also ein Wochenende auf Davids Familienwohnsitz.
Es war eine viktorianische Imitation eines Landsitzes aus dem 18. Jahrhundert, ein rechteckiges Haus mit neun Schlafzimmern und einer von Bäumen umgebenen Terrasse. Es war sehr

behaglich, und die beiden tranken in der Nachmittagssonne auf der Terrasse Bier. David erzählte ihr, daß er zusammen mit vier Freunden aus dem Fliegerclub der Universität zur Offiziersausbildung in der RAF angenommen worden war. Er wollte Kampfflieger werden.

»Ich fliege nicht schlecht«, sagte er, »und man wird Leute brauchen, wenn dieser Krieg richtig losgeht. Man hört, daß er diesmal in der Luft entschieden wird.«

»Hast du keine Angst?« fragte sie leise.

»Kein bißchen«, antwortete er. Dann bedeckte er die Augen mit einer Hand und sagte: »Ja, ich habe Angst.«

Sie fand ihn sehr mutig und hielt seine Hand.

Etwas später zogen sie Badezeug an und gingen hinab zum See. Das Wasser war klar und kühl, aber die Sonne schien noch kräftig, und die Luft war warm. Sie plätscherten fröhlich umher, als wüßten sie, daß ihre Kindheit zu Ende war.

»Kannst du gut schwimmen?« fragte er.

»Besser als du!«

»Schön, um die Wette bis zur Insel.«

Lucy schirmte die Augen gegen die Sonne ab. Sie hielt diese Pose für eine Weile, als wisse sie nicht, wie begehrenswert sie mit erhobenen Armen und nach hinten gereckten Schultern in ihrem nassen Badeanzug aussah. Die Insel war ein kleiner Fleck aus Büschen und Bäumen in der Mitte des Sees – knapp dreihundert Meter entfernt.

Sie ließ die Hände sinken, rief »Los!« und begann schnell zu kraulen.

David mit seinen langen Armen und Beinen gewann natürlich. Lucy geriet in Schwierigkeiten, als sie noch fast fünfzig Meter von der Insel entfernt war. Sie schaltete auf Brustschwimmen um, doch sogar dafür war sie zu erschöpft, so daß sie sich auf den Rücken legen und treiben lassen mußte. David, der schon am Ufer saß und wie ein Walroß prustete, glitt wieder ins Wasser und schwamm ihr entgegen. Er hielt sie von hinten mit dem korrekten Rettungsschwimmergriff unter den Armen fest und zog sie langsam zur Insel. Seine Hände lagen genau unter ihren Brüsten.

»Das macht mir Spaß«, sagte er, und sie kicherte trotz ihrer Atemlosigkeit.
Kurz darauf meinte er: »Vielleicht sollte ich's dir doch sagen.«
»Was?« keuchte sie.
»Der See ist nur vier Fuß tief.«
»Du Schuft!« Sie wand sich prustend und lachend aus seinen Armen heraus und fand Boden unter den Füßen.
David nahm ihre Hand und führte sie aus dem Wasser hinaus durch die Bäume. Er zeigte auf ein altes Ruderboot, das umgedreht war und unter einem Weißdorn verfaulte. »Als Junge bin ich damit immer hierher gerudert. Ich hatte eine von Papas Pfeifen, eine Schachtel Streichhölzer und ein bißchen Tabak in einem Stückchen Papier bei mir. Hier habe ich dann immer geraucht.«
Sie waren auf einer völlig von Büschen umsäumten Lichtung. Der grasbedeckte Untergrund war sauber und elastisch. Lucy ließ sich zu Boden fallen.
»Wir schwimmen langsam zurück«, sagte David.
»Davon möchte ich noch nicht einmal sprechen«, erwiderte sie.
Er ließ sich neben ihr nieder und küßte sie, dann schob er sie sanft zurück, bis sie auf dem Rücken lag. Während er ihre Hüfte streichelte und ihre Kehle küßte, hörte sie auf zu frösteln. Als er die Hand vorsichtig und nervös auf den weichen Hügel zwischen ihren Beinen legte, wölbte sie den Körper nach oben, damit er fester zudrückte. Sie zog sein Gesicht an sich und küßte ihn leidenschaftlich. Seine Hände glitten zu den Trägern ihres Badeanzugs, und er schob sie über ihre Schultern nach unten. Sie sagte: »Nein.«
Er vergrub das Gesicht zwischen ihren Brüsten. »Lucy, bitte.«
»Nein.«
Er sah sie an. »Es könnte meine letzte Chance sein.«
Sie rollte sich zur Seite und stand auf. Dann – wegen des Krieges, wegen des bittenden Ausdrucks auf seinem geröteten jungen Gesicht und wegen des beharrlichen Glühens in ihrem Innern - zog sie ihren Badeanzug mit einer einzigen schnellen

Bewegung aus und nahm die Badekappe ab, so daß sich ihr tizianrotes Haar über ihre Schultern ergoß. Sie kniete sich vor ihn, nahm sein Gesicht in die Hände und führte seine Lippen an ihre Brust.

Sie verlor ihre Jungfräulichkeit schmerzlos, mit Begeisterung und nur ein wenig zu schnell.

Ihr Schuldbewußtsein würzte die Erinnerung und machte sie noch angenehmer. Es mochte eine gut geplante Verführung gewesen sein, aber sie war ein bereitwilliges, um nicht zu sagen begieriges Opfer gewesen, besonders am Ende.

Lucy zog ihre Reisesachen an. Sie hatte ihn an jenem Nachmittag auf der Insel zweimal überrascht: Zuerst, als sie wollte, daß er ihre Brust küßte, und dann, als sie ihm mit den Händen geholfen hatte, in sie einzudringen. Anscheinend geschah so etwas nicht in den Büchern, die er las. Wie die meisten ihrer Freundinnen las Lucy D. H. Lawrence, um sich über Sex zu informieren. Sie vertraute seiner Choreographie, mißtraute aber der Begleitmusik. Die Dinge, die seine Personen miteinander anstellten, klangen angenehm, aber so angenehm auch wieder nicht. Sie erwartete keine Trompetenstöße, Donnerschläge und das Klirren von Zimbeln bei ihrem sexuellen Erwachen. David war noch ein wenig unwissender als sie. Aber er war rücksichtsvoll und fand Vergnügen an ihrem Vergnügen. Sie war sicher, daß das am wichtigsten war.

Seit dem ersten Mal hatten sie es nur einmal wiederholt. Genau eine Woche vor der Hochzeit hatten sie wieder miteinander geschlafen. Es hatte ihren ersten Streit ausgelöst.

Diesmal war es im Hause ihrer Eltern – morgens, als kein anderer mehr da war. Er kam im Morgenmantel in ihr Zimmer und schlüpfte zu ihr ins Bett. Fast hätte sie begonnen, an Lawrence' Trompetenstöße und Zimbeln zu glauben. David stand sofort danach wieder auf.

»Geh nicht«, sagte sie.

»Und wenn jemand kommt?«

»Dieses Risiko gehe ich ein. Komm wieder ins Bett.« Sie fühlte sich zärtlich, schläfrig und zufrieden, und sie wollte ihn neben sich haben.

Er zog seinen Morgenrock an. »Es macht mich nervös.«
»Vor fünf Minuten warst du nicht nervös.« Sie streckte die Hand nach ihm aus. »Leg dich zu mir. Ich möchte deinen Körper kennenlernen.«
»Mein Gott, du bist schamlos.«
Sie blickte ihn an, um zu sehen, ob er gescherzt hatte. Als sie merkte, daß er es ernst gemeint hatte, wurde sie wütend. »Was zum Teufel soll das bedeuten?«
»Du benimmst dich nicht . . . wie es sich gehört!«
»Was für ein Blödsinn –«
»Du benimmst dich wie eine – eine Nutte.«
Nackt und wütend sprang sie aus dem Bett. Ihre schönen Brüste wogten vor Zorn. »Was verstehst du denn schon von Nutten?«
»Nichts!«
»Und was verstehst du von Frauen?«
»Ich weiß, wie sich eine Jungfrau benehmen soll!«
»Ich bin . . . ich war . . . vor dir . . .« Sie setzte sich auf die Bettkante und brach in Tränen aus.
Das war natürlich das Ende des Streits. David legte die Arme um sie und sagte: »Es tut mir leid, wirklich. Für mich bist du auch die erste. Ich weiß nicht, was ich erwarten soll, und ich bin verwirrt . . . Schließlich wird einem darüber nie etwas gesagt, oder?«
Sie schniefte und schüttelte zustimmend den Kopf. Was ihn *wirklich* nervös machte, war bestimmt die Gewißheit, daß er in acht Tagen mit einem zerbrechlichen Flugzeug starten und über den Wolken um sein Leben kämpfen mußte. Sie verzieh ihm also, er trocknete ihre Tränen, sie legten sich wieder ins Bett und klammerten sich aneinander, um Mut zu schöpfen.

Lucy war fast fertig. Sie musterte sich in einem bis zum Boden reichenden Spiegel. Ihr Kostüm wirkte mit seinen geraden Schultern und Epauletten leicht militärisch, doch die Bluse darunter war zum Ausgleich sehr weiblich. Ihr Haar war unter einem eleganten, flachen runden Hut in Ringellöckchen gelegt. In diesem Jahr wäre es nicht richtig gewesen, bei der Ab-

reise Staat zu machen. Aber sie hatte den Eindruck, daß es ihr gelungen war, so flott-praktisch und doch attraktiv auszusehen, wie es jetzt immer mehr zur Mode wurde.
David wartete schon im Flur auf sie. Er küßte sie und sagte: »Sie sehen wunderbar aus, Mrs. Rose.«
Sie wurden zurück zum Empfang gefahren, damit sie sich von allen verabschieden konnten, bevor sie abreisten, um die Nacht in London, im Claridge's, zu verbringen. Danach würde David weiter nach Biggin Hill fahren und Lucy nach Hause zurückkehren. Sie würde bei ihren Eltern wohnen. Wenn David Urlaub hatte, konnten sie ein Landhaus benutzen.
Eine weitere halbe Stunde lang wurden Hände geschüttelt und Küsse ausgetauscht, dann gingen sie hinaus zum Auto. Ein paar von Davids Cousins hatten sich sein MG-Kabrio vorgenommen. Konservendosen und ein alter Stiefel waren mit Bindfäden an den Stoßstangen befestigt, die Armaturen waren von Konfetti bedeckt, und »Jungverheiratet« war mit hellem roten Lippenstift überall über den Lack gekritzelt.
Sie fuhren lächelnd und winkend ab, während die Gäste fast die ganze Straße hinter ihnen füllten. Eine Meile weiter hielten sie an und säuberten das Auto.
Es dämmerte bereits, als sie wieder starteten. Davids Scheinwerfer waren mit Verdunklungskappen versehen, aber er fuhr trotzdem ungemein schnell. Lucy war sehr glücklich.
David sagte: »Im Handschuhfach ist eine Flasche Champagner.«
Lucy öffnete das Fach. Der Champagner und zwei Gläser waren sorgfältig in Seidenpapier eingewickelt. Er war noch recht kalt. Der Korken löste sich mit einem lauten Knall und schoß hinaus in die Nacht. David zündete sich eine Zigarette an, während Lucy den Sekt einschenkte.
»Wir kommen zu spät zum Abendessen«, sagte er.
»Na und?« Sie reichte ihm ein Glas.
Sie war im Grunde zu erschöpft und müde, um zu trinken. Das Auto schien schrecklich schnell zu fahren. David trank fast den ganzen Champagner. Er fing an, den *St. Louis Blues* zu pfeifen.

Es war ein merkwürdiges Erlebnis, während der Verdunklung durch England zu fahren. Man vermißte plötzlich Lichter, die man vor dem Krieg gar nicht zur Kenntnis genommen hatte: Lichter auf Veranden und in den Fenstern von Bauernhäusern, an den Türmen von Kathedralen und an den Reklameschildern der Gasthöfe – vor allem aber das helle Glühen der tausend Lichter einer nahen Stadt, das sich niedrig am Horizont zeigt. Selbst wenn man etwas hätte sehen können, hätte es keine Wegweiser gegeben, um sich zu orientieren: Sie waren entfernt worden, um die deutschen Fallschirmspringer zu verwirren, mit denen jederzeit gerechnet wurde. Aber David kannte den Weg nach London ohnehin gut.

Sie kletterten eine lange Steigung hinauf. Der kleine Sportwagen bewältigte sie spielend. Lucy blickte mit halbgeschlossenen Augen in die vor ihnen liegende Schwärze. Der Abhang des Hügels war steil und gewunden. Lucy hörte das ferne Brummen eines näher kommenden Lastwagens.

Die Reifen des MG quietschten, während David um die Kurven raste. »Du fährst, glaube ich, zu schnell«, sagte Lucy nachsichtig.

Das Hinterteil des Autos geriet in einer Linkskurve ins Schleudern. David schaltete zurück; er wollte nicht bremsen, um nicht wieder zu schleudern. Zu beiden Seiten waren die Heckenreihen vage im Licht der abgedunkelten Scheinwerfer zu erkennen. Eine scharfe Rechtskurve folgte, und David verlor wieder die Kontrolle über den Wagen. Die Kurve schien überhaupt nicht aufzuhören. Das kleine Auto rutschte zur Seite und drehte sich um 180 Grad, so daß es in entgegengesetzte Richtung fuhr; dann drehte es sich weiter.

Lucy schrie. »David!«

Plötzlich trat der Mond hinter den Wolken hervor, und sie sahen den Lastwagen. Er kämpfte sich im Schneckentempo den Hang empor. Dichter Rauch, vom Mondlicht versilbert, strömte aus seiner schnauzenförmigen Motorhaube. Lucys Blick erhaschte das Gesicht des Fahrers, sogar seine Tuchmütze und seinen Schnurrbart. Er hatte den Mund entsetzt aufgerissen, während er sich auf die Bremsen stemmte. Das

Auto fuhr jetzt wieder vorwärts. Der Platz reichte gerade aus, wenn David die Beherrschung über das Auto wiedergewinnen konnte. Er zog das Lenkrad herum und berührte das Gaspedal. Das war ein Fehler.
Der MG und der Lastwagen stießen frontal zusammen.

4

Das Ausland hat Spione: England den *Military Intelligence*, den britischen Geheimdienst. Als ob der Euphemismus nicht genügte, wird er noch zu MI abgekürzt. Im Jahre 1940 war der MI ein Teil des Kriegsministeriums. Er breitete sich damals – was niemand überraschte – aus wie Unkraut, und seine verschiedenen Abteilungen wurden durch Ziffern gekennzeichnet: MI 9 kümmerte sich um die Fluchtrouten aus Kriegsgefangenenlagern durch das besetzte Europa in neutrale Länder; MI 8 hörte den Funkverkehr des Feindes ab und war wertvoller als sechs Regimenter; MI 6 schickte Agenten nach Frankreich.
Es war der MI 5, dem sich Professor Percival Godliman im Herbst des Jahres 1940 anschloß. Er tauchte an einem kalten Septembermorgen im Kriegsministerium in Whitehall auf, nachdem er die Nacht damit verbracht hatte, überall im East End Feuer zu löschen. Die deutschen Luftangriffe hatten ihren Höhepunkt erreicht, und er war Hilfsfeuerwehrmann.
Im Frieden, wenn es nach Godlimans Meinung auf Spionage ohnehin nicht ankam, wurde der Geheimdienst von Soldaten betrieben. Doch jetzt fand er heraus, daß der MI mit Amateuren besetzt war; er entdeckte zu seiner Freude, daß er die Hälfte der Angehörigen des MI 5 kannte. Am ersten Tag traf er einen Rechtsanwalt aus seinem Klub, einen Kunsthistoriker, mit dem zusammen er das College besucht hatte, einen Archivar von seiner Universität, und einen Schriftsteller, dessen Kriminalromane er am liebsten las.
Um 10 Uhr wurde er in Colonel Terrys Büro gebeten. Terry war schon mehrere Stunden dort gewesen: Im Papierkorb lagen zwei leere Zigarettenschachteln.

Godliman fragte: »Muß ich dich jetzt ›Sir‹ nennen?«
»Hier gibt's nicht viel Trara, Percy. ›Onkel Andrew‹ genügt. Setz dich.«
Trotzdem strahlte Terry eine Energie aus, die ihm beim Lunch im Savoy gefehlt hatte. Godliman fiel auf, daß er nicht lächelte und daß sich seine Aufmerksamkeit immer wieder einem Stapel ungelesener Funksprüche auf dem Schreibtisch zuwandte.
Terry schaute auf seine Uhr und sagte: »Ich werde dich ganz kurz ins Bild setzen – den Vortrag beenden, den ich beim Lunch begonnen habe.«
Godliman lächelte. »Diesmal werde ich mich nicht aufs hohe Roß setzen.«
Terry zündete sich eine weitere Zigarette an.
»Canaris' Spione in Großbritannien waren unfähig.« (Terry fuhr fort, als sei ihre Unterhaltung nicht schon vor drei Monaten, sondern erst vor fünf Minuten unterbrochen worden).
»Dorothy O'Grady war ein typischer Fall: Man erwischte sie dabei, wie sie militärische Telephonleitungen auf der Insel Wight zerschnitt. Sie schickte Briefe nach Portugal, die mit einer Tinte geschrieben waren, wie man sie in Geschäften für Scherzartikel kaufen kann.
Eine neue Welle von Spionen landete im September an. Ihre Aufgabe war, Großbritannien vorbereitend für die Invasion auszukundschaften. Sie sollten Karten von Küstenstreifen anfertigen, die für eine Landung geeignet waren, von Feldern und Straßen, die Lastensegler zum Truppentransport benutzen konnten, von Panzerfallen und Straßensperren und Stacheldrahthindernissen.
Man schien sie schlecht ausgewählt, hastig eingezogen, unzureichend ausgebildet und miserabel ausgerüstet zu haben. Die vier, die in der Nacht vom 2. zum 3. September herüberkamen, waren typisch. Meier, Kieboom, Pons und Waldberg. Kieboom und Pons landeteten in der Morgendämmerung nicht weit von Hythe und wurden von einem Soldaten namens Tollervey von der *Somerset Light Infantry* verhaftet, der sie dabei überraschte, wie sie in den Dünen eine große Wurst verputzten.

Waldberg gelang es sogar, einen Funkspruch nach Hamburg abzusetzen: SICHER ANGEKOMMEN. DOKUMENT VERNICHTET. ENGLISCHE PATROUILLE 200 METER VON DER KÜSTE. STRAND MIT BRAUNEN NETZEN UND EISENBAHNSCHWELLEN IN EINER ENTFERNUNG VON 50 METERN. KEINE MINEN. WENIG SOLDATEN. UNVOLLENDETES BLOCKHAUS. NEUE STRASSE. WALDBERG.

Offensichtlich hatte er nicht gewußt, wo er war, und er hatte nicht einmal einen Codenamen besessen. Die Qualität seiner Instruktionen wurde dadurch belegt, daß er nichts von den englischen Ausschankgesetzen wußte: Er betrat um 9 Uhr morgens einen Pub und bestellte ein Viertel *Cider.*«

Godliman mußte darüber lachen, und Terry sagte: »Warte – es wird noch lustiger.«

»Der Gastwirt riet Waldberg, um 10 Uhr wiederzukommen. Er könne die Stunde damit zubringen, die Dorfkirche zu besichtigen. Erstaunlicherweise ist Waldberg genau um 10 Uhr zurückgekommen und von zwei auf Fahrrädern herbeigeeilten Polizisten verhaftet worden.

»Das könnte eine Textvorlage für *It's That Man Again* sein«, warf Godliman ein.

»Meier wurde ein paar Stunden später gefunden. Elf weitere Agenten wurden danach in wenigen Wochen gefangen, die meisten von ihnen innerhalb von Stunden nach ihrer Landung auf britischem Boden. Fast allen stand der Gang aufs Schafott bevor.«

»*Fast* allen?« fragte Godliman.

»Ja«, antwortete Terry. »Ein paar wurden unserer Abteilung B 1(a) übergeben. Ich komme gleich darauf zurück.

Andere landeten in der Republik Irland. Einer davon war Ernst Weber-Drohl, ein bekannter Akrobat, der zwei uneheliche Kinder in Irland hat. Er war dort in Varietés als ›der stärkste Mann der Welt‹ aufgetreten. Die *Garda Siochana* verhaftete ihn, belegte ihn mit einer Geldstrafe von drei Pfund und überließ ihn B 1(a).

Ein weiterer Fall war der von Hermann Goetz. Er sprang irrtümlich mit dem Fallschirm über Nord- statt über Südirland ab, wurde von der IRA ausgeraubt, durchschwamm die Boyne in seiner gefütterten Unterwäsche und schluckte schließlich seine Selbstmordtablette. Er hatte eine Taschenlampe bei sich, auf der ›Made in Germany‹ stand.«

»Warum beschäftigen wir gescheite Burschen wie dich«, sagte Terry, »wenn es so leicht ist, diese Stümper zu schnappen? Zwei Gründe. Erstens: Wir können nicht wissen, wie viele wir *nicht* geschnappt haben. Zweitens: Entscheidend ist, was wir mit denen machen, die wir nicht aufhängen. Hier kommt B 1(a) ins Spiel. Aber um das zu erklären, muß ich bis ins Jahr 1936 zurückgehen.

Alfred George Owens war Elektroingenieur bei einer Firma, die einige Regierungaufträge auszuführen hatte. Er besuchte Deutschland mehrere Male während der dreißiger Jahre und übergab der Admiralität hin und wieder freiwillig technische Informationen, die er dort bekommen hatte. Schließlich reichte der Marinegeheimdienst ihn an den MI 6 weiter, der ihn als Agenten einsetzte. Die Abwehr warb ihn ungefähr zur selben Zeit an, wie der MI 6 herausfand, als er einen Brief von ihm an eine bekannte deutsche Deckadresse abfing. Offensichtlich war er ein Mann ohne jede Loyalität. Ihm kam es nur darauf an, Spion zu sein. Wir nannten ihn Snow, die Deutschen nannten ihn Johnny.

Im Januar 1939 erhielt Snow einen Brief, der (a) die Gebrauchsanweisung für ein Funkgerät und (b) einen Schein für die Gepäckaufbewahrung der Victoria Station enthielt.

Er wurde am Tage nach Kriegsausbruch verhaftet. Man sperrte ihn und sein Funkgerät (das er gegen Vorlage des Gepäckscheins in einem Koffer abgeholt hatte) ins Wandworth-Gefängnis ein. Er hielt den Kontakt mit Hamburg aufrecht, aber jetzt wurden all seine Botschaften von der Abteilung B 1(a) des MI 5 geschrieben.

Die Abwehr stellte eine Verbindung zwischen ihm und zwei weiteren deutschen Agenten her, die sofort erwischt wurden. Sie gaben ihm außerdem einen Code und Anweisungen für den Funkverkehr, was von unschätzbarem Wert war.

Nach Snow kamen Charlie, Rainbow, Summer, Biscuit und schließlich ein kleines Heer von feindlichen Agenten, die alle regelmäßigen Kontakt mit Canaris hatten, alle sein Vertrauen zu genießen schienen – und alle völlig vom britischen Gegenspionage-Apparat kontrolliert wurden.
Da begann der MI 5 in der Ferne eine überwältigende und verlockende Möglichkeit wahrzunehmen: Mit etwas Glück *konnte man das gesamte deutsche Spionagenetz in Großbritannien kontrollieren und manipulieren.*
Agenten zu Doppelagenten zu machen, statt sie zu hängen, hat zwei entscheidende Vorteile«, beendete Terry seinen Vortrag. »Da der Feind seine Spione immer noch für aktiv hält, versucht er nicht, sie durch andere zu ersetzen, die vielleicht nicht gefangen wurden. Und da *wir* die Informationen liefern, die die Spione an ihre Leitstellen weitergeben, können wir den Feind täuschen und seine Strategen irreführen.«
»So einfach kann es doch nicht sein«, sagte Godliman.
»Natürlich nicht.« Terry öffnete ein Fenster, um den Mief aus Zigaretten- und Pfeifenrauch hinauszulassen. »Damit das System funktioniert, muß es nahezu lückenlos sein. Wenn es hier eine erhebliche Zahl von echten Agenten gibt, widersprechen ihre Informationen denen der Doppelagenten, und die Abwehr riecht den Braten.«
»Es klingt ungeheuer aufregend«, meinte Godliman. Seine Pfeife war ausgegangen.
Terry lächelte zum erstenmal an diesem Morgen. »Man wird dir hier erzählen, daß es sehr anstrengend ist – lange Arbeitszeiten, starke Belastung, Frustrationen –, aber du hast recht, es ist aufregend.« Er schaute auf die Uhr. »Ich möchte dich jetzt mit einem sehr aufgeweckten jungen Mitglied meines Stabs bekanntmachen. Ich begleite dich zu seinem Büro.«
Sie verließen das Zimmer, stiegen über einige Treppen und gingen durch mehrere Flure. »Er heißt Frederick Bloggs und ärgert sich, wenn man Witze darüber macht, denn er ist alles andere als ein Tölpel«, fuhr Terry fort. »Wir haben ihn Scotland Yard abgeknöpft – er war Inspektor im *Special Branch.* Wenn du Arme und Beine brauchst, setz ihn ein. Dein Rang ist höher

als seiner, aber darauf würde ich nicht zuviel geben – das ist hier nicht üblich. Aber wahrscheinlich brauche ich dir das gar nicht zu sagen.«

Sie betraten ein kleines, kahles Zimmer, dessen Fenster auf eine nackte Wand schaute. Es gab keinen Teppich. Die Photographie eines hübschen Mädchens hing an der Wand, und ein Paar Handschellen baumelte am Hutständer.

Terry sagte: »Frederick Bloggs, Percival Godliman. Ich lasse euch jetzt allein.«

Der Mann hinter dem Schreibtisch war blond und untersetzt. Er muß gerade groß genug gewesen sein, um in den Polizeidienst aufgenommen zu werden, dachte Godliman. Seine Krawatte war alles andere als eine Augenweide, aber er hatte ein angenehmes, offenes Gesicht und ein gewinnendes Grinsen. Sein Händedruck war fest.

»Hören Sie zu, Percy«, sagte er, »ich wollte gerade zum Lunch nach Hause flitzen – wollen Sie nicht mitkommen? Meine Frau macht großartige Würstchen mit Pommes frites.« Er sprach mit breitem Cockney-Akzent.

Wurst mit Pommes frites war nicht gerade Godlimans Lieblingsspeise, doch er schloß sich Bloggs an. Sie gingen zum Trafalgar Square und nahmen einen Bus nach Hoxton. Bloggs sagte grinsend: »Ich habe ein wunderbares Mädchen geheiratet, aber sie kann um's Verrecken nicht kochen. Es gibt jeden Tag Wurst und Pommes frites.«

Ostlondon schwelte immer noch nach dem Luftangriff in der letzten Nacht. Sie kamen an Gruppen von Feuerwehrmännern und Freiwilligen vorbei, die in den Trümmern wühlten, die letzten Glutherde löschten und den Schutt von den Straßen räumten. Sie sahen einen alten Mann, der sein Radio, offenbar das teuerste Stück für ihn, aus einem halbzerbombten Haus heraustrug.

Godliman machte Konversation. »Wir sollen also zusammen Spione fangen?«

»Wir werden's versuchen, Percy.«

Bloggs' Heim war die Hälfte eines Doppelhauses in einer Straße, in der alle Häuser gleich aussahen. In jedem der winzi-

gen Vorgärten wurde Gemüse angebaut. Mrs. Bloggs war das hübsche Mädchen von der Photographie an der Bürowand. Sie sah erschöpft aus. Bloggs sagte: »Sie fährt einen Krankenwagen während der Luftangriffe. Stimmt's, Liebling?« Er war stolz auf sie. Sie hieß Christine.
»Jeden Morgen, wenn ich zurückkomme, frage ich mich, ob das Haus noch da ist«, erklärte sie.
»Wie Sie merken, macht sie sich um das Haus mehr Sorgen als um mich«, flachste Bloggs.
Godliman nahm eine Medaille aus einem Schaukästchen vom Kaminsims. »Wofür ist die?«
Ehe Bloggs etwas sagen konnte, hatte Christine schon geantwortet. »Er hat einem Verbrecher, der ein Postamt überfallen hatte, die Schrotflinte abgenommen.«
»Ich sehe, Sie passen glänzend zusammen«, entgegnete Godliman.
»Sind Sie verheiratet, Percy?« fragte Bloggs.
»Ich bin Witwer.«
»Tut mir leid.«
»Meine Frau starb 1930 an Tuberkulose. Wir hatten keine Kinder.«
»Wir wollen auch noch keine«, sagte Bloggs. »Nicht, während die Welt in diesem Zustand ist.«
»Aber Fred, das interessiert ihn doch gar nicht!« tadelte Christine. Sie ging hinaus in die Küche.
Sie setzten sich zum Essen an einen quadratischen Tisch in der Mitte des Zimmers. Godliman war gerührt über dieses Paar und seine Häuslichkeit und dachte plötzlich an seine Eleanor. Es war ungewöhnlich, da er seit Jahren immun gegen Sentimentalität gewesen war. Vielleicht wurden seine Nerven endlich wieder zum Leben erweckt. Der Krieg brachte merkwürdige Dinge zustande.
Christines Kochkunst war wirklich grauenhaft. Die Würste waren angebrannt. Bloggs ertränkte seine Mahlzeit in Tomatenketchup, und Godliman tat fröhlich das gleiche.

Wieder in Whitehall, zeigte Bloggs Godliman die Kartei über noch nicht identifizierte Feindagenten, die vermutlich immer noch in Großbritannien operierten.
Es gab drei Informationsquellen über sie. Die erste bestand aus den Einwanderungsverzeichnissen des Innenministeriums. Die Paßkontrolle war seit langem ein Arm des Geheimdienstes, und es gab eine Liste – die bis zum letzten Krieg zurückging – von Ausländern, die ins Land eingereist, es aber nicht verlassen hatten und auch nicht auf andere Weise, etwa als Sterbefall oder bei Einbürgerung, erfaßt worden waren. Bei Kriegsausbruch waren sie alle vor Kommissionen geladen worden, die sie in drei Gruppen einteilten. Zuerst wurden nur Ausländer der Gruppe »A« interniert, aber bis Juli 1940 waren, nach einiger Panikmache durch die *Fleet Street,* auch die Gruppen »B« und »C« aus dem Verkehr gezogen. Es gab eine kleine Zahl von Einwanderern, die nicht ausfindig gemacht werden konnten. Die Annahme, daß einige von ihnen Spione waren, bot sich an.
Ihre Daten waren in Bloggs' Kartei festgehalten.
Die zweite Quelle war der Funkverkehr. Die Abteilung C des MI 8 tastete in jeder Nacht die Frequenzen ab, zeichnete alles auf, was nicht mit Sicherheit britischen Ursprungs war, und gab es an das Institut für Codes und Geheimschriften, das von der Regierung eingerichtet worden war, weiter. Dieses Institut, das kürzlich von der Londoner Berkeley Street in ein Landhaus in Bletchley Park verlegt worden war, konnte man eigentlich nicht als solches bezeichnen. Unter seinem Dach hatten sich Schachmeister, Musiker, Mathematiker und Kreuzworträtselanhänger versammelt, die sich dem Glauben verschrieben hatten, daß jeder Code, den ein Mensch ersinnen kann, auch von einem Menschen müßte gebrochen werden können. Alle im Vereinigten Königreich gesendeten Signale, die nicht von irgendeiner der Waffengattungen ausgingen, wurden als Botschaften von Spionen betrachtet.
Bloggs' Kartei enthielt die dechiffrierten Botschaften.
Schließlich gab es noch die Doppelagenten. Doch ihr Nutzen wurde eher vermutet, als daß er offen zutage trat. Botschaften

von der Abwehr an sie hatten die Ankunft mehrerer neuer Agenten verraten und eine schon ansässige Spionin entlarvt: Mrs. Matilda Krafft aus Bornemouth, die mit der Post Geld an Snow geschickt hatte und danach ins Holloway-Gefängnis gesteckt worden war. Die Doppelagenten waren aber nicht dazu in der Lage gewesen, die Identität oder den Standort jener unauffälligen und tüchtigen professionellen Spione zu enthüllen, die für einen Geheimdienst am wertvollsten sind. Niemand bezweifelte, daß es sie gab. Dafür waren Anhaltspunkte vorhanden: Jemand mußte zum Beispiel Snows Funkgerät aus Deutschland herübergebracht und in der Gepäckaufbewahrung der Victoria Station für ihn hinterlegt haben. Doch entweder die Abwehr oder die Spione selbst waren zu vorsichtig, um durch Doppelagenten gefaßt zu werden.

Jedenfalls waren auch diese Anhaltspunkte in Bloggs' Kartei.

Andere Quellen wurden erschlossen: Wissenschaftler im Dienst der Regierung waren dabei, die Methoden der trigonometrischen Netzlegung (der Funkpeilung von Sendern) zu verbessern; und MI 6 versuchte, das Agentennetz in Europa wiederaufzubauen, das in der Flutwelle von Hitlers Heeren untergegangen war.

Was darüber an kärglichen Informationen vorlag, war in Bloggs' Kartei.

»Es kann einen manchmal zur Raserei treiben«, sagte er zu Godliman. »Schauen Sie sich das an.«

Er entnahm der Kartei einen langen abgefangenen Funkspruch über britische Pläne zur Entsendung einer Expeditionsstreitmacht nach Finnland. »Das wurde am Anfang des Jahres abgefangen. Eine tadellose Information. Man versuchte gerade, ihn festzunageln, als er anscheinend ohne Grund mittendrin abbrach – vielleicht wurde er gestört. Einige Minuten später fing er wieder an, aber er hatte schon wieder aufgehört zu senden, bevor unsere Jungs sich anschließen konnten.«

»Was soll das – ›Grüße an Willi‹?« fragte Godliman.

»Ja, das ist wichtig«, sagte Bloggs. Er begann sich zu ereifern. »Hier ist ein Teil einer anderen Botschaft, noch nicht lange her. Sehen Sie: ›Grüße an Willi.‹ Diesmal wurde ihm geant-

wortet. Er wird als ›die Nadel‹ bezeichnet. Der Bursche ist ein Profi. Gucken Sie sich seine Botschaften an: knapp, sparsam, aber detailliert und völlig unmißverständlich.«
Godliman studierte das Fragment der zweiten Nachricht. »Es scheint sich um die Wirkung der Bombenangriffe zu handeln.«
»Er muß sich im East End umgesehen haben. Ein Profi.«
»Was wissen wir sonst noch über die Nadel?«
Bloggs' Ausdruck jugendlichen Eifers wurde von komischer Verzweiflung abgelöst. »Das ist leider alles.«
»Sein Codename ist die Nadel, er verabschiedet sich mit ›Grüße an Willi‹, er hat gute Informationen – und das ist alles?«
»Tja, leider.«
Godliman saß auf der Schreibtischkante und starrte aus dem Fenster. An der Mauer des gegenüberliegenden Gebäudes konnte er unter einem reichverzierten Fenstersims das Nest einer Schwalbe erkennen.
»Haben wir auf dieser Grundlage irgendwelche Aussichten, ihn zu fassen?«
Bloggs zuckte die Achseln. »Auf dieser Grundlage gar keine.«

5

Das Wort »öde« muß für Orte wie diesen erfunden worden sein. Die Insel ist ein J-förmiger Felsbrocken, der sich mürrisch aus der Nordsee erhebt. Auf der Karte gleicht sie der oberen Hälfte eines zerbrochenen Spazierstocks; sie verläuft parallel zum Äquator, aber viel, viel weiter nördlich; der gebogene Griff weist nach Aberdeen, der zerbrochene, zerklüftete Stumpf zeigt drohend auf das ferne Dänemark. Die Insel ist zehn Meilen lang.
Am größten Teil ihrer Küste ragen die Klippen schroff aus dem kalten Meer. Kein lieblicher Strand schmeichelt den Wellen. Erbittert über diese Grobheit, hämmern die Wellen in ohnmächtigem Zorn auf den Felsen ein – ein zehntausend Jahre währender Wutanfall, den die Insel straflos mißachtet.

In der Biegung des J ist das Meer ruhiger, denn dort hat es sich selbst einen angenehmeren Empfang geschaffen. Seine Gezeiten haben so viel Sand und Tang, Treibholz und Kieselsteine und Muscheln in die Krümmung geworfen, daß dort nun zwischen dem Fuß der Klippen und dem Rand des Wassers eine Sichel entstanden ist – mehr oder weniger ein Strand.
Jeden Sommer lassen die Pflanzen auf der Spitze der Klippen eine Handvoll Samen auf den Strand fallen, so wie ein reicher Mann Bettlern Wechselgeld zuwirft. Wenn der Winter milde ist und der Frühling nicht zu spät kommt, fassen einige Samen mühsam Wurzeln. Aber sie sind nie kraftvoll genug, um selbst zu blühen und ihre eigenen Samen zu verbreiten. Die Vegetation des Strandes hängt also von Jahr zu Jahr von Almosen ab.
Auf dem eigentlichen Land, das durch die Klippen dem Zugriff des Meeres entzogen ist, wächst und vermehrt sich Grünzeug. Die Vegetation besteht vor allem aus einer dürftigen Grasnarbe, die gerade gut genug ist, um die wenigen knochigen Schafe zu ernähren, aber zäh genug, um die Bodenkrume im Felsen der Insel zu verankern. Ein paar Dornensträucher dienen den Kaninchen als Behausung, und eine mutige Gruppe von Koniferen steht am windgeschützten Hang des Hügels am Ostende.
Das höher gelegene Land wird von Heidekraut beherrscht. Alle paar Jahre steckt der Mann – ja, es gibt hier einen Mann – die Heide in Brand, so daß Gras wächst und die Schafe auch hier grasen können. Nach ein oder zwei Jahren kommt das Heidekraut jedoch zurück – Gott weiß, woher – und vertreibt die Schafe, bis der Mann es wieder verbrennt.
Die Kaninchen sind hier, weil sie hier geboren wurden, die Schafe sind hier, weil man sie hierhergebracht hat, der Mann ist hier, um sich um die Schafe zu kümmern, doch die Vögel sind hier, weil es ihnen gefällt. Es gibt Hunderttausende von ihnen: langbeinige Strandpieper, die *piep piep piep* pfeifen, während sie aufsteigen, und *pe-pe-pe-pe,* wenn sie im Sturzflug sind wie eine Spitfire, die mit der Sonne im Rücken eine Messerschmidt angreift; Wiesenknarren, die der Mann selten zu Gesicht bekommt, von deren Anwesenheit er aber weiß, da ihr

Krächzen ihn nachts nicht einschlafen läßt; Raben und Aaskrähen und Dreizehenmöwen und *zahllose* Möwen; dazu ein Paar Goldadler, auf die der Mann schießt, wenn er sie sieht, denn er *weiß*, daß sie lebendige Lämmer schlagen und sich nicht mit Kadavern begnügen.

Der beständigste Besucher der Insel ist der Wind. Er kommt meist aus Nordost, von *wirklich* kalten Orten, wo es Fjorde und Gletscher und Eisberge gibt. Oft bringt er Schnee und peitschenden Regen und kalten, kalten Nebel als unwillkommene Geschenke. Manchmal kommt er mit leeren Händen, nur um einen Höllenlärm zu machen: Er heult und brüllt, reißt Sträucher aus, knickt Bäume und treibt den ungezügelten Ozean zu neuen Ausbrüchen schaumgesprenkelter Wut.

Das Haus des Mannes ist rustikal und niedrig, gebaut nach alter Handwerkskunst, die diesen Wind von jeher kennt, aus großen grauen Steinen und grauen Schieferplatten, grau wie die Farbe des Meeres. Es steht oben auf dem Hügel am Ostende der Insel, nicht weit von dem zersplitterten Stumpf des zerbrochenen Spazierstocks. Es krönt den Hügel und trotzt Wind und Regen, nicht aus Großtuerei, sondern damit der Mann die Schafe sehen kann.

Ein weiteres, sehr ähnliches Haus steht zehn Meilen entfernt am gegenüberliegenden Ende der Insel in einer Umgebung, die mehr oder weniger ein Strand ist. Vor einiger Zeit wohnte hier noch ein Mann. Er glaubte, alles besser zu wissen als die Insel; deshalb wollte er Hafer und Kartoffeln anbauen und ein paar Kühe halten. Er kämpfte drei Jahre mit dem Wind und der Kälte und dem Boden, bevor er seinen Irrtum eingestand. Als er gegangen war, wollte niemand sein Haus haben.

Die Insel ist unnachgiebig. Nur unnachgiebige Dinge können hier überleben: harte Felsen, anspruchsloses Gras, zähe Schafe, wilde Vögel, massive Häuser und starke Männer; harte und kalte Dinge, grausame und bittere und scharfe Dinge, rauhe, ruhige und entschlossene Dinge; Dinge, die so kalt und hart und unbarmherzig sind wie die Insel selbst.

Das Wort »öde« wurde für Orte wie diesen erfunden.

»Sie heißt Storm Island«, sagte Alfred Rose. »Ich glaube, sie wird euch gefallen.«
David und Lucy Rose saßen im Bug des Fischerbootes und blickten über das bewegte Wasser. Es war ein schöner Novembertag, kalt und windig, doch klar und trocken. Die schwache Sonne glänzte auf den kleinen Wellen.
»Ich habe sie 1926 gekauft«, fuhr Papa Rose fort, »als wir dachten, daß es eine Revolution geben würde und wir uns irgendwo vor der Arbeiterklasse verstecken müßten. Für eine Genesung ist sie bestens geeignet.«
Lucy hielt seinen Tonfall für verdächtig munter, aber sie mußte zugeben, daß die Insel hübsch aussah: vom Wind zerzaust, natürlich und frisch. Und dieser Schritt war vernünftig. Sie mußten sich von ihren Eltern lösen und von neuem versuchen, ihre Ehe zu beginnen. Es hatte wenig Sinn, in eine Stadt zu ziehen, die bombardiert werden würde, da keiner von ihnen gesund genug war, um helfen zu können. Es schien zu schön, um wahr zu sein, als Davids Vater plötzlich verraten hatte, daß er eine Insel vor der Küste Schottlands besaß.
»Mir gehören auch die Schafe«, sagte Papa Rose. »Jeden Frühling kommen Scherer vom Festland herüber, und die Wolle bringt gerade genug ein, um Tom McAvitys Lohn zu zahlen. Der alte Tom ist der Schafhirte.«
»Wie alt ist er?« fragte Lucy.
»Du lieber Himmel, er muß – siebzig sein!«
»Vermutlich ist er exzentrisch.« Das Boot wendete in der Bucht, und Lucy konnte zwei kleine Gestalten auf der Anlegestelle erkennen: einen Mann und einen Hund.
»Exzentrisch? So wie du, wenn du seit zwanzig Jahren allein gelebt hättest. Er unterhält sich mit seinem Hund.«
Lucy wandte sich an den Besitzer des kleinen Bootes. »Wie oft kommen Sie hier vorbei?«
»Einmal alle zwei Wochen, Missus. Ich bringe Toms Einkäufe – das ist nicht viel – und seine Post –, das ist noch weniger. Sie brauchen mir nur jeden zweiten Montag Ihre Liste zu geben, und wenn die Sachen in Aberdeen gekauft werden können, bringe ich sie mit.«

Er schaltete den Motor ab und warf Tom ein Tau zu. Der Hund bellte und lief außer sich vor Aufregung im Kreis herum. Lucy stellte einen Fuß auf das Schanzdeck und sprang hinaus auf die Anlegestelle.

Tom nahm ihre Hand. Sein Gesicht war wie aus Leder, und er hatte eine gewaltige Bruyèrepfeife mit einem Deckel im Mundwinkel. Er war kleiner als sie, aber sehr breit, und sah unglaublich gesund aus. Er trug die verfilzteste Tweedjacke, die sie je gesehen hatte, darunter einen Strickpullover, den irgendeine ältliche Schwester wer weiß wo gemacht haben mußte, eine karierte Mütze und Armeestiefel. Seine Nase war riesig, rot und geädert. »Freut mich sehr«, sagte er höflich, als sei sie heute schon seine neunte Besucherin, und nicht die erste Menschenseele, die er seit vierzehn Tagen gesehen hatte.

»Hier, Tom«, sagte der Schiffer. Er reichte zwei Pappkartons aus dem Boot. »Diesmal gibt's keine Eier, aber hier ist ein Brief aus Devon.«

»Der muß von meiner Nichte sein.«

Lucy dachte: Das erklärt den Pullover.

David war immer noch im Boot. Der Schiffer stand hinter ihm und fragte: »Sind Sie bereit?«

Tom und Papa Rose lehnten sich in das Boot, um ihm zu helfen, und die drei hoben David in seinem Rollstuhl auf die Anlegestelle.

»Wenn ich jetzt nicht verschwinde, muß ich zwei Wochen auf den nächsten Bus warten«, sagte Papa Rose mit einem Lächeln. »Ihr werdet sehen, daß das Haus ganz nett hergerichtet ist. All eure Sachen sind dort. Tom zeigt euch, wo alles ist.« Er küßte Lucy, drückte Davids Schulter und schüttelte Tom die Hand. »Ruht euch ein paar Monate zusammen aus, werdet ganz gesund und kommt zurück. Es gibt für euch beide wichtige Kriegsaufgaben.«

Lucy wußte, daß sie nicht zurückkehren würden – jedenfalls nicht vor Ende des Krieges. Doch sie hatte es noch niemandem gesagt.

Papa stieg wieder ins Boot. Es drehte in einem engen Kreis ab. Lucy winkte, bis es hinter der Landspitze verschwunden war.

Da Tom den Rollstuhl schob, nahm Lucy seine Lebensmittel. Zwischen dem zum Land hin gelegenen Ende der Anlegestelle und der Spitze der Klippe war eine lange, steile, schmale Rampe, die sich wie eine Brücke hoch über den Strand erhob. Lucy hätte Mühe gehabt, den Rollstuhl nach oben zu bekommen, aber Tom schaffte es ohne sichtbare Anstrengung.

Das Haus war klein und grau und lag windgeschützt in einer Mulde. Alle Holzteile waren frisch gestrichen, und ein wilder Rosenbusch wuchs neben der Türstufe. Rauch kräuselte aus dem Schornstein und wurde von der Brise fortgetrieben. Die winzigen Fenster blickten auf die Bucht hinaus.

Lucy sagte: »Ich finde es herrlich!«

Das Innere war gesäubert, gelüftet und frisch gestrichen worden; auf dem Steinfußboden lagen dicke Teppiche. Das Haus hatte vier Zimmer: unten eine modernisierte Küche und ein Wohnzimmer mit einem Steinkamin; oben zwei Schlafzimmer. Die eine Seite des Hauses war umsichtig umgebaut worden, damit moderne Installationen für das Badezimmer oben und den Küchennebenanschluß unten eingebaut werden konnten. Ihre Kleidung war in den Schränken untergebracht. Im Badezimmer hingen Handtücher, und in der Küche standen Lebensmittel.

Tom sagte: »Ich möchte Ihnen in der Scheune etwas zeigen.«

Es war ein Schuppen, keine Scheune. Er war hinter dem Haus versteckt. Darin stand ein glänzender neuer Jeep.

»Mr. Rose sagt, daß er extra umgebaut wurde, damit der junge Mr. Rose ihn fahren kann«, erklärte Tom. »Er hat eine automatische Schaltung, der Gaszug und die Bremse werden mit der Hand bedient. Das hat er gesagt.« Er schien die Worte wie ein Papagei zu wiederholen, als könne er sich wenig unter einer Schaltung, Gaszug und Bremse vorstellen.

»Ist es nicht toll, David?« fragte Lucy.

»Prima. Aber wohin soll ich fahren?«

»Sie können mich jederzeit besuchen und mit mir eine Pfeife rauchen und einen Whisky trinken«, sagte Tom. »Ich habe mich schon lange darauf gefreut, wieder Nachbarn zu haben.«

»Vielen Dank«, meinte Lucy.

»Das hier ist der Generator«, sagte Tom, der sich umgedreht und den Finger ausgestreckt hatte. »Ich habe genauso einen. Hier kommt der Treibstoff rein. Er liefert Wechselstrom.«
»Das ist ungewöhnlich«, erwiderte David. »Kleine Generatoren liefern meist Gleichstrom.«
»Ja, ich weiß eigentlich nicht, was der Unterschied ist, aber dies soll sicherer sein.«
»Stimmt. Hier würde Sie ein elektrischer Schlag nur durchs Zimmer werfen, aber Gleichstrom würde Sie umbringen.«
Sie gingen zurück zum Haus. »Na, Sie werden sich häuslich einrichten wollen, und ich muß mich um die Schafe kümmern«, sagte Tom. »Auf Wiedersehen also! Oh! Fast hätte ich's vergessen: In einem Notfall können Sie mit dem Festland über Funk Verbindung aufnehmen.«
David war überrascht. »Sie haben einen Sender?«
»Ja«, antwortete Tom stolz. »Ich bin Feindbeobachter für das Königliche Flugmeldekorps.«
»Haben Sie mal einen beobachtet?« fragte David.
Lucys Augen blitzten bei dem Sarkasmus in Davids Stimme mißbilligend, aber Tom schien nichts bemerkt zu haben.
»Noch nicht«, entgegnete er.
»Na, ich wünsche Ihnen auf jeden Fall Glück.«
Nachdem Tom fortgegangen war, sagte Lucy: »Er will eben auch etwas tun.«
»Es gibt viele, die auch etwas tun *wollen*«, gab David bitter zurück. Und das, dachte Lucy, ist das Problem. Sie ließ das Thema fallen und schob ihren verkrüppelten Mann in ihr neues Heim.

Als man Lucy aufgefordert hatte, die Krankenhauspsychologin aufzusuchen, hatte sie sofort angenommen, daß David einen Hirnschaden davongetragen habe. Sie hatte sich geirrt. »Das einzige, was mit seinem Kopf nicht stimmt, ist eine schlimme Prellung an der linken Schläfe«, hatte die Psychologin gesagt. »Der Verlust beider Beine verursacht jedoch ein Trauma, und man kann nicht sagen, wie das seinen Geisteszustand beeinflussen wird. Hat er sich sehr gewünscht, Pilot zu werden?«

Lucy hatte überlegt. »Er hatte Angst, aber ich glaube, daß er es sich trotzdem sehr gewünscht hat.«
»Er wird jeden Trost und jede Hilfe brauchen, die Sie ihm geben können. Und Geduld natürlich. Mit Sicherheit wissen wir, daß er für eine Weile empfindlich und schlecht gelaunt sein wird. Er braucht Liebe und Ruhe.«
Während der ersten Monate auf der Insel schien er jedoch weder das eine noch das andere zu wollen. Er schlief nicht mit ihr, vielleicht weil er wartete, bis seine Verletzungen voll ausgeheilt waren, doch er ruhte sich auch nicht aus. Er widmete sich ganz der Schafzucht und raste mit seinem Jeep, auf den er hinten den Rollstuhl verladen konnte, über die Insel. Als Betsy blind zu werden begann, half er Tom, einen neuen Hund abzurichten, er verbrannte das Heidekraut, baute Zäune an den gefährlichen Klippen und schoß auf die Adler. Und als nichts zu tun blieb, fällte er eines Tages eine große alte Kiefer in der Nähe von Toms Haus und verbrachte zwei Wochen damit, sie zu entrinden und in handliche Scheite zu hacken, die er als Feuerholz zum Haus transportierte. Nichts ging ihm über wirklich schwere körperliche Arbeit. Er lernte, sich fest an den Rollstuhl zu schnallen, damit er Halt hatte, wenn er eine Axt oder einen Vorschlaghammer schwang. Wenn Tom nichts fand, womit er ihn beschäftigen konnte, übte er stundenlang mit zwei Keulen, die er sich geschnitzt hatte. Seine Arm- und Rückenmuskeln nahmen groteske Formen an wie die von Männern, die Bodybuilding-Wettbewerbe gewinnen.
Er weigerte sich unverblümt, Geschirr abzuwaschen, Essen zu kochen oder das Haus zu säubern.
Lucy war nicht unglücklich. Sie hatte gefürchtet, daß er den ganzen Tag am Kamin sitzen und über sein Pech nachbrüten werde. Seine besessene Art zu arbeiten machte ihr leichte Sorgen, aber wenigstens vegetierte er nicht dahin.
Zu Weihnachten erzählte sie ihm von dem Baby. Am Morgen gab sie ihm eine Motorsäge und erhielt von ihm eine Rolle Seide. Tom kam zum Dinner; sie aßen eine Wildgans, die er geschossen hatte. Danach fuhr David den Schafhirten nach Hause. Als er zurückkam, öffnete Lucy eine Flasche Brandy.

Dann sagte sie: »Ich habe noch ein Geschenk für dich, aber du kannst es erst im Mai aufmachen.«
Er lachte. »Wovon in aller Welt redest du? Wieviel Brandy hast du getrunken, während ich weg war?«
»Ich bekomme ein Kind.«
Er starrte sie an. In seiner Miene war nichts von dem Lachen geblieben. »Mein Gott, das hat uns gerade noch gefehlt.«
»David!«
»Ja, verdammt . . . Wann zum Teufel ist es passiert?«
»Das ist nicht schwer auszurechnen, oder?« sagte sie bitter. »Es muß eine Woche vor der Hochzeit gewesen sein. Ein Wunder, daß es den Unfall überstanden hat.«
»Warst du bei einem Arzt?«
»Ha – wann?«
»Du bist also nicht sicher?«
»Oh, David, mach dich nicht lächerlich. Ich bin sicher, weil meine Periode aufgehört hat und meine Brustwarzen weh tun und ich mich morgens übergebe und meine Taille zehn Zentimeter dicker geworden ist. Wenn du mich je *anschautest,* wärest auch du sicher.«
»Schon gut.«
»Was ist nur los mit dir? Eigentlich solltest du begeistert sein!«
»Oh, natürlich. Vielleicht haben wir einen Sohn, dann kann ich mit ihm spazierengehen und Fußball mit ihm spielen. Er wird aufwachsen und sich wünschen, wie sein Vater, der Kriegsheld, zu sein – ein beschissener beinloser Wicht!«
»Oh, David, David«, flüsterte Lucy. Sie kniete sich vor seinen Rollstuhl. »David, so etwas darfst du nicht denken. Er wird dich respektieren. Er wird zu dir aufblicken, weil du wieder mit deinem Leben fertig wirst, weil du in deinem Rollstuhl die Arbeit von zwei Männern leistest und weil du deine Behinderung mit Mut und Gelassenheit trägst.«
»Sei nicht so verdammt herablassend«, schnappte er. »Du klingst wie ein salbungsvoller Priester.«
Sie stand auf. »Tu nicht so, als wenn's meine Schuld wäre. Auch Männer können sich vorsehen.«

»Vor unsichtbaren Lastwagen in der Verdunklung kann man sich nicht vorsehen!«
Es war eine alberne, unsinnige Entschuldigung. Sie wußten es beide, deshalb antwortete Lucy nicht. Der ganze Weihnachtsgedanke schien ihr plötzlich vollkommen abgedroschen; die Fetzen bunten Papiers an der Wand, der Baum in der Ecke, die Reste des Gänsebratens, die in der Küche darauf warteten, weggeworfen zu werden – nichts davon hatte das geringste mit ihrem Leben zu tun. Sie begann sich zu fragen, warum sie auf dieser öden Insel war, mit einem Mann, der sie nicht zu lieben schien, mit einem Baby, das er nicht wollte. Dann erkannte sie, daß sie nirgendwohin gehen, nichts anderes mit ihrem Leben anfangen und niemand anders *sein* konnte als Mrs. David Rose.
Schließlich sagte David: »Ich gehe jetzt schlafen.« Er rollte hinaus auf den Flur, zog sich aus dem Stuhl und rückwärts die Treppe hinauf. Sie hörte, wie er über den Boden schrammte, wie das Bett knarrte, als er sich hinaufhievte, wie er seine Kleidung in den Zimmerwinkel schleuderte, als er sich auszog, und das letzte Ächzen der Bettfedern, als er sich hinlegte und die Decke über seinen Pyjama zog.
Trotzdem weinte sie nicht.

Eine Art Friede kam im Frühling über sie, als seien alle Drohungen hinausgeschoben, solange das Baby noch nicht geboren war. Als der Februarschnee getaut war, pflanzte sie Blumen und Gemüse auf dem Fleckchen Erde zwischen der Küchentür und der Scheune. Eigentlich glaubte sie nicht, daß sie wachsen würden. Sie putzte das Haus gründlich und ließ David wissen, daß er es selbst tun müsse, wenn er es vor dem August noch einmal für nötig hielt. Sie schrieb an ihre Mutter, strickte viel und bestellte Windeln mit der Post. Man schlug vor, sie solle nach Hause fahren, um dort das Baby zu bekommen, doch sie wußte, daß sie dann nie zurückkehren würde. Sie machte lange Spaziergänge durch die Moore, bis es ihr am Ende zu schwer fiel.
Drei Wochen bevor das Kind geboren werden sollte, nahm sie

das Boot nach Aberdeen. David und Tom winkten ihr von der Anlegestelle nach. Die See war so rauh, daß Lucy und der Schiffer entsetzliche Angst hatten, sie könne niederkommen, bevor sie das Festland erreichten. In Aberdeen ging sie ins Krankenhaus. Vier Wochen später brachte sie das Baby auf demselben Boot mit nach Hause.

David erfuhr gar nichts. Wahrscheinlich dachte er, daß Frauen so leicht gebären wie Mutterschafe. Er wußte nichts vom Schmerz der Wehen und der schrecklichen, unmöglichen Dehnung, von der Qual danach und den rechthaberischen, neunmalklugen Schwestern, die nicht wollten, daß man sein Baby anfaßte, weil man nicht so flott und tüchtig und ausgebildet und steril wie sie war. Er sah nur, daß sie schwanger abreiste und mit einem schönen, weiß eingewickelten, gesunden Jungen zurückkehrte, und er sagte: »Wir werden ihn Jonathan nennen.«

Sie setzten Alfred nach Davids und Malcolm nach Lucys Vater und Thomas nach dem alten Tom hinzu, doch sie nannten den Jungen Jo, als sei er zu winzig für Jonathan, ganz zu schweigen von Jonathan Alfred Malcolm Thomas Rose. David lernte, ihm die Flasche zu geben, ihn aufstoßen zu lassen und seine Windeln zu wechseln; gelegentlich schaukelte er ihn sogar auf dem Schoß, aber sein Interesse war distanziert, unbeteiligt.

David und Lucy umarmten einander immer noch nicht.

Zuerst waren da seine Verletzungen gewesen, danach ihre Schwangerschaft, und dann hatte sie sich von der Geburt erholt. Aber inzwischen gab es keine Gründe mehr.

Eines Nachts sagte sie: »Mein Zustand ist wieder normal.«

»Wie meinst du das?«

»Nach dem Baby. Mein Körper ist normal. Ich bin gesund.«

»Ach so! Das ist schön.« Und er rollte sich auf die andere Seite.

Sie sorgte dafür, daß sie immer gleichzeitig zu Bett gingen, damit er sie beim Ausziehen beobachten konnte, aber er wandte ihr immer den Rücken zu.

Während sie kurz vor dem Einnicken dalagen, bewegte sie sich oft so, daß ihre Hand oder ihr Schenkel oder ihre Brust ihn be-

rührte – eine flüchtige, aber unmißverständliche Einladung. Er reagierte nicht.
Lucy war davon überzeugt, daß bei ihr alles stimmte. Sie war keine Nymphomanin, denn sie wollte nicht einfach Sex, sondern Sex mit David. Sogar wenn es einen anderen Mann unter siebzig auf der Insel gegeben hätte, wäre sie bestimmt nicht in Versuchung geraten. Sie war keine Dirne, die nach Sex verlangte, sondern eine Ehefrau, die nach Liebe hungerte.
Der entscheidende Moment kam eines Nachts, als sie beide Seite an Seite wach auf dem Rücken lagen und auf den Wind und Jos leise Geräusche aus dem Nebenzimmer lauschten. Es schien Lucy an der Zeit, daß er es entweder tat oder geradeheraus sagte, warum nicht. Er würde eine Entscheidung vermeiden, wenn sie sie nicht erzwang. Vielleicht war es besser, sie sofort zu erzwingen, als noch länger unter diesem elenden Nichtbegreifen zu leiden.
Sie fuhr also mit dem Arm über seine Schenkel, öffnete den Mund, um zu sprechen – und schrie vor Überraschung fast auf, als sie merkte, daß er eine Erektion hatte. Er war dazu fähig! Und er wollte es auch, oder warum . . . Ihre Hand schloß sich triumphierend um den Beweis seines Verlangens, sie rückte näher an ihn heran und seufzte: »David –«
»Um Gottes willen!« Er packte ihr Handgelenk, stieß ihre Hand von sich und drehte sich auf seine Seite.
Aber diesmal wollte sie seine Zurückweisung nicht mit bescheidenem Schweigen hinnehmen. »David, warum nicht?«
»Oh, verflucht!« Er warf die Decken ab, schwang sich auf den Fußboden, ergriff die Daunendecke mit einer Hand und schleppte sich zur Tür.
Lucy setzte sich im Bett auf und schrie ihn an: »Warum nicht?«
Jo begann zu weinen.
David zog die leeren Hosenbeine seines abgeschnittenen Pyjamas hoch, zeigte auf die faltige weiße Haut seiner Stummel und erwiderte: »Deshalb nicht! Deshalb nicht!«
Er rutschte die Treppe hinunter, um auf dem Sofa zu schlafen. Lucy ging ins Nebenzimmer, um Jo zu beruhigen.

Sie brauchte lange, um ihn wieder in den Schlaf zu wiegen, wahrscheinlich weil sie selbst so sehr Trost benötigt hätte. Das Baby schmeckte die Tränen auf ihren Wangen, und sie fragte sich, ob es schon ihre Bedeutung ahnte: Mußten Tränen nicht zu den ersten Dingen gehören, die ein Baby verstehen lernt? Sie drückte Jo fest an sich und schaukelte ihn hin und her. Als *er sie* mit seiner Wärme und seinen umklammernden Armen beruhigt hatte, schlief er ein.

Sie legte ihn zurück in sein Kinderbett, blieb stehen und betrachtete ihn für eine Weile. Es hatte keinen Sinn, sich wieder hinzulegen. Sie konnte Davids tiefes Schnarchen aus dem Wohnzimmer hören – er mußte starke Tabletten nehmen, damit der alte Schmerz ihn nicht wach hielt. Lucy mußte fort von ihm; sie wollte ihn weder sehen noch hören und für ein paar Stunden nicht von ihm gefunden werden, sollte er es beabsichtigen. Sie zog eine Hose und einen Pullover, einen schweren Mantel und Stiefel an, schlich nach unten und hinaus in die Nacht.

Draußen herrschte wirbelnder Dunst, feucht und bitterkalt, wie er typisch für die Insel war. Lucy schlug den Kragen ihres Mantels hoch, überlegte, ob sie wieder hineingehen und einen Schal holen sollte, entschied sich aber dagegen. Sie patschte den schlammigen Pfad entlang und war froh darüber, daß der Nebel sie in die Kehle biß. Das kleine Unbehagen, das vom Wetter verursacht wurde, lenkte sie von dem größeren Schmerz in ihrem Innern ab.

Sie erreichte die Spitze der Klippen und ging behutsam die steile, schmale Rampe hinab, indem sie die Füße vorsichtig auf die glitschigen Bretter stellte. Unten sprang sie auf den Sand und stapfte zum Rande des Meeres.

Lucy ließ ihr Bewußtsein von dem Lärm und dem Wetter betäuben. Sie wanderte den steinigen Strand entlang, bis er jäh dort endete, wo das Wasser auf die Klippen traf. Hier drehte sie um und ging zurück. Die ganze Nacht hindurch marschierte sie am Strand auf und ab. Kurz vor der Morgendämmerung hatte sie einen Einfall, ohne sich darum bemüht zu haben: So beweist er seine Stärke.

Was hatte er gesagt? ». . . sein Vater, der Kriegsheld, ein beinloser Wicht . . .« Er wollte etwas beweisen, etwas, das in Worte gefaßt abgedroschen klang – etwas, das er als Kampfflieger hätte tun können, aber nun mit Bäumen, Zäunen, Keulen und einem Rollstuhl tun mußte. Man hatte ihn nicht zur Prüfung zugelassen, und er wollte sagen können: »Ich hätte sie sowieso bestanden, seht doch, wie ich leiden kann.«
Es war von grausamer, hoffnungsloser, zum Himmel schreiender Ungerechtigkeit: Er hatte den Mut besessen, er hatte sich Verletzungen zugezogen, aber er konnte nicht stolz darauf sein. Wenn eine Messerschmidt ihn die Beine gekostet hätte, wäre der Rollstuhl wie ein Orden gewesen, wie eine Tapferkeitsmedaille. Doch jetzt würde er sein ganzes Leben lang sagen müssen: »Es war während des Krieges – nein, nicht im Kampf. Es war ein Autounfall. Ich hatte meine Ausbildung beendet und sollte am nächsten Tag kämpfen. Meine Mühle war eine Schönheit, ich hatte sie gesehen. Ich weiß, daß ich tapfer gewesen *wäre* . . .«
Ja, so will er beweisen, wie stark er ist. Vielleicht konnte auch sie stark sein. Sie könnte einen Weg finden, das Wrack ihres Lebens auszubessern, damit man damit wieder auf Fahrt gehen konnte. David war einmal gut und großzügig und liebevoll gewesen, und sie mußte nun lernen, geduldig zu warten, während er darum kämpfte, der vollständige Mann zu werden, der er früher gewesen war. Sie konnte neue Hoffnungen finden, neue Dinge, für die es sich zu leben lohnte. Andere Frauen hatten die Kraft, mit schmerzlichen Verlusten, mit ausgebombten Häusern und mit Ehemännern in Kriegsgefangenenlagern fertig zu werden.
Lucy hob einen Kieselstein auf, holte aus und schleuderte ihn mit aller Kraft hinaus aufs Meer. Sie sah oder hörte nicht, wie er hinunterfiel. Er könnte seine Bahn ewig fortgesetzt haben und die Erde umkreisen wie ein Satellit im Weltraum.
Sie rief: »Ich kann auch stark sein!«
Dann drehte sie sich um und ging langsam und schleppend die Rampe hinauf zum Haus zurück. Es war fast Zeit, Jo zum erstenmal zu füttern.

6

Es sah wie eine Villa aus. Im gewissen Sinne war es das auch: ein großes Haus mit eigenem Park in dem mit Laubbäumen durchsetzten Städtchen Wohldorf im Norden Hamburgs. Es hätte der Besitz eines Reeders, eines erfolgreichen Importeurs oder eines Industriellen sein können. In Wirklichkeit gehörte es der Abwehr.

Für sein Schicksal war das Wetter verantwortlich – nicht hier, sondern zweihundert Meilen südöstlich in Berlin, wo die atmosphärischen Bedingungen ungeeignet für den Funkverkehr mit England waren.

Nur bis zum Erdgeschoß war es eine Villa. Darunter befanden sich zwei riesige Betonbunker und Funkgeräte im Wert von mehreren Millionen Reichsmark. Das elektronische System war von einem gewissen Major Werner Trautmann aufgebaut worden. Er hatte gute Arbeit geleistet. Jeder Bunker hatte zwanzig kompakte, schalldichte kleine Abhörkabinen, in denen Funker saßen, die einen Spion an der Art erkennen konnten, wie er seine Botschaft morste – so leicht, wie ein normaler Mensch die Handschrift seiner Mutter auf einem Briefumschlag erkennt.

Beim Bau der Empfangsausrüstung hatte man auf Qualität geachtet, denn die Geräte, mit denen die Botschaften gesendet wurden, waren eher im Hinblick auf Raumersparnis als auf Leistungsfähigkeit entworfen worden. Die meisten von ihnen waren die kleinen, Klamotten genannten Koffergeräte, die Telefunken für Admiral Wilhelm Canaris, den Chef der Abwehr, entwickelt hatte.

An diesem Abend waren die Frequenzen vergleichsweise ruhig, so daß jeder wußte, daß sich die Nadel gemeldet hatte. Die Mitteilung wurde von einem der älteren Funker entgegengenommen. Er morste eine Bestätigung, schrieb die Botschaft schnell um, riß das Blatt von seinem Notizblock und ging zum Telephon. Nachdem er den Funkspruch dem Hauptquartier in der Sophienterrasse in Hamburg über die direkte Leitung mitgeteilt hatte, kam er zu seiner Kabine zurück, um eine Zigarette zu rauchen.

Er bot dem Jungen in der benachbarten Kabine eine Zigarette an. Die beiden standen ein paar Minuten lang zusammen, lehnten sich gegen die Wand und rauchten.
Der Junge fragte: »Was Wichtiges?«
Der Ältere zuckte die Achseln. »Es ist nie unwichtig, wenn er sich meldet. Aber diesmal ist's nicht viel. Die Luftwaffe hat die Paulskathedrale wieder nicht getroffen.«
»Keine Antwort für ihn?«
»Wir glauben nicht, daß er auf Antworten wartet. Er ist ein selbstsicherer Hund. War er schon immer. Ich habe ihm das Funken beigebracht. Als ich damit fertig war, dachte er schon, alles besser zu wissen als ich.«
Der Junge war von Ehrfurcht überwältigt. »Du hast die Nadel getroffen?«
»Oh, ja«, sagte der Ältere und schnipste die Asche weg.
»Was ist das für einer?«
»Als Saufkumpan taugt er so viel wie ein toter Fisch. Ich glaube, er hält viel von Frauen, heimlich jedenfalls, aber mit den Kumpels ein paar Runden zu kippen – da spielt sich nichts ab. Trotzdem ist er der beste Agent, den wir haben.«
»Wirklich?«
»Mit Sicherheit. Manche sagen, der beste Spion, den wir je hatten. Es gibt eine Geschichte, daß er sich fünf Jahre im NKWD in Rußland hocharbeitete und schließlich einer der Berater wurde, denen Stalin am meisten traute . . . Ich weiß nicht, ob es stimmt, aber er wäre dazu fähig. Ein echter Profi. Der Führer weiß es auch.«
»Hitler kennt ihn?«
Der Ältere nickte. »Früher wollte er immer alle Botschaften der Nadel sehen. Ich weiß nicht, ob er es noch tut. Aber der Nadel wäre es auch egal. Den Mann kann nichts beeindrucken. Weißt du was? Er sieht jeden so an, als ob er sich überlegt, wie er ihn umbringen kann, wenn er eine falsche Bewegung macht.«
»Ich bin froh, daß ich ihn nicht ausbilden mußte.«
»Er lernte schnell, das muß ich zugeben.«
»Ein guter Schüler?«

»Einer der besten. Er arbeitete jeden Tag 24 Stunden. Als er das Metier beherrschte, sagte er nicht einmal mehr guten Morgen zu mir. Es fällt ihm sogar schwer, Canaris zu grüßen.«
»Ach du Scheiße!«
»Oh, ja. Wußtest du nicht, daß er immer mit ›Grüße an Willi‹ aufhört? Soviel macht er sich aus Dienstgraden.«
»Nein! Grüße an Willi? Ach du Scheiße!«
Sie rauchten ihre Zigaretten zu Ende, ließen sie auf den Boden fallen und traten sie aus. Dann hob der Ältere die Stummel auf und steckte sie in die Tasche, da es eigentlich nicht erlaubt war, im Bunker zu rauchen. Die Empfangsgeräte waren immer noch ruhig.
»Ja, er weigert sich, seinen Codenamen zu benutzen«, fuhr der Ältere fort. »Von Braun hat ihm den verpaßt, und er hielt nie viel davon. Er mag auch von Braun nicht. Erinnerst du dich – nein, das war, bevor du hier anfingst –, wie Braun der Nadel befahl, zu dem Flugplatz in Farnborough in Kent zu fahren? Die Antwort kam zurück wie der Blitz: ›Es gibt keinen Flugplatz in Farnborough in Kent. Aber in Farnborough in Hampshire ist einer. Zum Glück versteht die Luftwaffe mehr von Geographie als du, du Arschloch.‹ Einfach so.«
»Das ist vielleicht verständlich. Wenn wir Fehler machen, setzen wir ihr Leben aufs Spiel.«
Der Ältere runzelte die Stirn. Er war es, der solche Einschätzungen vortrug, und ihm gefiel nicht, wenn seine Zuhörer eine eigene Meinung äußerten. »Vielleicht«, sagte er widerwillig.
Der Junge kehrte zu seiner naiven Rolle zurück. »Wieso mag er seinen Codenamen nicht?«
»Er sagt, daß er eine Bedeutung hat und daß ein Codewort mit einer Bedeutung jemanden verraten kann. Von Braun hörte nicht darauf.«
»Eine Bedeutung? Die Nadel? Was bedeutet das?«
Aber in diesem Moment piepte das Gerät des Älteren, und er eilte an seinen Platz zurück. Der Junge fand es also nie heraus.

Zweiter Teil

7

Die Mitteilung verärgerte Faber, weil sie ihn dazu zwang, sich mit Problemen zu befassen, denen er ausgewichen war.

Hamburg war verdammt sicher gewesen, daß die Botschaft ihn erreichte. Er hatte sein Rufzeichen gesendet, und statt mit dem üblichen »Empfangen – Fortfahren« hatten sie mit »Gehen Sie zu Rendezvous Eins« geantwortet.

Er bestätigte den Befehl, übermittelte seinen Bericht und packte das Funkgerät wieder in den Koffer. Dann schob er sein Fahrrad aus dem Moor von Erith hinaus – er war als Vogelbeobachter getarnt – und erreichte die Straße nach Blackheath. Während er zu seiner engen Zweizimmerwohnung zurückfuhr, fragte er sich, ob er dem Befehl gehorchen solle.

Zwei Gründe sprachen dafür, nicht zu gehorchen: ein professioneller und ein persönlicher.

Der professionelle Grund bestand darin, daß »Rendezvous Eins« ein alter Code war, den Canaris schon 1937 aufgestellt hatte. Er besagte, daß er an der Tür eines bestimmten Ladens zwischen Leicester Square und Piccadilly Circus einen anderen Agenten treffen solle. Beide würden einander daran erkennen, daß sie eine Bibel trugen. Dann mußten einige Bemerkungen ausgetauscht werden:

»Welches Kapitel nehmen wir heute?«

»Das erste Buch der Könige, Kapitel 13.«

Wenn sie sicher waren, daß man sie nicht verfolgte, würden sie dann darin übereinstimmen, daß das Kapitel höchst interessant sei. Sonst würde einer sagen: »Tut mir leid, ich habe es noch nicht gelesen.«

Der Ladeneingang mochte nicht mehr da sein, aber das beunruhigte Faber nicht. Er dachte, daß Canaris den Code wahrscheinlich an die meisten der tollpatschigen Amateure gegeben hatte, die den Kanal im Jahre 1940 überquert hatten und in den Armen des MI 5 gelandet waren. Faber wußte, daß man sie gefangen hatte, da die Exekutionen bekanntgegeben worden waren – zweifellos, um die Öffentlichkeit zu überzeugen, daß etwas gegen die sogenannte Fünfte Kolonne unternommen wurde. Wahrscheinlich hatten sie ihre Geheimnisse vor dem Tod verraten, so daß die Briten den alten Rendezvouscode jetzt vermutlich kannten. Wenn sie den Funkspruch aus Hamburg abgefangen hatten, mußte der Geschäftseingang jetzt schon von höflichen jungen Engländern wimmeln, die Bibeln bei sich trugen und übten, »höchst interessant« mit deutschem Akzent auszusprechen.

Damals, in jenen berauschenden Tagen, als die Invasion so nahe schien, hatte die Abwehr jeden Professionalismus in den Wind geschlagen. Seitdem hatte Faber Hamburg nicht mehr getraut. Er teilte ihnen nicht mit, wo er wohnte, er weigerte sich, mit anderen Agenten in Großbritannien Verbindung aufzunehmen, er änderte seine Sendefrequenz, ohne sich darum zu kümmern, ob er die Botschaften eines anderen dabei durcheinanderwarf.

Wenn er seinen Vorgesetzten immer gehorcht hätte, wäre er nicht so lange am Leben geblieben.

In Woolidge schloß sich eine Menge anderer Radfahrer Faber an. Es waren Arbeiter, die am Ende der Tagschicht aus der Munitionsfabrik strömten. Ihre fröhliche Erschöpfung erinnerte Faber an seinen persönlichen Grund, nicht zu gehorchen: Er glaubte, daß seine Seite den Krieg verlor.

Jedenfalls konnte keine Rede davon sein, daß sie gewann. Die Russen und Amerikaner waren in den Krieg eingetreten, Afrika war verloren, die Italiener hatten kapituliert. Die Alliierten mußten in diesem Jahr – 1944 – in Frankreich landen.

Faber wollte sein Leben nicht sinnlos riskieren.

Er kam nach Hause und stellte das Fahrrad weg. Während er sich das Gesicht wusch, wurde ihm klar, daß er aller Logik zum Trotz zu dem Rendezvous gehen *wollte.*

Es war ein dummes Risiko, das er für eine verlorene Sache auf sich nahm, aber es kribbelte ihn einfach. Der Grund war, daß er sich unerträglich gelangweilt fühlte. Die Routinebotschaften, das Beobachten der Vögel, das Fahrrad, das Essen in Pensionen – es war vier Jahre her, seit er etwas erlebt hatte, was entfernt an Aktion erinnerte. Er schien nicht in der geringsten Gefahr zu sein, und das machte ihn nervös, weil er sich unsichtbare Bedrohungen einbildete. Am wohlsten fühlte er sich, wenn er ab und zu eine Bedrohung identifizieren und Maßnahmen zu ihrer Beseitigung ergreifen konnte.
Ja, er würde das Rendezvous einhalten. Aber nicht so, wie man es erwartete.

Trotz des Krieges drängten sich die Menschen immer noch im West End von London. Faber fragte sich, ob es in Berlin genauso sei. Er kaufte eine Bibel in der Buchhandlung Hatchard's in Piccadilly und zwängte sie in die Innentasche seines Mantels, so daß sie nicht zu sehen war. Es war ein milder, feuchter Tag, an dem es von Zeit zu Zeit nieselte. Faber trug einen Regenschirm.
Das Rendezvous war für die Zeit zwischen 9 und 10 Uhr oder zwischen 17 und 18 Uhr vorgesehen. Man sollte jeden Tag dorthin gehen, bis der andere auftauchte. Wenn an fünf aufeinanderfolgenden Tagen kein Kontakt hergestellt wurde, kehrte man zwei Wochen lang an jedem zweiten Tag wieder. Danach gab man auf.
Faber traf um zehn nach neun am Leicester Square ein. Der Kontaktmann stand im Eingang des Tabakwarengeschäfts. Er hatte eine schwarz eingebundene Bibel unter dem Arm und tat so, als stelle er sich unter. Faber beobachtete ihn aus den Augenwinkeln und eilte mit gesenktem Kopf vorbei. Der Mann war recht jung, hatte einen blonden Schnurrbart und wirkte wohlgenährt. Er trug einen schwarzen zweireihigen Regenmantel, las den *Daily Express* und kaute Gummi. Faber kannte ihn nicht.
Als Faber zum zweitenmal auf der gegenüberliegenden Straßenseite vorbeiging, entdeckte er den Verfolger. Ein kleiner,

stämmiger Mann, der einen Trenchcoat und einen Schlapphut trug, die bei englischen Polizisten in Zivil so beliebt waren, stand vorne am Foyer eines Bürogebäudes und beobachtete den Spion im Geschäftseingang durch die Glastüren über die Straße hinweg.

Es gab zwei Möglichkeiten. Wenn der Agent nicht wußte, daß man ihm auf die Schliche gekommen war, brauchte Faber ihn nur vom Treffpunkt fortzulotsen und den Verfolger abzuschütteln. Die Alternative war jedoch, daß man den Agenten gefangen hatte und der Mann im Eingang ihn ersetzte. Dann durften weder er noch der Verfolger Fabers Gesicht sehen.

Faber nahm das Schlimmste an und überlegte sich, wie er damit fertig werden könne.

Auf dem Platz stand eine Telefonzelle. Faber ging hinein und merkte sich die Nummer. Dann suchte er das erste Buch der Könige, Kapitel 13, in der Bibel, riß die Seite heraus und kritzelte auf den Rand: »Kommen Sie zu der Telefonzelle auf dem Platz.«

Er spazierte in den Gassen hinter der Nationalgalerie umher, bis er einen kleinen Jungen von etwa zehn oder elf Jahren fand, der auf einer Stufe saß und Steine in eine Pfütze warf.

Faber fragte ihn: »Kennst du das Tabakgeschäft auf dem Platz dort?«

»Jo«, antwortete der Junge.

»Magst du Kaugummi?«

»Jo.«

Faber gab ihm die Seite, die er aus der Bibel gerissen hatte. »Im Eingang des Tabakladens steht ein Mann. Wenn du ihm das gibst, kriegst du von ihm Kaugummi.«

»Geht klar«, sagte der Junge. Er stand auf. »Is das 'n Yankee?«

»Jo«, sagte Faber.

Der Junge rannte davon. Faber folgte ihm. Als der Junge sich dem Agenten näherte, duckte Faber sich in den Eingang des gegenüberliegenden Gebäudes. Der Verfolger war immer noch da und spähte durch das Glas. Faber stand genau vor der Tür, nahm dem Verfolger die Sicht über die Straße hinweg, öffnete seinen Regenschirm und tat so, als habe er damit Mühe. Er sah, wie der Agent dem Jungen etwas gab und davonging. Faber beendete die Posse mit dem Regenschirm und schlug die entgegengesetzte Richtung ein. Er blickte über die Schulter zurück und sah, wie der Verfolger auf die Straße lief und nach dem verschwundenen Agenten Ausschau hielt.

Faber betrat die nächstgelegene Telefonzelle und wählte die Nummer der Zelle auf dem Platz. Er brauchte ein paar Minuten, um durchzukommen. Endlich war eine tiefe Stimme zu hören: »Hallo?«

Faber sagte: »Welches Kapitel nehmen wir heute?«

»Das erste Buch der Könige, Kapitel 13.«

»Höchst interessant.«

»Ja, nicht wahr?«

Der Trottel hat keine Ahnung von der Klemme, in der er sitzt, dachte Faber. Laut sagte er: »Nun?«

»Ich muß Sie sehen.«

»Das ist unmöglich.«

»Aber ich muß es!« Die Stimme hatte einen Beiklang, der Faber am Rande der Verzweiflung zu sein schien. »Die Botschaft kommt von ganz oben – verstehen Sie?«

Faber gab vor zu schwanken. »Also gut. Ich treffe Sie in einer Woche um 9 Uhr am Haupteingang des Bahnhofs Euston.«

»Geht's nicht eher?«

Faber hängte auf und trat hinaus. Er verschwand rasch um zwei Ecken und hatte die Telefonzelle auf dem Platz im Blickfeld. Der Agent ging in Richtung Piccadilly. Der Verfolger war nicht zu entdecken. Faber folgte dem Agenten.

Der Mann betrat die U-Bahn-Station am Piccadilly Circus und löste eine Fahrkarte nach Stockwell. Faber erkannte sofort, daß es dorthin eine direkte Route gab. Er verließ die Station, ging schnell zum Leicester Square und nahm einen Zug der Northern Line. Der Agent würde in Waterloo umsteigen müssen, während Fabers Zug durchfuhr. Faber würde also Stockwell zuerst erreichen.

Tatsächlich mußte Faber vor der Station in Stockwell 25 Minuten warten, bis der Agent auftauchte. Faber folgte ihm wieder. Er betrat ein Café.

Nach einer halben Stunde kam er wieder heraus. Faber beschattete ihn durch eine Reihe von Wohnstraßen. Der Agent hatte es nicht eilig. Er schlenderte wie ein Mann, der nach Hause zurückkehrt und für den Rest des Tages nichts mehr zu tun hat. Da er sich nie umschaute, dachte Faber: Also tatsächlich ein Amateur.
Endlich ging er in ein Haus – eines der schäbigen, anonymen, unauffälligen Logierhäuser, denen Spione überall den Vorzug geben. Unter dem Dach war ein Fenster. Dort würde das Zimmer des Agenten sein, hoch oben zum besseren Funkempfang.
Faber schritt vorbei und musterte die gegenüberliegende Straßenseite. Ja – dort. Eine Bewegung hinter einem Fenster im Obergeschoß, ein flüchtiger Blick auf ein Jackett und eine Krawatte, ein beobachtendes Gesicht, das zurückgezogen wurde: Der Feind war auch hier. Der Agent mußte gestern zum Treffpunkt gefahren sein und nicht gemerkt haben, daß der MI 5 ihm nach Hause folgte – das heißt natürlich, wenn er nicht selbst zum MI 5 gehörte.
Faber bog um die Ecke, ging die nächste Parallelstraße hinunter und zählte die Häuser. Fast unmittelbar hinter dem Gebäude, das der Agent betreten hatte, lag die Ruine eines zerbombten Doppelhauses. Sehr gut.
Auf dem Weg zurück zur Station schien er ein erregendes Summen zu spüren. Seine Schritte waren elastischer, sein Herzschlag eine Nuance schneller, und er blickte aufmerksam und munter um sich. So gefiel es ihm. Das Spiel hatte begonnen.

In dieser Nacht zog er sich schwarz an: eine Wollmütze, einen Rollkragenpullover unter einer kurzen ledernen Fliegerjacke, eine in die Socken gesteckte Hose, Schuhe mit Gummisohlen – alles schwarz. Er würde fast unsichtbar sein, da auch London in der Verdunklung schwarz war.
Faber fuhr mit dem Fahrrad, dessen Beleuchtung gedämpft war, durch ruhige Gassen und vermied die Hauptstraßen. Es war nach Mitternacht, und er sah niemanden. Eine Viertel-

meile vor seinem Ziel schloß er sein Rad mit einem Vorhängeschloß an den Zaun im Hof eines Pubs.

Er ging nicht zum Haus des Agenten, sondern zu der Ruine in der nächsten Straße. Vorsichtig bahnte er sich seinen Weg durch das Geröll im Vorgarten, trat durch den klaffenden Eingang und durchquerte das Haus. Es war sehr dunkel. Ein dichter Vorhang aus niedrigen Wolken verhüllte den Mond und die Sterne. Faber mußte langsam mit vorgestreckten Händen gehen.

Er erreichte das Ende des Hintergartens, sprang über den Zaun und schlich durch die nächsten beiden Gärten. In einem der Häuser bellte ein Hund einen Moment lang.

Der Garten des Logierhauses war ungepflegt. Faber geriet in einen Brombeerstrauch. Die Dornen zerkratzten sein Gesicht. Er duckte sich unter einer Wäscheleine – das Licht reichte gerade, um sie zu erkennen.

Nachdem er das Küchenfenster gefunden hatte, nahm er ein kleines Gerät mit schaufelförmiger Schneide aus der Tasche. Der Fensterkitt war alt und brüchig und löste sich hier und dort schon. Nach zwanzig Minuten lautloser Arbeit nahm er die Scheibe aus dem Rahmen und legte sie sanft auf das Gras. Er leuchtete mit einer Taschenlampe durch das Loch, um sich zu vergewissern, daß ihm nichts den Weg versperrte, und kletterte hinein.

In dem verdunkelten Haus roch es nach gekochtem Fisch und Desinfektionsmittel. Faber schloß die Hintertür auf – für den Fall einer schnellen Flucht –, bevor er den Flur betrat. Er schaltete den scharfgebündelten Strahl seiner Taschenlampe einmal ganz schnell an und aus. Dieser Moment genügte, um ihn einen gekachelten Gang, einen Nierentisch, den er umgehen mußte, eine Reihe von Mänteln an Haken und zur Rechten eine mit einem Läufer belegte Treppe wahrnehmen zu lassen.

Leise kletterte er die Treppe empor.

Am Ende der zweiten Treppenflucht war nur eine einzige Tür. Faber probierte sie vorsichtig aus. Sie war verschlossen.

Er nahm ein weiteres Werkzeug aus der Jackentasche, öffnete die Tür und lauschte.

Tiefes, regelmäßiges Atmen war zu hören. Er trat ein. Das Geräusch kam aus der gegenüberliegenden Zimmerecke. Er konnte nichts sehen. Ganz langsam durchquerte er das pechschwarze Zimmer und streckte bei jedem Schritt die Hände nach vorn aus, bis er neben dem Bett stand.
Faber hatte die Taschenlampe in der linken Hand, das Stilett lose im Ärmel, und seine rechte Hand war frei. Er knipste die Taschenlampe an und packte die Kehle des Schlafenden mit einem Würgegriff.
Der Agent riß die Augen auf – sie waren voll Furcht –, konnte aber keinen Laut von sich geben. Faber stieg rittlings auf das Bett und setzte sich auf ihn. Dann flüsterte er: »Das erste Buch der Könige, Kapitel 13«, und lockerte seinen Griff.
»Sie!« sagte der Agent. Er spähte in den Strahl der Taschenlampe und versuchte, Fabers Gesicht auszumachen. Dabei rieb er sich den Hals dort, wo Fabers Hand zugedrückt hatte.
Faber zischte: »Seien Sie still!« Er richtete die Taschenlampe auf die Augen des Agenten und zog das Stilett mit der rechten Hand.
»Wollen Sie mich nicht aufstehen lassen?«
»Im Bett sind Sie mir lieber. Da können Sie nicht noch mehr anrichten.«
»Anrichten? Noch mehr?«
»Man hat Sie auf dem Leicester Square beobachtet, ich konnte Ihnen hierher folgen, und dieses Haus wird überwacht. Wie kann ich Ihnen also trauen?«
»Mein Gott, es tut mir leid.«
»Warum hat man Sie geschickt?«
»Die Botschaft mußte persönlich übergeben werden. Der Befehl kommt vom Führer selbst.« Der Agent hielt inne.
»Ja, was für ein Befehl?«
»Ich . . . muß sicher sein, daß Sie der Richtige sind.«
»Wie können Sie sicher sein?«
»Ich muß Ihr Gesicht sehen.«
Faber zögerte und richtete dann kurz die Taschenlampe auf sich selbst. »Zufrieden?«
»Die Nadel«, flüsterte der Mann.

»Und wer sind Sie?«
»Major Friedrich Kaldor, zu Ihren Diensten.«
»Also müßte ich zu Ihren Diensten sein.«
»Oh, nein. Sie sind in Ihrer Abwesenheit zweimal befördert worden. Jetzt sind Sie Oberstleutnant.«
»Haben die in Hamburg nichts Besseres zu tun?«
»Sind Sie nicht froh darüber?«
»Ich wäre froh, wenn ich zurückkehren und Major von Braun zum Latrinendienst abordnen könnte.«
»Darf ich aufstehen?«
»Auf keinen Fall. Vielleicht vegetiert Major Kaldor im Wandsworth-Gefängnis dahin, und Sie sind ein Betrüger, der nur darauf wartet, seinen Freunden im Haus gegenüber ein Zeichen zu geben.«
»Wie Sie wollen.«
»Welchen Befehl hat also Hitler selbst gegeben?«
»Nun, im Reich glaubt man, daß es dieses Jahr eine Invasion in Frankreich geben wird.«
»Brillant, brillant. Weiter.«
»Man glaubt, daß General Patton die *First United States Army Group* in East Anglia zusammenzieht. Wenn das die Invasionstruppe ist, folgt daraus, daß sie über die Straße von Dover angreift.«
»Das ist logisch. Aber ich habe noch kein Zeichen von Pattons Armee gesehen.«
»Auch in den höchsten Kreisen in Berlin zweifeln manche. Der Astrologe des Führers –«
»Was?«
»Ja, er hat einen Astrologen, der ihm rät, die Normandie zu verteidigen.«
»Du lieber Himmel! Ist es schon so weit gekommen?«
»Er bekommt aber auch viele irdische Ratschläge. Ich persönlich glaube, daß er den Astrologen als Alibi benutzt, wenn er meint, daß die Generale unrecht haben, ihre Argumente aber nicht widerlegen kann.«
Faber seufzte. Er hatte sich vor Neuigkeiten wie dieser gefürchtet. »Fahren Sie fort.«

»Es ist Ihre Aufgabe, die Stärke von FUSAG einzuschätzen: Truppenzahl, Artillerie, Luftunterstützung –«
»Ich weiß, wie man die Stärke von Armeen feststellt, vielen Dank.«
»Natürlich.« Er unterbrach sich. »Ich habe den Befehl, die Bedeutung des Auftrags zu unterstreichen, Herr Oberstleutnant.«
»Das haben Sie ja nun getan. Sagen Sie – sieht's in Berlin wirklich so schlecht aus?«
Der Agent zögerte. »Nein. Die Moral ist gut, die Waffenproduktion wird jeden Monat vergrößert, die Menschen spucken auf die Bomber der RAF –«
»Das genügt«, unterbrach Faber. »Propaganda kann ich auch im Radio hören.«
Der jüngere Mann verstummte.
»Haben Sie mir sonst noch etwas mitzuteilen?« fragte Faber. »Offiziell, meine ich.«
»Ja. Für die Dauer des Auftrags haben Sie einen speziellen Fluchtweg.«
»Die Sache wird tatsächlich für wichtig gehalten.«
»Sie werden von einem U-Boot in der Nordsee aufgenommen, genau zehn Meilen östlich von Aberdeen. Es wird auftauchen, wenn Sie es auf Ihrer normalen Frequenz rufen. Sobald ich Hamburg mitgeteilt habe, daß der Befehl weitergeleitet ist, steht die Route zur Verfügung. Das Boot wird jeden Freitag und Montag um 6 Uhr da sein und bis 18 Uhr warten.«
»Aberdeen ist eine große Stadt. Haben Sie die genauen Koordinaten?«
»Ja.« Der Agent nannte die Ziffern, und Faber prägte sie sich ein.
»Ist das alles, Major?«
»Ja, Herr Oberstleutnant.«
»Was gedenken Sie mit den Herren vom MI 5 auf der anderen Straßenseite anzufangen?«
Der Agent zuckte die Schultern. »Ich werde Ihnen entwischen müssen.«
Faber dachte: Es hat keinen Zweck. »Wie sind Ihre Befehle,

nachdem Sie mich getroffen haben? Haben Sie einen Fluchtweg?«
»Nein. Ich soll an einen Ort namens Weymouth fahren, ein Boot stehlen und damit nach Frankreich zurückkehren.«
Das war nicht als Plan zu bezeichnen. Faber dachte: Canaris wußte, was geschehen wird. Also gut. »Und wenn die Briten Sie fangen und foltern?«
»Ich habe eine Selbstmordtablette.«
»Und Sie werden sie benutzen?«
»Ganz sicher.«
Faber blickte ihn an. »Ich nehme an, daß es stimmt«, sagte er. Er legte die linke Hand auf den Brustkasten des Agenten und stemmte sich darauf, als wolle er vom Bett hinabsteigen. Auf diese Weise spürte er genau, wo die Rippen zu Ende waren und der Unterleib begann. Er stieß die Spitze des Stiletts direkt unterhalb der Rippen hinein und trieb es nach oben zum Herzen. Die Augen des Agenten weiteten sich in einem Moment des Entsetzens. Ein Schrei bildete sich in seiner Kehle, ohne zu entweichen. Sein Körper verkrampfte sich. Faber stieß das Stilett noch einen Zoll weiter hinein. Die Augen schlossen sich, und der Körper wurde schlaff.
Faber sagte: »Du hast mein Gesicht gesehen.«

8

»Ich glaube, die Sache ist uns aus den Händen geglitten«, sagte Percival Godliman.
Frederick Bloggs nickte zustimmend. »Es ist meine Schuld.«
Der Junge sieht erschöpft aus, dachte Godliman. Er sah schon seit fast einem Jahr so aus – seit der Nacht, in der die zerquetschten Überreste seiner Frau unter den Trümmern ihres zerbombten Hauses in Hoxton hervorgezogen wurden.
»Ich bin nicht daran interessiert, die Schuldfrage zu untersuchen«, entgegnete Godliman energisch. »Tatsache ist, daß in den wenigen Sekunden, in denen Sie Blondie aus den Augen verloren haben, auf dem Leicester Square etwas geschehen ist.«

»Meinen Sie, daß der Kontakt hergestellt wurde?«
»Möglicherweise.«
»Als wir ihn in Stockwell wieder erwischten, dachte ich, daß er es einfach für den Tag aufgegeben hatte.«
»Wenn das stimmte, wäre er gestern und heute wieder am Treffpunkt erschienen.« Godliman legte auf seinem Schreibtisch Streichhölzer zu Mustern zusammen – eine Denkhilfe, die ihm zur Gewohnheit geworden war. »Rührt sich im Haus immer noch nichts?«
»Nein. Er ist seit 48 Stunden dort geblieben.« Bloggs wiederholte: »Es ist meine Schuld.«
»Hören Sie bloß auf, alter Junge«, sagte Godliman. »Ich traf die Entscheidung, ihn nicht festzunehmen, damit er uns zu einem anderen führen könnte. Ich glaube immer noch, daß es richtig war.«
Bloggs saß bewegungslos da, seine Miene war ausdruckslos, seine Hände steckten in den Taschen seines Regenmantels.
»Wenn der Kontakt hergestellt wurde, sollten wir Blondie sofort schnappen und herausfinden, welchen Auftrag er hatte.«
»Dadurch verlieren wir jede Möglichkeit, Blondie zu jemandem zu folgen, der wirklich gefährlich ist.«
»Ihre Entscheidung.«
Godliman hatte mit seinen Streichhölzern eine Kirche gebildet. Er starrte sie einen Augenblick lang an, nahm dann einen Halfpenny aus der Tasche und warf ihn hoch. »Zahl«, sagte er. »Geben Sie ihm noch 24 Stunden.«

Der Hauswirt war ein irischer Republikaner mittleren Alters aus Lisdoonvarna in County Clare, der die heimliche Hoffnung hatte, daß die Deutschen den Krieg gewinnen und die Grüne Insel für immer von der englischen Unterdrückung befreien würden. Er humpelte arthritisch durch das alte Haus, sammelte seine wöchentliche Miete ein und stellte sich vor, wieviel Geld er hätte, wenn er diese Mieten bis zum echten Marktpreis anheben könnte. Ein reicher Mann war er nicht – er besaß nur zwei Häuser, dieses und das kleinere, in dem er wohnte. Er war ständig schlecht gelaunt.

In der ersten Etage klopfte er an die Tür eines alten Mannes. Dieser Mieter freute sich immer, ihn zu sehen. Wahrscheinlich freute er sich über jeden Besuch. Er sagte: »Hallo, Mr. Riley, möchten Sie eine Tasse Tee?«
»Habe heute keine Zeit.«
»Schade.« Der alte Mann übergab ihm das Geld. »Ich nehme an, daß Sie das Küchenfenster schon gesehen haben?«
»Nein, ich war noch nicht dort.«
»Oh! Eine Glasscheibe fehlt. Ich habe einen Verdunklungsvorhang darübergehängt, aber natürlich zieht es.«
»Wer hat sie eingeschlagen?« fragte der Hauswirt.
»Ist komisch, sie ist nicht zerbrochen. Liegt einfach so auf dem Gras. Vielleicht ist der alte Kitt einfach abgefallen. Ich repariere es selbst, wenn Sie ein bißchen Kitt besorgen können.«
Du alter Narr, dachte der Hauswirt. Laut sagte er: »Ist Ihnen nicht eingefallen, daß jemand eingebrochen haben könnte?«
Der alte Mann schien erstaunt. »Daran habe ich nicht gedacht.«
»Vermißt jemand Wertgegenstände?«
»Davon hat mir keiner was gesagt.«
Der Hauswirt ging zur Tür. »In Ordnung, ich seh's mir an, wenn ich unten bin.«
Der alte Mann folgte ihm nach draußen. »Ich glaube nicht, daß der Neue oben ist«, meinte er. »Seit zwei Tagen habe ich keinen Laut gehört.«
Der Hauswirt schnupperte. »Hat er in seinem Zimmer gekocht?«
»Keine Ahnung, Mr. Riley.«
Die beiden stiegen die Treppe hinauf. Der alte Mann sagte: »Er ist sehr ruhig, wenn er jetzt da ist.«
»Er muß mit dem Kochen aufhören. Es riecht widerlich.«
Der Hauswirt klopfte an die Tür. Niemand antwortete. Er öffnete und trat ein. Der alte Mann folgte ihm.

»So, so, so«, sagte der alte Sergeant mit kräftiger Stimme. »Ich glaube, wir haben's mit 'nem Toten zu tun.«
Er überschaute das Zimmer. »Irgendwas angefaßt, Paddy?«

»Nein«, erwiderte der Hauswirt. »Und ich heiße Mr. Riley.«
Der Polizist achtete nicht darauf. »Aber noch nicht lange tot. Ich habe schon Schlimmeres gerochen.« Sein prüfender Blick glitt über die alte Kommode, den Koffer auf dem niedrigen Tisch, das verblichene Teppichquadrat, die schmutzigen Vorhänge an dem Dachfenster und das zerwühlte Bett in der Ecke. Es gab keine Zeichen eines Kampfes.
Er ging hinüber zum Bett. Das Gesicht des jungen Mannes war friedlich, seine Hände waren an die Brust gepreßt. »Ich würde sagen Herzanfall, wenn er nicht so jung wäre.« Es gab kein leeres Schlaftablettenröhrchen, das auf einen Selbstmord hindeutete. Er nahm die lederne Brieftasche von der Kommode und sah sich ihren Inhalt an: eine Kennkarte, ein Lebensmittelbuch und ein recht dickes Bündel Banknoten. »Die Papiere sind in Ordnung, und ausgeraubt hat man ihn nicht.«
»Er ist erst seit etwa einer Woche hier«, bemerkte der Hauswirt vorsichtig. »Ich weiß fast gar nichts über ihn. Er ist aus Nordwales gekommen, um in einer Fabrik zu arbeiten.«
»Wenn er so gesund gewesen wäre, wie er aussah, hätte er Soldat sein müssen«, sagte der Sergeant. Er öffnete den Koffer auf dem Tisch. »Verflucht, was ist das denn?«
Der Hauswirt und der alte Mann hatten sich inzwischen in das Zimmer vorgeschoben. Der Hauswirt erklärte: »Das ist ein Funkgerät«, während der alte Mann gleichzeitig sagte: »Er blutet.«
»Rühren Sie die Leiche nicht an!« warnte der Segeant.
»Er hat ein Messer in den Bauch gekriegt«, sagte der alte Mann beharrlich.
Der Sergeant hob behutsam eine der leblosen Hände von der Brust und entdeckte einen kleinen Fleck getrockneten Blutes. »Er *hat* geblutet«, sagte er. »Wo ist das nächste Telefon?«
»Fünf Häuser weiter unten«, antwortete der Hauswirt.
»Schließen Sie dieses Zimmer ab, und bleiben Sie draußen, bis ich zurückkomme.«
Der Sergeant verließ das Haus und klopfte an die Tür des Nachbarn, der ein Telefon hatte. Eine Frau öffnete. »Guten Morgen, Madam. Darf ich Ihr Telefon benutzen?«

»Kommen Sie herein.« Sie zeigte ihm das Telefon, das auf einem Tischchen im Flur stand. »Was ist passiert – etwas Aufregendes?«
»Ein Mieter ist in einem Logierhaus gestorben, etwas weiter die Straße rauf«, sagte er, während er wählte.
»Ermordet?« fragte sie mit aufgerissenen Augen.
»Das überlasse ich den Experten. Hallo? Polizeirat Jones, bitte. Hier spricht Canter.« Er sah die Frau an. »Darf ich Sie bitten, eben in die Küche zu gehen, während ich mit meinem Chef spreche?«
Sie gehorchte enttäuscht.
»Hallo, Chef. Die Leiche hat eine Stichwunde, und im Koffer ist ein Funkgerät.«
»Wie war noch die Adresse, Sarge?«
Sergeant Canter gab sie ihm.
»Ja, das ist die, die sie beobachtet haben. Das ist eine Sache für den MI 5, Sarge. Gehen Sie zu Nummer 42, und erzählen Sie der Überwachungsmannschaft, was Sie gefunden haben. Ich rede mit deren Chef. Also los!«
Canter dankte der Frau und überquerte die Straße. Er war recht aufgeregt. Dies war erst sein zweiter Mord in 31 Jahren als städtischer Polizist, und er hatte sogar mit Spionage zu tun! Vielleicht schaffte er es doch noch bis zum Inspektor.
Er pochte an die Tür von Nummer 42. Sie öffnete sich, und zwei Männer standen vor ihm.
Sergeant Canter fragte: »Sind Sie die Geheimagenten von MI 5?«

Bloggs traf zur selben Zeit ein wie der Mann vom *Special Branch,* Detektivinspektor Harris, den er noch aus seinen Tagen bei Scotland Yard kannte. Canter zeigte ihnen die Leiche. Sie standen einen Augenblick lang still und betrachteten das friedliche junge Gesicht mit dem blonden Schnurrbart.
Harris fragte: »Wer ist das?«
»Sein Codename ist Blondie«, erklärte Bloggs. »Wir nehmen an, daß er vor zwei Wochen mit dem Fallschirm abgesprungen ist. Wir fingen einen Funkspruch ab, in dem er mit einem an-

deren Agenten ein Treffen arrangierte. Da wir den Code kannten, konnten wir den Treffpunkt überwachen. Wir hofften, daß Blondie uns zu dem eigentlich gesuchten Agenten führen würde. Der ist viel gefährlicher.«

»Und was ist hier passiert?«

»Keine Ahnung.«

Harris warf einen Blick auf die Wunde in der Brust des Agenten. »Stilett?«

»Wahrscheinlich. Saubere Arbeit. Unter den Rippen durch direkt ins Herz. Geht ganz schnell.«

»Man kann auf schlimmere Art sterben.«

Sergeant Canter warf ein: »Möchten Sie sehen, wie er hereingekommen ist?«

Er führte sie nach unten in die Küche. Sie schauten sich den Fensterrahmen und die unzerbrochene Glasscheibe an, die auf dem Rasen lag.

»Außerdem ist die Schlafzimmertür mit einem Dietrich geöffnet worden«, sagte Canter.

Sie setzten sich an den Küchentisch, und Canter machte Tee. Bloggs bemerkte: »Es geschah in der Nacht, nachdem ich ihn am Leicester Square aus den Augen verloren hatte. Ich habe alles versaut.«

»Niemand ist vollkommen«, sagte Harris.

Sie tranken ihren Tee und schwiegen für eine Weile. »Wie geht's dir eigentlich?« fragte Harris. »Du läßt dich im Yard nicht mehr sehen.«

»Viel zu tun.«

»Wie geht's Christine?«

»Bei den Bombenangriffen umgekommen.«

Harris' Augen weiteten sich. »Du armer Kerl.«

»Bei dir alles in Ordnung?«

»Habe meinen Bruder in Afrika verloren. Kanntest du ihn?«

»Nein.«

»'Ne tolle Nummer. Saufen? So was hast du noch nicht gesehen. Hat so viel dafür ausgegeben, daß er sich nicht leisten konnte zu heiraten – vielleicht ganz gut, so wie sich die Dinge entwickelt haben.«

»Die meisten haben irgend jemanden verloren.«
»Wenn du nichts vorhast, komm am Sonntag zu uns zum Dinner.«
»Danke, aber ich arbeite jetzt sonntags.«
Harris nickte. »Na, dann eben, wenn es dir paßt.«
Ein Kriminalbeamter steckte den Kopf durch die Tür und wandte sich an Harris: »Können wir das Beweismaterial einpacken, Chef?«
Harris blickte Bloggs an.
»Ich bin fertig.«
»In Ordnung, Junge, fangt an«, befahl Harris.
»Angenommen, er hat den Kontakt hergestellt, nachdem ich ihn verloren hatte, und den hiesigen Agenten hierherbestellt«, sagte Bloggs. »Der hiesige Agent könnte eine Falle vermutet haben – das würde erklären, weshalb er durchs Fenster hereinkam und das Schloß heimlich aufmachte.«
»Dann wäre er ein verteufelt mißtrauischer Hund«, bemerkte Harris.
»Vielleicht haben wir ihn deshalb nie gefangen. Egal, er schleicht in Blondies Zimmer und weckt ihn auf. Jetzt weiß er, daß es keine Falle ist, stimmt's?«
»Stimmt.«
»Warum bringt er Blondie dann um?«
»Vielleicht sind sie handgreiflich geworden.«
»Dafür gibt es keine Anzeichen.«
Harris runzelte die Stirn und blickte in seine leere Tasse. »Vielleicht hat er rausgekriegt, daß Blondie beobachtet wurde, und hatte Angst, daß wir uns den Jungen schnappen und ihn zum Reden bringen würden.«
Bloggs sagte: »Dann wäre er ein rücksichtsloser Hund.«
»Vielleicht haben wir ihn deshalb nie gefangen.«

»Kommen Sie herein. Setzen Sie sich. MI 6 hat gerade angerufen. Canaris ist entlassen worden.«
Bloggs trat ein, setzte sich und fragte: »Ist das eine gute oder eine schlechte Nachricht?«

»Eine ganz schlechte«, antwortete Godliman. »Es ist im allerschlechtesten Moment passiert.«
»Darf ich erfahren, wieso?«
Godliman betrachtete ihn mit zusammengekniffenen Augen. »Ich denke, daß Sie es wissen müßten. Im Augenblick haben wir vierzig Doppelagenten, die falsche Informationen über alliierte Pläne für die Invasion in Frankreich nach Hamburg senden.«
Bloggs pfiff durch die Zähne. »Ich wußte nicht, daß es um so viel geht. Ich vermute, die Doppelagenten sagen, daß wir in Cherbourg landen, aber in Wirklichkeit ist es Calais, oder umgekehrt.«
»So ungefähr. Anscheinend brauche ich die Einzelheiten nicht zu wissen. Man hat sie mir jedenfalls nicht erzählt. Egal, die ganze Sache ist in Gefahr. Wir kennen Canaris, wir wußten, daß wir ihn getäuscht hatten, und wir hätten ihn weiter täuschen können. Ein neuer Besen wird den Agenten seines Vorgängers vielleicht mißtrauen. Außerdem: Ein paar Leute sind von der anderen Seite zu uns übergelaufen. Sie würden die Spione der Abwehr hier verraten haben, wenn sie nicht schon vorher entlarvt worden wären. Das ist ein weiterer Grund für die Deutschen, unsere Doppelagenten zu verdächtigen.
Möglicherweise könnte auch etwas durchgesickert sein. Tausende von Menschen wissen von unserem Täuschungsmanöver. Es gibt Doppelagenten in Island, Kanada und Ceylon – früher auch im Nahen Osten.
Und im letzten Jahr machten wir einen schweren Fehler, als wir einen Deutschen namens Erich Carl zurückschickten. Wir erfuhren später, daß er ein Abwehragent war – ein echter. Während seiner Internierung auf der Insel Man könnte er von zwei Doppelagenten, Mutt und Jeff, und vielleicht von einem dritten, Tate, gehört haben.
Wir haben uns also aufs Glatteis begeben. Wenn ein anständiger Abwehragent in Großbritannien von *Fortitude* – das ist die Codebezeichnung für das Täuschungsmanöver – erfährt, ist die ganze Strategie in Gefahr. Um es klar zu sagen, wir könnten den Scheißkrieg verlieren.«

Bloggs unterdrückte ein Lächeln. Er konnte sich an eine Zeit erinnern, in der Professor Godliman nicht einmal die Bedeutung solcher Wörter kannte.
Der Professor fuhr fort: »Ich habe dafür zu sorgen – das hat der Zwanzigerausschuß ganz deutlich gemacht –, daß es keine Abwehragenten in Großbritannien gibt.«
»Letzte Woche wären wir recht sicher gewesen, daß es tatsächlich so ist«, sagte Bloggs.
»Jetzt wissen wir, daß es wenigstens einen gibt.«
»Und er ist uns durch die Finger geschlüpft.«
»Dann müssen wir ihn eben wieder aufspüren.«
»Ich weiß nicht«, antwortete Bloggs düster. »Wir wissen nicht, von welchem Teil des Landes aus er operiert, und wir haben nicht die geringste Ahnung, wie er aussieht. Er ist zu gerissen, um sich durch Funkpeilung entdecken zu lassen, während er sendet – sonst hätten wir ihn schon vor langer Zeit geschnappt. Wir kennen nicht einmal seinen Codenamen. Womit sollen wir also anfangen?«
»Mit ungelösten Verbrechen«, sagte Godliman. »Einem Spion bleibt nichts anderes übrig, als das Gesetz zu brechen. Er fälscht Papiere, stiehlt Benzin und Munition, vermeidet Kontrollstellen, betritt Sperrgebiete, macht Photos, und wenn jemand ihm auf die Schliche kommt, bringt er ihn um. Die Polizei muß einfach von einigen dieser Verbrechen erfahren, wenn der Spion schon längere Zeit tätig ist. Wenn wir die Akten mit den seit Kriegsbeginn ungelösten Verbrechen durchgehen, werden wir Anhaltspunkte finden.«
»Ist Ihnen nicht klar, daß die meisten Verbrechen ungelöst sind?« fragte Bloggs ungläubig. »Die Akten würden die Albert Hall füllen!«
Godliman zuckte die Schultern. »Dann beschränken wir uns eben auf London und fangen mit den Morden an.«

Sie fanden das, was sie suchten, schon am ersten Tag.
Zufällig stieß Godliman darauf. Zuerst erkannte er nicht, wie bedeutsam es war.
Es war die Akte über den Mord an einer Mrs. Una Garden in

Highgate im Jahre 1940. Man hatte ihr die Kehle durchgeschnitten, und sie war sexuell belästigt, wenn auch nicht vergewaltigt worden. Sie war mit einer erheblichen Alkoholmenge im Blut im Zimmer ihres Mieters gefunden worden. Die Situation ließ sich ziemlich gut rekonstruieren: Sie hatte ein Stelldichein mit dem Mieter gehabt, er hatte weiter gehen wollen, als ihr lieb war, sie hatten sich gestritten, er hatte sie umgebracht, und durch den Mord war seine Libido neutralisiert worden. Aber die Polizei hatte den Mieter nie gefunden.

Godliman hatte die Akte übergehen wollen: Spione ließen sich nicht auf Sexualverbrechen ein. Aber er war ein gewissenhafter Mann, was Aufzeichnungen betraf, und las jedes Wort. Infolgedessen entdeckte er, daß die unglückliche Mrs. Garden neben der tödlichen Verletzung an der Kehle auch Stilettwunden im Rücken hatte.

Godliman und Bloggs saßen an gegenüberliegenden Seiten eines Holztisches im Archiv von Old Scotland Yard. Godliman warf die Akte über den Tisch. »Ich glaube, das ist er.«

Bloggs blätterte sie durch und sagte: »Der Stilettmörder.«

Sie unterschrieben, um die Akte ausleihen zu können, und legten die kurze Entfernung zum Kriegsministerium zu Fuß zurück. Als sie Godlimans Zimmer betraten, lag ein dechiffrierter Funkspruch auf dem Schreibtisch. Er las ihn gleichgültig und knallte dann die Faust auf den Tisch. »Er ist es!«

Bloggs las: »Befehl empfangen. Grüße an Willi.«

»Erinnern Sie sich an ihn?« fragte Godliman. »Die Nadel.«

»Ja«, sagte Bloggs zögernd. »Aber hieraus läßt sich nicht viel entnehmen.«

»Überlegen Sie! Ein Stilett ist wie eine Nadel. Es ist derselbe Mann: der Mord an Mrs. Garden, all die Funksprüche, die wir 1940 nicht einordnen konnten, das Rendezvous mit Blondie . . .«

»Möglicherweise.« Bloggs sah nachdenklich aus.

»Ich kann es beweisen«, sagte Godliman. »Entsinnen Sie sich an den Funkspruch über die Invasionstruppe für Finnland, den Sie mir zeigten, als ich am ersten Tag hierherkam? An den, der unterbrochen wurde?«

»Ja.« Bloggs ging zur Kartei, um ihn herauszusuchen.
»Wenn mein Gedächtnis mich nicht im Stich läßt, ist das Datum des Funkspruchs dasselbe wie das Datum des Mordes ... und ich wette, daß die Todeszeit mit der Unterbrechung zusammenfällt.«
Bloggs blickte auf die Botschaft in der Kartei. »Stimmt beide Male.«
»Na also!«
»Er hat wenigstens fünf Jahre in London operiert, und wir haben bis jetzt gebraucht, um ihm auf die Spur zu kommen«, sann Bloggs. »Es wird nicht leicht sein, ihn zu fangen.«
Godliman wirkte plötzlich raubtierhaft. »Er mag gerissen sein, aber er ist nicht so gerissen wie ich«, sagte er mit gepreßter Stimme. »Ich werde ihn festnageln. Darauf kann der Scheißkerl sich verlassen.«
Bloggs lachte laut. »Mein Gott, Sie haben sich verändert, Professor.«
Godliman sagte: »Ist Ihnen klar, daß Sie zum erstenmal seit einem Jahr gelacht haben?«

9

Das Versorgungsboot umrundete die Landspitze und knatterte unter einem blauen Himmel in die Bucht von Storm Island. Zwei Frauen waren darin: Die eine war die Frau des Schiffers – er war eingezogen worden, und sie betrieb jetzt das Geschäft –, und die andere war Lucys Mutter. Sie verließ das Boot. Sie trug praktische Kleidung – eine Art Männerjacke und einen Rock, der nicht bis zu den Knien reichte. Lucy umarmte sie mit aller Kraft.
»Mutter! Was für eine Überraschung!«
»Aber ich habe dir doch geschrieben.«
Der Brief war bei der Post auf dem Boot. Ihre Mutter hatte vergessen, daß die Post nur alle vierzehn Tage nach Storm Island kam.
»Ist das mein Enkel? Ist er nicht ein großer Junge?«
Der kleine Jo, der fast drei Jahre alt war, drehte sich schüchtern

um und versteckte sich hinter Lucys Rock. Er war dunkelhaarig, hübsch und groß für sein Alter.
»Ist er nicht wie sein Vater!« rief Mutter.
»Ja«, sagte Lucy. In ihrer Zustimmung klang leichtes Mißfallen mit. »Frierst du dich nicht tot? Komm hinauf zum Haus. Wo hast du nur diesen Rock her?«
Sie nahmen die Lebensmittel und stiegen die Rampe zur Spitze der Klippen hinauf. Mutter plapperte dabei. »Das ist Mode, mein Kind. Man spart Stoff. Aber auf dem Festland ist es nicht so kalt wie hier. So ein Wind! Ich kann meinen Koffer wohl an der Anlegestelle lassen – wer sollte ihn stehlen! Jane ist mit einem amerikanischen Soldaten verlobt – einem Weißen, Gott sei Dank. Er kommt aus Milwaukee und kaut keinen Gummi. Ist das nicht schön? Nun brauche ich nur noch vier Töchter zu verheiraten. Dein Vater ist jetzt Captain in der Bürgerwehr, wußtest du das? Er patrouilliert die halbe Nacht im ganzen Gemeindebezirk und wartet auf deutsche Fallschirmspringer. Onkel Stevens Warenhaus wurde zerbombt – ich weiß nicht, *was* er tun wird, man nennt es einen feindlichen Akt oder –«
»Nicht so eilig, Mutter, du hast vierzehn Tage Zeit, um mir alle Neuigkeiten zu erzählen«, lachte Lucy.
Sie erreichten das Haus. Mutter sagte: »Ist es nicht schön?« Sie traten ein. »Das ist einfach wunderschön.«
Lucy forderte ihre Mutter auf, sich an den Küchentisch zu setzen, und machte Tee. »Tom wird deinen Koffer bringen. Er kommt bald zum Lunch.«
»Der Schafhirte?«
»Ja.«
»Findet er genug, um David zu beschäftigen?«
Lucy lachte. »Es ist genau umgekehrt. Ich bin sicher, daß er dir selbst davon erzählen wird. Du hast mir noch nicht gesagt, warum du hier bist.«
»Meine Liebe, es wird langsam Zeit, daß ich dich besuche. Ich weiß, daß wir keine unnötigen Reisen machen sollen, aber einmal in vier Jahren ist ja nicht besonders extravagant, oder?«
Sie hörten den Jeep vor der Tür, und einen Moment später

rollte David herein. Er küßte seine Schwiegermutter und stellte Tom vor.
Lucy sagte: »Tom, Sie können sich Ihren Lunch heute dadurch verdienen, daß Sie Mutters Koffer herbringen. Sie hat dafür Ihre Lebensmittel getragen.«
David wärmte seine Hände am Herd. »Es ist eisig heute.«
»Du nimmst die Schafzucht also wirklich ernst?« fragte Mutter.
»Die Herde ist dreimal so groß wie vor drei Jahren«, erwiderte David. »Mein Vater hat diese Insel nie richtig bewirtschaftet. Ich habe oben auf den Klippen sechs Meilen eingezäunt, die Weiden verbessert und moderne Zuchtmethoden eingeführt. Wir haben nicht nur mehr Schafe, sondern jedes Tier liefert auch mehr Fleisch und Wolle.«
Mutter sagte vorsichtig: »Ich nehme an, daß Tom die körperliche Arbeit macht und du die Befehle gibst.«
David lachte. »Wir sind gleichberechtigte Partner, Mutter.«
Es gab Herz zum Lunch, und beide Männer aßen Berge von Kartoffeln. Mutter lobte Jos Tischmanieren. Nach dem Essen zündete David eine Zigarette an, und Tom stopfte seine Pfeife.
»Was ich wirklich wissen möchte, ist, wann ich mehr Enkelkinder bekomme«, erklärte Mutter. Sie lächelte strahlend.
Betretenes Schweigen breitete sich aus.

»Es ist wirklich großartig, wie David sich gemacht hat«, sagte Mutter.
»Ja«, antwortete Lucy. Wieder klang leichtes Mißfallen mit.
Sie gingen oben auf den Klippen spazieren. Der Wind war am dritten Tag von Mutters Besuch schwächer geworden, und es war milde genug, um hinauszugehen. Sie nahmen Jo mit, der einen Fischerpullover und einen Pelzmantel trug. Auf einem Hügel hatten sie haltgemacht, um David, Tom und den Hund beim Zusammentreiben der Schafe zu beobachten. Lucy sah, daß das Gesicht ihrer Mutter einen inneren Kampf widerspiegelte: Sorge wetteiferte mit Zurückhaltung. Sie beschloß, ihrer Mutter die Mühe des Fragens zu ersparen.

»Er liebt mich nicht«, sagte sie.
Mutter blickte sich schnell um, um sicherzugehen, daß Jo nicht in Hörweite war. »So schlimm ist es bestimmt nicht, Kind. Männer zeigen ihre Liebe auf versch . . .«
»Mutter, wir sind nicht mehr Mann und Frau gewesen – nicht richtig –, seit wir heirateten.«
»Aber . . .?« Sie deutete mit einem Nicken auf Jo.
»Das war eine Woche vor der Hochzeit.«
»Oh! O Gott.« Sie war schockiert. »Ist es – der Unfall?«
»Ja, aber nicht so, wie du denkst. Es ist nichts Körperliches. Er . . . will einfach nicht.« Lucy weinte leise; die Tränen kullerten an ihren windgebräunten Wangen hinab.
»Habt ihr darüber gesprochen?«
»Ich habe es versucht. Mutter, was soll ich tun?«
»Vielleicht wird es mit der Zeit besser –«
»Es ist schon fast vier Jahre her!«
Sie verstummten für eine Weile und begannen über die Heide zu wandern, der schwachen Nachmittagssonne entgegen. Jo jagte Möwen. Mutter sagte: »Einmal hätte ich deinen Vater fast verlassen.«
Nun war Lucy schockiert. »Wann?«
»Kurz nachdem Jane geboren wurde. Es ging uns damals noch nicht so gut – Vater arbeitete noch für seinen Vater, und es gab eine Wirtschaftskrise. Ich war zum drittenmal seit drei Jahren schwanger, und mir schien, daß sich vor mir ein Leben erstreckte, in dem ich ein Baby nach dem anderen haben würde und mit dem Geld sehr haushalten müßte. Nichts schien die Eintönigkeit zu durchbrechen. Dann entdeckte ich, daß er sich mit einer seiner alten Freundinnen traf – Brenda Simmonds, du kanntest sie nicht, sie ging nach Basingstoke. Plötzlich fragte ich mich, wofür ich all das tat, und mir fiel keine vernünftige Antwort ein.«
Lucy erinnerte sich nur schwach und bruchstückhaft an jene Tage. Schon damals war ihr die Ehe ihrer Eltern als Beispiel solider Zufriedenheit und glücklicher Dauerhaftigkeit erschienen. Sie fragte: »Warum hast du es nicht getan? Ihn verlassen, meine ich.«

»Oh, das tat man damals eben nicht. Man konnte sich nicht so leicht scheiden lassen, und eine Frau bekam keine Arbeitsstelle.«

»Heute arbeiten Frauen überall.«

»Das haben sie im letzten Krieg auch getan, aber alles änderte sich danach, als es ein bißchen Arbeitslosigkeit gab. Diesmal wird es wohl nicht anders sein. Die Männer setzen sich durch, im allgemeinen jedenfalls.«

»Und du bist froh, daß du geblieben bist.« Es war keine Frage.

»Leute in meinem Alter sollten keine Erklärungen über ›das Leben‹ abgeben. Doch in meinem Leben mußte ich immer Kompromisse schließen, und das gilt für die meisten Frauen, die ich kenne. Beständigkeit sieht immer wie ein Opfer aus, aber das stimmt nur selten. Aber ich will dir da keinen Rat geben. Du würdest ihn nicht annehmen, und wenn du es tätest, würdest du mich wahrscheinlich für deine Probleme verantwortlich machen.«

»Oh, Mutter.« Lucy lächelte.

»Wollen wir umkehren? Ich glaube, daß wir für einen Tag weit genug gegangen sind.«

Eines Abends in der Küche sagte Lucy zu David: »Ich möchte gern, daß Mutter noch zwei Wochen bleibt, wenn sie will.« Mutter war oben, brachte Jo zu Bett und erzählte ihm eine Geschichte.

»Genügen zwei Wochen nicht, um meine Persönlichkeit auseinanderzunehmen?«

»Sei nicht albern, David.«

Er rollte hinüber zu ihrem Stuhl. »Willst du behaupten, daß ihr nicht über mich redet?«

»Natürlich reden wir über dich – du bist mein Mann.«

»Was erzählst du ihr denn?«

»Warum machst du dir solche Sorgen?« fragte Lucy, nicht ohne Bosheit. »Weshalb schämst du dich?«

»Verdammt, es gibt nichts, weshalb ich mich schämen müßte. Nur, wer hat es gern, wenn sein persönliches Leben von zwei klatschenden Weibern durchgehechelt wird?«

»Wir klatschen nicht über dich.«
»Was erzählst du ihr?«
»Wie empfindlich du bist!«
»Beantworte meine Frage!«
»Ich erzähle ihr, daß ich dich verlassen will, und sie versucht, es mir auszureden.«
Er wirbelte herum und rollte davon. »Sag ihr, daß sie sich meinetwegen keine Gedanken zu machen braucht.«
»Meinst du das ernst?« rief Lucy.
Er hielt an. »Ich brauche niemanden, verstehst du? Ich komme allein zurecht. Ich bin auf keinen Menschen angewiesen.«
»Und was ist mit mir?« sagte sie ruhig. »Vielleicht brauche ich jemanden.«
»Wozu?«
»Um mich zu lieben.«
Mutter kam herein und spürte die Spannung. »Er schläft fest«, sagte sie. »Er war schon eingenickt, bevor Aschenbrödel auf dem Ball ankam. Ich werde jetzt ein bißchen packen, damit ich nicht alles morgen machen muß.« Sie ging wieder hinaus.
»Glaubst du, daß es sich je ändern wird, David?« fragte Lucy.
»Ich weiß nicht, was du meinst.«
»Wird es je so sein . . . wie vor unserer Hochzeit?«
»Meine Beine werden nicht wieder wachsen, wenn du das meinst.«
»O Gott, weißt du denn nicht, daß mir das nichts ausmacht? Ich will nur geliebt werden.«
David zuckte die Schultern. »Das ist dein Problem.« Er rollte hinaus, bevor sie zu weinen begann.

Mutter blieb nicht noch weitere zwei Wochen. Lucy ging am nächsten Tag mit ihr hinunter zur Anlegestelle. Es regnete stark, und sie trugen beide Gummimäntel. Sie warteten stumm auf das Boot und beobachteten, wie der Regen das Meer mit winzigen Kratern übersäte. Mutter hielt Jo in den Armen.
»Es wird mit der Zeit bestimmt besser werden«, sagte sie. »Vier Jahre sind nichts in einer Ehe.«
»Ich glaube nicht, daß er sich ändern wird, aber mir bleibt

kaum etwas anderes übrig, als darauf zu hoffen. Jo, der Krieg und Davids Behinderung – wie könnte ich ihn verlassen?«

Das Boot kam. Lucy tauschte ihre Mutter gegen drei Kartons mit Lebensmitteln und fünf Briefe ein. Die See war rauh. Mutter saß in der winzigen Kajüte des Bootes. Sie winkten ihr bis zum Ende der Landspitze nach. Lucy fühlte sich sehr einsam.

Jo begann zu weinen. »Ich will nicht, daß Oma weggeht!«

»Ich auch nicht«, sagte Lucy.

10

Godliman und Bloggs gingen Seite an Seite auf dem Bürgersteig einer von Bomben beschädigten Londoner Geschäftsstraße entlang. Sie waren ein Paar, das schlecht zusammenpaßte: der gebeugt gehende Professor mit dicken Brillengläsern und einer Pfeife, der nicht auf den Weg achtete und kurze, trippelnde Schritte wie ein Vogel machte; und der plattfüßige junge Mann, blond und zielbewußt, mit seinem Trenchcoat und dem melodramatischen Hut. Eine Karikatur, die nach einer Unterzeile verlangte.

Godliman sagte: »Ich glaube, die Nadel hat gute Beziehungen.«

»Wieso?«

»Wie könnte er sonst so aufsässig sein, ohne bestraft zu werden? Seine ›Grüße an Willi‹ müssen sich auf Canaris beziehen.«

»Sie meinen, daß er ein Freund von Canaris ist.«

»Er ist mit irgend jemandem befreundet – vielleicht mit einem, der mächtiger ist, als Canaris es war.«

»Ich habe das Gefühl, daß Sie auf etwas hinauswollen.«

»Leute, die gute Beziehungen haben, legen sich diese gewöhnlich in der Schule, an der Universität oder an der Stabsakademie zu. Sehen Sie sich das an.«

Sie standen vor einem Geschäft, das ein riesiges Loch hatte, wo einst ein Schaufenster gewesen war. Ein grobes, mit der Hand bemaltes Schild war an den Fensterrahmen genagelt. Darauf stand: Noch offener als sonst.

Bloggs lachte. »Ich habe eines an einer zerbombten Polizeiwache gesehen: ›Benehmt euch. Hier ist immer noch offen.‹«
»Es ist zu einer kleinen Kunstform geworden.«
Sie gingen weiter. Bloggs sagte: »Und wenn die Nadel zusammen mit hohen Tieren von der Wehrmacht ausgebildet wurde?«
»Bei solchen Lehrgängen werden immer Bilder gemacht. Midwinter im Kellergeschoß in Kensington –, wo MI 6 vor dem Krieg war –, hat eine Sammlung mit Tausenden von Photographien deutscher Offiziere: Lehrgangsphotos, Saufgelage in der Messe, Abschiedsparaden, Händedruck mit Adolf, Zeitungsbilder – einfach alles.«
»Ich verstehe. Wenn Sie also recht haben und die Nadel das deutsche Eton oder Sandhurst besucht hat, haben wir wahrscheinlich ein Bild von ihm.«
»Mit größter Sicherheit. Spione sind notorisch kamerascheu, aber sie werden erst Spione, wenn sie längst erwachsen sind. In Midwinters Akten wird die Nadel noch jung sein.«
Sie umgingen einen gewaltigen Krater vor einem Friseurladen. Der Laden war unversehrt, doch der traditionelle rot und weiß gestreifte Stab lag zersplittert auf dem Bürgersteig. Auf dem Schild im Fenster stand: Wir wären fast wegrasiert worden – warum kommen Sie nicht auch zur Rasur?
»Wie können wir ihn erkennen?« fragte Bloggs. »Niemand hat ihn je gesehen.«
»Doch. In Mrs. Gardens Pension in Highgate kennt man ihn sehr gut.«

Das Viktorianische Haus stand auf einem Hügel, der einen Ausblick auf London bot. Es war aus roten Ziegelsteinen gebaut. Bloggs schien, daß es wütend über den Schaden sah, den Hitler in seiner Stadt anrichtete. Es lag sehr hoch; von hier ließen sich gut Funksprüche absetzen. Die Nadel mußte in der obersten Etage gewohnt haben. Bloggs fragte sich, welche Geheimnisse der Spion in den dunklen Tagen von 1940 von hier aus nach Hamburg übermittelt haben mochte. Koordinaten von Flugzeugfabriken und Stahlwerken, Einzelheiten über die

Küstenverteidigung, politischen Klatsch über Gasmasken, Anderson-Schutzräume, Sandsäcke und die britische Moral, Berichte über Bombenschäden, »Gut gemacht, Leute, ihr habt Christine Bloggs endlich erwischt« – Schluß jetzt.
Die Tür wurde von einem alten Mann in einer schwarzen Jacke und mit gestreifter Hose geöffnet.
»Guten Morgen. Ich bin Inspektor Bloggs von Scotland Yard. Dürfte ich, bitte, mit dem Hausbesitzer sprechen?«
Bloggs sah, daß sich plötzlich Furcht in den Augen des Mannes spiegelte. Dann erschien eine junge Frau an der Tür und sagte: »Bitte, treten Sie ein.«
Der getäfelte Flur roch nach Bohnerwachs. Bloggs hängte Hut und Mantel an einen Ständer. Der alte Mann verschwand in der Tiefe des Hauses, und die Frau führte Bloggs in ein Wohnzimmer. Es war kostbar eingerichtet, auf üppige, altmodische Art. Auf einem Servierwagen standen Flaschen mit Whisky, Gin und Sherry; alle waren ungeöffnet. Die Frau setzte sich auf einen Sessel mit Blumenmuster und schlug die Beine übereinander.
»Warum hat der alte Mann Angst vor der Polizei?« fragte Bloggs.
»Mein Schwiegervater ist deutscher Jude. Er kam 1935 hierher, um Hitler zu entwischen. 1940 wurde er von Ihren Leuten in ein Konzentrationslager gebracht. Seine Frau beging Selbstmord. Er ist gerade von der Insel Man entlassen worden. Der König schrieb ihm einen Brief und entschuldigte sich für die Ungelegenheiten, die man ihm bereitet hat.«
Bloggs erwiderte: »Wir haben keine Konzentrationslager.«
»Wir haben sie erfunden. In Südafrika. Wußten Sie das nicht? Wir sind stolz auf unsere Geschichte, aber wir vergessen gern Teile davon. Es fällt uns leicht, uns über unangenehme Tatsachen hinwegzutäuschen.«
»Vielleicht ist das ganz gut so.«
»Bitte?«
»1939 täuschten wir uns über die unangenehme Tatsache hinweg, daß wir einen Krieg gegen Deutschland nicht gewinnen konnten – und sehen Sie, was passiert ist.«

»Das sagt mein Schwiegervater auch. Er ist nicht so zynisch wie ich. Was können wir tun, um Scotland Yard zu helfen?«
Der Wortwechsel hatte Bloggs Spaß gemacht. Widerwillig wandte er sich seiner Arbeit zu. »Es geht um einen Mord, der sich hier vor vier Jahren ereignete.«
»Das ist lange her!«
»Vielleicht haben wir jetzt neues Beweismaterial.«
»Ich weiß natürlich davon. Die frühere Eigentümerin wurde von einem Mieter ermordet. Mein Mann kaufte das Haus von ihrem Nachlaßverwalter – sie hatte keine Erben.«
»Ich möchte die anderen Leute finden, die damals hier Mieter waren.«
»Ja.« Die Feindseligkeit der Frau war jetzt verschwunden. Ihr intelligentes Gesicht zeigte, daß sie angestrengt versuchte, sich zu erinnern. »Als wir hierherkamen, waren noch drei da, die schon vor dem Mord hier wohnten: ein pensionierter Marineoffizier, ein Vertreter und ein Junge aus Yorkshire. Der Junge ist in die Armee eingetreten – er schreibt noch an uns. Der Vertreter wurde einberufen und starb auf See. Das weiß ich, weil zwei seiner fünf Frauen mit uns Kontakt aufnahmen! Und der Commander ist noch hier.«
»Noch hier!« Das war ein Glücksfall. »Könnte ich mit ihm sprechen?«
»Natürlich.« Sie stand auf. »Er ist ziemlich alt geworden. Ich bringe Sie zu seinem Zimmer.«
Sie stiegen die mit einem Läufer belegte Treppe zum ersten Stockwerk hinauf. Sie sagte: »Während Sie mit ihm reden, suche ich den letzten Brief von dem Jungen heraus.« Sie klopfte an die Tür. Meine Hauswirtin hätte das nicht getan, dachte Bloggs ironisch.
Eine Stimme rief: »Es ist offen«, und Bloggs trat ein.
Der Commander saß mit einer Decke über den Knien in einem Sessel neben dem Fenster. Er trug einen Blazer, Schlips und Kragen und eine Brille. Sein Haar war dünn, sein Schnurrbart grau und seine Haut schlaff und faltig in einem Gesicht, das einmal energisch gewesen sein mochte. Das Zimmer war das Heim eines Mannes, der von Erinnerungen lebt: Bloggs sah

Gemälde von Segelschiffen, einen Sextanten, ein Teleskop und eine Photographie des Commanders als Junge an Bord von HMS *Winchester.*

»Sehen Sie sich das an«, sagte der Commander, ohne sich umzudrehen. »Warum ist der Bursche nicht in der Marine?«

Bloggs ging hinüber zum Fenster. Ein von einem Pferd gezogener Bäckerwagen stand am Bordstein vor dem Haus; das alte Pferd steckte den Kopf während der Zustellungen in seinen Futterbeutel. Der Bursche war eine Frau mit kurzem blonden Haar, die eine Hose trug. Sie hatte einen prächtigen Busen.

Bloggs lachte. »Es ist eine Frau in Hosen«, sagte er.

»Du meine Güte, Sie haben recht!« Der Commander drehte sich um. »Heutzutage kann man nie wissen. Frauen in Hosen!«

Bloggs stellte sich vor. »Wir untersuchen erneut einen Mord, der hier 1940 begangen wurde. Wie ich höre, haben Sie damals zur selben Zeit wie der Hauptverdächtige, ein gewisser Henry Faber, hier gewohnt.«

»Stimmt! Was kann ich für Sie tun?«

»Wie gut entsinnen Sie sich an Faber?«

»Sehr gut. Ein hochgewachsener Bursche, dunkles Haar, höfliche Stimme, ruhig. Ziemlich schäbige Kleidung – wenn man ihn nach dem Äußeren einschätzte, konnte man sich leicht irren. Ich hatte nichts gegen ihn – hätte ihn ganz gern besser kennengelernt, aber das wollte er nicht. Er muß in Ihrem Alter gewesen sein.«

Bloggs unterdrückte ein Lächeln. Er war daran gewöhnt, daß man ihn für älter hielt, einfach weil er Detektiv war.

Der Commander fuhr fort: »Ich bin sicher, daß er es nicht getan hat. Ich verstehe etwas von Persönlichkeiten, und wenn der Mann ein Sexualverbrecher war, bin ich Hermann Göring.«

Bloggs stellte plötzlich einen Zusammenhang zwischen der Blondine in Hosen und der falschen Einschätzung seines Alters her. Die Schlußfolgerung deprimierte ihn. »Wissen Sie, Sie sollten von einem Polizisten immer verlangen, daß er seinen Ausweis zeigt.«

Der Commander war ein wenig verblüfft. »Also gut, zeigen Sie ihn.«
Bloggs öffnete seine Brieftasche und schlug sie um, so daß Christines Bild zu sehen war. »Hier.«
Der Commander musterte es einen Moment lang, dann sagte er: »Sehr gut getroffen.«
Bloggs seufzte. Der alte Mann war fast blind.
Er stand auf. »Das ist zur Zeit alles. Vielen Dank.«
»Immer zu Ihrer Verfügung. Möchte helfen, so gut ich kann. Heute bin ich nicht mehr viel für England wert – man muß schon ein ziemlich hoffnungsloser Fall sein, wenn man nicht mehr für die Bürgerwehr tauglich ist.«
»Auf Wiedersehen.« Bloggs ging hinaus.
Die Frau stand unten im Flur. Sie übergab Bloggs einen Brief. »Die Adresse ist ein Postfach der Streitkräfte. Sie werden leicht herausfinden können, wo es ist.«
»Sie wußten, daß mir der Commander nicht helfen kann.«
»Ich habe es mir gedacht. Aber er ist dankbar für jeden Besucher.« Sie öffnete die Tür.
Bloggs gab einem Impuls nach. »Darf ich Sie zum Essen einladen?«
Ein Schatten glitt über ihr Gesicht. »Mein Mann ist immer noch auf der Insel Man.«
»Entschuldigen Sie – ich dachte –«
»Keine Ursache. Ich fühle mich trotzdem geschmeichelt.«
»Ich wollte Sie überzeugen, daß wir nicht die Gestapo sind.«
»Das weiß ich. Eine Frau, die einsam ist, wird leicht verbittert.«
»Ich habe meine Frau bei den Bombenangriffen verloren.«
»Dann wissen Sie, wie einen der Haß überwältigt.«
»Ja«, sagte Bloggs. »Der Haß überwältigt einen.« Er schritt die Stufen hinab. Die Tür schloß sich hinter ihm. Es hatte zu regnen angefangen.

Im Krieg werden Jungen zu Männern, Männer werden Soldaten, und Soldaten werden befördert. Deshalb wurde Billy Parkin, der achtzehn Jahre alt war und Lehrling in der Gerberei seines Vaters in Scarborough hätte sein sollen, in der Armee aber für einundzwanzig gehalten wurde, zum Sergeant befördert. Er hatte den Befehl erhalten, seinen Vorhuttrupp durch einen heißen, trockenen Wald auf ein staubiges, gekalktes italienisches Dorf zuzuführen.

Die Italiener hatten kapituliert, aber die Deutschen noch nicht. Sie waren es, die Italien gegen die gemeinsame britisch-amerikanische Invasion verteidigten. Die Alliierten marschierten auf Rom, und für Sergeant Parkins Trupp war es ein langer Marsch.

Sie kamen auf der Kuppe eines Hügels aus dem Wald und legten sich flach auf den Bauch, um hinab ins Dorf zu schauen. Parkin holte seinen Feldstecher hervor und sagte: »Verdammte Scheiße, was würde ich für eine Tasse Tee geben.« Inzwischen hatte er sich an Alkohol, Zigaretten und Frauen gewöhnt, und seine Sprache unterschied sich nicht mehr von der jedes anderen Soldaten. An Gebetsversammlungen nahm er nicht mehr teil.

Manche dieser Dörfer wurden verteidigt, manche nicht. Parkin sah ein, daß es eine vernünftige Taktik war: Man wußte nicht, welche verteidigt wurden, deshalb mußte man sich allen vorsichtig nähern, und Vorsicht kostete Zeit.

Der Hang des Hügels bot wenig Deckung – nur ein paar Sträucher. Das Dorf begann an seinem Fuß. Es bestand aus einigen weißen Häusern, einem Fluß mit einer Holzbrücke, dann noch mehr Häusern an einer kleinen Piazza mit einem Rathaus und einem Uhrenturm. Vom Turm bis zur Brücke war die Sicht unbehindert. Wenn der Feind überhaupt hier war, mußte er im Rathaus sein. Ein paar Gestalten arbeiteten auf den umliegenden Feldern. Der Himmel wußte, wer sie waren. Sie konnten echte Bauern sein oder Mitglieder aller möglichen Gruppen: *fascisti, mafiosi, corsos, partigianos, communisti* . . . oder sogar Deutsche. Man wußte nicht, auf wessen Seite sie sein würden, bevor die Schießerei anfing.

Parkin sagte: »Also los, Corporal.«

Corporal Watkins verschwand im Wald und tauchte fünf Minuten später auf dem Sandweg auf, der ins Dorf führte. Er trug einen Zivilhut und eine schmutzige alte Decke über der Uniform. Er stolperte mehr, als er ging, und auf seinen Schultern lag ein Bündel, das alles enthalten mochte – von einem Sack Zwiebeln bis zu einem toten Kaninchen. Am diesseitigen Rand des Dorfes verschwand er in der Dunkelheit eines niedrigen Häuschens.

Nach einer Weile kam er heraus. Dicht an der Wand stehend, wo er vom Dorf aus nicht gesehen werden konnte, blickte er hinauf zu den Soldaten auf dem Hügel und winkte: eins, zwei, drei.

Der Trupp kletterte den Hang herunter bis zum Dorf.

»Alle Häuser sind leer, Sarge«, meldete Watkins.

Parkin nickte. Es hatte nichts zu sagen.

Sie schoben sich durch die Häuser bis zum Ufer des Flusses vor. Parkin befahl: »Du bist dran, Smiler. Schwimm über den Mississippi hier.«

Soldat »Smiler« Hudson legte seine Ausrüstung säuberlich zusammen, nahm den Helm ab, zog Stiefel und Uniformjacke aus und glitt in den schmalen Strom. Er tauchte an der gegenüberliegenden Seite auf, kletterte am Ufer empor und verlor sich zwischen den Häusern. Diesmal mußten sie länger warten: Die Fläche, die ausgekundschaftet werden mußte, war größer. Schließlich kam Hudson über die Holzbrücke zurück. »Wenn'se hier sind, verstecken'se sich«, sagte er.

Er nahm seine Sachen wieder an sich, und der Trupp überquerte die Brücke ins Dorf. Sie hielten sich an der Häuserfront, während sie sich der Piazza näherten. Ein Vogel flog von einem Dach und ließ Parkin zusammenschrecken. Einige der Männer traten ein paar Türen auf, an denen sie vorbeikamen. Niemand zeigte sich.

Sie standen am Rand der Piazza. Parkin nickte zum Rathaus hinüber. »Bist du reingegangen, Smiler?«

»Ja, Sir.«

»Sieht also aus, als wenn das Dorf uns gehört.«

»Ja, Sir.«

Parkin machte einen Schritt nach vorn, um die Piazza zu überqueren – da brach der Sturm los. Gewehre knallten, und überall pfiffen Kugeln. Jemand schrie. Parkin rannte, Haken schlagend und sich duckend, nach vorn. Vor ihm brüllte Watkins vor Schmerz und umklammerte sein Bein. Parkin hob ihn hoch. Eine Kugel prallte klingend von seinem Stahlhelm ab. Er raste auf das nächste Haus zu, warf sich gegen die Tür und fiel nach innen.

Die Schießerei hörte auf. Parkin riskierte einen Blick nach draußen. Ein Mann lag verletzt auf der Piazza: Hudson. Brutale Gerechtigkeit. Hudson bewegte sich, und ein einzelner Schuß bellte auf. Dann war es still. Parkin sagte: »Scheißkerle.«

Watkins hantierte fluchend an seinem Bein herum. »Die Kugel noch drin?« fragte Parkin.

Watkins schrie »Au«, grinste und hielt etwas in die Höhe. »Nicht mehr.«

Parkin spähte wieder hinaus. »Sie sind im Uhrenturm. Kaum zu glauben, daß sie genug Platz haben. Können nicht viele sein.«

»Aber sie können schießen.«

»Ja, sie haben uns festgenagelt.« Parkin runzelte die Stirn. »Hast du Knallfrösche dabei?«

»Ja.«

»Laß mal sehen.« Parkin öffnete Watkins' Tornister und nahm das Dynamit heraus. »Hier. Mach 'ne Zündschnur für zehn Sekunden.«

Die anderen waren in dem Haus auf der gegenüberliegenden Straßenseite. Parkin rief: »He!«

Ein Gesicht erschien an der Tür. »Sarge?«

»Ich schmeiße 'nen Knaller. Gebt mir Deckung, wenn ich schreie.«

»In Ordnung.«

Parkin zündete eine Zigarette an und ließ sich von Watkins ein Bündel Dynamit geben. Er brüllte »Feuer!«, steckte die Zündschnur mit der Zigarette an, sprang auf die Straße, holte aus und warf die Bombe auf den Uhrenturm. Er eilte gebückt ins Haus, während ihm das Feuer seiner eigenen Männer in den Ohren widerhallte. Eine Kugel rasierte über das Gebälk, und ein Splitter traf ihn unter dem Kinn. Er hörte, wie das Dynamit explodierte.

Bevor er aufblicken konnte, schrie jemand auf der anderen Straßenseite: »Volltreffer!«

Parkin trat hinaus. Der alte Uhrenturm war zusammengebrochen. Ein widersinniges Läuten erklang, während sich der Staub auf den Trümmern niederließ.

»Haben Sie mal Cricket gespielt?« fragte Watkins. »Das war ein verdammt guter Wurf.«

Parkin ging zur Mitte der Piazza. Dort lagen menschliche Einzelteile, die auf etwa drei Deutsche schließen ließen. »Der Turm war sowieso etwas wacklig. Wahrscheinlich wäre er umgefallen, wenn wir alle zusammen geniest hätten.« Er wandte sich ab. »Noch ein Tag, noch ein Dollar.« Es war eine Redensart der Yankees.

»Sarge? Telefon.« Es war der Fernsprechbetriebsfunker.

Parkin schritt zurück und nahm ihm das Feldtelefon ab. »Sergeant Parkin.«

»Major Roberts. Sie sind ab sofort vom aktiven Dienst freigestellt, Sergeant.«

»Warum?« Parkins erster Gedanke war, daß sie sein wahres Alter entdeckt hatten.

»Die hohen Tiere wollen, daß Sie nach London kommen. Fragen Sie mich nicht, warum, denn ich weiß es auch nicht. Übergeben Sie Ihrem Korporal das Kommando, und kommen Sie zurück zum Stützpunkt. Ein Wagen kommt Ihnen auf der Straße entgegen.«

»Ja, Sir.«

»Der Befehl besagt auch, daß Sie auf keinen Fall Ihr Leben riskieren sollen. Verstanden?«

Parkin grinste und dachte an den Uhrenturm und das Dynamit. »Verstanden.«

»Na, schön. Also los, Sie Glückspilz.«

Alle hatten ihn als Jungen bezeichnet, aber sie hatten ihn nur gekannt, bevor er in die Armee eintrat, dachte Bloggs. Ohne Zweifel war er jetzt ein Mann. Er bewegte sich selbstbewußt

und elegant, wirkte aufmerksam und war im Beisein von Vorgesetzten respektvoll, aber nicht eingeschüchtert. Bloggs wußte, daß er log, was sein Alter betraf, nicht wegen seines Aussehens oder seines Verhaltens, sondern wegen der kleinen Zeichen, die immer dann zutage traten, wenn vom Alter gesprochen wurde – Zeichen, die Bloggs als erfahrener Vernehmer gewohnheitsmäßig wahrnahm.
Parkin war amüsiert gewesen, als er erfahren hatte, daß er sich Bilder ansehen sollte. Nun, an seinem dritten Tag in Mr. Midwinters staubigem Gewölbe in Kensington war die Belustigung verflogen, und Langeweile hatte eingesetzt. Am meisten ärgerte ihn, daß er nicht rauchen durfte.
Es war noch langweiliger für Bloggs, der dabeizusitzen und ihn zu beobachten hatte.
Einmal bemerkte Parkin: »Sie würden mich nicht aus Italien zurückrufen, um bei einem vier Jahre alten Mordfall zu helfen, der bis nach dem Krieg Zeit hätte. Außerdem sind auf diesen Bildern meist deutsche Offiziere. Sagen Sie mir lieber, wenn es etwas ist, worüber ich den Schnabel halten soll.«
»Es ist etwas, worüber Sie den Schnabel halten sollen«, sagte Bloggs.
Parkin wandte sich wieder seinen Bildern zu.
Alle waren alt, meistens vergilbt und verblichen. Viele stammten aus Büchern, Zeitschriften und Zeitungen. Manchmal nahm Parkin ein Vergrößerungsglas, das Mr. Midwinter aufmerksamerweise zur Verfügung gestellt hatte, um sich ein winziges Gesicht in einer Gruppe genauer anzusehen. Immer, wenn das geschah, wurde Bloggs' Puls schneller, bis Parkin das Glas zur Seite legte und sich das nächste Bild vornahm.
Ihren Lunch aßen sie in einem Pub in der Nähe. Das *Ale* war schwach wie fast alles Bier während des Krieges, aber Bloggs hielt es für klug, dem jungen Parkin nicht mehr als zwei Krüge zu gestatten – allein hätte er eine ganze Gallone ausgetrunken.
»Mr. Faber war ein ruhiger Typ«, sagte Parkin. »Das hätte ich ihm gar nicht zugetraut. Na ja, die Hauswirtin sah nicht schlecht aus. Und sie brauchte es. Vielleicht hätte ich sie selbst

haben können, wenn ich gewußt hätte, wie man's anstellt. Aber ich war erst – achtzehn.«

Sie aßen Brot und Käse, und Parkin schluckte ein Dutzend eingelegter Zwiebeln. Auf dem Rückweg blieben sie vor dem Haus stehen, während Parkin eine weitere Zigarette rauchte.

»Wissen Sie«, fuhr er fort, »er war ein ziemlich großer Bursche, gutaussehend, mit guter Aussprache. Wir dachten alle, daß er keine große Leuchte ist, weil seine Kleidung ärmlich war, weil er mit einem Fahrrad fuhr und kein Geld hatte. Vielleicht war das auch nur eine geschickte Verkleidung?« Seine Augenbrauen waren fragend hochgezogen.

»Vielleicht«, sagte Bloggs.

An jenem Nachmittag fand Parkin nicht nur ein Bild von Faber, sondern drei.

Eines davon war erst neun Jahre alt.

Und Mr. Midwinter hatte das Negativ.

Henrik Rudolph Hans von Müller-Guder (»Wir wollen ihn einfach Faber nennen«, sagte Godliman lachend) wurde am 26. Mai 1900 in dem Dorf Oln in Westpreußen geboren. Die Familie seines Vaters besaß seit Generationen in der Gegend ausgedehnte Güter. Sein Vater war der zweite Sohn, ebenso wie Henrik. Alle zweiten Söhne wurden Heeresoffiziere. Seine Mutter, die Tochter eines hohen Beamten im wilhelminischen Kaiserreich, wurde dazu geboren und erzogen, einen Adeligen zu heiraten – was sie auch tat.

Im Alter von dreizehn Jahren besuchte Henrik die Kadettenanstalt in Potsdam; zwei Jahre später wurde er in das angesehenere Groß-Lichterfelde bei Berlin geschickt. Beides waren Anstalten, in denen strenge Disziplin herrschte, in denen der Geist der Schüler mit Rohrstöcken, kalten Bädern und schlechtem Essen verbessert wurde. Henrik lernte trotzdem Englisch und Französisch und beschäftigte sich vorzugsweise mit Geschichte; er legte die Reifeprüfung mit den besten Noten ab, die seit der Jahrhundertwende verzeichnet waren. Daneben gab es nur drei andere bemerkenswerte Punkte in seiner Schullaufbahn: In einem bitterkalten Winter widersetzte er

sich den Vorschriften, schlich bei Nacht und Nebel aus der Schule und wanderte 150 Meilen bis zum Haus seiner Tante. Seinem Ringkampflehrer brach er den Arm beim Training. Und er wurde wegen Ungehorsam gezüchtigt.
Im Jahre 1920 diente er kurz als Fähnrich in der neutralen Zone von Friedrichsfeld bei Wesel; er absolvierte 1921 einen symbolischen Offizierslehrgang an der Kavallerie-Schule in Hannover und erhielt 1922 sein Leutnantspatent.
In den nächsten Jahren übernahm er kurzfristig ein halbes Dutzend verschiedener Posten, wie es für jemanden üblich ist, der für den Generalstab vorbereitet wird. Er zeichnete sich weiterhin als Sportler aus, wobei er sich auf den Langstreckenlauf spezialisierte. Er hatte keine engen Freunde, war nie verheiratet und weigerte sich, in die NSDAP einzutreten. Seine Beförderung zum Oberleutnant wurde durch einen Zwischenfall, der vertuscht wurde, offensichtlich aber etwas mit der Schwangerschaft der Tochter eines Oberleutnants im Generalstab zu tun hatte, um einiges hinausgezögert, kam aber schließlich im Jahre 1928 durch. Seine Gewohnheit, mit höheren Offizieren wie mit Gleichrangigen zu reden, wurde als verzeihlich akzeptiert, da er nicht nur ein aufstrebender junger Offizier, sondern auch ein preußischer Adeliger war.
In den späten zwanziger Jahren freundete sich Admiral Wilhelm Canaris mit Henriks Onkel Otto an, dem älteren Bruder seines Vaters, und verbrachte einige Male seinen Urlaub auf dem Familiengut in Oln. Im Jahre 1931 war Adolf Hitler, damals noch nicht deutscher Kanzler, dort zu Gast.
1933 wurde Henrik zum Hauptmann befördert und zur besonderen Verwendung nach Berlin beordert. Aus dieser Zeit stammt die letzte Photographie von ihm.
Dann schien er nach den veröffentlichten Informationen plötzlich nicht mehr zu existieren.
»Wir können uns den Rest zusammenreimen«, sagte Percival Godliman. »Die Abwehr bildet ihn im Funken, im Ver- und Entschlüsseln von Codes, Kartographie, Einbruch, Erpressung, Sabotage und unauffälligem Mord aus. Er kommt etwa 1937 nach London und hat genug Zeit, um sich eine solide Identität

aufzubauen – vielleicht zwei. Sein Einzelgängerinstinkt wird durch die Spionage noch verschärft. Als der Krieg ausbricht, glaubt er, die Berechtigung zum Töten zu haben.« Er betrachtet das Photo auf seinem Schreibtisch. »Ein stattlicher Bursche!«
Es war ein Bild der Leichtathletikmannschaft des Jägerbataillons 10, Hannover. Faber war in der Mitte und hielt einen Pokal hoch. Er hatte eine hohe Stirn, kurzgeschorenes Haar, ein langes Kinn und einen kleinen Mund, den ein schmaler Schnurrbart zierte.
Godliman gab das Bild an Billy Parkin weiter. »Hat er sich sehr verändert?«
»Er sieht etwas älter aus, aber das könnte an seinem ... Auftreten liegen.« Er musterte die Photographie nachdenklich. »Sein Haar ist jetzt länger, und der Schnurrbart ist verschwunden.« Er schob das Bild zurück über den Schreibtisch. »Aber er ist es, kein Zweifel.«
»Es gibt zwei weitere Punkte in seiner Akte, beides Mutmaßungen«, sagte Godliman. »Erstens wird angenommen, daß er sich dem Geheimdienst 1933 angeschlossen hat – das ist die automatische Vermutung, wenn für einen Offizier anscheinend grundlos keine Unterlagen mehr vorliegen. Der zweite Punkt betrifft ein Gerücht, das durch keine zuverlässige Quelle bestätigt wurde: Er soll für ein paar Jahre unter dem Namen Vassilij Zankov ein enger Berater Stalins gewesen sein.«
»Das ist unglaublich«, meinte Bloggs. »Ich kann's mir nicht vorstellen.«
Godliman zuckte die Achseln. »*Irgend jemand* überredete Stalin dazu, die Elite seines Offizierskorps hinrichten zu lassen, während Hitler seine Macht ausbaute.«
Bloggs schüttelte den Kopf und wechselte das Thema. »Was unternehmen wir jetzt?«
Godliman dachte nach. »Sergeant Parkin muß zu uns versetzt werden. Er ist der einzige, der die Nadel tatsächlich gesehen hat. Außerdem weiß er zuviel, um an der Front eingesetzt werden zu können: Er könnte gefangen und verhört werden und uns das Spiel verderben. Zweitens, lassen Sie einen erstklassi-

gen Abzug von diesem Photo machen; ein Retuschierkünstler soll das Haar verlängern und den Schnurrbart wegnehmen. Dann können wir Kopien davon verteilen.«

»Sollen wir eine Großfahndung auslösen?« fragte Bloggs zweifelnd.

»Nein. Zunächst müssen wir vorsichtig sein. Wenn es in allen Zeitungen steht, erfährt er davon und verschwindet. Senden Sie das Photo im Moment nur an alle Polizeidienststellen.«

»Ist das alles?«

»Ich glaube schon. Wenn Ihnen nicht noch etwas einfällt.«

Parkin räusperte sich. »Sir?«

»Ja.«

»Ich würde lieber zu meiner Einheit zurückgehen. Ich bin eigentlich kein Etappenhengst, wenn Sie wissen, was ich meine.«

»Sie haben keine Wahl, Sergeant. In diesem Stadium spielt ein italienisches Dorf mehr oder weniger keine Rolle – aber durch diesen Faber könnten wir den Krieg verlieren. Das ist mein voller Ernst.«

11

Faber war zum Angeln gefahren.

Er hatte sich auf dem Deck eines dreißig Fuß langen Bootes ausgestreckt, genoß den Frühlingssonnenschein und bewegte sich mit etwa drei Knoten über den Kanal. Eine Hand lag lässig auf dem Ruder, die andere auf einer Angelrute, deren Leine im Wasser hinter dem Boot herschleppte.

Er hatte den ganzen Tag noch nichts gefangen.

Er angelte nicht nur, sondern beobachtete auch Vögel – beides aus Interesse (er wußte inzwischen recht viel über die blöden Vögel) und als Erklärung dafür, daß er einen Feldstecher trug. Heute morgen zum Beispiel hatte er das Nest eines Eisvogels gesehen.

Die Leute im Verleih in Norwich hatten ihm das Boot mit Freuden für zwei Wochen vermietet. Das Geschäft ging schlecht: Sie hatten nur noch zwei Boote, und eines davon war seit Dünkirchen nicht mehr benutzt worden. Faber hatte über den Preis gefeilscht, aber nur der Form halber. Am Ende hatten sie noch einen Kasten mit Konserven dazu gegeben. Man hatte ihn noch nicht einmal gebeten, seine Kennkarte zu zeigen.

So weit, so gut.

Die wirklichen Schwierigkeiten standen ihm noch bevor. Denn es war nicht nur schwierig, die Stärke einer Armee zu erkunden, zunächst mußte man sie finden.

Im Frieden stellte die Armee ihre eigenen Wegweiser auf. Jetzt hatte sie nicht nur ihre eigenen, sondern auch alle anderen Wegweiser entfernt.

Die einfachste Lösung wäre, sich in ein Auto zu setzen und dem ersten besten Militärfahrzeug zu folgen, bis es anhielt. Faber hatte jedoch kein Auto. Es war nahezu unmöglich für einen Zivilisten, eines zu mieten; selbst wenn man sich ein Auto verschaffen konnte, war dafür kein Benzin zu bekommen. Außerdem lief ein Zivilist, der im Landgebiet hinter Armeelastwagen herfuhr und sich Armeelager anschaute, Gefahr, verhaftet zu werden.

Deshalb hatte er sich das Boot besorgt.

Einige Jahre bevor man verboten hatte, Karten zu verkaufen, hatte Faber entdeckt, daß Großbritannien Binnenwasserstraßen besaß, die Tausende von Meilen lang waren. Das natürliche Flußnetz war während des 19. Jahrhunderts durch ein Spinnengewebe von Kanälen erweitert worden. In manchen Gegenden gab es fast so viele Wasserwege wie Straßen. Norfolk gehörte zu diesen Gebieten.

Das Boot hatte viele Vorteile. Auf einer Straße mußte man ein Ziel haben, auf einem Fluß konnte man einfach dahinsegeln. Man fiel auf, wenn man in einem geparkten Auto schlief, in einem vertäuten Boot zu schlafen war normal. Der Wasserweg war menschenleer. Und wer hatte je von einer Kanalsperre gehört?

Es gab auch Nachteile. Flugplätze und Kasernen müssen in der Nähe von Straßen sein, aber der Zugang zum Wasser spielt für ihren Standort keine Rolle. Faber mußte die Gegend bei Nacht erforschen. Er ließ sein vertäutes Boot hinter sich und streifte im Mondlicht über die Hügel. Es waren erschöpfende Rundgänge von vierzig Meilen, bei denen er das, was er suchte, leicht verpassen konnte – wegen der Dunkelheit oder einfach, weil er nicht genug Zeit hatte, jede Quadratmeile Land abzusuchen.

Wenn er ein oder zwei Stunden nach dem Morgengrauen zurückkehrte, schlief er gewöhnlich bis zum Mittag und segelte dann weiter, wobei er gelegentlich beidrehte, um auf einen nahe gelegenen Hügel zu klettern und die Aussicht zu prüfen. An Schleusen, einsamen Farmhäusern und Pubs am Flußufer unterhielt er sich mit den Menschen, weil er einen Hinweis auf militärische Vorgänge erhoffte. Bis jetzt hatte er keinen erhalten.

Faber begann sich zu fragen, ob er in der richtigen Gegend sei. Er versuchte, sich in General Pattons Lage zu versetzen: Wenn ich plante, von einem Stützpunkt in Ostengland aus in Frankreich östlich der Seinemündung zu landen, wo würde ich den Stützpunkt errichten? Norfolk war offensichtlich: ein einsames Landgebiet von weiter Ausdehnung, viel flaches Gelände für Flugzeuge, dicht am Meer, so daß das Unternehmen rasch gestartet werden konnte. Und *The Wash* war außerdem ein natürlicher Ort, um eine Flotte zu sammeln. Seine Vermutungen mochten jedoch aus Gründen, die er nicht kannte, unzutreffend sein. Bald würde er sich überlegen müssen, ob er rasch über das Land hinweg ein neues Gebiet aufsuchen sollte: vielleicht das *Fenn*.

Eine Schleuse tauchte vor ihm auf, er holte die Segel ein, wurde langsamer, glitt weich in die Schleuse und stieß sanft gegen die Tore. Das Haus des Schleusenwärters stand am Ufer. Faber bildete mit den Händen ein Rohr um den Mund und rief: »Hallo!« Dann begann er zu warten. Er hatte gelernt, daß Schleusenwärter zu der Sorte Mensch gehörten, die sich nicht antreiben ließ. Überdies war Teezeit; dann konnte man sie kaum dazu bringen, sich in Bewegung zu setzen.

Eine Frau trat an die Tür des Hauses und winkte ihn zu sich. Faber winkte zurück, sprang ans Ufer, vertäute das Boot und

ging ins Haus. Der Schleusenwärter saß in Hemdsärmeln am Küchentisch und sagte: »Sie haben's doch nicht eilig?«
Faber lächelte. »Überhaupt nicht.«
»Gieß ihm eine Tasse Tee ein, Mavis.«
»Nicht nötig«, sagte Faber höflich.
»Keine Sorge, wir haben gerade eine Kanne voll gemacht.«
»Vielen Dank.« Faber setzte sich. Die kleine Küche war gut durchlüftet und sauber, und sein Tee wurde ihm in einer hübschen Porzellantasse serviert.
»Angelurlaub?« fragte der Schleusenwärter.
»Angeln und Vögel beobachten«, antwortete Faber. »Ich möchte bald irgendwo anlegen und ein paar Tage an Land verbringen.«
»Ach so. Dann bleiben Sie am besten auf der anderen Seite des Kanals. Sperrgebiet auf dieser Seite.«
»Wirklich? Ich wußte nicht, daß es in dieser Gegend Armeegelände gibt.«
»Doch, es fängt ungefähr eine Meile von hier an. Ob's die Armee ist, weiß ich nicht. Das hat mir keiner gesagt.«
»Wahrscheinlich brauchen wir's nicht zu wissen.«
»Ja. Wenn Sie ausgetrunken haben, lasse ich Sie durch die Schleuse. Und danke, daß ich meinen Tee in Ruhe trinken durfte.«
Sie verließen das Haus, Faber stieg ins Boot und band es los. Das Tor hinter ihm schloß sich langsam, dann ließ der Wärter das Schleusenwasser ausströmen. Das Boot sank allmählich mit dem Wasserspiegel in der Schleuse, danach öffnete der Wärter das Vordertor.
Faber setzte Segel und trieb hinaus. Der Schleusenwärter winkte ihm nach.
Nach etwa vier Meilen hielt er wieder an und vertäute das Boot an einem kräftigen Baum am Ufer. Während er auf den Anbruch der Nacht wartete, aß er Wurst aus der Dose und trokkene Kekse. Er zog seine schwarze Kleidung an, legte seinen Feldstecher, seine Kamera und ein Exemplar von *Seltene Vögel Ostenglands* in eine Umhängetasche, steckte seinen Kompaß ein und ergriff seine Taschenlampe. Er war bereit.

Faber löschte die Sturmlaterne, schloß die Kabinentür ab und sprang ans Ufer. Nachdem er im Licht der Taschenlampe auf seinen Kompaß geblickt hatte, betrat er den Waldgürtel, der am Kanal entlang verlief.
Er ging von seinem Boot aus ungefähr eine halbe Meile genau südlich, bis er auf einen Zaun traf. Es war ein Maschendrahtzaun, sechs Fuchs hoch, der zusätzlich oben mit Stacheldraht gesichert war. Er zog sich in den Wald zurück und kletterte auf einen hohen Baum.
Der Himmel war leicht bewölkt. Ab und zu trat der Mond hervor. Hinter dem Zaun lag offenes Gelände, eine sanfte Anhöhe. Faber war schon oft in der gleichen Lage gewesen, bei Biggin Hill in Aldershot und bei einer Unzahl von Militärgebieten in ganz Südengland. Es gab zwei Methoden der Sicherung: eine Patrouille am Zaun entlang und ständige Posten bei den Anlagen.
Beide konnten mit Geduld und Vorsicht umgangen werden. Faber kletterte vom Baum herunter und kehrte zu dem Zaun zurück. Er versteckte sich hinter einem Busch und wartete.
Er mußte wissen, wann die Patrouille an dieser Stelle vorbeikam. Wenn er Glück hatte, würde es bald sein. Er hatte Glück. Kurz nach 22 Uhr hörte er Stiefeltritte, und drei Männer marschierten an der Innenseite des Zaunes vorbei.
Fünf Minuten später kletterte Faber über den Zaun.
Er benutzte seine Taschenlampe nicht, hielt sich, wenn er konnte, eng an Hecken und Bäume und vermied Höhen, auf denen er sich als Silhouette bei einem plötzlichen Aufleuchten des Mondes abheben konnte. Die karge Landschaft wirkte wie eine abstrakte Komposition in Schwarz, Grau und Silber. Der Boden war etwas aufgeweicht, als ob es Sümpfe in der Nähe gäbe. Ein Fuchs rannte über das Feld vor ihm, so schnell wie ein Windhund, so anmutig wie eine Katze.
Es war 23.30 Uhr, als er auf die ersten Anzeichen militärischer Aktivität stieß – höchst seltsame Anzeichen.
Der Mond trat hervor, und er sah, vielleicht eine Viertelmeile vor sich, mehrere Reihen eingeschossiger Gebäude, die der Konstruktion nach Militärbaracken sein mußten.

Er ließ sich sofort zu Boden fallen, bezweifelte aber schon die Realität dessen, was er zu sehen glaubte; er vermißte Lichter und Lärm.
Faber kroch weiter.
Als er näher kam, merkte er, daß die Kasernengebäude nicht nur unbewohnt, sondern auch unfertig waren. Die meisten von ihnen bestanden aus kaum mehr als einem Dach, das von Eckpfosten gestützt wurde. Manche besaßen nur eine einzige Wand.
Ein plötzliches Geräusch ließ ihn verhalten: das Lachen eines Mannes. Er lag still und beobachtete. Ein Streichholz flammte kurz auf, verlöschte und hinterließ zwei glühende rote Punkte in einer der unfertigen Hütten: Wachtposten.
Faber berührte das Stilett in seinem Ärmel und kroch dann weiter, von den Posten fort auf die andere Seite des Lagers zu.
Die halbfertigen Hütten hatten keinen Fußboden und kein Fundament. Es gab keine Baufahrzeuge, keine Schubkarren, Betonmischmaschinen, Schaufeln oder Haufen von Ziegelsteinen. Ein Schlammpfad führte vom Lager aus über die Felder, doch in den Furchen wuchs neues Gras: Offensichtlich war er in letzter Zeit nicht oft benutzt worden.
Es war, als habe jemand beschlossen, hier zehntausend Mann unterzubringen, und dann seine Absicht ein paar Wochen nach Beginn der Bauarbeiten geändert.
Aber irgend etwas paßte nicht ganz zu dieser Erklärung.
Faber strich leise umher, immer auf der Hut, falls es den Posten in den Kopf kam, einen Rundgang zu machen. In der Mitte des Lagers stand eine Gruppe von Militärfahrzeugen. Sie waren alt und rostig und ausgeschlachtet – keines hatte einen Motor oder irgendwelche Innenteile. Doch wenn man schon veraltete Fahrzeuge ausschlachtet, verschrottet man dann nicht auch die Karosserien?
Die Hütten, die eine Wand besaßen, standen in der äußersten Reihe, und ihre Wände waren nach außen gerichtet. Es war wie eine Filmkulisse, nicht wie ein Bauplatz.
Faber meinte, alles erfahren zu haben, was er hier erfahren konnte. Er ging zum Ostrand des Lagers, ließ sich auf Hände

und Knie fallen und kroch davon, bis er hinter einer Hecke außer Sicht war. Eine halbe Meile weiter, kurz vor der Kuppe eines Hügels, schaute er sich um. Nun sah es wieder genau wie eine Kaserne aus.

Der Keim einer Idee bildete sich. Faber gab ihm noch Zeit, sich zu entwickeln.

Fünf Meilen weiter sah er den Flugplatz.

Dort standen mehr Flugzeuge, als er der gesamten Royal Air Force zugetraut hätte: Pathfinders zum Abwerfen von Leuchtbomben, Lancasters und amerikanische B-17 für zermürbende Bombardements, Hurricanes und Spitfires und Moskitos für Aufklärungs- und Tiefflüge – genug Maschinen für eine Invasion.

Ihr Fahrgestell war ausnahmslos in der weichen Erde versunken, und sie standen bis zum Rumpf im Schlamm.

Wieder fehlten Lichter und Geräusche.

Faber tat das gleiche wie vorher; er kroch flach auf die Flugzeuge zu, bis er die Posten ausgemacht hatte. In der Mitte des Flugplatzes stand ein kleines Zelt. Das schwache Glühen einer Lampe drang durch die Zeltwand. Zwei Männer, vielleicht drei.

Als Faber sich den Maschinen näherte, schienen sie flacher zu werden, als seien sie alle zusammengedrückt worden.

Er erreichte die erste und berührte sie verblüfft. Es war ein Stück Sperrholz von einem halben Zoll Dicke, das wie der Umriß einer Spitfire ausgesägt, mit Tarnfarbe gestrichen und mit Seilen am Boden befestigt worden war.

Alle anderen Flugzeuge waren von derselben Art.

Es gab mehr als tausend davon.

Faber stand auf. Er beobachtete das Zelt aus den Augenwinkeln, bereit, sich bei der geringsten Bewegung zu Boden fallen zu lassen. Er schlich auf dem ganzen falschen Flugplatz umher, betrachtete die falschen Kampfflugzeuge und Bomber und brachte sie mit der kulissenartigen Kaserne in Verbindung. Bei dem Gedanken an die Folgerungen aus dem, was er gefunden hatte, wurde ihm schwindelig.

Er wußte, daß er weitere Flugplätze wie diesen, weitere halb-

gebaute Kasernen finden würde, wenn er seine Nachforschungen fortsetzte. Wenn er zu *The Wash* führe, würde er eine Flotte aus Sperrholzzerstörern und -truppentransportern finden.
Es war ein gewaltiger, sorgfältig geplanter, kostspieliger, unerhörter Trick.
Natürlich konnte ein Betrachter auf keinen Fall lange irregeführt werden. Aber dies hier sollte auch nicht Beobachter am Boden täuschen.
Es sollte aus der Luft gesehen werden.
Sogar ein niedrig fliegendes Aufklärungsflugzeug, das mit den modernsten Kameras und Filmen mit kurzer Belichtungszeit ausgerüstet war, würde mit Bildern zurückkommen, die unbestreitbar eine enorme Konzentration von Männern und Maschinen zeigten.
Kein Wunder, daß der Generalstab mit einer Landung östlich der Seine rechnete.
Die Täuschung würde noch durch andere Maßnahmen gestützt werden. Die Briten würden sich im Funkverkehr auf FUSAG beziehen und dabei Codes benutzen, die, wie sie wußten, gebrochen waren. Gefälschte Spionageberichte würden durch die portugiesische Diplomatenpost nach Hamburg geschleust werden. Es gab endlose Möglichkeiten.
Die Briten hatten vier Jahre Zeit gehabt, sich für diese Invasion auszurüsten. Der größte Teil der Deutschen Wehrmacht kämpfte in Rußland. Wenn die Alliierten einmal auf französischem Boden Fuß faßten, würden sie nicht mehr aufzuhalten sein. Die einzige Chance der Deutschen bestand darin, sie schon am Strand abzufangen und zu vernichten, während sie die Landungsboote verließen.
Wenn die Deutschen an der falschen Stelle warteten, wäre auch diese eine Chance vertan.
Die ganze Strategie wurde mit einemmal deutlich. Sie war einfach und von verheerender Wirkung.
Faber mußte Hamburg benachrichtigen.
Er fragte sich, ob man ihm glauben würde.
Kriegsstrategien werden selten auf das Wort eines einzigen

Mannes hin geändert. Sein Ansehen war außergewöhnlich groß, aber war es *so* groß?
Er mußte sich Beweise besorgen und sie nach Berlin bringen.
Er benötigte Photographien.
Zunächst würde er Bilder von dieser gigantischen Scheinarmee machen, dann nach Schottland fahren, sich von dem U-Boot abholen lassen und die Bilder persönlich dem Führer übergeben. Mehr konnte er nicht tun.
Um photographieren zu können, brauchte er Licht. Er würde bis zum Morgengrauen warten müssen. Auf seinem Weg hierher hatte er eine verfallene Scheune bemerkt; dort konnte er den Rest der Nacht verbringen.
Er orientierte sich an seinem Kompaß und machte sich auf. Die Scheune war weiter entfernt, als er gedacht hatte, und er brauchte eine Stunde, um sie zu erreichen. Es war ein alter Holzbau mit Löchern im Dach. Die Ratten hatten sie schon längst verlassen, da sie nichts mehr zu fressen fanden, aber auf dem Heuboden hingen Fledermäuse.
Faber legte sich auf ein paar Bretter, konnte jedoch nicht schlafen, da er ständig daran denken mußte, daß er jetzt das Mittel in der Hand hatte, um den Verlauf des größten Krieges der Geschichte zu ändern.
Sonnenaufgang war um 5.21 Uhr. Um 4. 20 Uhr verließ Faber die Scheune.
Obwohl er nicht hatte schlafen können, hatten die zwei Stunden Ruhe gereicht, seinen Körper und Geist zu erfrischen; er war jetzt in bester Stimmung.
Er hatte die Zeit gut abgepaßt. Der Himmel wurde merklich heller, als Faber in Sichtweite des ›Flugplatzes‹ kam.
Die Posten waren immer noch in ihrem Zelt. Wenn er Glück hatte, schliefen sie noch. Faber wußte aus eigener Erfahrung, daß es bei solchen Aufgaben am schwersten ist, während der letzten Stunden wach zu bleiben.
Und wenn sie herauskämen, würde er sie eben töten müssen.
Er suchte sich einen Standort aus und legte einen 35 mm-Agfa-Film mit 36 Bildern und kurzer Belichtungszeit in die Leica ein. Er hoffte, daß die lichtempfindliche Beschichtung

nicht gelitten hatte, denn er hatte den Film schon vor Kriegsbeginn in seinem Koffer verstaut. In Großbritannien konnte man zur Zeit keine Filme kaufen. Als sich der rote Rand der Sonne langsam über den Horizont schob, begann er mit den Aufnahmen. Er machte eine Reihe von Bildern aus verschiedenen Winkeln und Entfernungen und beschloß die Serie mit einer Nahaufnahme von einer der Flugzeugattrappen: Die Bilder würden sowohl die Illusion als auch die Realität zeigen.

Während er die letzte Aufnahme machte, bemerkte Faber aus den Augenwinkeln eine Bewegung. Er ließ sich flach auf die Erde fallen und kroch unter eine Moskito aus Sperrholz. Ein Soldat kam aus dem Zelt hervor, ging ein paar Schritte und pinkelte auf den Boden. Der Mann streckte sich, gähnte und zündete sich eine Zigarette an. Er warf einen Blick über den Flugplatz, erschauderte und kehrte zum Zelt zurück.

Faber stand auf und lief los.

Nach einer Viertelmeile schaute er sich um. Der Flugplatz war außer Sicht. Er hielt sich westlich in Richtung auf die »Kaserne«.

Dies würde mehr sein als ein gewöhnlicher Spionagecoup. Sein ganzes Leben hindurch hatte Hitler immer die richtigen Ahnungen gehabt. Der Mann, der den Beweis erbrachte, daß der Führer wieder einmal recht hatte und alle Experten sich irrten, würde nicht mit einem Schulterklopfen abgespeist werden. Faber wußte, daß Hitler ihn schon jetzt für den besten Agenten der Abwehr hielt. Dieser Triumph würde ihm wahrscheinlich Canaris' Posten einbringen.

Wenn er es schaffte.

Er vergrößerte seine Geschwindigkeit, indem er abwechselnd zwanzig Meter im Trott und zwanzig im normalen Schritttempo zurücklegte: Um 6.30 Uhr hatte er die Kaserne erreicht. Mittlerweile war es ganz hell geworden, und er konnte nicht nahe herangehen, da die Posten sich nicht in einem Zelt, sondern in einer der Hütten ohne Wände aufhielten, von wo sie nach allen Seiten freie Sicht hatten. Er legte sich neben einer Hecke nieder und machte seine Bilder aus der Entfernung. Gewöhnliche Abzüge würden nur eine Kaserne zeigen, aber ent-

sprechende Vergrößerungen müßten die Einzelheiten des Betrugs enthüllen.
Als Faber zum Boot zurückkehrte, hatte er dreißig Aufnahmen gemacht. Wieder beeilte er sich, denn jetzt war er schrecklich auffällig: ein schwarzgekleideter Mann, der einen Segeltuchbeutel mit Ausrüstungsgegenständen trug und über die offenen Felder eines Sperrgebietes lief.
Er erreichte den Zaun eine Stunde später, ohne etwas anderes als Wildgänse gesehen zu haben. Während er über den Draht kletterte, ließ seine Spannung spürbar nach. Innerhalb des Zaunes sprachen weit mehr Verdachtsmomente gegen ihn als außerhalb. Jetzt konnte er wieder seine Rolle als Vogelbeobachter, Angler und Segler aufnehmen. Das größte Risiko war überstanden.
Faber kam am Kanal an. Es war vorbei. Das Boot wirkte einladend in der Morgensonne. Sobald er wieder unterwegs war, würde er sich etwas Tee machen, dann –
Ein Mann in Uniform trat aus der Kabine des Bootes und fragte: »Na, wer sind Sie denn wohl?«
Faber blieb regungslos stehen und wartete, bis eisige Ruhe von ihm Besitz ergriffen hatten. Der Eindringling trug die Uniform eines Captains der Bürgerwehr, und Faber hatte mit einem Blick bemerkt, daß die Pistolentasche am Gürtel verschlossen war. Er war groß und sehnig, schien aber schon Ende Fünfzig zu sein. Unter seiner Mütze war weißes Haar zu sehen. Er machte keine Anstalten, seine Pistole zu ziehen. Faber hatte all das zur Kenntnis genommen, bevor er antwortete: »Sie sind auf meinem Boot, deshalb sollte ich Sie fragen, wer Sie sind.«
»Captain Stephan Langham, Bürgerwehr.«
»James Baker.« Faber blieb am Ufer. Ein Captain patrouillierte nicht alleine.
»Und was tun Sie hier?«
»Ich mache Urlaub.«
»Wo sind Sie gewesen?«
»Vögel beobachten.«
»Schon vor dem Morgengrauen? Halten Sie ihn in Schach, Watson.«

Ein jüngerer Mann in Drillichzeug erschien hinter Faber. Er trug eine Schrotflinte. Faber blickte sich um. Ein weiterer Soldat stand rechts von ihm.
Der Captain rief: »Aus welcher Richtung ist er gekommen, Corporal?«
Die Antwort kam vom Wipfel einer Eiche. »Aus dem Sperrgebiet, Sir.«
Faber rechnete sich seine Chancen aus. Drei zu eins – bis der Corporal vom Baum herunterkam. Sie hatten nur zwei Schußwaffen: die Schrotflinte und die Pistole des Captains. Außerdem waren sie Amateure. Auch das Boot würde ihm helfen.
Er sagte: »Sperrgebiet? Ich habe nur ein Stück Zaun gesehen. Würden Sie bitte den Schießprügel nicht auf mich richten. Er könnte losgehen.«
»Niemand beobachtet Vögel in der Dunkelheit«, erklärte der Captain.
»Wenn man sich sein Versteck im Schutz der Dunkelheit aussucht, ist man getarnt, wenn die Vögel aufwachen. So wird's normalerweise gemacht. Hören Sie, ich weiß, die Bürgerwehr ist unheimlich patriotisch und eifrig, aber wir wollen's doch nicht übertreiben, oder? Genügt es nicht, wenn Sie meine Papiere überprüfen und einen Bericht machen?«
Der Captain schien leicht verunsichert. »Was ist in dem Segeltuchbeutel?«
»Ein Feldstecher, eine Kamera und ein ornithologischer Führer.« Fabers Hand glitt zu dem Beutel.
»Lassen Sie das«, befahl der Captain. »Gucken Sie hinein, Watson.«
Da war er: der Fehler des Amateurs.
»Hände hoch«, sagte Watson.
Faber hob die Hände über den Kopf; seine rechte Hand war dicht am linken Jackenärmel. Er überlegte sich den Ablauf der nächsten paar Sekunden: Auf keinen Fall durfte geschossen werden.
Watson näherte sich Faber von links, richtete die Schrotflinte auf ihn und öffnete die Klappe des Segeltuchbeutels. Faber zog das Stilett aus dem Ärmel, wich der Flinte aus und trieb das

Messer bis zum Heft nach unten in Watsons Nacken. Seine andere Hand entwand dem jungen Mann die Schrotflinte.
Der Captain schaute ihn ungläubig an, und der Corporal kletterte krachend durch das Geäst der Eiche herab.
Faber zog das Stilett aus Watsons Nacken, während der Mann zusammenbrach. Der Captain nestelte an der Klappe seiner Pistolentasche. Faber sprang in die Vertiefung des Bootes. Es schaukelte und ließ den Captain taumeln. Faber stieß mit dem Messer nach ihm, aber der Mann war für einen genauen Stoß zu weit entfernt. Die Spitze verfing sich im Aufschlag seiner Uniformjacke, schnellte dann ruckartig nach oben und schlitzte sein Kinn auf. Seine Hand löste sich von dem Halfter und griff nach der Wunde.
Faber wirbelte zum Ufer herum. Der Soldat sprang. Faber machte einen Schritt nach vorn und streckte den rechten Arm steif aus. Der springende Soldat wurde von dem acht Zoll langen Messer durchbohrt.
Der Aufprall warf Faber um, wobei er das Stilett losließ. Der Soldat fiel auf die Waffe. Faber lag auf den Knien. Er hatte keine Zeit, das Stilett zurückzuholen, da der Captain sein Halfter öffnete. Faber sprang ihn an, und seine Hände fuhren dem Offizier ins Gesicht. Die Pistole war gezogen. Fabers Daumen bohrten sich in die Augen des Captains, der vor Schmerz schrie und versuchte, Fabers Arme zur Seite zu stoßen.
Er schwankte und prallte gegen ihn. Faber stieß ihn zurück. Seine Mütze flog durch die Luft, als er nach hinten über das Schanzdeck stolperte und mit einem lauten Platschen in den Kanal fiel.
Der Corporal sprang die letzten sechs Fuß von der Eiche zu Boden. Faber holte sich sein Stilett aus dem aufgespießten Soldaten zurück und sprang ans Ufer. Watson lebte noch, aber es würde nicht mehr lange dauern: Blut sprudelte aus der Wunde in seinem Nacken hervor.
Faber und der Corporal standen einander gegenüber. Der Corporal hatte eine Pistole.
Er war außer sich vor Schreck. In den wenigen Sekunden, die er gebraucht hatte, um die Eiche herunterzuklettern, hatte

dieser Fremde zwei seiner Kameraden getötet und den dritten in den Kanal geworfen. Entsetzen flackerte in seinen Augen.

Faber warf einen Blick auf die Pistole. Sie war alt und erinnerte an ein Museumsstück. Wenn der Corporal nur das geringste Vertrauen zu ihr gehabt hätte, hätte er sie schon längst abgefeuert.

Der Corporal machte einen Schritt nach vorn, und Faber bemerkte, daß er sein rechtes Bein schonte – vielleicht hatte er es verletzt, als er vom Baum heruntergesprungen war. Faber trat zur Seite und zwang den Corporal, sein Gewicht auf das schwache Bein zu legen, während er mitging, um die Pistole weiter auf sein Ziel gerichtet zu halten. Faber schob die Schuhspitze unter einen Stein und warf ihn nach oben. Der Blick des Corporals glitt zu dem Stein, und Faber griff an.

Der Corporal drückte den Abzug durch, doch nichts geschah. Die alte Pistole hatte Ladehemmung. Selbst wenn er gefeuert hätte, hätte er Faber verfehlt: Seine Augen waren auf den Stein gerichtet, er taumelte auf dem schwachen Bein, und Faber hatte sich bewegt.

Faber tötete ihn mit einem Stoß in den Nacken.

Nur der Captain war noch übrig.

Faber blickte auf und sah, daß der Mann am gegenüberliegenden Ufer aus dem Wasser kletterte. Er fand einen Stein und schleuderte ihn hinüber. Der Stein traf den Kopf des Captains, aber der Mann hievte sich an Land und begann zu laufen.

Faber rannte zum Ufer, tauchte ins Wasser, schwamm ein paar Züge und kam an der anderen Seite hoch. Der Captain war hundert Meter vor ihm und lief davon, doch er war alt. Faber nahm die Jagd auf. Er kam stetig näher, bis er das gequälte, stoßweise Atmen des Mannes hören konnte. Der Captain wurde langsamer und brach über einem Busch zusammen.

Faber hatte ihn eingeholt und drehte ihn um. »Du bist . . . der Teufel«, stammelte der Captain.

»Du hast mein Gesicht gesehen«, sagte Faber und tötete ihn.

12

Die dreimotorige Transportmaschine vom Typ Ju 52 mit dem Hakenkreuz auf den Tragflächen kam hoppelnd auf der regennassen Landebahn bei Rastenburg in den ostpreußischen Wäldern zum Stehen. Ein Mann mit ausgeprägten Gesichtszügen – einer großen Nase, einem breiten Mund und großen Ohren – stieg aus und schritt schnell über das Rollfeld zu einem wartenden Mercedes.
Während das Auto durch den finsteren, feuchten Wald fuhr, nahm Feldmarschall Erwin Rommel seine Mütze ab und strich sich nervös über das dünner werdende Haar. Er wußte, daß in ein paar Wochen ein anderer Mann diesen Weg mit einer Bombe in der Aktentasche zurücklegen würde – einer Bombe, die für den Führer selbst bestimmt sein würde. Inzwischen mußte weitergekämpft werden, damit der neue Regierungschef Deutschlands aus einer starken Position mit den Alliierten verhandeln konnte.
Nach einer Fahrt von fünfzehn Kilometern kam der Wagen an der Wolfsschanze, dem Führerhauptquartier, an.
Am Tor zu Hitlers persönlichem Quartier setzte Rommel die Mütze auf und stieg aus dem Auto. SS-Gruppenführer Rattenhuber, der Chef des Sicherheitskommandos, streckte wortlos die Hand aus, um Rommels Pistole entgegenzunehmen.
Die Konferenz sollte in dem unterirdischen Bunker stattfinden, einem kalten, feuchten, stickigen Schutzraum, der mit Beton gepanzert war. Rommel ging die Stufen hinab und trat ein. Etwa ein Dutzend Teilnehmer wartete schon auf die Mittagsbesprechung: Himmler, Göring, von Ribbentrop, Keitel. Rommel nickte ihnen grüßend zu und setzte sich auf einen harten Stuhl, um ebenfalls zu warten.
Alle standen auf, als Hitler eintrat. Er trug eine graue Uniformjacke und eine schwarze Hose. Rommel fiel auf, daß der Führer immer gebeugter aussah. Er ging direkt auf das andere Ende des Bunkers zu, wo eine große Karte von Nordwesteuropa an der Wand befestigt war. Hitler wirkte müde und gereizt. Er begann ohne Einleitung zu sprechen.
»Es wird eine Invasion der Alliierten geben. Ihr Ausgang wird

nicht nur die Entscheidung für dieses Jahr, sondern für den ganzen Krieg bringen. Wenn es gelingt, die Invasionstruppen zurückzuwerfen, kann und wird sich ein solcher Versuch nicht so bald wiederholen. Das bedeutet, daß deutsche Reserven für die Verwendung in Italien und an der Ostfront frei werden. Dann läßt sich die Ostfront wieder stabilisieren. Wenn wir jedoch die Invasoren im Westen nicht zurückwerfen können, ist die Niederlage besiegelt. Ein Stellungskrieg im Westen ist schon deshalb unmöglich, weil sich die durch Frankreich verlaufende Front mit jedem Schritt rückwärts verbreitern wird. Ohne bedeutende strategische Reserven wird es unmöglich sein, eine solche Front mit genügend starken Kräften zu besetzen. Deshalb muß der Angreifer beim ersten Versuch abgewehrt werden.«

Er blickte sich um, als fordere er seinen Stab heraus, ihm zu widersprechen. Alle schwiegen. Rommel fröstelte: Der Bunker war kalt wie ein Grab.

»Die Frage ist: Wo werden sie landen? Von Roenne – Ihr Bericht.«

Oberst Alexis von Roenne, Chef der Fremden Heere West, stand auf. Er hatte eine steile Karriere hinter sich, seit er während der Wiederbewaffnung erneut in die Wehrmacht eingetreten war. Er hatte Hitler vor dem Frankreichfeldzug eine Analyse geliefert, die als entscheidender Faktor für den deutschen Sieg bezeichnet wurde. Es war ungewöhnlich, daß Roenne selbst vortrug, denn eigentlich lief alles über den SD, der nach Canaris' Entlassung im Februar 1944 und der Eingliederung von dessen Abwehrorganisation noch mächtiger geworden war als zuvor.

Roenne sagte: »Unsere Informationen sind umfassend, aber keineswegs vollständig. Der Codename der Alliierten für die Invasion ist *Overlord*. Die Truppenkonzentrationen in Großbritannien sind folgende.« Er nahm einen Zeigestock und ging zur Wandkarte. »Erstens: entlang der Südküste. Zweitens: hier in der Gegend von Südostengland. Drittens: in Schottland. Die Konzentration in Südostengland ist bei weitem die größte. Wir vermuten, daß die Invasion drei Stoßrichtungen haben wird.

Erstens: einen Ablenkungsangriff auf die Normandie. Zweitens: den Hauptstoß über die Straße von Dover auf die Küste von Calais zu. Drittens: eine unterstützende Invasion von Schottland aus über die Nordsee nach Norwegen. Alle Geheimdienstquellen stützen diese Voraussage.« Er setzte sich.
»Ihre Meinung, meine Herren?« fragte Hitler.
Rommel, Oberbefehlshaber der Heeresgruppe B, dem die Verteidigung der Atlantikküste oblag, sagte: »Es gibt bestätigende Anzeichen. Die Straße von Dover ist mit Abstand am stärksten bombadiert worden.«
Göring fragte: »Welche Geheimdienstquellen stützen Ihre Prognose, von Roenne?«
Roenne erhob sich wieder. »Es gibt drei: Luftaufklärung, Abhören feindlichen Funkverkehrs und Agentenberichte.« Er setzte sich.
Hitler verschränkte die Hände schützend vor den Genitalien, eine nervöse Angewohnheit, die bedeutete, daß er eine Rede halten würde. »Ich will Ihnen sagen, welche Überlegungen ich anstellen würde, wenn ich Winston Churchill wäre. Ich würde mich fragen: östlich der Seine oder westlich. Der Osten ist näher. Aber in der modernen Kriegsführung gibt es nur zwei Entfernungen – *innerhalb* und *außerhalb* der Reichweite von Kampfflugzeugen. *Beide* Möglichkeiten befinden sich innerhalb dieser Reichweite. Deshalb spielt die Entfernung keine Rolle.
Im Westen gibt es einen großen Hafen – Cherbourg – im Osten keinen. Und vor allem – der östliche Teil der Küste ist stärker befestigt als der westliche. Auch der Feind verfügt über Luftaufklärung.
Ich würde mich für den westlichen Teil entscheiden. Und was täte ich dann? Ich würde die Deutschen das Gegenteil glauben machen! Ich würde doppelt so viele Bomber zur Straße von Dover wie in die Normandie schicken. Ich würde jede Brücke über die Seine zerstören. Dann würde ich irreführende Funksprüche aussenden, falsche Geheimdienstberichte abschicken und den Aufmarsch meiner Truppen in irreführender Weise vornehmen. Ich würde Dummköpfe wie Rommel und von

Roenne täuschen und hoffen, den Führer selbst hinters Licht zu führen!«

Göring sprach als erster nach einer langen Pause. »Mein Führer, ich glaube, daß Sie Churchill schmeicheln, wenn Sie ihm so viel Scharfsinn wie sich selbst zutrauen.«

Die Spannung in dem ungemütlichen Bunker ließ merklich nach. Göring hatte genau das Richtige gesagt; es war ihm gelungen, seine abweichende Meinung in ein Kompliment zu kleiden. Die anderen schlossen sich ihm an, wobei jeder glaubte, die Lage überzeugender vorzutragen. Die Alliierten würden der höheren Geschwindigkeit wegen den kürzeren Seeweg wählen; die näher gelegene Küste werde den begleitenden Kampfmaschinen erlauben, schneller wieder zurückzukehren und aufzutanken; der Südosten biete mit seinen Flußmündungen und Häfen bessere Auslaufmöglichkeiten; es sei unwahrscheinlich, daß *alle* Geheimdienstberichte ohne Ausnahme falsch seien.

Hitler hörte eine halbe Stunde lang zu und hob dann, Schweigen gebietend, die Hand. »Ich habe bereits im Dezember 41 den westwallartigen Ausbau der Atlantikküste angeordnet und im August 42 den Bau von 15000 Bunkern zur Verteidigung des Westraumes, weil ich schon damals ahnte, daß sich die entscheidende Landung der Alliierten auf den vorspringenden Teilen der Normandie und der Bretagne vollziehen würde, weil die vorzüglichen Häfen dort ideale Brückenköpfe wären. Das hat mir meine Intuition damals gesagt, und das sagt sie mir jetzt!« Ein Schaumspritzer erschien auf der Unterlippe des Führers.

Von Roenne nahm das Wort. (Er hat mehr Mut als ich, dachte Rommel.) »Mein Führer, unsere Nachforschungen gehen natürlich weiter. Es gibt noch einen besonderen Vorgang, über den Sie Bescheid wissen sollten. Ich habe in den letzten Wochen einen Geheimboten nach England entsandt. Er sollte mit dem Agenten, der den Codenamen ›die Nadel‹ trägt, Verbindung aufnehmen.«

Hitlers Augen glänzten. »Ich kenne den Mann. Fahren Sie fort.«

»Die Nadel hat den Befehl, die Stärke der First United States Army Group unter General Patton in Südostengland zu erkunden. Wenn er herausfindet, daß sie übertrieben dargestellt wurde, müssen wir unsere Voraussage zweifellos überdenken. Wenn er jedoch berichtet, daß die Armee so stark ist, wie wir im Moment glauben, dürfte feststehen, daß Calais das Ziel ist.«
Göring sah von Roenne an. »Wer ist das: die Nadel?«
Hitler beantwortete die Frage. »Der einzige zuverlässige Agent, den Canaris je anwarb – weil er es auf meinen Befehl hin tat. Ich kenne seine Familie – eine Stütze des Reiches. Starke, treue, aufrechte Deutsche. Und die Nadel – ein hervorragender Mann, hervorragend! Ich lese all seine Berichte. Er war schon in London, bevor die Engländer den Krieg anfingen. Davor in Rußland –«
Von Roenne unterbrach: »Mein Führer –«
Hitler funkelte ihn wütend an, schien aber zu erkennen, daß sich der Spionagechef zu Recht eingeschaltet hatte. »Ja?«
Von Roenne sagte vorsichtig: »Sie werden den Bericht der Nadel also akzeptieren?«
Hitler nickte. »Der Mann wird die Wahrheit herausfinden.«

Dritter Teil

13

Faber lehnte sich zitternd an einen Baum und übergab sich.
Dann überlegte er, ob er die vier Toten beerdigen solle.
Er schätzte, daß es dreißig bis sechzig Minuten dauern würde, je nachdem wie gut er die Leichen verbarg. Während dieser Zeit könnte er gefangen werden.
Er mußte diese Gefahr gegen die wertvollen Stunden abwägen, die er gewinnen konnte, wenn er die Entdeckung der Morde hinauszögerte. Die Männer würden sehr bald vermißt werden; gegen 9 Uhr müßte die Suche beginnen. Wenn sie auf einer Routinepatrouille gewesen waren, würde ihr Weg bekannt sein. Man würde zunächst jemand an der Route entlangschikken. Wenn die Leichen so liegenblieben, wie sie waren, würde dieser sie finden und Alarm schlagen. Sonst würde er sich zurückmelden und eine umfassende Suchaktion auslösen, mit Bluthunden und Polizisten, die die Büsche durchstöberten. Es mochte den ganzen Tag dauern, bis sie die Leichen entdeckten. Inzwischen konnte Faber in London sein. Es war wichtig für ihn, sich nicht mehr in der Gegend aufzuhalten, wenn sie die Toten gefunden hatten. Er beschloß, die zusätzliche Stunde zu riskieren.
Faber schwamm mit dem alten Captain auf den Schultern über den Kanal zurück. Er ließ ihn ohne viel Federlesens hinter einen Busch fallen, holte die Leiche aus der Ladefläche des Bootes und stapelte sie auf den Captain. Dann legte er noch Watson und den Corporal hinzu.
Er hatte keinen Spaten, doch er würde ein großes Grab brauchen. Ein paar Meter in den Wald hinein fand er einen Flecken lockeren Erdreiches. Der Boden war dort leicht ausgehöhlt,

was ihm die Arbeit erleichterte. Er holte einen Topf aus der winzigen Kombüse des Bootes und begann zu graben.
Mühelos beseitigte er einen halben Meter tief Lauberde. Dann erreichte er eine Tonschicht, und das Graben wurde äußerst mühsam. In einer halben Stunde hatte er das Loch erst um weitere vierzig Zentimeter vertieft. Es mußte reichen.
Faber trug eine Leiche nach der anderen zu dem Loch und warf sie hinein. Dann zog er seine lehmige, blutverschmierte Kleidung aus und ließ sie obenauf fallen. Er bedeckte das Grab mit loser Erde und einer Schicht von Blättern, die er von Büschen und Bäumen in der Nähe abriß. Das müßte genügen, um den ersten oberflächlichen Blicken standzuhalten.
Er scharrte mit dem Fuß Erde über die Stelle am Ufer, wo Watsons Blut verströmt war. Auch im Boot war Blut, wo der aufgespießte Soldat gelegen hatte. Faber fand einen Lappen und reinigte das Deck.
Danach zog er saubere Kleidung an, setzte Segel und legte ab.
Er mußte das Boot verlassen und so bald wie möglich ein schnelleres Transportmittel finden. Während er dahinsegelte, überlegte er sich, ob es vorteilhafter sei, einen Zug zu nehmen oder ein Auto zu stehlen. Ein Auto war schneller, wenn es ihm gelang, eines zu stehlen; aber die Suche danach könnte recht bald beginnen, ohne Rücksicht darauf, ob man den Diebstahl mit der vermißten Bürgerwehrpatrouille in Verbindung brachte. Einen Bahnhof zu finden mochte länger dauern, doch es schien sicherer: Wenn er vorsichtig war, würde für den größten Teil des Tages kein Verdacht auf ihn fallen.
Unglücklicherweise wußte er nicht genau, wo er war. Auf seiner Karte der englischen Wasserstraßen war jede Brücke, jeder Hafen und jede Schleuse verzeichnet, aber sie gab keinen Aufschluß über Eisenbahnlinien. Er schätzte, daß ein Fußmarsch von ein oder zwei Stunden ihn zu einem halben Dutzend Dörfern bringen würde, doch ein Dorf mußte nicht unbedingt einen Bahnhof haben.
Am Ende löste das Glück sein Problem: Der Kanal führte unter einer Eisenbahnbrücke hindurch.
Faber nahm seinen Kompaß, den Film aus der Kamera, seine

Brieftasche und sein Stilett. Der Rest seiner Habe würde mit dem Boot versinken.
Der Schleppweg war zu beiden Seiten von Bäumen beschattet, und es gab keine Straßen in der Nähe. Er rollte die Segel zusammen, montierte den Mast am Fuß ab und legte ihn auf das Deck. Dann entfernte er den Stöpsel des Spundlochs aus dem Kiel und trat ans Ufer, wobei er das Tau festhielt.
Das Boot füllte sich allmählich mit Wasser und trieb unter die Brücke. Faber zog an dem Tau, um es genau unter dem Brükkenbogen untergehen zu lassen. Das Achterdeck versank zuerst, der Bug folgte, und schließlich schlug das Wasser des Kanals über dem Dach der Kabine zusammen. Ein paar Blasen entstanden, das war alles. Der Umriß des Bootes war durch den Schatten der Brücke vor oberflächlichen Blicken geschützt. Faber warf das Tau hinein.
Die Eisenbahnlinie verlief von Nordosten nach Südwesten. Faber kletterte auf den Damm und ging nach Südwesten, der Richtung, in der London lag. Es war ein zweispuriger Schienenstrang, wahrscheinlich eine ländliche Nebenlinie. Es würden nur wenige Züge verkehren, aber sie würden an allen Stationen halten.
Die Sonne wurde stärker, während er dahinwanderte, und die Anstrengung brachte ihn zum Schwitzen. Nachdem er seine blutbefleckte Kleidung vergraben hatte, hatte er einen zweireihigen Blazer und schwere Flanellhosen angezogen.
Der Gleiskörper lief schnurgerade durch die flache Landschaft. Faber kam an einem Farmer vorbei, der sein Feld mit einem Trecker pflügte. Er konnte nicht vermeiden, daß er gesehen wurde. Der Farmer winkte ihm zu, ohne seine Arbeit zu unterbrechen. Er war viel zu weit entfernt, um Fabers Gesicht gut erkennen zu können.
Als er etwa zehn Meilen zurückgelegt hatte, sah Faber eine Station vor sich. Sie war eine halbe Meile entfernt, und er konnte nur den erhöhten Bahnsteig und eine Gruppe von Signalen ausmachen. Er verließ den Bahndamm und wanderte – immer in der Nähe von Baumbegrenzungen – über die Felder, bis er auf eine Straße traf.

Nach ein paar Minuten erreichte er das Dorf. Nichts verriet ihm seinen Namen. Jetzt, da die drohende Invasion nur noch eine Erinnerung war, wurden Wegweiser und Namensschilder zwar wieder aufgerichtet, aber in diesem Dorf war man noch nicht soweit.
Es gab ein Postamt, ein Getreidelager und einen Pub, der *The Bull* hieß. Eine Frau mit einem Kinderwagen sagte freundlich »Guten Morgen!«, als er am Kriegerdenkmal vorbeikam. Der kleine Bahnhof ließ sich schläfrig von der Frühlingssonne bescheinen. Faber ging hinein.
Ein Fahrplan hing am Anschlagbrett. Faber stellte sich davor. Hinter dem kleinen Fenster des Fahrkartenschalters sagte eine Stimme: »Darum würde ich mich an Ihrer Stelle nicht kümmern. Das ist die größte Dichtung seit der *Forsyte Saga.*«
Faber hatte gewußt, daß der Fahrplan veraltet sein würde, aber er hatte herausfinden wollen, ob die Züge nach London fuhren. Gott sei Dank war dem so. »Haben Sie 'ne Ahnung, wann der nächste Zug nach Liverpool Street abfährt?« Faber hatte sich umgedreht und war zum Schalter gegangen.
Der Beamte lachte sarkastisch. »Irgendwann heute, wenn Sie Glück haben.«
»Ich möchte jedenfalls eine Fahrkarte. Einfach, bitte.«
»Fünf Schilling, vier Pence. Wie man hört, sind die italienischen Züge pünktlich«, sagte der Beamte.
»Jetzt nicht mehr«, erwiderte Faber. »Außerdem habe ich lieber unpünktliche Züge und dafür unsere Politik.«
Der Mann warf ihm einen irritierten Blick zu. »Sie haben natürlich recht. Wollen Sie in *The Bull* warten? Sie werden den Zug hören – wenn nicht, lasse ich Sie holen.«
Faber wollte nicht, daß noch mehr Menschen sein Gesicht sahen. »Nein, danke, ich würde nur Geld ausgeben.« Er nahm seine Fahrkarte und ging auf den Bahnsteig.
Der Beamte folgte ihm einige Minuten später und setzte sich neben ihn auf die Bank, die in der Sonne stand. »Haben Sie's eilig?«
Faber schüttelte den Kopf. »Der Tag ist für mich verloren. Ich bin zu spät aufgestanden, habe mich mit dem Chef gestritten,

und der Lastwagen, der mich mitgenommen hat, hatte eine Panne.«
»Da kann man nichts machen. Tja.« Der Beamte schaute auf seine Uhr. »Der Zug ist heute morgen pünktlich hochgefahren, und was nach oben geht, kommt auch wieder runter. Sie könnten Glück haben.« Er ging zurück in sein Büro.
Faber hatte Glück. Der Zug kam zwanzig Minuten später. Er war überfüllt mit Farmern, Familien, Geschäftsleuten und Soldaten. Faber fand einen Platz auf dem Fußboden in der Nähe eines Fensters. Als der Zug losratterte, nahm er eine weggeworfene, zwei Tage alte Zeitung auf, borgte sich einen Bleistift und fing an, das Kreuzworträtsel zu lösen. Er war stolz auf seine Fähigkeit, englische Kreuzworträtsel zu lösen: Es war der entscheidende Test für die Beherrschung einer Fremdsprache. Nach einer Weile wiegte die Bewegung des Zuges ihn in einen leichten Schlaf. Er träumte.

Es war ein bekannter Traum, der Traum von seiner Ankunft in London.
Er war aus Frankreich gekommen – mit einem belgischen Paß, der ihn als Jan van Gelder auswies, einen Vertreter von Phillips (was sein Kofferfunkgerät erklären würde, wenn der Zoll es öffnete). Sein Englisch war damals fließend, doch nicht umgangssprachlich. Der Zoll hatte ihn nicht belästigt: Er war ein Verbündeter. Er hatte den Zug nach London genommen. In jenen Tagen gab es viele leere Plätze in den Wagen, und man konnte Mahlzeiten bekommen. Faber hatte zu Abend Roastbeef und Yorkshire Pudding gegessen. Er hatte sich mit einem Geschichtsstudenten aus Cardiff über die politische Situation Europas unterhalten. Der Traum entsprach der Wirklichkeit, bis der Zug in Waterloo anhielt. Dann verwandelte er sich in einen Alptraum.
Die Probleme begannen an der Sperre. Wie alle Träume hatte auch dieser seine eigene widersinnige Logik. Das Dokument, das beanstandet wurde, war nicht sein gefälschter Paß, sondern seine völlig vorschriftsmäßige Fahrkarte. Der Kontrolleur sagte: »Das ist eine Karte von der Abwehr.«

»Nein«, widersprach Faber mit lächerlich starkem deutschen Akzent. Was war mit seinen zarten englischen Konsonanten geschehen? Er brachte sie nicht über die Zunge. »I have it in Dover gekauft.« Verflucht, jetzt war es aus.
Doch der Kontrolleur, der sich in einen Londoner Bobby, dem sogar nicht einmal der Helm fehlte, verwandelt hatte, schien den plötzlichen Ausrutscher nicht bemerkt zu haben. Er lächelte höflich und sagte: »Ich muß jetzt Ihre ›Klamotte‹ überprüfen, Sir.«
Der Bahnhof wimmelte von Menschen. Faber dachte, daß er entkommen könne, wenn er sich unter die Menge mischte. Er ließ sein Kofferfunkgerät fallen, flüchtete und drängte sich durch die Menge. Plötzlich merkte er, daß er seine Hose im Zug gelassen hatte und daß auf seinen Socken Hakenkreuze waren. Er würde sich im allerersten Geschäft eine Hose kaufen müssen, bevor den Leuten der hosenlose, laufende Mann mit den Nazistrümpfen auffiel – dann sagte jemand in der Menge: »Ihr Gesicht kenne ich doch«, und stellte ihm ein Bein. Er fiel polternd hin und landete auf dem Boden des Eisenbahnwagens, auf dem er eingeschlafen war.

Faber blinzelte, gähnte und schaute sich um. Er hatte Kopfschmerzen. Einen Moment lang war er erleichtert darüber, daß es nur ein Traum gewesen war, dann amüsierte er sich über die alberne Symbolik – Hakenkreuzsocken, du lieber Himmel!
Ein Mann in einem Arbeitsanzug neben ihm sagte: »Sie haben gut geschlafen.«
Faber blickte jäh auf. Er hatte immer Angst davor, im Schlaf zu sprechen und sich zu verraten. »Ich hatte einen unangenehmen Traum.« Der Mann schwieg.
Es wurde dunkel. Er hatte wirklich lange geschlafen. Das Licht – eine einzige blaue Birne – ging plötzlich an, und jemand zog die Vorhänge zu. Die Gesichter der Menschen wurden zu bleichen, nichtssagenden Ovalen. Der Arbeiter wurde wieder gesprächig. »Sie haben das Aufregendste verpaßt«, sagte er.
Faber runzelte die Stirn. »Was ist passiert?« Es war unmöglich, daß er irgendeine Polizeikontrolle verschlafen hatte.

»Einer von den Yankeezügen kam vorbei. Machte ungefähr zehn Meilen pro Stunde, ein Nigger fuhr ihn und läutete die Glocke, mit einem riesigen *Cowcatcher* vorne! Wie im Wilden Westen.«

Faber lächelte und dachte wieder an seinen Traum. In Wirklichkeit hatte es bei seiner Ankunft in London keine Zwischenfälle gegeben. Er hatte zunächst ein Hotelzimmer genommen, wobei er immer noch seine belgische Identität benutzte. Innerhalb einer Woche hatte er mehrere Landfriedhöfe besucht, die Namen von Männern seines Alters von den Grabsteinen abgeschrieben und drei Neuschriften von Geburtsurkunden beantragt. Dann hatte er sich ein Zimmer genommen und mit Hilfe von gefälschten Empfehlungen einer nicht existierenden Firma in Manchester eine bescheidene Arbeitsstelle gefunden. Er hatte sich sogar vor dem Krieg in das Wählerverzeichnis von Highgate aufnehmen lassen und für die Konservativen gestimmt. Als die Rationierung begann, waren die Lebensmittelbücher über die Hausbesitzer an jeden verteilt worden, der eine bestimmte Nacht im Haus verbracht hatte. Faber hatte es geschafft, einen Teil jener Nacht in jedem von drei verschiedenen Häusern zu verbringen und so Papiere für jede seiner Identitäten zu bekommen. Er hatte den belgischen Paß verbrannt – für den unwahrscheinlichen Fall, daß er einen Paß brauchte, konnte er sich drei britische zulegen.

Der Zug hielt an. Der Lärm draußen verriet den Passagieren, daß sie angekommen waren. Als Faber ausstieg, merkte er, wie hungrig und durstig er war. Er hatte den ganzen Tag noch nichts gegessen. Er ging durch die Sperre und fand die Bahnhofsgaststätte. Sie war voll von Menschen, meist Soldaten, die an den Tischen schliefen oder zu schlafen versuchten. Faber verlangte ein Käsebrot und eine Tasse Tee.

»Das Essen ist für Angehörige der Streitkräfte reserviert«, sagte die Frau hinter dem Tresen.

»Dann eben nur Tee.«

»Haben Sie 'ne Tasse?«

Faber war überrascht. »Nein.«

»Wir auch nicht, mein Bester.«

Faber ging erbittert hinaus. Er überlegte, ob er das Great Eastern Hotel zum Dinner aufsuchen solle, aber das würde Zeit kosten. Er suchte einen Pub, trank zwei Krüge Bier, kaufte dann eine Tüte Pommes frites in einer Fischbraterei und aß sie, auf dem Bürgersteig stehend, aus dem Zeitungspapier, in das sie eingewickelt waren. Sie gaben ihm ein überraschendes Sättegefühl.

Nun mußte er eine Drogerie finden und einbrechen. Er wollte seinen Film entwickeln, sicher sein, daß die Bilder gelungen waren. Er würde nicht riskieren, mit einer Spule verdorbenen, nutzlosen Films nach Deutschland zurückzukehren. Wenn die Bilder nicht gut waren, würde er einen neuen Film stehlen und zurückfahren müssen. Der Gedanke war unerträglich.

Es mußte ein kleines, selbständiges Geschäft sein. Das Geschäft mußte in einer Gegend liegen, in der die Ortsansässigen sich Kameras leisten konnten (oder vor dem Krieg hätten leisten können). Der Teil von Ostlondon, in dem sich die Liverpool Street Station befand, taugte dafür nicht. Er beschloß, sich nach Bloomsbury aufzumachen.

Die vom Mond erleuchteten Straßen waren still. Bis jetzt hatte es heute abend noch keinen Alarm gegeben. Zwei Militärpolizisten hielten ihn in der Chancery Lane an und verlangten seine Kennkarte. Faber tat so, als sei er leicht angetrunken, und die Polizisten fragten nicht, was er auf der Straße zu suchen habe.

Er fand das Geschäft, das er gesucht hatte, am Nordende der Southampton Row. Im Fenster war ein Kodak-Zeichen. Erstaunlicherweise war der Laden geöffnet. Er trat ein.

Ein gebeugter, mürrischer Mann mit dünnem Haar und Brille stand hinter dem Tresen; er trug einen weißen Kittel. Der Mann sagte: »Wir schließen gleich.«

»Das macht nichts. Ich wollte nur fragen, ob Sie Photos entwickeln.«

»Ja, wenn Sie morgen wiederkommen –«

»Sie machen es doch hier?« fragte Faber. »Ich brauche sie nämlich schnell.«

»Ja, wenn Sie morgen wiederkommen –«

»Könnte ich die Abzüge am selben Tag haben? Mein Bruder hat Heimaturlaub, und er möchte ein paar mitnehmen –«
»Schneller als 24 Stunden geht's nicht. Kommen Sie morgen wieder.«
»Danke, das werde ich tun«, log Faber. Er überquerte die Straße und blieb wartend im Schatten stehen.
Genau um 21 Uhr kam der Drogist heraus, schloß die Tür hinter sich und ging die Straße hinab. Faber schritt in die entgegengesetzte Richtung und bog um zwei Ecken.
Es schien keinen Zugang zum hinteren Teil des Geschäfts zu geben. Das war ein Problem: Faber wollte nicht vorn einbrechen, falls die offene Tür von einem Polizisten auf Streife entdeckt wurde, während er im Geschäft war. Er suchte in der Parallelstraße nach einem Durchgang.
Schließlich kam er zu einem großen alten Haus, dem Schild nach das Studentenwohnheim eines nahegelegenen Colleges. Die Vordertür war nicht abgeschlossen. Faber trat ein und ging schnell bis zu einer Gemeinschaftsküche. Ein Mädchen saß am Tisch, trank Kaffee und las ein Buch. Faber murmelte: »College-Luftschutz.« Sie nickte und wandte sich wieder ihrem Buch zu. Faber ging durch die Hintertür hinaus.
Er durchquerte einen Hof, stieß unterwegs an mehrere Abfalleimer und fand eine Tür zu einer schmalen Gasse. Sekunden später war er hinter der Drogerie. Ihr Hintereingang wurde offenbar nie benutzt. Er kletterte über ein paar Reifen und eine weggeworfene Matratze und warf sich mit der Schulter gegen die Tür. Das verfaulte Holz gab sofort nach, und Faber war im Inneren.
Er fand die Dunkelkammer und schloß sich ein. Der Lichtschalter ließ eine trübe rote Lampe an der Decke aufglühen. Die Kammer war recht gut ausgerüstet, mit säuberlich etikettierten Flaschen mit Entwicklerflüssigkeit und Fixiermittel, einem Vergrößerungsgerät und sogar einem Trockner für die Abzüge.
Faber arbeitete rasch, aber sorgfältig. Er achtete darauf, daß die Temperatur der Bäder genau richtig war, rührte die Flüssigkeiten um, um den Film gleichmäßig zu entwickeln, und maß die

Entwicklungszeit mit Hilfe einer großen elektrischen Uhr an der Wand.
Die Negative waren gestochen scharf.
Er ließ sie trocknen, gab sie dann in das Vergrößerungsgerät und machte einen kompletten Satz von 25×20 Zentimeter großen Abzügen. Er spürte Stolz und Freude, als er sah, wie die Bilder allmählich im Entwicklerbad Konturen annahmen. Er hatte wirklich ausgezeichnete Arbeit geleistet!
Nun mußte eine wichtige Entscheidung getroffen werden.
Das Problem war ihm schon den ganzen Tag über bewußt gewesen. Da die Bilder jetzt entwickelt waren, konnte er ihm nicht mehr ausweichen.
Was wäre, wenn er es nicht schaffte, nach Hause zu kommen?
Die vor ihm liegende Reise war, milde ausgedrückt, gefährlich.
Er war zuversichtlich, daß er trotz der Reisebeschränkungen und der Küstenbewachung das Treffen einhalten konnte. Aber er konnte nicht garantieren, daß das U-Boot dort sein oder heil durch die Nordsee zurückgelangen würde. Es war sogar möglich, daß er hinausging und von einem Bus überfahren wurde.
Die Möglichkeit, daß er, nachdem er das größte Geheimnis des Krieges entdeckt hatte, sterben könne und sein Geheimnis mit ihm, war zu schrecklich, um auch nur erwogen zu werden.
Er brauchte eine doppelte Absicherung, eine zweite Methode, die garantierte, daß die Beweise für die Täuschung der Alliierten die Abwehr erreichten. Also mußte er an Hamburg schreiben.
Natürlich gab es keinen Postverkehr zwischen England und Deutschland. Die Post mußte über ein neutrales Land laufen.
Alle Briefe dieser Art wurden bestimmt zensiert. Er könnte einen Code benutzen, aber das war sinnlos: Er mußte die Bilder schicken, denn es kam auf die Beweise an.
Es gab eine Route, allerdings eine alte. In der portugiesischen Botschaft in London arbeitete ein Diplomat, der aus politischen Gründen und weil er hohe Bestechungssummen bekam, mit Deutschland sympathisierte. Er würde Mitteilungen über die Diplomatenpost an die Deutsche Botschaft in Lissabon weiterleiten. Die Route war zu Beginn des Jahres 1939 eröffnet

worden. Faber hatte sie nie benutzt, außer für einen Funktionstest, den Canaris verlangt hatte.
Er würde sich darauf verlassen müssen.
Faber spürte irrationale Wut. Er *haßte* es, sich anderen anzuvertrauen. Die Route bestand vielleicht nicht mehr oder war unsicher geworden; in diesem Fall würden die Briten entdekken, daß er ihrem Geheimnis auf die Spur gekommen war. Es ist eine Grundregel der Spionage, daß der Gegner nicht wissen darf, welche seiner Geheimnisse man herausgefunden hat, damit der Wert der Entdeckungen nicht zunichte gemacht wird. Doch das traf diesmal nicht zu. Was könnten die Briten mit ihrem Wissen schon anfangen? Das Problem der Eroberung Frankreichs würde weiter bestehen.
Faber hatte sich entschieden. Die meisten Argumente sprachen zweifellos dafür, sein Geheimnis dem Kontaktmann in der portugiesischen Botschaft anzuvertrauen.
Allen seinen Instinkten zum Trotz setzte er sich hin, um einen Brief zu schreiben.

14

Frederick Bloggs hatte einen äußerst unerfreulichen Nachmittag auf dem Lande verbracht. Als vier besorgte Ehefrauen ihrer örtlichen Polizeiwache gemeldet hatten, daß ihre Männer nicht nach Hause gekommen waren, hatte ein Dorfschutzmann seine begrenzten logischen Fähigkeiten eingesetzt und geschlossen, daß eine ganze Patrouille der Bürgerwehr vermißt wurde. Er war recht sicher, daß sie sich einfach verlaufen hatten – schließlich waren sie alle taub, blöde oder senil, sonst wären sie in der Armee –, aber er hatte trotzdem sein Gendarmerie-Hauptquartier benachrichtigt, um sich abzusichern. Dem Sergeant im Einsatzraum, der die Meldung entgegengenommen hatte, war sofort klargewesen, daß die vermißten Männer in einem besonders heiklen Sperrgebiet patrouilliert hatten. Er hatte seinem Inspektor Bericht erstattet, der Scotland Yard benachrichtigte. Scotland

Yard hatte jemanden vom *Special Branch* entsandt und den MI 5 informiert, der Bloggs schickte.
Der Mann vom *Special Branch* war Harris, der auch den Mord in Stockwell bearbeitet hatte. Er und Bloggs trafen einander im Zug; die Lokomotive gehörte zu den Modellen aus dem Wilden Westen, die die Amerikaner Großbritannien wegen der Mangellage geliehen hatten. Harris erneuerte seine Einladung zu einem sonntäglichen Dinner, und Bloggs erklärte wieder, daß er sonntags meist arbeite.
Nachdem sie ausgestiegen waren, besorgten sie sich Räder, um auf dem Schleppfad neben dem Kanal entlangzufahren, bis sie auf den Suchtrupp trafen. Harris, der zehn Jahre älter und einen halben Zentner schwerer war als Bloggs, fand die Fahrt sehr anstrengend.
Sie stießen unter einer Eisenbahnbrücke auf einen Teil des Suchtrupps. Harris war froh darüber, vom Rad steigen zu können. »Haben Sie was gefunden?« fragte er. »Leichen?«
»Nein, ein Boot«, sagte ein Polizist. »Wer sind Sie?«
Sie stellten sich vor. Ein Schutzmann, der sich bis auf die Unterwäsche ausgezogen hatte, tauchte hinunter, um das Boot zu untersuchen. Er kam mit einem Stölpsel in der Hand wieder hoch.
Bloggs warf Harris einen Blick zu. »Absichtlich versenkt?«
»Sieht so aus.« Harris wandte sich an den Taucher. »Haben Sie sonst noch was gesehen?«
»Das Boot ist noch nicht lange da unten und in gutem Zustand. Der Mast wurde umgelegt, er ist nicht abgebrochen.«
»Das ist eine Menge für eine Minute unter Wasser«, lobte Harris.
»Ich segle am Wochenende«, antwortete der Taucher.
Harris und Bloggs bestiegen ihre Räder und fuhren weiter.
Als sie dem Haupttrupp begegneten, waren die Leichen gefunden worden.
»Ermordet, alle vier«, sagte der leitende Inspektor. »Captain Langham, Corporal Lee und die Soldaten Watson und Dayton. Sie wurden alle mit irgendeinem Messer umgebracht. Langhams Körper war im Kanal gewesen. Alle lagen zusammen in

einem flachen Grab. Welch blutiger Mord!« Er war tief erschüttert.
Harris musterte die Leichen eingehend, die man nebeneinandergelegt hatte. »Ich habe solche Wunden schon mal gesehen, Fred«, sagte er.
Bloggs schaute genauer hin. »Himmel, das ist er.«
Harris nickte. »Der Stilettmörder.«
Der Inspektor fragte erstaunt: »Sie wissen, wer es getan hat?«
»Wir können's uns denken«, meinte Harris. »Wir glauben, daß er schon zwei Morde begangen hat. Wenn es derselbe Mann ist, wissen wir, *wer* er ist, aber nicht, *wo* er ist.«
Der Inspektor kniff die Augen zusammen. »Da die Sperrzone so nahe ist und der *Special Branch* und der MI 5 so schnell hier auftauchen – müßte ich sonst noch etwas über den Fall wissen?«
»Nur, daß Sie kein Wort sagen, bis Ihr Chef mit unseren Leuten gesprochen hat«, erwiderte Harris.
»Alles klar.«
»Wurde sonst noch etwas gefunden, Inspektor?« fragte Bloggs.
»Wir kämmen die Gegend noch durch, in immer größeren Kreisen – bis jetzt ohne Erfolg. Im Grab waren ein paar Kleidungsstücke.« Er zeigte auf sie.
Bloggs berührte sie vorsichtig: eine schwarze Hose, ein schwarzer Pullover, eine kurze schwarze Lederjacke im RAF-Schnitt.
Harris sagte: »Kleidung für Nachtarbeit.«
»Für einen großen Mann«, setzte Bloggs hinzu.
»Wie groß ist unser Mann?«
»Über eins achtzig.«
»Sind Sie an den Männern vorbeigekommen, die das versenkte Boot gefunden haben?« fragte der Inspektor.
»Ja.« Bloggs runzelte die Stirn. »Wo ist die nächste Schleuse?«
»Vier Meilen stromaufwärts.«
»Wenn unser Mann in einem Boot war, müßte der Schleusenwärter ihn doch gesehen haben, nicht wahr?«
»Müßte er«, stimmte der Inspektor zu.

»Am besten unterhalten wir uns mit ihm«, sagte Bloggs. Er ging zu seinem Rad zurück.
»Du willst doch nicht im Ernst noch einmal vier Meilen mit diesen Dingern fahren«, jammerte Harris.
»Strampel dir ruhig ein bißchen von deinem Sonntagsbraten runter.«
Sie benötigten für die Strecke fast eine Stunde, da der Schlepppfad für Pferde, nicht für Räder gemacht war; er war uneben und schlammig, mit losen Steinen übersät und von Baumwurzeln durchzogen. Harris schwitzte und fluchte, als sie die Schleuse endlich erreicht hatten.
Der Schleusenwärter saß vor seinem Häuschen, rauchte eine Pfeife und genoß den milden Nachmittag. Er war ein Mann mittleren Alters, der langsam sprach und sich noch langsamer bewegte. Spöttisch betrachtete er die beiden Radfahrer.
Bloggs sprach zuerst, da Harris ganz außer Atem war. »Wir sind Polizeibeamte.«
»Ah ja?« sagte der Schleusenwärter. »Warum so aufgeregt?« Und dabei schaute er die beiden an, als sei er die Ruhe selbst.
Bloggs nahm die Photographie der Nadel aus der Brieftasche und gab sie dem Mann. »Haben Sie den schon mal gesehen?«
Der Schleusenwärter legte sich das Bild auf den Schoß, während er ein frisches Streichholz an seine Pfeife hielt. Dann musterte er die Photographie für eine Weile und reichte sie zurück.
»Nun?« sagte Harris.
»Ja.« Der Schleusenwärter nickte langsam. »Er war gestern ungefähr um diese Zeit hier. Hat eine Tasse Tee mit mir getrunken. Ganz netter Bursche. Was hat er getan, nach der Verdunklung das Licht angemacht?«
Bloggs ließ sich auf die Bank fallen. »Jetzt steht's fest.«
Harris dachte laut nach. »Er vertäut das Boot stromabwärts und geht im Dunkeln ins Sperrgebiet.« Er sprach leise, damit der Schleusenwärter ihn nicht hören konnte. »Als er zurückkommt, lauert die Bürgerwehr in seinem Boot. Er macht sie fertig, segelt ein bißchen weiter bis zur Eisenbahn, versenkt das Boot und . . . springt auf einen Zug.«

Bloggs fragte den Schleusenwärter: »Die Eisenbahnlinie, die den Kanal ein paar Meilen stromabwärts überquert – wohin führt sie?«
»Nach London.«
»Oh, Scheiße«, sagte Bloggs.

Bloggs traf um Mitternacht wieder im Kriegsministerium in Whitehall ein. Godliman und Parkin warteten dort auf ihn. »Kein Zweifel, das ist er.« Bloggs erzählte ihnen die Geschichte.
Parkin war aufgeregt, Godliman wirkte nur gespannt. Als Bloggs geendet hatte, sagte Godliman: »Jetzt ist er also wieder in London, und wir suchen wieder nach einer Nadel im Heuhaufen.« Er spielte mit Streichhölzern und formte daraus auf seinem Schreibtisch ein Bild. »Wissen Sie, jedesmal wenn ich mir die Photographien ansehe, habe ich das Gefühl, daß ich dem verdammten Kerl schon einmal *begegnet* bin.«
»Denken Sie nach!« meinte Bloggs. »Wo?«
Godliman schüttelte verzweifelt den Kopf. »Es kann nur einmal gewesen sein, an einem fremden Ort. Es kommt wir vor wie ein Gesicht, das ich bei einer Vorlesung gesehen habe oder im Hintergrund bei einer Cocktailparty. Ein flüchtiger Blick, eine zufällige Begegnung – wenn ich mich daran erinnerte, würde es uns vermutlich nicht helfen.«
Parkin fragte: »Ist Ihnen irgend etwas aufgefallen, als sie durch das Sperrgebiet fuhren?«
»Nein, leider nicht; was möglicherweise bedeutet, daß es sehr wichtig ist.«
Alle schwiegen. Parkin zündete sich eine Zigarette mit einem von Godlimans Streichhölzern an. Bloggs blickte auf. »Wir könnten eine Million Abzüge von seinem Bild machen – jedem Polizisten, Luftschutzwart, Bürgerwehrmann, Soldaten und Bahnhofsdienstmann eins geben, es an die Bretterzäune kleben und in Zeitungen veröffentlichen . . .«
Godliman schüttelte den Kopf. »Zu riskant. Was passiert, wenn er schon mit Hamburg über seine Beobachtungen gesprochen hat? Wenn wir öffentlich Wirbel um den Mann ma-

chen, wissen sie, daß seine Information stimmt. Wir würden ihn nur glaubhaft werden lassen.«
»Aber wir müssen doch etwas tun.«
»Natürlich. Wir werden sein Bild an Polizeibeamte verteilen, seine Beschreibung an die Presse geben und behaupten, daß er ein gewöhnlicher Mörder ist. Wir machen die Einzelheiten der Morde in Highgate und Stockwell bekannt, ohne zu sagen, daß es um Spionage geht.«
»Sie glauben also, daß wir unser Blatt nicht ausreizen sollten?« fragte Parkin.
»Jedenfalls im Augenblick nicht.«
»Ich bringe die Sache beim Yard ins Rollen.« Bloggs nahm den Telefonhörer ab.
Godliman blickte auf seine Armbanduhr. »Heute nacht können wir nicht mehr viel tun, aber ich habe keine Lust, nach Hause zu gehen. Ich könnte nicht schlafen.«
Parkin stand auf. »Dann werde ich einen Kessel auftreiben und etwas Tee machen.« Er ging hinaus.
Die Streichhölzer auf Godlimans Tisch hatten sich zu einem Pferdefuhrwerk zusammengefügt. Er nahm eines von den Läufen des Pferdes und steckte seine Pfeife damit an. »Haben Sie ein Mädchen, Fred?« fragte er im Konversationston.
»Nein.«
»Nicht seit –?«
»Nein.«
Godliman paffte an seiner Pfeife. »Es hat keinen Zweck, ewig zu trauern.«
Bloggs antwortete nicht.
Godliman sagte: »Vielleicht könnten Sie auf meine Meinung verzichten. Aber ich weiß, wie Sie sich fühlen – ich habe es selbst durchgemacht. Der einzige Unterschied war, daß ich keinem Vorwürfe machen konnte.«
»Sie haben nicht wieder geheiratet«, entgegnete Bloggs, ohne Godliman anzusehen.
»Nein, und ich möchte nicht, daß Sie den gleichen Fehler machen. Wenn man etwas älter ist, kann es sehr deprimierend sein, allein zu leben.«

»Habe ich Ihnen je erzählt, daß sie die ›furchtlose Bloggs‹ genannt wurde?«
»Ja.«
Bloggs blickte Godliman endlich an. »Sagen Sie mir, wo auf der Welt kann ich ein Mädchen wie sie finden?«
»Muß sie eine Heldin sein?«
»Nach Christine – ja.«
»England ist voll von Helden, Fred.«
In diesem Moment trat Colonel Terry ein.
»Ah, Onkel Andrew –«, begrüßte ihn Godliman.
»Bleib sitzen«, unterbrach Terry. »Hör genau zu, es muß schnell gehen. Bloggs, Sie müssen es auch wissen. Der Mann, der die Bürgerwehrmänner getötet hat, hat ein Geheimnis erfahren, das für uns lebenswichtig ist.
Erstens: Unsere europäische Invasionsstreitmacht wird in der Normandie landen.
Zweitens: Die Deutschen glauben, daß sie bei Calais landet.
Drittens: Einer der entscheidenden Aspekte der Täuschung ist eine riesige Scheinarmee, die First United States Army Group; sie ist in dem Sperrgebiet stationiert, bei dem die Männer auf Patrouille waren. Die Sperrzone enthält Kasernenattrappen, Pappflugzeuge, Gummipanzer – eine gewaltige Spielzeugarmee, die auf die Beobachter in den Aufklärungsmaschinen, die wir durchgelassen haben, echt wirkt.«
Bloggs fragte: »Wie können Sie so sicher sein, daß der Spion Bescheid weiß?«
Terry ging an die Tür. »Kommen Sie herein, Rodriguez.«
Ein großer, gutaussehender Mann mit pechschwarzem Haar und einer langen Nase betrat das Zimmer und nickte Godliman und Bloggs höflich zu. »Senhor Rodriguez ist unser Mann in der portugiesischen Botschaft«, stellte Terry ihn vor.
»Erzählen Sie ihnen, was passiert ist, Rodriguez.«
Der Mann blieb an der Tür stehen und hielt seinen Hut in der Hand. »Ein Taxi kam gegen 23 Uhr zur Botschaft. Der Fahrgast stieg nicht aus, aber der Fahrer kam mit einem Umschlag an die Tür, der an Francisco adressiert war. Der Pförtner rief mich, den Anweisungen entsprechend, und ich übernahm den Um-

schlag. Ich kam gerade rechtzeitig, um mir die Nummer des Taxis aufzuschreiben.«

»Ich lasse den Fahrer aufspüren«, sagte Terry. »In Ordnung, Rodriguez, Sie sollten jetzt zurückkehren. Und vielen Dank.«

Der hochgewachsene Portugiese verließ das Zimmer. Terry übergab Godliman einen großen gelben Umschlag, der an Manuel Francisco gerichtet war. Godliman öffnete ihn – das Siegel war schon aufgebrochen worden – und holte einen zweiten Umschlag heraus, der durch eine Serie von Buchstaben gekennzeichnet war: vermutlich ein Code.

In dem inneren Umschlag lagen mehrere Blätter Papier, die mit der Hand beschrieben waren, und ein Satz von 25×20 Zentimeter großen Photographien. Godliman untersuchte den Brief.

»Sieht wie ein sehr einfacher Code aus.«

»Das brauchst du nicht zu lesen«, sagte Terry ungeduldig. »Sieh dir die Photos an.«

Es waren ungefähr dreißig Photographien, und Godliman betrachtete jedes einzelne, bevor er sich äußerte. Er gab sie an Bloggs weiter. »Das ist eine Katastrophe.«

Bloggs warf einen flüchtigen Blick auf die Bilder und legte sie nieder.

»Das ist nur seine Rückversicherung«, sagte Godliman. »Die Negative hat er immer noch, *und er bringt sie irgendwohin.*«

»Ich muß Churchill benachrichtigen«, erklärte Terry.

Das Telefon klingelte; der Colonel nahm den Hörer ab. »Ja. Gut. Er soll sofort herkommen – aber fragen Sie ihn zuerst, wo er den Passagier abgesetzt hat. Was? Wirklich? Danke, beeilen Sie sich.« Er hängte auf. »Das Taxi hat unseren Mann am University College Hospital abgesetzt.«

»Vielleicht wurde er bei dem Kampf mit den Bürgerwehrleuten verletzt«, mutmaßte Bloggs.

»Wo ist das Krankenhaus?« fragte Terry.

»Zu Fuß etwa fünf Minuten von Euston Station entfernt«, sagte Godliman. »Von Euston aus gehen Züge nach Holyhead, Liverpool, Glasgow . . . alles Städte, von denen aus man eine Fähre nach Irland nehmen kann.«

»Von Liverpool nach Belfast«, fuhr Bloggs fort. »Dann ein Auto

bis zur Grenze und hinüber nach Eire, während das U-Boot an der Atlantikküste wartet. Von Holyhead nach Dublin würde er wegen der Paßkontrolle nicht riskieren, und es hätte keinen Zweck, über Liverpool hinaus nach Glasgow zu fahren.«
»Fred, Sie sollten zum Bahnhof fahren und das Bild von Faber herumzeigen«, sagte Godliman. »Vielleicht hat jemand ihn in einen Zug steigen sehen. Ich telefoniere mit dem Bahnhofsvorsteher und sage, daß Sie kommen. Außerdem erkundige ich mich, welche Züge seit etwa 22.30 Uhr abgefahren sind.«
Bloggs nahm Hut und Mantel. »Ich beeile mich.«
Godliman hob den Hörer von der Gabel. »Ja, wir müssen uns wirklich beeilen.«

In Euston Station waren immer noch viele Menschen. Obwohl der Bahnhof normalerweise gegen Mitternacht geschlossen wurde, gab es während des Krieges solche Verspätungen, daß der letzte Zug oft noch nicht abgefahren war, bevor der erste am Morgen eintraf. In der Bahnhofshalle mußte sich Bloggs durch einen Wust von Reisetaschen und auf dem Boden Schlafenden durchkämpfen.
Bloggs zeigte drei Bahnpolizisten das Bild. Keiner von ihnen erkannte das Gesicht. Er wandte sich an zehn Trägerinnen: nichts. Er ging zu jeder Fahrkartensperre. Einer der Kontrolleure sagte mürrisch: »Wir sehen uns Fahrkarten, nicht Gesichter an.« Er befragte ergebnislos ein halbes Dutzend Reisende. Schließlich betrat er das Fahrkartenbüro und zeigte jedem der Schalterbeamten das Bild.
Ein dicker, kahlköpfiger Beamter mit einem schlechtsitzenden falschen Gebiß erkannte das Gesicht. »Es ist eine Art Spiel für mich«, erzählte er Bloggs. »Ich versuche, etwas an jedem Reisenden zu entdecken, das mir verrät, warum er verreist. Er könnte einen schwarzen Schlips haben, weil er zu einer Beerdigung muß, oder dreckige Stiefel bedeuten, daß er ein Farmer ist, der nach Hause fährt, oder eine Frau hat eine weiße Stelle am Finger, wo sie ihren Ehering abgenommen hat . . . Verstehen Sie, was ich meine? Meine Arbeit ist langweilig – nicht, daß ich mich beklage –«

»Was haben Sie an diesem Mann bemerkt?« unterbrach Bloggs ihn.
»Nichts. Das war es eben – ich konnte mir nicht das geringste vorstellen. Fast, als wenn er versuchte, unauffällig zu sein. Wissen Sie, was ich meine?«
»Ich weiß, was Sie meinen.« Bloggs machte eine Pause. »Ich möchte, daß Sie jetzt sehr genau überlegen. Wohin fuhr er – können Sie sich erinnern?«
»Ja«, antwortete der dicke Beamte. »Inverness.«

»Das bedeutet nicht, daß er wirklich dorthin fährt«, sagte Godliman. »Er ist Berufsspion – er weiß, daß wir uns auf Bahnhöfen erkundigen können. Wahrscheinlich kauft er automatisch eine Karte für die falsche Richtung.« Er blickte auf seine Uhr. »Er muß um 23.45 Uhr gefahren sein. Der Zug kommt jetzt in Stafford an. Ich habe mich mit der Bahn abgesprochen, und man hat den Signalwärter informiert«, setzte er erklärend hinzu. »Der Zug wird vor Crewe angehalten werden. Eine Maschine steht bereit, die Sie beide nach Stoke-on-Trent fliegen wird. Parkin, Sie steigen dort in den Zug, wo man ihn gestoppt hat, vor Crewe. Sie werden als Fahrkartenkontrolleur verkleidet sein und sich jede Karte – und jedes Gesicht – im Zug ansehen. Wenn Sie Faber entdeckt haben, bleiben Sie in seiner Nähe.
Bloggs, Sie warten an der Fahrkartensperre in Crewe, falls Faber beschließt, dort auszusteigen. Aber das wird er nicht. Sie steigen ein und als erster in Liverpool wieder aus. Dann warten Sie an der Sperre, bis Parkin und Faber rauskommen. Die Hälfte der Ortspolizei wird dort sein, um Sie zu unterstützen.«
»Das klingt sehr gut, solange er mich nicht erkennt«, sagte Parkin. »Und wenn er sich aus Highgate an mein Gesicht erinnert?«
Godliman öffnete eine Schreibtischschublade, nahm eine Pistole heraus und gab sie Parkin. »Wenn er Sie erkennt, erschießen Sie den Hund.«
Parkin steckte die Waffe ohne Kommentar ein.

»Sie sollten sich beide darüber im klaren sein, wie wichtig die Sache ist«, sagte Godliman. »Wenn wir den Mann nicht fassen, muß die Invasion in Europa verschoben werden – möglicherweise um ein Jahr. In diesem Jahr könnte der Krieg sich wieder gegen uns wenden. Der Zeitpunkt könnte nie wieder so günstig sein.«

»Dürfen wir wissen, wie lange es noch bis zum *D-Day* dauert?«

»Ich weiß nur, daß es sich um Wochen handelt.«

Parkin dachte nach. »Dann also im Juni.«

»Scheiße«, sagte Bloggs.

»Kein Kommentar«, meinte Godliman.

Das Telefon klingelte, und Godliman nahm den Hörer ab. Einen Moment später blickte er hoch. »Ihr Wagen ist da.«

Bloggs und Parkin standen auf.

Godliman sagte: »Warten Sie einen Moment.«

Sie standen an der Tür und sahen den Professor an. Er sagte: »Ja, Sir. Selbstverständlich. Wird gemacht. Auf Wiedersehen, Sir.«

Bloggs konnte sich niemanden vorstellen, den Godliman mit »Sir« anredete. »Wer war das?«

»Churchill.«

»Was hat er gesagt?« fragte Parkin tief beeindruckt.

»Er wünscht Ihnen beiden viel Glück und Gottes Hilfe.«

15

In dem Eisenbahnwagen war es stockfinster. Faber dachte an die Witze, die manche Leute rissen: »Nehmen Sie die Hand von meinem Knie. Nein, nicht Sie, Sie.« Die Briten konnten über alles Witze machen. Ihre Züge waren jetzt schlechter als je, doch niemand beschwerte sich, da es einer guten Sache diente. Faber zog die Dunkelheit vor: Darin blieb man anonym.

Es hatte Fliegeralarm gegeben, und die Geschwindigkeit war auf dreißig Meilen pro Stunde verringert worden. Eigentlich hatten sich alle auf den Boden legen sollen, aber natürlich reichte der Platz nicht. Eine unbekannte weibliche Stimme hatte gesagt: »O Gott, ich habe Angst«, und eine männliche Stimme, die einem Cockney gehörte, hatte geantwortet: »Sie sind völlig sicher, Mädchen – ein bewegliches Ziel wird nicht getroffen.« Alle hatten gelacht, und jetzt war niemand mehr verängstigt. Jemand öffnete einen Koffer und ließ ein Paket Eipulver-Sandwiches herumgehen.

Einer der drei Matrosen auf dem Gang wollte Karten spielen.

»Wie denn – im Dunkeln?«

»Fühl die Ränder. Harrys Karten sind alle gezinkt.«

Der Zug hielt unerklärlicherweise gegen 4 Uhr morgens. Eine kultivierte Stimme – der Spender der Sandwiches, dachte Faber – sagte: »Ich schätze, wir sind vor Crewe.«

»Wie ich die Eisenbahn kenne, könnten wir überall von Bolton bis Bornemouth sein«, erklärte der Cockney.

Der Zug ruckte, setzte sich in Bewegung, und alle jubelten. Faber fragte sich, wo der klassische Engländer, so wie ihn die Karikaturen zeigten, mit seiner eisigen Zurückhaltung und seinen sorgfältig verborgenen Gefühlen zu finden war. Hier nicht.

Ein paar Minuten später sagte eine Stimme auf dem Gang: »Die Fahrkarten, bitte.« Faber bemerkte den Akzent von Yorkshire: Sie waren jetzt im Norden. Er kramte in seinen Taschen nach der Fahrkarte.

Faber hatte den Ecksitz an der Tür, so daß er auf den Gang hinausblicken konnte. Der Kontrolleur beleuchtete die Fahrkarten mit einer Taschenlampe. Faber sah die Silhouette des Mannes in der Spiegelung des Lichts. Sie kam ihm irgendwie bekannt vor.

Er lehnte sich in seinen Sitz zurück, um zu warten. Der Alptraum fiel ihm ein: »Das ist eine Fahrkarte der Abwehr« – er lächelte in der Dunkelheit.

Dann runzelte er die Stirn. Der Zug hält ohne Grund an; kurz danach beginnt die Fahrkartenkontrolle; das Gesicht des Kontrolleurs ist irgendwie bekannt ... Vielleicht war es bedeutungslos, aber Faber war noch am Leben, weil er sich immer um Dinge gekümmert hatte, die *vielleicht* bedeutungslos wa-

ren. Er blickte wieder hinaus auf den Gang, aber der Mann hatte ein Abteil betreten.
Der Zug hielt kurz an – der Bahnhof war Crewe nach Meinung der Experten in Fabers Abteil – und setzte sich wieder in Bewegung.
Faber konnte wieder einen Blick auf das Gesicht des Kontrolleurs werfen, und jetzt erinnerte er sich. Die Pension in Highgate! Der Junge aus Yorkshire, der in die Armee eintreten wollte!
Faber beobachtete ihn eingehend. Der Schein der Taschenlampe glitt über das Gesicht jedes Passagiers. Er sah sich nicht nur die Fahrkarten an.
Nein, er mußte sich ermahnen, keine voreiligen Schlüsse zu ziehen. Wie hätten sie ihm jemals auf die Spur kommen können? Sie konnten unmöglich herausgefunden haben, in welchem Zug er war; sie konnten nicht einen der wenigen Menschen auf der Welt, die wußten, wie er aussah, aufgetrieben und in so kurzer Zeit als Fahrkartenkontrolleur verkleidet in den Zug geschmuggelt haben. Das war unglaublich.
Parkin, so hieß er. Billy Parkin. Irgendwie wirkte er jetzt viel älter. Er kam näher.
Es mußte eine Ähnlichkeit sein – vielleicht ein älterer Bruder.
Es *konnte* einfach nur ein Zufall sein.
Parkin ging in das Nachbarabteil. Nun war keine Zeit mehr zu verlieren.
Faber nahm das Schlimmste an und stellte sich darauf ein, es zu bewältigen.
Er stand auf, verließ das Abteil und bahnte sich über Koffer und Reisetaschen und Körper den Weg zur Toilette. Sie war nicht besetzt. Er ging hinein und schloß die Tür ab.
Es war nur ein Zeitgewinn – Fahrkartenkontrolleure verzichteten nie darauf, auch die Toiletten zu überprüfen. Er hockte auf dem Sitz und überlegte, wie er entkommen könne. Der Zug hatte seine Geschwindigkeit erhöht und fuhr jetzt so schnell, daß er nicht abspringen konnte. Außerdem würde ihn jemand sehen, und wenn man wirklich nach ihm suchte, würde man den Zug anhalten.

»Die Fahrkarten, bitte.«
Parkin kam wieder näher.
Faber hatte eine Idee. Das Verbindungsstück zwischen den Wagen war ein winziger Raum wie eine Luftschleuse; es war an den Seiten von einer Art Balg umgeben und an beiden Enden wegen des Lärms und der Zugluft durch Türen von den Wagen abgetrennt. Er verließ die Toilette, kämpfte sich bis zum Ende des Wagens durch, öffnete die Tür und betrat den Verbindungsgang. Dann schloß er die Tür hinter sich.
Es war eiskalt, und der Lärm war ohrenbetäubend. Faber setzte sich auf den Boden, rollte sich zusammen und stellte sich schlafend. Nur ein Toter hätte hier schlafen können, aber heutzutage taten die Leute merkwürdige Dinge in den Zügen. Er versuchte, die Kälteschauer zu unterdrücken.
Die Tür hinter ihm öffnete sich. »Fahrkarten, bitte.«
Er ignorierte die Aufforderung und hörte, wie sich die Tür schloß.
»Aufwachen, Dornröschen!« Die Stimme war nicht zu verkennen.
Faber tat so, als wache er auf, und erhob sich, wobei er Parkin den Rücken zuwandte. Als er sich umdrehte, hatte er das Stilett in der Hand. Er drängte Parkin gegen die Tür, hielt ihm die Messerspitze an die Kehle und sagte: »Still, oder ich bringe dich um.«
Mit der linken Hand nahm er Parkins Taschenlampe und beleuchtete das Gesicht des jungen Mannes. Parkin sah nicht so erschrocken aus, wie er hätte sein müssen.
»So, so. Billy Parkin, der in die Armee wollte und bei der Eisenbahn endete. Immerhin, es ist eine Uniform.«
Parkin sagte: »Sie!«
»Du weißt verdammt gut, daß ich es bin, kleiner Billy Parkin. Du hast mich gesucht. Warum?« Er bemühte sich, seine Stimme bedrohlich klingen zu lassen.
»Ich weiß nicht, warum ich Sie suchen sollte – ich bin kein Polizist.«
Faber zog das Messer melodramatisch ein wenig hoch. »Hör auf, mich zu belügen.«

»Ehrlich, Mr. Faber. Lassen Sie mich gehen – ich sage niemandem, daß ich Sie gesehen habe. Das verspreche ich.«
Faber begann zu zweifeln. Entweder sagte Parkin die Wahrheit, oder er spielte seine Rolle genauso übertrieben wie Faber selbst.
Parkin verlagerte seinen Körper, und sein rechter Arm bewegte sich in der Dunkelheit. Faber packte sein Handgelenk mit eisernem Griff. Parkin widersetzte sich einen Moment lang, doch Faber ließ die nadelscharfe Spitze des Stiletts für den Bruchteil eines Zentimeters in Parkins Kehle gleiten, und der Mann war ruhig. Faber fand die Tasche, in die Parkin hatte greifen wollen, und zog eine Pistole hervor.
»Fahrkartenkontrolleure sind nicht bewaffnet«, sagte er. »Für wen arbeitest du, Parkin?«
»Wir haben jetzt alle Pistolen – wegen der Dunkelheit gibt es viele Verbrechen in den Zügen.«
Parkin log mutig und hartnäckig. Faber entschied, daß Drohungen nicht genügten, um seine Zunge zu lösen. Seine Bewegung war schnell und präzise. Seine Faust ließ die Schneide des Stiletts hochzucken. Ihre Spitze drang genau einen halben Zoll in Parkins linkes Auge ein und wurde zurückgezogen.
Fabers Hand hielt Parkin den Mund zu. Der unterdrückte Schmerzensschrei wurde vom Lärm des Zuges übertönt. Parkins Hände fuhren zu seinem zerstörten Auge.
Faber nutzte seinen Vorteil. »Rette dein anderes Auge, Parkin. Für wen arbeitest du?«
»Military Intelligence, oh, Gott, bitte, tun Sie es nicht noch einmal.«
»Für wen? Menzies? Masterman?«
»Oh, Gott, Godliman, Percy Godliman.«
»Godliman!« Faber kannte den Namen, aber jetzt war nicht die Zeit, in der Erinnerung nach Einzelheiten zu forschen.
»Was haben Sie?«
»Ein Bild – ich habe es aus den Akten herausgesucht.«
»Was für ein Bild? *Was für ein Bild?*«
»Eine Leichtathletikmannschaft – Läufer – mit einem Pokal – die Armee –«

Faber erinnerte sich. Himmel, wo hatten sie es nur her? Es war ein Alptraum: *Sie hatten ein Bild.* Man würde sein Gesicht kennen. Sein *Gesicht.*

Er brachte das Messer näher an Parkins rechtes Auge. »Woher wußtest du, wo ich bin?«

»Tun Sie's nicht, bitte – Agent in der portugiesischen Botschaft hat Ihren Brief abgefangen – Taxinummer aufgeschrieben – Nachforschungen in Euston – bitte, nicht das andere Auge –« Er bedeckte beide Augen mit den Händen.

»Welchen Plan habt ihr? Wo ist die Falle?«

»Glasgow. Sie werden in Glasgow erwartet. Der Zug wird da leergemacht.«

Faber senkte das Messer auf die Höhe von Parkins Bauch. Um ihn abzulenken, fragte er: »Wieviel Mann?« Dann stieß er kräftig zu, nach innen und hinauf zum Herzen.

Parkins eines Auge starrte ihn entsetzt an. Er starb nicht sofort. Es war der Nachteil bei Fabers bevorzugter Tötungsart. Normalerweise genügte der Schock des Stiches, damit das Herz aussetzte. Aber wenn das Herz stark war, funktionierte diese Methode nicht immer. Wenn das Herz weiter pumpte, würde die Bewegung ein Loch um die Klinge herum schaffen, aus dem das Blut austrat. Es war genauso tödlich, dauerte aber länger.

Endlich wurde Parkins Körper schlaff. Faber lehnte ihn einen Moment lang an die Wand und dachte nach. Da war etwas gewesen – ein Aufflackern von Tapferkeit, der Anflug eines Lächelns –, bevor der Mann starb. Es hatte etwas zu bedeuten. Das war immer so.

Faber ließ die Leiche zu Boden fallen und legte sie hin wie einen Schlafenden, so daß die Wunden nicht zu sehen waren. Ein Fußtritt beförderte die Eisenbahnermütze in eine Ecke. Er säuberte sein Stilett an Parkins Hose und wischte sich die Augenflüssigkeit von den Händen. Es war eine unsaubere Sache gewesen.

Er ließ das Messer in seinem Ärmel verschwinden und öffnete die Tür zum Wagen. Dann tastete er sich in der Dunkelheit zurück zu seinem Abteil. Er kämpfte gegen aufsteigende Übelkeit.

Als er sich wieder setzte, sagte der Cockney: »Sie haben lange gebraucht – gibt's eine Schlange?«
»Muß etwas sein, was ich gegessen habe«, gab Faber zurück.
»Wahrscheinlich ein Eipulver-Sandwich.« Der Cockney lachte.
Faber dachte über Godliman nach. Er kannte den Namen – er konnte damit sogar vage ein Gesicht in Verbindung bringen: ein nicht mehr junges, bebrilltes Gesicht mit einer Pfeife und einer zerstreuten, professorenhaften Miene. Genau – er war Professor.
Jetzt erinnerte er sich. In seinen ersten beiden Jahren in London hatte Faber wenig zu tun gehabt. Der Krieg hatte noch nicht angefangen, und die meisten hatten geglaubt, daß er sich vermeiden ließe. (Faber hatte nicht zu diesen Optimisten gehört.) Er hatte nützliche Arbeit leisten können, aber nicht viel: Vor allem überprüfte und revidierte er die veralteten Karten der Abwehr und lieferte allgemeine Berichte, die sich auf seine eigenen Beobachtungen und Informationen aus Zeitungen stützten. Um sich die Zeit zu vertreiben, sein Englisch zu verbessern und seine Tarnung auszubauen, hatte er Sehenswürdigkeiten besucht.
Er hatte die Canterbury Cathedral ohne Hintergedanken besichtigt, wenn er auch eine Luftaufnahme der Stadt und der Kathedrale kaufte, die er zurück an die Luftwaffe schickte – nicht, daß es viel nützte: Sie verbrachte einen Großteil des Jahres 1942 damit, sie zu verfehlen. Faber hatte einen ganzen Tag gebraucht, um sich das Gebäude anzusehen. Er hatte die uralten Initialen gelesen, die in die Wände gemeißelt waren, die verschiedenen Architekturstile unterschieden und Zeile um Zeile in seinem Führer gelesen, während er langsam weiterging.
Er war im südlichen Wandelgang des Chors gewesen und hatte die Bogenblenden betrachtet, als er eine in sich versunkene Gestalt an seiner Seite bemerkte: einen älteren Mann. »Faszinierend, nicht wahr?« sagte der Mann. Faber fragte ihn, was er meine.
»Den einen Spitzbogen in einer Arkade von Rundbögen. Es gibt

keinen Grund dafür – dieser Teil ist offensichtlich nicht rekonstruiert worden. Irgend jemand muß nur den einen geändert haben. Warum wohl?«
Faber verstand, worauf er hinauswollte. Der Chor war romanisch, das Schiff gotisch, und doch befand sich hier im Chor ein einzelner gotischer Bogen. »Vielleicht wollten die Mönche wissen, wie Spitzbögen aussehen, und der Architekt zeigte es ihnen auf diese Weise.«
Der Ältere starrte ihn an. »Eine vorzügliche These! Das muß der Grund sein. Sind Sie Historiker?«
Faber lachte. »Nein, nur Büroangestellter, aber ich lese ab und zu Geschichtsbücher.«
»Für eine so geistvolle Vermutung kann man einen Doktortitel bekommen!«
»Sind Sie's? Historiker, meine ich.«
»Ja«, sagte er lachend und streckte die Hand aus. »Percy Godliman.«
War es möglich, dachte Faber, während der Zug durch Lancashire ratterte, daß diese unscheinbare Gestalt der Mann war, der seine Identität entdeckt hatte? Spione behaupteten gewöhnlich, Beamte oder etwas ähnlich Unbestimmtes zu sein, nicht Historiker – diese Lüge wäre zu leicht zu entlarven. Doch man munkelte, daß der Military Intelligence durch eine Anzahl von Hochschullehrern verstärkt worden sei. Faber hatte sie sich nicht nur als klug, sondern auch als jung, fit, aggressiv und kriegerisch vorgestellt. Godliman war klug, aber nichts von allem übrigen – wenn er sich nicht geändert hatte.
Faber war ihm noch einmal begegnet, hatte bei dieser zweiten Gelegenheit aber nicht mit ihm gesprochen. Nach der kurzen Begegnung in der Kathedrale hatte er ein Plakat gesehen, das eine öffentliche Vorlesung von Professor Godliman in seinem College ankündigte – über Heinrich II. Faber war aus Neugier dorthin gegangen. Die Vorlesung war fundiert, lebendig und überzeugend gewesen. Godliman war immer noch eine leicht komische Figur, wenn er hinter seinem Pult auf und ab hüpfte und sich von seinem Thema mitreißen ließ; jedenfalls wurde deutlich, daß sein Intellekt messerscharf war.

Das war also der Mann, der entdeckt hatte, wie die Nadel aussah.
Du lieber Himmel, ein *Amateur.*
Nun, er würde die Fehler eines Amateurs machen. Billy Parkin zu schicken war einer gewesen: Faber hatte den Jungen erkannt. Godliman hätte jemanden schicken sollen, den Faber nicht kannte. Parkin hatte eine bessere Chance, Faber aufzuspüren, doch nicht die geringste Chance, die Begegnung zu überleben. Ein Professioneller hätte das gewußt.
Der Zug kam bebend zum Stehen. Draußen verkündete eine gedämpfte Stimme, daß man in Liverpool war. Faber fluchte leise. Er hätte die Zeit nicht auf die Erinnerung an Percy Godliman, sondern auf die Planung seines nächsten Schrittes verwenden sollen.
Vor seinem Tode hatte Parkin gesagt, daß man in Glasgow wartete. Wieso Glasgow? Bei den Nachforschungen in Euston mußten sie herausgefunden haben, daß er nach Inverness fuhr. Wenn sie Inverness für eine Finte hielten, mußten sie angenommen haben, daß er hierherkommen würde, nach Liverpool, denn hier gab es den ersten Anschluß für eine Fähre nach Irland.
Faber haßte übereilte Entscheidungen.
Auf jeden Fall mußte er den Zug verlassen.
Er stand auf, öffnete die Tür, stieg aus und ging auf die Fahrkartensperre zu.
Etwas anderes fiel ihm ein. Was war in Billy Parkins Augen aufgeblitzt, bevor er starb? Nicht Haß, nicht Furcht, nicht Schmerz – obwohl all das vorhanden war. Es hatte mehr wie . . . Triumph ausgesehen.
Faber blickte an dem Schaffner, der die Fahrkarten einsammelte, vorbei und verstand plötzlich.
Auf der anderen Seite wartete, mit Hut und Regenmantel bekleidet, der junge blonde Verfolger vom Leicester Square.
Parkin, dessen Tod von Qual, Erniedrigung und Verrat begleitet war, hatte Faber am Ende doch noch getäuscht. Die Falle war hier.
Der Mann mit dem Regenmantel hatte Faber in der Menge

noch nicht bemerkt. Faber drehte sich um und stieg wieder in den Zug ein. Im Abteil zog er den Vorhang zur Seite und spähte hinaus. Der Verfolger musterte die Gesichter in der Menge. Der Mann, der wieder in den Zug gestiegen war, war ihm nicht aufgefallen.
Faber sah zu, wie sich die Passagiere langsam durch die Sperre drängten, bis der Bahnsteig leer war. Der blonde Mann sprach nachdrücklich auf den Schaffner ein, der verneinend den Kopf schüttelte. Der Mann schien nicht nachzugeben. Nach einer Weile winkte er jemandem zu, der außer Sicht war. Ein Polizeioffizier tauchte aus dem Schatten auf und redete mit dem Schaffner. Der Bahnsteigbeamte schloß sich der Gruppe an, gefolgt von einem Mann in Zivil, der wahrscheinlich ein höherer Eisenbahnbeamter war.
Der Lokomotivführer und sein Heizer gingen hinüber zur Sperre. Wieder winkten die einen, und die anderen schüttelten den Kopf.
Schließlich zuckten die Eisenbahner die Achseln, wandten sich ab oder spähten flehend nach oben – alles deutete darauf hin, daß sie nachgaben. Der Blonde und der Polizeioffizier riefen weitere Polizisten herbei, und sie kamen entschlossen auf den Bahnsteig.
Sie würden den Zug durchsuchen.
Alle Eisenbahner, einschließlich des Lokomitivführers und des Heizers, waren in die entgegengesetzte Richtung verschwunden; sie hatten es zweifellos auf Tee und Sandwiches abgesehen, während die Verrückten sich bemühten, einen zum Bersten gefüllten Zug zu durchsuchen. Faber hatte einen Einfall.
Er öffnete die Tür und sprang an der falschen Seite des Zuges hinaus, an der Seite, die dem Bahnsteig gegenüberlag. Er war durch die Wagen von der Polizei abgeschirmt und rannte, über die Schwellen stolpernd und auf dem Kies ausrutschend, auf die Lokomotive zu.

Es konnte sich nur um etwas Unangenehmes handeln. Sowie er merkte, daß Billy Parkin den Zug nicht seelenruhig verließ,

wußte Frederick Bloggs, daß die Nadel ihnen wieder durch die Finger geschlüpft war. Während die uniformierten Polizisten den Zug paarweise durchsuchten – zwei Mann für jeden Wagen –, malte Bloggs sich mehrere Gründe für Parkins Verschwinden aus. Alle waren deprimierend.
Bloggs schlug den Mantelkragen hoch und marschierte auf dem zugigen Bahnsteig auf und ab. Er wünschte sich sehr, die Nadel zu fassen: nicht nur der Invasion wegen – obwohl das, weiß Gott, Grund genug war –, sondern wegen Percy Godliman, wegen der fünf Bürgerwehrmänner und wegen Christine.
Er warf einen Blick auf seine Armbanduhr: Es war vier. Bald würde es Tag werden. Bloggs war die ganze Nacht auf den Beinen gewesen und hatte seit dem Frühstück am Tag zuvor nichts gegessen. Bis jetzt hatte sein Adrenalin ihn in Bewegung gehalten. Das Versagen der Falle – er war sich ziemlich sicher, daß sie versagt hatte – ließ seine Energie schwinden. Hunger und Erschöpfung machten sich bemerkbar. Er mußte sich anstrengen, um nicht in Tagträume über heißes Essen und ein warmes Bett zu verfallen.
»Sir!« Ein Polizist lehnte sich aus einem der Wagen und winkte ihm zu. »Sir!«
Bloggs ging auf ihn zu und begann dann zu laufen. »Was haben Sie gefunden?«
»Könnte Ihr Mann sein – Parkin.«
Bloggs kletterte in den Wagen. »Was soll das heißen: könnte?«
»Sie sehen sich's besser an.« Der Polizist öffnete die Verbindungstür zwischen den Wagen und leuchtete mit seiner Taschenlampe hinein.
Es war Parkin. Die Uniform des Fahrkartenkontrolleurs verriet es. Er war auf dem Boden zusammengerollt. Bloggs nahm die Taschenlampe des Polizisten, kniete sich neben Parkin und drehte ihn herum.
Er sah Parkins Gesicht, wandte schnell den Kopf ab und sagte: »Oh, mein Gott!«
»Das ist also Parkin?« fragte der Polizist.

Bloggs nickte. Er stand ganz langsam auf, ohne die Leiche noch einmal anzusehen. »Wir werden alle in diesem Wagen und im nächsten verhören. Jeder, der etwas Ungewöhnliches gesehen oder gehört hat, muß hierbleiben und weiter vernommen werden. Aber es dürfte kaum etwas nützen. Der Mörder muß vom Zug gesprungen sein, bevor er hier ankam.«
Bloggs trat hinaus auf den Bahnsteig. Alle Sucher hatten ihre Aufgabe beendet und standen in einer Gruppe beisammen. Er ging auf sie zu und befahl sechs von ihnen, ihm bei den Verhören zu helfen.
Der Polizeiinspektor sagte: »Der Schuft ist also abgehauen?«
»Mit größter Sicherheit«, stimmte Bloggs zu. »Sie haben in jede Toilette gesehen und auch ins Schaffnerabteil?«
»Ja, und auf den Zug und darunter und in die Lokomotive und den Tender.«
Ein Passagier stieg aus und näherte sich Bloggs und dem Inspektor. Es war ein kleiner, asthmatischer Mann, der schwer keuchte. »Entschuldigen Sie.«
»Ja, Sir«, sagte der Inspektor.
»Suchen Sie vielleicht jemanden?«
»Wieso fragen Sie?«
»Nun, wenn Sie jemanden suchen, wäre es ein großer Kerl?«
»Wieso fragen Sie?«
Bloggs unterbrach ungeduldig. »Ja, ein großer Mann. Los, heraus damit!«
»Nun, ein großer Kerl ist nämlich an der falschen Zugseite ausgestiegen.«
»Wann?«
»Ein oder zwei Minuten nachdem der Zug hielt. Er stieg ein und stieg dann an der falschen Seite wieder aus. Sprang auf die Schienen. Aber er hatte kein Gepäck. Das war auch komisch, und ich dachte –«
»Mist«, sagte der Inspektor.
»Er muß die Falle bemerkt haben«, meinte Bloggs. »Aber wie? Er kennt mein Gesicht nicht, und Ihre Männer waren versteckt.«
»Etwas muß ihn mißtrauisch gemacht haben.«

»Er ist also zum nächsten Bahnsteig hinübergelaufen und dort hinausgegangen. Hätte man ihn nicht sehen müssen?«
Der Inspektor zuckte die Achseln. »So spät sind hier nicht mehr viele Menschen. Und wenn er gesehen wurde, brauchte er nur zu sagen, daß er sich nicht in die lange Schlange an der Sperre stellen wollte.«
»Haben Sie die anderen Fahrkartensperren bewachen lassen?«
»Daran habe ich nicht gedacht.«
»Ich auch nicht.«
»Wir können natürlich die Umgebung durchsuchen und später verschiedene Punkte in der Stadt überprüfen. Natürlich werden wir auch die Fähre beobachten –«
»Ja, bitte, tun Sie das«, sagte Bloggs.
Aber irgendwie wußte er, daß Faber nicht mehr zu finden sein würde.

Es dauerte über eine Stunde, bis sich der Zug in Bewegung setzte. Faber hatte einen Krampf in der linken Wade und Staub in der Nase. Er merkte, wie die Lokomotivbesatzung zurück in das Führerhaus kletterte, und hörte Bruchstücke einer Unterhaltung über eine Leiche, die im Zug gefunden worden war. Es rasselte metallisch, während der Heizer Kohle schaufelte, dann zischte Dampf auf, Kolben klirrten, es ruckte, und Rauch wurde ausgestoßen, als der Zug anfuhr. Faber verlagerte seine Glieder dankbar und gestattete sich ein unterdrücktes Niesen. Danach fühlte er sich besser.
Er befand sich hinten im Tender, tief in der Kohle vergraben, wo ein Mann mit einer Schaufel zehn Minuten schwer arbeiten müßte, um ihn freizulegen. Wie er gehofft hatte, hatte die Polizei ihre Durchsuchung des Tenders auf einen eingehenden Blick beschränkt.
Faber überlegte, ob er riskieren konnte, wiederaufzutauchen. Es mußte langsam hell werden: Würde man ihn von einer Eisenbahnbrücke aus sehen können? Wahrscheinlich nicht. Seine Haut war jetzt sehr schwarz, und auf einem fahrenden Zug würde er im bleichen Licht des Morgengrauens nichts als

ein dunkler Schatten vor einem dunklen Hintergrund sein. Ja, er konnte es riskieren. Langsam und vorsichtig arbeitete er sich aus seinem Kohlegrab heraus.
Mit tiefen Atemzügen sog er die kühle Luft ein. Die Kohle wurde durch ein kleines Loch am Vorderende aus dem Tender geschaufelt. Später würde der Heizer vielleicht in den Tender steigen müssen, wenn der Brennstoffvorrat kleiner wurde. Im Moment war Faber sicher.
Während das Licht heller wurde, schaute er an sich hinab. Er war von Kopf bis Fuß mit Kohlenstaub bedeckt, wie ein Bergmann, der gerade aus der Grube kam. Irgendwie mußte er es schaffen, sich zu waschen und seine Kleidung zu wechseln.
Er wagte es, über die Seite des Tenders zu lugen. Der Zug fuhr immer noch durch die Vororte und kam an Fabriken, Lagerhäusern und Reihen schmutziger kleiner Häuser vorbei. Er mußte seinen nächsten Schritt überdenken.
Ursprünglich hatte er geplant, in Glasgow auszusteigen und dort einen anderen Zug nach Dundee und an der Ostküste entlang nach Aberdeen zu nehmen. Es war immer noch möglich, nach Glasgow zu fahren. Natürlich konnte er nicht am Bahnhof aussteigen, aber er konnte kurz davor oder danach abspringen. Das war jedoch gefährlich. Der Zug würde zwischen Liverpool und Glasgow bestimmt noch mehrere Male anhalten, und dabei konnte er entdeckt werden. Nein, er mußte so bald wie möglich ein anderes Transportmittel finden.
Der ideale Ort zum Abspringen wäre eine einsame Strecke genau außerhalb einer Stadt oder eines Dorfes. Die Strecke mußte einsam sein, damit man ihn nicht vom Tender springen sah, doch nicht allzu weit von Häusern entfernt, damit er Kleidung und ein Auto stehlen konnte. Außerdem mußte die Strecke bergan führen, damit die Geschwindigkeit des Zuges niedrig genug zum Abspringen war.
Das Tempo betrug jetzt etwa vierzig Meilen pro Stunde. Faber legte sich zurück auf die Kohle. Nach ein paar Minuten merkte er, daß er trotz seiner unbequemen Unterlage eindöste. Er stützte sich auf die Ellbogen, so daß er zurückfallen und durch den Aufprall erwachen würde, wenn er einschlief.

Der Zug wurde schneller. Zwischen London und Liverpool schien er mehr gestanden als sich bewegt zu haben; nun dampfte er mit beachtlicher Geschwindigkeit durch die Landschaft. Zu allem Unglück begann es jetzt auch noch zu regnen; es war ein kalter, stetiger Sprühregen, der seine Kleidung durchnäßte und auf seiner Haut zu Eis zu werden schien. Jetzt hatte er einen weiteren Grund, den Zug bald zu verlassen: Er konnte erfrieren, bevor Glasgow erreicht war!

Nach einer halben Stunde bei hoher Geschwindigkeit spielte er mit dem Gedanken, den Heizer und den Lokomotivführer zu töten, um selbst den Zug anzuhalten. Ein Stellwerk rettete ihnen das Leben. Bremsen zogen an, und der Zug wurde plötzlich langsamer, verringerte das Tempo etappenweise. Faber nahm an, daß die zulässige Höchstgeschwindigkeit an der Strecke immer weiter abnahm. Er blickte hinaus. Der Zug fuhr deshalb langsamer, weil er sich einem Knotenpunkt näherte und die Signale auf »Halt« standen.

Faber blieb im Tender, während der Zug stillstand. Nach fünf Minuten setzte er sich wieder in Bewegung. Faber kletterte an der Seite des Tenders hoch, balancierte einen Moment lang auf dem Rand und sprang ab.

Er landete auf dem Damm und legte sich mit dem Gesicht nach unten in üppig wucherndes Unkraut. Als der Zug außer Hörweite war, stand er auf. Das einzige Anzeichen von Zivilisation in der näheren Umgebung war das Stellwerk, ein zweigeschossiges Holzgebäude mit großen Fenstern im oben gelegenen Kontrollraum, einer Treppe an der Außenseite und einer Tür in Höhe des Parterres. An der ablegenen Seite führte ein Schotterpfad davon.

Faber umging das Häuschen in einem großen Kreis, um sich ihm von hinten zu nähern, wo es keine Fenster gab. Er trat durch eine Tür im Erdgeschoß und fand, was er erwartet hatte: eine Toilette, ein Waschbecken und einen Mantel, der an einem Haken hing.

Er zog seine triefende Kleidung aus, wusch sich Hände und Gesicht und rieb sich kräftig am ganzen Körper mit einem schmierigen Handtuch ab. Die kleine zylindrische Filmbüchse

mit den Negativen war immer noch fest mit Pflaster an seine Brust geklebt. Er zog seine Kleidung wieder an, tauschte aber den Mantel des Signalwärters gegen seine eigene völlig durchnäßte Jacke aus.
Nun brauchte er nur noch ein Transportmittel. Der Bahnwärter mußte irgendwie hierhergekommen sein. Faber ging hinaus und fand ein Fahrrad, das vorschriftsmäßig mit einem Vorhängeschloß an einem Zaun an der anderen Seite des Häuschens festgemacht war. Er sprengte das kleine Schloß mit der Schneide seines Stiletts. Dann schob er das Rad vorsichtig geradeaus von der hinteren Wand des Stellwerks fort, bis er außer Sichtweite des Gebäudes war. Jetzt schritt er querfeldein, bis er den Schotterpfad erreicht hatte, kletterte auf das Rad und fuhr davon.

16

Percival Godliman hatte sich ein kleines Feldbett von zu Hause mitgebracht. Er hatte sich, mit Hose und Hemd bekleidet, in seinem Büro darauf ausgestreckt und versuchte vergeblich zu schlafen. Seit beinahe vierzig Jahren, als er seine Abschlußprüfung an der Universität machte, hatte er nicht unter Schlaflosigkeit gelitten. Er hätte die Ängste jener Tage gern gegen die Sorgen getauscht, die ihn nun wachhielten.
Er wußte, daß er damals ein ganz anderer Mensch gewesen war – nicht nur jünger, sondern auch viel weniger . . . zerstreut. Er war gesellig, aggressiv und ehrgeizig gewesen und hatte vorgehabt, in die Politik zu gehen. Sein Studieneifer war damals begrenzt gewesen, deshalb hatte er wirklich Grund gehabt, sich vor den Prüfungen zu fürchten.
Seine beiden großen Hobbys in jenen Tagen hatten schlecht zueinander gepaßt: Debattieren und Gesellschaftstanz. Er hatte sich im Debattierklub von Oxford ausgezeichnet und war in *The Tatler* beim Walzer mit Debütantinnen abgebildet worden. Ein großer Schürzenjäger war er nicht gewesen. Er wollte Sex nur mit einer Frau, die er liebte, nicht, weil er edle

Prinzipien hatte, sondern weil seine Empfindungen eben so waren.

Er hatte keine Erfahrung gehabt, bevor er Eleanor traf, die keine von den Debütantinnen war, sondern eine brillante Mathematikerin, die Anmut und Wärme ausstrahlte und deren Vater nach vierzig Jahren als Bergmann seiner Staublunge erlag. Der junge Percival hatte sie seiner Familie vorgestellt. Sein Vater war *Lord Lieutenant* der Grafschaft gewesen, und das Haus war Eleanor wie ein Schloß vorgekommen, aber sie hatte sich natürlich und charmant und nicht im geringsten eingeschüchtert verhalten. Als Percys Mutter einmal schrecklich herablassend mit ihr sprach, hatte sie mit gnadenlosem Witz reagiert. Dafür hatte er sie noch mehr geliebt.

Percival hatte seinen Magistergrad erworben, nach dem Weltkrieg in einer Public School unterrichtet und bei drei Nachwahlen kandidiert. Sie waren beide enttäuscht gewesen, als sie herausfanden, daß sie keine Kinder haben konnten. Aber sie waren glücklich gewesen und hatten sich mit aller Hingabe geliebt. Ihr Tod war die schrecklichste Tragödie, die Godliman je erlebt hatte. Danach war sein Interesse an der wirklichen Welt geschwunden, und er hatte sich ins Mittelalter zurückgezogen.

Dieser gemeinsame Verlust hatte ihn und Bloggs einander nähergebracht. Der Krieg hatte Godliman wiederbelebt; er hatte in ihm das geweckt, was ihn zu einem großen Redner und Lehrer und zur Hoffnung der Liberalen Partei gemacht hatte: Elan, Unternehmungsgeist und Leidenschaft. Er hoffte, daß irgend etwas in Bloggs' Leben ihn vor einer Existenz der Bitterkeit und Introvertiertheit retten könne.

Während Godliman über ihn nachdachte, rief Bloggs aus Liverpool an, um zu melden, daß die Nadel durch das Netz geschlüpft war und Parkin ermordet hatte.

Godliman, der sich zum Telefonieren auf den Rand des Feldbettes gesetzt hatte, schloß voll Verzweiflung die Augen. »Ich hätte Sie in den Zug schicken sollen«, murmelte er.

»Vielen Dank!« sagte Bloggs.

»Nur weil er Ihr Gesicht nicht kennt.«

»Ich glaube doch«, widersprach Bloggs. »Wir vermuten, daß er die Falle bemerkt hat. Mein Gesicht war das einzige, das er nach dem Aussteigen sehen konnte.«
»Aber woher sollte er Sie kennen? Oh! Nein, doch nicht vom . . . Leicester Square?«
»Ich verstehe es auch nicht, aber schließlich scheinen wir ihn immer zu unterschätzen.«
»Wenn er nur auf unserer Seite wäre!« flüsterte Godliman. »Lassen Sie die Fähre beobachten?«
»Ja.«
»Er wird sie natürlich nicht benutzen – zu auffällig. Wahrscheinlich wird er ein Boot stehlen. Andererseits könnte Inverness immer noch sein Ziel sein.«
»Ich habe die Polizei dort oben benachrichtigt.«
»Gut. Aber ich glaube nicht, daß wir uns auf irgendeine Vermutung über sein Ziel festlegen sollten.«
Godliman erhob sich, nahm das Telefon auf und begann, auf dem Teppich hin und her zu gehen. »Sie sollten auch nicht annehmen, daß er es war, der auf der falschen Zugseite ausgestiegen ist. Gehen Sie davon aus, daß er vor, in oder nach Liverpool abgesprungen ist.« Godlimans Intellekt arbeitete wieder auf vollen Touren und spielte verschiedene Möglichkeiten durch. »Lassen Sie mich mit dem Polizeidirektor reden.«
»Er ist hier.«
Nach einer Pause sagte eine andere Stimme: »Polizeidirektor Anthony am Apparat.«
»Sind Sie meiner Meinung, daß unser Mann irgendwo in Ihrem Gebiet den Zug verlassen hat?« fragte Godliman.
»Das ist wahrscheinlich, ja.«
»Gut. Das erste, was er braucht, ist ein Beförderungsmittel. Ich möchte, daß Sie die Einzelheiten jedes Diebstahls, ob Auto, Boot, Fahrrad oder Esel aufnehmen, der in den nächsten 24 Stunden weniger als hundert Meilen von Liverpool entfernt begangen wird. Halten Sie mich auf dem laufenden, aber geben Sie die Informationen an Bloggs, und arbeiten Sie eng mit ihm zusammen, wenn Sie eine Spur verfolgen.«
»Ja, Sir.«

»Achten Sie auf andere Verbrechen, die ein Flüchtender begehen könnte – Diebstahl von Lebensmitteln oder Kleidung, ungeklärte Überfälle, Betrügereien mit Kennkarten und so weiter.«
»Jawohl.«
»Ihnen ist doch klar, Mr. Anthony, daß dieser Mann nicht nur ein Massenmörder ist?«
»Das nehme ich an, Sir, da Sie sich eingeschaltet haben. Aber ich kenne die Einzelheiten nicht.«
»Das brauchen Sie auch nicht. Ich kann Ihnen nur sagen, daß die Sache so wichtig für die nationale Sicherheit ist, daß der Premierminister stündlich mit diesem Büro Kontakt hat.«
»Ich verstehe. Äh, Mr. Bloggs möchte noch einmal mit Ihnen sprechen, Sir.«
Bloggs meldete sich wieder. »Ist Ihnen eingefallen, woher Sie sein Gesicht kennen?«
»Oh, ja – aber es ist belanglos, wie ich prophezeit habe. Ich traf ihn zufällig in Canterbury Cathedral, und wir unterhielten uns über die Architektur. Es zeigt uns nur, daß er sehr intelligent ist – er machte ein paar sehr scharfsinnige Bemerkungen.«
»Wir wußten, daß er intelligent ist.«
»Nur zu gut.«

Polizeidirektor Anthony war ein stämmiger Angehöriger der Mittelklasse mit einem sorgfältig abgeschwächten Liverpooler Akzent. Er wußte nicht, ob er sich darüber ärgern sollte, daß der MI 5 ihn herumkommandierte, oder ob er sich über die Möglichkeit freuen sollte, England in seinem eigenen Bezirk zu retten.
Bloggs ahnte den inneren Kampf des Mannes – er hatte dauernd mit Ähnlichem zu tun, wenn er mit örtlichen Polizeibehörden zusammenarbeitete –, und er wußte, wie er den Polizeidirektor für sich einnehmen konnte. Er sagte: »Ich bin dankbar für Ihre Hilfe. Diese Dinge werden in Whitehall nicht übersehen.«
»Wir tun nur unsere Pflicht«, antwortete Anthony. Er war sich nicht sicher, ob er Bloggs »Sir« nennen sollte.

»Immerhin gibt es einen großen Unterschied zwischen widerwilliger und bereitwilliger Hilfe.«

»Ja. Wird wohl ein paar Stunden dauern, bis wir die Fährte des Mannes wiederaufnehmen. Wollen Sie ein Nickerchen machen?«

»Gern«, sagte Bloggs dankbar. »Wenn Sie irgendwo in der Ecke einen Stuhl haben . . .«

»Bleiben Sie hier.« Anthony zeigte auf sein Büro. »Ich werde unten im Einsatzraum sein. Sobald wir etwas haben, wecke ich Sie. Machen Sie sich's bequem.«

Anthony verließ das Zimmer. Bloggs ging zu einem Sessel hinüber und lehnte sich mit geschlossenen Augen zurück. Sofort sah er Godlimans Gesicht, das wie ein Film innen auf seine Augenlider projiziert zu sein schien und sagte: »Jede Trauer muß ein Ende haben . . . Ich will nicht, daß Sie den gleichen Fehler machen.« Bloggs erkannte plötzlich, daß er sich das Ende des Krieges nicht herbeiwünschte, denn dann würde er mit Problemen fertig werden müssen, wie Godliman sie angesprochen hatte. Der Krieg machte das Leben leicht, denn er wußte, warum er den Feind haßte und wie er ihn bekämpfen konnte. Daneben schien der Gedanke an eine andere Frau treulos, nicht nur gegen Christine, sondern auf unbestimmte Art auch gegen England.

Er gähnte und ließ sich tiefer in den Sessel sinken. Seine Gedanken wurden verschwommener, während Schläfrigkeit ihn übermannte. Wenn Christine vor dem Krieg gestorben wäre, hätte er ganz anders über eine neue Ehe gedacht. Er hatte sie natürlich immer gern gehabt und respektiert, aber nachdem sie angefangen hatte, Krankenwagen zu fahren, waren sein Respekt zu ehrfurchtsvoller Bewunderung und seine Zuneigung zu Liebe geworden. Sie hatten damals etwas Besonders besessen, etwas, das andere Paare nicht teilten. Jetzt, mehr als ein Jahr später, wäre es leicht für Bloggs gewesen, eine andere Frau zu finden, für die er Respekt und Zuneigung verspürte, doch er wußte, daß ihm das nicht genügen würde. Eine gewöhnliche Ehe und eine gewöhnliche Frau würden ihn immer daran erinnern, daß er einmal das Ideal besessen hatte.

Er rührte sich in seinem Sessel und versuchte, diese Unwägbarkeiten abzuschütteln, damit er schlafen konnte. England sei voll von Helden, hatte Godliman gesagt. Wenn die Nadel entkam, würde England voll von Sklaven sein. Das war jetzt am wichtigsten ...

Jemand rüttelte ihn. Er schlief und träumte, daß er mit der Nadel in einem Zimmer war, ihn aber nicht ausfindig machen konnte, da die Nadel ihn mit dem Stilett geblendet hatte. Als er aufwachte, glaubte er immer noch, blind zu sein, da er nicht sah, wer ihn schüttelte, bis er merkte, daß er nur die Augen geschlossen hatte. Er öffnete sie und erblickte die breite Gestalt von Polizeidirektor Anthony über sich.

Bloggs setzte sich auf und rieb sich die Augen. »Haben Sie etwas?« fragte er.

»Eine Menge«, erwiderte Anthony, »die Frage ist, was davon wichtig ist. Hier ist Ihr Frühstück.« Er stellte eine Tasse Tee und einen Teller mit Keksen auf den Schreibtisch und setzte sich an die andere Seite.

Bloggs stand aus dem Sessel auf und zog einen Stuhl an den Tisch heran. Er nippte an dem Tee, der schwach und sehr süß war. »Also los.«

Anthony übergab ihm ein Bündel von fünf oder sechs Zetteln.

Bloggs sagte: »Das sind doch nicht die einzigen Verbrechen in Ihrem Bereich –«

»Natürlich nicht. Wir sind nicht interessiert an Trunkenheit, häuslichen Streitigkeiten, Verdunklungs- und Verkehrsvergehen oder Verbrechen, für die schon jemand verhaftet worden ist.«

»Entschuldigen Sie. Ich bin noch nicht ganz aufgewacht. Bitte, warten Sie, bis ich dies gelesen habe.«

Drei Einbrüche hatten sich ereignet. In zwei Fällen waren Wertgegenstände gestohlen worden – Schmuckstücke in dem einen, Pelze in dem anderen. »Er könnte Wertgegenstände gestohlen haben, nur um seine Spur zu verwischen«, vermutete Bloggs. »Bitte, würden Sie die Stellen auf der Karte kennzeichnen. Vielleicht ergibt sich daraus ein Muster.« Er reichte Anthony die beiden Zettel zurück. Der dritte Einbruch war gerade erst gemeldet worden, und Einzelheiten fehlten noch. Anthony markierte den Ort auf der Karte.

Aus einem Ernährungsamt in Manchester waren Hunderte von Lebensmittelbüchern gestohlen worden. »Er braucht keine Lebensmittelbücher – er braucht etwas zu essen«, sagte Bloggs. Er legte den Zettel beiseite. Kurz vor Preston war ein Fahrrad gestohlen worden, und in Birkenhead hatte es eine Vergewaltigung gegeben. »Ich glaube nicht, daß er ein Triebtäter ist, aber kennzeichnen Sie's trotzdem.«

Der Fahrraddiebstahl und der dritte Einbruch lagen eng beeinander. »Das Stellwerk, von dem das Rad gestohlen wurde – liegt es an der Hauptstrecke?« fragte Bloggs.

»Ich glaube, ja«, entgegnete Anthony.

»Angenommen, Faber versteckte sich im Zug, und wir übersahen ihn irgendwie. Würde der Zug zum erstenmal an dem Stellwerk halten, nachdem er Liverpool verlassen hat?«

»Könnte sein.«

Bloggs betrachtete den Zettel. »Ein Mantel wurde weggenommen und gegen eine Jacke ausgetauscht.«

»Wer weiß, was das bedeutet.«

»Keine gestohlenen Autos?« fragte Bloggs skeptisch.

»Auch keine Boote oder Esel. Es gibt heutzutage nicht viele Autodiebstähle. Autos sind leicht zu kriegen – die Leute klauen eher Benzin.«

»Ich war sicher, daß er sich in Liverpool ein Auto stehlen würde.« Bloggs knallte erbittert die Faust aufs Knie. »Ein Fahrrad könnte ihm doch nicht viel nützen.«

»Wir sollten der Sache trotzdem nachgehen«, drängte Anthony. »Es ist der beste Anhaltspunkt, den wir haben.«

»Einverstanden. Aber überprüfen Sie die Einbrüche noch einmal, um zu sehen, ob Lebensmittel oder Kleidung fehlen. Vielleicht hat man es nicht gleich bemerkt. Zeigen Sie Fabers Bild auch dem vergewaltigten Mädchen, und prüfen Sie weiter alle Verbrechen. Können Sie mir helfen, nach Preston zu kommen?«

»Ich besorge Ihnen ein Auto.«

»Wie lange wird es dauern, bis die Einzelheiten über den dritten Einbruch vorliegen?«
»Wahrscheinlich wird gerade das Protokoll aufgenommen«, sagte Anthony. »Wenn Sie das Stellwerk erreichen, müßte ich schon Bescheid wissen.«
»Halten Sie sie auf Trab.« Bloggs streckte die Hand nach seinem Mantel aus. »Ich rufe Sie an, sobald ich dort bin.«

»Anthony? Hier spricht Bloggs. Ich bin im Stellwerk.«
»Verlieren Sie dort keine Zeit. Der dritte Einbrecher war Ihr Mann.«
»Sind Sie sicher?«
»Wenn es nicht zwei Kerle gibt, die Leute mit einem Stilett bedrohen.«
»Wen?«
»Zwei alte Damen, die allein in einem kleinen Häuschen leben.«
»Mein Gott! Tot?«
»Nur wenn sie vor Aufregung gestorben sind.«
»Bitte?«
»Kommen Sie hierher. Sie werden sehen, was ich meine.«
»Bin schon unterwegs.«

Es war die Art Häuschen, die immer von zwei alleinstehenden älteren Damen bewohnt wird: Es war klein, quadratisch und alt, und um die Tür wuchsen wilde Rosensträucher, die mit einer Unmenge benutzter Teeblätter gedüngt worden waren. Gemüsereihen sprießten säuberlich in einem winzigen Vorgarten mit gestutzter Hecke. Hellrot-weiße Vorhänge hingen vor den in Blei gefaßten Fenstern, und die Pforte knarrte. Die Vordertür hatte ein Sonntagsmaler liebevoll bemalt; ihr Klopfer war aus dem Messinggeschirr eines Pferdes gemacht.
Auf Bloggs' Klopfen hin erschien eine Achtzigjährige mit einer Schrotflinte.
Er sagte: »Guten Morgen, ich bin von der Polizei.«
»Nein, das kann nicht sein. Die waren schon hier. Verschwinden Sie, bevor ich Ihnen den Schädel wegblase.«

Sie war noch keine ein Meter fünfzig groß, hatte dichtes weißes Haar, das zu einem Knoten gebunden war, und ein blasses faltiges Gesicht. Ihre Hände waren streichholzdünn, doch sie hatte die Schrotflinte mit festem Griff gepackt. Die Tasche ihrer Schürze war mit Wäscheklammern gefüllt. Bloggs blickte zu ihren Füßen hinunter und sah, daß sie Männerstiefel trug. Er sagte: »Die Polizisten, die Sie heute morgen besucht haben, waren von hier. Ich bin von Scotland Yard.«

»Können Sie das beweisen?«

Bloggs drehte sich um und rief seinen Polizeifahrer. Der Schutzmann stieg aus dem Auto und kam zur Pforte. Bloggs fragte die alte Dame: »Genügt die Uniform, um Sie zu überzeugen?«

»In Ordnung.« Sie machte einen Schritt zur Seite, damit er eintreten konnte.

Das Zimmer hatte eine niedrige Decke und einen getäfelten Fußboden. Es war mit schweren alten Möbeln vollgestopft. Auf jeder möglichen Stellfläche standen Porzellan und Glas wie dekoriert. Ein kleines Kohlenfeuer brannte im Kamin. Es roch nach Lavendel und Katzen.

Eine zweite alte Dame stand aus einem Sessel auf. Sie glich der ersten, war aber etwa doppelt so dick. Zwei Katzen sprangen von ihrem Schoß, als sie sich erhob. »Hallo, ich bin Emma Parton, das ist meine Schwester Jessie. Achten Sie nicht auf die Flinte – sie ist nicht geladen, Gott sei Dank. Jessie dramatisiert gern alles. Wollen Sie sich nicht setzen? Sie sehen so jung für einen Polizisten aus. Ich bin überrascht, daß Scotland Yard sich für unseren kleinen Überfall interessiert. Sind Sie heute morgen aus London gekommen? Mach dem Jungen eine Tasse Tee, Jessie.«

Bloggs setzte sich. »Wenn wir uns nicht täuschen, war es ein flüchtiger Verbrecher.«

»Ich wußte es doch!« sagte Jessie. »Wir hätten umgebracht werden können – kaltblütig abgeschlachtet!«

»Sei nicht albern.« Emma wandte sich an Bloggs. »Er war so ein netter Mann.«

»Erzählen Sie, was passiert ist.«

»Nun, ich war nach hinten gegangen«, begann Emma. »Ich war im Hühnerstall und wollte ein paar Eier holen. Jessie war in der Küche –«

»Er hat mich überrascht«, unterbrach Jessie. »Ich hatte keine Zeit, mein Gewehr zu schnappen.«

»Du siehst zu viele Cowboyfilme«, tadelte Emma.

»Immer noch besser als deine Liebesfilme – nichts als Tränen und Küsse –«

Bloggs nahm das Bild von Faber aus seiner Brieftasche. »Ist das der Mann?«

Jessie musterte es. »Das ist er.«

»Wie klug Sie sind!« sagte Emma bewundernd.

»Wenn wir so klug wären, hätten wir ihn inzwischen gefaßt. Was hat er getan?«

»Er hat mir ein Messer an die Kehle gehalten und gesagt: ›Eine falsche Bewegung, und ich schneide dir die Gurgel durch.‹ Und er meinte es ernst«, antwortete Jessie.

»Oh, Jessie. Ich glaube, er hat gesagt: ›Ich tue Ihnen nichts, wenn Sie gehorchen.‹«

»So ungefähr, Emma!«

»Was wollte er?« fragte Bloggs.

»Etwas zu essen, ein Bad, trockene Kleidung und ein Auto. Wir haben ihm natürlich die Eier gegeben, und wir haben ein paar Kleidungsstücke gefunden, die Jessies Mann Norman gehörten –«

»Können Sie die Sachen beschreiben?«

»Ja. Eine blaue Arbeitsjacke, eine blaue Latzhose und ein kariertes Hemd. Und er hat das Auto vom armen Norman genommen. Ich weiß nicht, wie wir nun ins Kino kommen sollen. Das ist unser einziges Laster, wissen Sie – das Kino.«

»Was für ein Auto?«

»Einen Morris. Er hat uns sehr genützt. Norman hat ihn 1924 gekauft.«

»Aber er hat sein heißes Bad nicht gekriegt!« sagte Jessie.

»Ja«, erklärte Emma. »Ich mußte ihm klarmachen, daß bei zwei Frauen, die allein leben, doch kein Mann in der Küche baden kann . . .« Sie errötete.

»Du würdest dir lieber die Kehle aufschlitzen lassen, als dir einen Mann in Unterwäsche anzugucken, du dumme Gans«, meinte Jessie.
»Was hat er gesagt, als Sie sich weigerten?« fragte Bloggs.
»Er lachte«, erwiderte Emma. »Aber ich glaube, daß er Verständnis für unsere Situation hatte.«
Bloggs konnte ein Lächeln nicht unterdrücken. »Sie sind sehr mutig.«
»Ich bin nicht so sicher.«
»Er verschwand also in einem Morris von 1924, trug eine Latzhose und eine blaue Jacke. Wie spät war es?«
»Ungefähr halb zehn.«
Bloggs streichelte geistesabwesend eine orangefarbene Katze. Sie blinzelte und schnurrte. »War viel Benzin im Tank?«
»Vielleicht zwanzig Liter – aber er hat unsere Gutscheine genommen.«
Bloggs war erstaunt. »Wieso haben Sie das Recht auf eine Benzinration?«
»Landwirtschaftliche Zwecke«, verteidigte sich Emma. Sie war rot geworden.
Jessie schnaubte. »Außerdem leben wir abgelegen und sind alt. Natürlich haben wir ein Recht darauf.«
»Wenn wir ins Kino fahren, gehen wir immer gleichzeitig in die Samenhandlung«, setzte Emma hinzu. »Wir verschwenden kein Benzin.«
Bloggs lächelte und hielt eine Hand hoch. »In Ordnung, keine Sorge – Rationierung ist sowieso nicht mein Gebiet. Wie schnell ist der Wagen?«
»Wir fahren nie mehr als dreißig Meilen.«
Bloggs blickte auf seine Armbanduhr. »Auch bei dem Tempo könnte er jetzt schon 75 Meilen hinter sich haben.« Er stand auf. »Ich muß die Einzelheiten nach Liverpool durchgeben. Sie haben kein Telefon, nicht wahr?«
»Nein.«
»Was für ein Morris ist es?«
»Ein Cowley. Norman nannte ihn immer Bullnose.«
»Farbe?«

»Grau.«
»Nummer?«
»MLN 29.«
Bloggs notierte alles.
»Meinen Sie, daß wir unser Auto wiederbekommen?« fragte Emma.
»Das nehme ich an – aber es wird vielleicht nicht mehr in gutem Zustand sein. Wenn jemand ein gestohlenes Auto fährt, nimmt er sich meistens nicht sehr in acht.« Er ging zur Tür.
»Ich hoffe, daß Sie ihn fangen«, rief Emma.
Jessie begleitete ihn hinaus. Sie hielt immer noch die Schrotflinte umklammert. An der Tür zupfte sie Bloggs am Ärmel und flüsterte mit deutlich vernehmbarer Stimme: »Sagen Sie, was ist er? Ein Ausbrecher? Ein Mörder? Hat er jemanden vergewaltigt?«
Bloggs schaute zu ihr hinab. Ihre kleinen grünen Augen glänzten vor Aufregung. Sie würde alles glauben, was er ihr erzählte. Er neigte den Kopf, um ihr ins Ohr zu flüstern. »Sagen Sie's keiner Seele, er ist ein deutscher Spion.«

17

Kurz nach Mittag überquerte Faber die Sark Bridge und hatte damit Schottland erreicht. Er kam am Sark Toll Bar House vorbei, einem niedrigen Gebäude mit einem Schild, das es als erstes Haus in Schottland auswies; über der Tür befand sich eine Tafel, deren Aufschrift, die er nicht ganz entziffern konnte, sich irgendwie auf Eheschließungen bezog. Eine Viertelmeile weiter, als er in das Dorf Gretna hineinfuhr, verstand er, worum es ging: Hierher kamen die minderjährigen Liebespaare, um zu heiraten.
Die Straßen waren nach dem morgendlichen Regen immer noch feucht, aber die Sonne trocknete sie rasch. Faber fuhr durch eine Reihe kleinerer Dörfer im Tiefland: Kirkpatrick, Kirtlebridge, Ecclefechan. Die offene Landschaft tat ihm wohl, die grünen Moore glänzten in der Sonne.
Er hatte in Carlisle haltgemacht, um zu tanken. Die Tankwar-

tin, eine Frau mittleren Alters mit einer ölverschmierten Schürze, hatte keine unangenehmen Fragen gestellt. Faber hatte den Tank und den Reservekanister, der am rechten Trittbrett befestigt war, füllen lassen.

Er war sehr zufrieden mit dem kleinen Zweisitzer, der trotz seines Alters noch fünfzig Meilen pro Stunde schaffte. Der vierzylindrige, seitengesteuerte 1548-ccm-Motor arbeitete gleichmäßig und unermüdlich, während der Wagen die schottischen Hügel hinauf- und hinabfuhr. Die durchgehenden Ledersitze waren äußerst bequem. Er drückte auf die Ballhupe, um ein verirrtes Schaf zu verscheuchen.

Faber hatte beschlossen, nicht den direkten Weg nach Aberdeen über Edinburgh und die Küstenstraße einzuschlagen. Ein großer Teil von Schottlands Ostküste, zu beiden Seiten des *Firth of Forth,* war Sperrgebiet. Ein zehn Meilen breiter Streifen durfte nicht betreten werden. Natürlich konnten die Behörden eine so lange Grenze nicht ernsthaft absichern. Trotzdem war es unwahrscheinlicher, daß man ihn anhielt und ihm Fragen stellte, wenn er sich außerhalb des Sperrgebietes befand.

Irgendwann würde er doch hineinfahren müssen, wenn auch so spät wie möglich. Er überlegte sich, welche Geschichte er erzählen konnte, wenn er in eine Kontrolle geriet. Seit zwei Jahren gab es wegen der immer strengeren Benzinrationierung im Grunde keine Autofahrten zum Privatvergnügen. Selbst denen, die auf Dienstreise mit dem Auto unterwegs waren, konnte es leicht passieren, daß sie belangt wurden, wenn sie aus persönlichen Gründen ein paar Meter von ihrer Route abwichen. Durch unaufhörliche Propaganda wurde ihnen eingehämmert, daß ein Lancaster-Bomber 18000 Liter benötigte, um die Ruhr zu erreichen. Unter normalen Umständen hätte Faber nichts mehr Spaß gemacht, als Benzin zu verschwenden, das sonst benutzt worden wäre, um seine Heimat zu bombardieren. Aber es wäre eine unerträgliche Ironie des Schicksals, jetzt – mit den Filmen, die er sich in einer Kapsel an die Brust geklebt hatte – angehalten und wegen eines Rationierungsvergehens verhaftet zu werden.

Es war schwierig. Der größte Teil des Verkehrs war militärischer Art, doch er besaß keine Militärpapiere. Er runzelte die Stirn. Wer war sonst noch unterwegs? Matrosen, die Heimaturlaub hatten, Amtspersonen, ein paar Urlauber, Fachleute ... Das war es. Er würde sich als Ingenieur ausgeben, als Spezialist für etwas so Ausgefallenes wie hitzefeste Getriebeöle, der nach Inverness fuhr, um ein Herstellungsproblem in einer Fabrik zu lösen. Wenn er gefragt wurde, in welcher Fabrik, würde er behaupten, sie sei geheim. Er bezweifelte, daß technische Berater je Latzhosen wie die trugen, die er den alten Schwestern gestohlen hatte – aber im Krieg war alles möglich.
Nach diesen Überlegungen fühlte er sich einigermaßen sicher vor zufälligen Kontrollen. Die Gefahr, von jemandem angehalten zu werden, der gezielt nach dem flüchtigen Spion Henry Faber suchte, war allerdings etwas anderes. Sie hatten das Bild. – *Sie kannten sein Gesicht. Sein Gesicht!*
Bald würden sie auch die Beschreibung des Autos besitzen, mit dem er fuhr. Er glaubte nicht, daß sie Straßensperren errichten würden, da sie sein Ziel nicht kannten. Aber er war davon überzeugt, daß jeder Polizist des Landes nach einem grauen Morris Cowley Bullnose mit der Nummer MLN 29 Ausschau halten würde.
Wenn er auf dem offenen Land entdeckt wurde, würde man ihn nicht sofort fangen können, denn Landpolizisten hatten Fahrräder, keine Autos. Doch der Polizist würde sein Hauptquartier anrufen, und innerhalb von Minuten würde Faber von Autos verfolgt werden. Im spärlich bevölkerten schottischen Tiefland bestand jedoch eine gute Chance, daß er auf der ganzen Fahrt nach Aberdeen nicht an einem einzigen Landpolizisten vorbeikommen würde. Dagegen war die Gefahr, in einer Stadt von einem Polizeiwagen gejagt zu werden, sehr groß. Er würde kaum entkommen können: Sein Auto war alt und relativ langsam, und Polizisten waren meistens gute Fahrer. Faber dachte daran, das Auto stehenzulassen und jedesmal ein anderes zu stehlen, wenn er gezwungen war, durch eine größere Stadt zu fahren. Dann würde er allerdings eine unübersehbare Spur für das MI 5 hinterlassen. Vielleicht war ein Kompromiß

die beste Lösung: Er würde versuchen, in den Städten nur Nebenstraßen zu benutzen. Er blickte auf die Uhr. Gegen Sonnenuntergang würde er Glasgow erreichen und danach durch die Dunkelheit geschützt sein.
Es war keine zufriedenstellende Lösung, aber wenn man ganz sichergehen will, darf man nicht Spion werden.
Auf dem Gipfel des eintausend Fuß hohen Beattock begann es zu regnen. Faber stoppte den Wagen und stieg aus, um das Leinenverdeck hochzuklappen. Die Luft war drückend schwül. Faber blickte nach oben. Der Himmel hatte sich rasch bewölkt. Es sah nach einem Gewitter aus.
Während er weiterfuhr, entdeckte er einige Mängel des kleinen Autos. Wind und Regen drangen durch mehrere Risse im Verdeck, und der kleine Scheibenwischer, der die obere Hälfte der Windschutzscheibe säuberte, lieferte nur einen tunnelartigen Ausblick auf die vor ihm liegende Straße. Als das Gelände immer hügeliger wurde, begann der Motor etwas unregelmäßig zu klingen. Das überraschte Faber keineswegs, denn dem zwanzig Jahre alten Wagen wurde das Äußerste abverlangt.
Der Schauer hörte auf. Das drohende Gewitter hatte sich nicht entladen, doch der Himmel blieb finster und abschreckend.
Eine halbe Stunde später erreichte Faber die Außenbezirke von Glasgow. Sobald er sich dem bebauten Gelände näherte, bog er nördlich von der Hauptstraße ab und hoffte, so die Stadt umfahren zu können. Er folgte einer Reihe von Nebenstraßen, überquerte die Hauptverkehrsadern im Ostteil der Stadt, bis er auf der Cumberland Road herauskam, wo er wieder nach Osten abbog und Glasgow bald hinter sich ließ.
Es war schneller gegangen, als er erwartet hatte. Seine Glückssträhne hielt an.
Er befand sich nun auf der A 80 und kam an Fabriken, Bergwerken und Farmen vorbei. Die Ortsschilder flogen an ihm vorüber: Millerston, Stepps, Muirhead, Mollinsburn, Condorrat . . .
Das Glück verließ ihn zwischen Cumbernauld und Stirling.
Er beschleunigte auf einer leicht geneigten, geraden Strecke mit offenen Feldern zu beiden Seiten. Als die Tachonadel auf

45 stand, hörte er plötzlich ein lautes Geräusch vom Motor her: ein schweres Rasseln, wie der Lärm einer Kette, die über ein Zahnrad gezogen wird. Er verlangsamte auf dreißig Meilen, doch das Geräusch veränderte sich kaum. Faber lauschte gründlich. Es war entweder ein zerbrochenes Lager im Getriebe oder ein Loch im Zylinder. Jedenfalls war es nichts so Simples wie ein verstopfter Vergaser oder eine verschmutzte Zündkerze. Vermutlich konnte der Wagen nur in einer Werkstatt repariert werden.

Er hielt an und schaute unter die Motorhaube. Alles schien von Öl bedeckt, aber sonst konnte er nichts erkennen. Er setzte sich wieder hinter das Lenkrad und fuhr weiter. Der Motor zog weniger kräftig an, streikte aber noch nicht.

Nach drei Meilen strömte Dampf in Schwaden aus dem Kühler. Faber war klar, daß der Wagen bald ganz stehenbleiben würde. Er begann nach einem Abstellplatz zu suchen.

Faber fand einen Feldweg, der von der Hauptstraße weg vermutlich zu einer Farm führte. Hundert Meter von der Straße entfernt machte der Weg hinter einem Brombeerstrauch eine Biegung. Faber parkte den Wagen dicht an dem Strauch und schaltete den Motor ab. Das Zischen des Dampfes ließ allmählich nach. Nun stieg er aus und schloß die Tür ab. Er verspürte ein leichtes Bedauern bei dem Gedanken an Emma und Jessie, die es sehr schwer haben würden, das Auto vor Beendigung des Krieges reparieren zu lassen.

Faber ging zurück zur Hauptstraße. Von dort aus war das Auto nicht zu sehen. Es mochte einen oder zwei Tage dauern, bis das verlassene Fahrzeug Verdacht erweckte. Bis dahin, dachte Faber, bin ich vielleicht in Berlin.

Er wanderte weiter. Früher oder später würde er ein Städtchen erreichen, in dem er einen anderen Wagen stehlen konnte.

Bis jetzt sah es gar nicht so schlecht aus: Er hatte London vor weniger als 24 Stunden verlassen und hatte noch einen ganzen Tag Zeit, bis das U-Boot morgen um 18 Uhr am Treffpunkt erschien.

Die Sonne war schon längst untergegangen, und nun wurde es plötzlich dunkel. Faber konnte kaum etwas sehen. Zum Glück war eine weiße Linie auf die Straßenmitte gezogen – eine Sicherheitsvorkehrung, die durch die Verdunklung erforderlich geworden war –, der er mit einiger Mühe folgen konnte. In der nächtlichen Stille würde er alle Autos rechtzeitig hören.

Nur ein Wagen kam an ihm vorbei. Faber hörte dessen Motor in der Ferne und legte sich ein paar Meter neben die Straße, bis er verschwunden war. Es war ein großer Wagen, wahrscheinlich ein Vauxhall Ten, der mit hoher Geschwindigkeit vorbeiraste. Faber stand auf und ging weiter. Zwanzig Minuten später sah er das Auto wieder; es parkte am Straßenrand. Er hätte einen Umweg über die Felder gemacht, wenn er es rechtzeitig bemerkt hätte, aber Scheinwerfer und Motor waren abgestellt, so daß er fast dagegenstieß.

Bevor er einen Entschluß fassen konnte, bewegte sich der Strahl einer Taschenlampe von der Motorhaube her auf ihn zu, und eine Stimme sagte: »Hallo, ist da jemand?«

Faber trat ins Licht. »Schwierigkeiten?«

»Und ob.«

Die Taschenlampe war nach unten gerichtet. Als Faber näher kam, sah er im Widerschein des Lichts das Gesicht eines Mannes von mittlerem Alter; er hatte einen Schnurrbart und trug einen zweireihigen Mantel. In der anderen Hand hielt er recht unsicher einen großen Schraubenschlüssel. Er schien nicht zu wissen, was er damit anfangen sollte.

Faber sah sich den Motor an. »Was ist denn los?«

»Er tut's nicht mehr. Eben noch lief er großartig, dann fing er plötzlich an zu stottern. Ich verstehe leider nicht viel von technischen Dingen.« Er richtete die Taschenlampe wieder auf Faber. »Sie vielleicht?« fragte er hoffnungsvoll.

»Eigentlich nicht«, sagte Faber, »aber eine unterbrochene Leitung kann ich schon erkennen.«

Er nahm dem Mann die Taschenlampe ab, griff in den Motorraum und steckte das lose Zündkabel wieder auf die Zündkerze.

»Versuchen Sie's jetzt.«

Der Mann stieg ins Auto und ließ den Motor an. »Prima!« rief er über den Lärm hinweg. »Sie sind ein Genie! Steigen Sie ein.«

Faber überlegte kurz, ob es sich um eine komplizierte Falle des MI 5 handeln könne, aber er ließ den Gedanken fallen. Wenn sie gegen alle Wahrscheinlichkeit wußten, wo er war, warum sollten sie sich dann so vorsichtig verhalten? Sie könnten ebensogut zwanzig Polizisten und einen oder zwei Panzerkampfwagen ausschicken, um ihn zu fangen.
Er stieg ein.
Der Mann fuhr los und schaltete rasch hoch, bis der Wagen hohe Geschwindigkeit erreicht hatte. Faber machte es sich bequem. Der Fahrer sagte: »Übrigens, ich heiße Richard Porter.«
Faber fiel die Kennkarte in seiner Brieftasche ein. »James Baker.«
»Freut mich. Ich muß Sie dorthinten überholt haben – habe Sie nicht gesehen.«
Faber merkte, daß der Mann sich entschuldigen wollte, weil er ihn nicht mitgenommen hatte – seit der Benzinmangel begonnen hatte, nahm jeder Anhalter mit. »Keine Ursache. Ich war wahrscheinlich hinter einem Busch und mußte mal austreten. Aber ich habe einen Wagen gehört.«
»Sind Sie weit gereist?« Porter bot ihm eine Zigarre an.
»Das ist nett von Ihnen, aber ich rauche nicht«, sagte Faber.
»Ja, ich komme aus London.«
»Alles per Anhalter?«
»Nein, ich hatte eine Panne in Edinburgh. Offenbar benötigt man ein Ersatzteil, das nicht auf Lager war, und so mußte ich den Wagen in der Werkstatt lassen.«
»Pech. Nun, ich fahre nach Aberdeen. Ich kann Sie absetzen, wo Sie wollen.«
Faber überlegte schnell. Das war ein Glücksfall. Er schloß die Augen und stellte sich die Karte von Schottland vor. »Wunderbar. Ich möchte nach Banff, Aberdeen käme mir also sehr entgegen. Aber ich wollte die Hauptstraße nehmen, ich habe nämlich keinen Passierschein – ist Aberdeen Sperrgebiet?«
»Nur der Hafen. Aber um so was brauchen Sie sich keine Sorgen zu machen, solange Sie in meinem Auto sind – ich bin Friedensrichter und gehöre zur Bürgerwehr. Na?«

Faber lächelte in der Dunkelheit. Es war sein Glückstag. »Vielen Dank.« Er beschloß, das Thema zu wechseln. »Ist das eine ganztägige Beschäftigung, Friedensrichter zu sein?«
Porter zündete seine Zigarre an und paffte. »Eigentlich nicht. Ich bin halb im Ruhestand, wissen Sie. War Anwalt, bis mein schwaches Herz entdeckt wurde.«
»Ah.« Faber versuchte, Mitgefühl in seine Stimme zu legen.
»Macht Ihnen doch nichts aus, daß ich rauche?« Porter wedelte mit der dicken Zigarre.
»Kein bißchen.«
»Was führt Sie nach Banff?«
»Ich bin Ingenieur. Es gibt da ein Problem in einer Fabrik ... Die Sache ist mehr oder weniger geheim.«
Porter hob eine Hand. »Alles klar. Ich verstehe.«
Sie schwiegen für eine Weile. Das Auto raste durch mehrere Ortschaften. Porter kannte die Straße offenbar sehr gut, da er in der Verdunklung so schnell fuhr. Der große Wagen fraß Meile für Meile, und das gleichmäßige Fahrgeräusch wirkte einschläfernd. Faber unterdrückte ein Gähnen.
»Sie müssen müde sein«, sagte Porter. »Wie dumm von mir, nicht daran zu denken. Sie können gerne ein Schläfchen machen.«
»Danke.« Faber schloß die Augen. Der Wagen federte fast genauso wie ein Zug, und Faber hatte wieder den Alptraum von seiner Ankunft. Allerdings war er diesmal etwas anders. Statt im Zug zu essen und sich mit einem Mitreisenden über Politik zu unterhalten, mußte er aus irgendeinem Grunde im Tender fahren. Er saß auf seinem Kofferfunkgerät und hatte sich mit dem Rücken an das harte Eisen des Wagens gelehnt. Als der Zug in Waterloo ankam, hatte jeder – auch die aussteigenden Passagiere – einen kleinen Abzug des Photos von Faber in der Leichtathletikmannschaft. Alle sahen einander an und verglichen die Gesichter mit dem auf dem Bild. An der Sperre hielt ihn der Kontrolleur an der Schulter fest und fragte: »Sind sie nicht der Mann auf dem Bild?« Faber versagte die Stimme. Jetzt würde er vielleicht sterben, nur weil der Kontrolleur das Photo in der Hand hatte ... Der Kontrolleur sagte: »Aufwachen!

Aufwachen!«, und plötzlich war Faber wieder in Richard Porters Vauxhall Ten, und es war Porter, der ihn weckte.
In dem Sekundenbruchteil, bevor ihm einfiel, daß Porter ihn für James Baker, einen harmlosen Anhalter, hielt, war seine rechte Hand schon halb zu seinem linken Ärmel geglitten, wo das Stilett in der Scheide lag. Er ließ die Hand fallen und entspannte sich.
»Sie wachen auf wie ein Soldat«, meinte Porter belustigt. »Wir sind in Aberdeen.«
Faber betrachtete den Mann im trüben Licht des anbrechenden Tages: Porter hatte ein rotes Gesicht und einen gewachsten Schnurrbart; sein kamelfarbener Mantel sah teuer aus. Er mußte wohlhabend und einflußreich sein. Wenn er verschwand, würde man ihn fast sofort vermissen. Faber beschloß, ihn nicht zu töten.
»Guten Morgen«, sagte er.
Er schaute aus dem Fenster auf die Stadt. Sie fuhren langsam auf der Hauptgeschäftsstraße entlang.
Einige Frühaufsteher waren zu sehen, die sich alle zielbewußt in dieselbe Richtung bewegten: Fischer, dachte Faber. Die Stadt schien kalt und windig.
Porter sagte: »Möchten Sie sich rasieren und frühstücken, bevor Sie weiterreisen? Mein Haus steht Ihnen zur Verfügung.«
»Das ist sehr freundlich von Ihnen –«
»Wieso? Wenn Sie nicht gewesen wären, würde ich immer noch bei Stirling auf der A 80 stehen und warten, bis eine Werkstatt aufmacht.«
»– aber nicht nötig, danke. Ich möchte so schnell wie möglich weiter.«
Porter widersprach nicht. Vermutlich war er erleichtert darüber, daß sein Angebot ausgeschlagen worden war. »Dann werde ich Sie an der George Street absetzen – dort beginnt die A 96. Sie führt direkt nach Banff.« Kurz darauf hielt er den Wagen an einer Ecke an. »Da wären wir.«
Faber öffnete die Tür. »Danke fürs Mitnehmen.«
»Nichts zu danken.« Porter hielt ihm die Hand hin. »Viel Glück!«

Faber stieg aus, schloß die Tür, und der Wagen fuhr weiter. Er hatte von Porter nichts zu befürchten. Der Mann würde nach Hause fahren und den ganzen Tag schlafen. Wenn er merkte, daß er einem von der Polizei Gejagten geholfen hatte, würde es schon zu spät sein.

Er wartete, bis der Vauxhall außer Sicht war, überquerte dann die Fahrbahn und betrat eine Straße mit dem vielversprechenden Namen Market Street. Kurz darauf fand er sich in den Docks wieder, folgte seiner Nase und erreichte den Fischmarkt. Er fühlte sich sicher in der Anonymität des geschäftigen, lauten, übelriechenden Marktes, wo alle so wie er Arbeitskleidung trugen. Frischer Fisch und aufmunternde Flüche flogen durch die Luft. Faber hatte Mühe, den abgehackten, kehligen Akzent zu verstehen. An einer Bude kaufte er heißen, starken Tee in einem angestoßenen Viertelliterkrug und ein großes Brötchen mit einem Brocken weißen Käse.

Er setzte sich auf ein Faß, aß mit Appetit und dachte über seine Lage nach. Heute abend war der richtige Zeitpunkt, um ein Boot zu stehlen. Es war ärgerlich, den ganzen Tag warten und sich für die nächsten zwölf Stunden verstecken zu müssen. Aber er konnte jetzt kein Risiko mehr eingehen, und am hellichten Tag ein Boot zu stehlen war viel gefährlicher als im Zwielicht der Abenddämmerung.

Faber beendete sein Frühstück und stand auf. Es würde noch zwei Stunden dauern, bis der Rest der Stadt sich zu regen begann. Er konnte die Zeit nutzen, um sich ein gutes Versteck zu suchen.

Er machte einen Rundgang durch die Docks und den Fluthafen. Die Sicherung war oberflächlich; es gab mehrere Punkte, wo er an den Kontrollen vorbeischlüpfen konnte. Schließlich kam er zum Sandstrand und schlenderte über die zwei Meilen lange Promenade.

Eine dichte Wolkenbank verhüllte die aufgehende Sonne. Es würde bald sehr warm und gewittrig wie gestern werden. Ein paar Urlauber tauchten aus den Hotels an der Seeseite auf und setzten sich trotzig an den Strand, in der Hoffnung auf Sonne. Faber bezweifelte, daß sie heute Erfolg haben würden.

Vielleicht war es am besten, sich am Strand zu verstecken. Die Polizei würde den Bahnhof und die Busstation überprüfen, doch sie würde auf eine umfassende Durchsuchung der ganzen Stadt verzichten. Es war unwahrscheinlich, daß sie jeden am Strand kontrollieren konnten. Er beschloß, den Tag in einem Strandkorb zu verbringen.
Faber kaufte sich eine Zeitung an einem Kiosk und mietete sich einen Strandkorb. Er zog sein Hemd aus und streifte es dann wieder über die Latzhose. Seine Jacke zog er nicht wieder an.
Wenn ein Polizist kam, würde Faber ihn schon lange sehen, bevor er diese Stelle erreichte. Er würde genug Zeit haben, um den Strand zu verlassen und in den Straßen unterzutauchen.
Er schlug die Zeitung auf, die er sich gekauft hatte, und begann zu lesen. Man jubelte darüber, daß eine neue alliierte Offensive in Italien stattfand. Faber war skeptisch. Anzio war ein wüstes Durcheinander gewesen. Die Zeitung war schlecht gedruckt und hatte keine Bilder. Er las, daß die Polizei einen gewissen Henry Faber suchte, der in London zwei Menschen mit einem Stilett umgebracht hatte . . .
Eine Frau in einem Badeanzug schlenderte vorbei und musterte Faber. Sein Herzschlag setzte für eine Sekunde aus. Dann wurde ihm klar, daß sie mit ihm flirten wollte. Einen Augenblick lang war er versucht, sie anzusprechen. Es war so lange her . . . Er rief sich innerlich zur Ordnung. Nur Geduld! Morgen würde er zu Hause sein.

Es war ein kleines Fischerboot, fünfzig oder sechzig Fuß lang, mit breitem Deck und einem Innenbordmotor. Die Antenne ließ auf ein starkes Funkgerät schließen. Der größte Teil des Decks wurde von Luken eingenommen, die zu dem kleinen Laderaum unten führten. Die Kabine lag achtern und war gerade groß genug, um zwei stehenden Männern sowie den Armaturen und dem Ruder Platz zu bieten. Der Rumpf war neu gestrichen; der Anstrich sah frisch aus.
Zwei andere Boote im Hafen hätten auch für seine Zwecke getaugt, aber Faber hatte am Kai gestanden und beobachtet, wie

die Besatzungsmitglieder dieses Bootes es vertäuten und auftankten, bevor sie sich nach Hause aufmachten.
Er wartete ein paar Minuten, bis sie verschwunden waren. Dann ging er um den Rand des Hafenbeckens herum und sprang in das Boot. Es hieß *Marie II.*
Das Ruder war festgekettet. Er setzte sich auf den Boden der kleinen Kabine, so daß er nicht zu sehen war, und verbrachte zehn Minuten damit, das Schloß aufzubrechen. Die Nacht brach schneller herein, da der Himmel immer noch bedeckt war.
Als Faber das Ruder gelöst hatte, lichtete er den kleinen Anker, sprang zurück auf den Kai und machte die Taue los. Dann kehrte er in die Kabine zurück und zog am Anlasser. Der Motor hustete kurz auf und erstarb. Er versuchte es noch einmal. Jetzt sprang der Motor brüllend an. Vorsichtig manövrierte er das Boot aus dem Liegeplatz hinaus.
Faber ließ die anderen Boote am Kai hinter sich und fand die Hauptfahrrinne des Hafens, die durch Bojen markiert war. Wahrscheinlich brauchten sich nur Schiffe mit viel größerem Tiefgang an die Rinne zu halten, aber man konnte nicht vorsichtig genug sein.
Außerhalb des Hafens spürte er eine steife Brise und hoffte, daß sie keinen Wetterumschlag anzeigte. Die See war überraschend rauh, und das kompakte kleine Boot wurde von den Wellen in die Höhe gehoben. Faber gab Gas, blickte auf den Kompaß am Armaturenbrett und ging auf Kurs. Er fand ein paar Seekarten in einem Schränkchen unter dem Ruder. Sie sahen alt und wenig benutzt aus. Zweifellos kannte der Schiffer die örtlichen Gewässer so gut, daß er keine Karten brauchte. Faber überprüfte die Koordinaten, die er sich in jener Nacht in Stockwell eingeprägt hatte, korrigierte den Kurs und stellte das Ruder fest.
Die Kabinenfenster waren mit Wasser bespritzt. Faber wußte nicht, ob es sich um Regen oder Gischt handelte. Der Wind kappte jetzt die Spitzen der Wellen. Er steckte den Kopf für einen Moment aus der Kabinentür, und sein Gesicht wurde triefend naß.

Er schaltete das Funkgerät ein. Es summte ganz kurz und begann dann zu knistern. Er drehte an der Frequenzeinstellung und fing ein paar verstümmelte Funksprüche auf. Das Gerät funktionierte einwandfrei. Faber ging auf die Frequenz des U-Bootes und schaltete dann ab – es war noch zu früh, um Kontakt aufzunehmen.
Die Wellen wurden desto höher, je weiter er aufs offene Meer vorstieß. Nun bäumte sich das Boot wie ein störrisches Pferd mit jeder Welle auf, schaukelte für einen Moment auf dem Kamm und tauchte dann aus erschreckender Höhe hinunter ins nächste Tal. Es war völlig Nacht geworden, und Faber starrte blind aus dem Kabinenfenster hinaus. Er fühlte sich leicht seekrank.
Immer wenn er sich eingeredet hatte, daß die Wellen auf keinen Fall höher werden konnten, hob ein neues Ungeheuer, das größer war als alle übrigen, das Boot dem Himmel entgegen. Sie folgten immer dichter aufeinander, so daß das Heck des Bootes ständig entweder hinauf zum Himmel oder hinab zum Meeresboden zeigte. In einem besonders tiefen Wellental wurde das kleine Boot plötzlich von einem Blitz erhellt. Faber sah, wie ein graugrüner Wasserberg sich auf den Bug senkte und das Deck und die Kabine überschwemmte. Er wußte nicht, ob das Krachen, das eine Sekunde später ertönte, von dem Donnerschlag herrührte oder daher, daß die Planken des Bootes zerbrachen. In fieberhafter Eile durchsuchte er die kleine Kabine nach einer Schwimmweste. Es gab keine.
Die Blitze folgten nun rasch aufeinander. Faber packte das festgeklemmte Ruder und stemmte sich mit dem Rücken gegen die Kabinenwand, um aufrecht stehen zu bleiben. Es hatte keinen Sinn, das Ruder zu bedienen – das Boot wurde willkürlich vom Meer hin und her geworfen.
Faber sagte sich immer wieder, daß das Boot dafür gebaut sein mußte, solchen Sommerstürmen standzuhalten, aber er konnte sich selbst nicht überzeugen. Erfahrene Fischer würden die Zeichen des Sturms bemerkt und nicht abgelegt haben, da sie wußten, daß ihr Boot dieses Wetter nicht überstehen konnte.

Inzwischen hatte er keine Ahnung mehr, wo er war. Er konnte fast wieder in Aberdeen sein oder auch an seinem Treffpunkt. Faber setzte sich auf den Kabinenboden und schaltete das Funkgerät an. Das wilde Schaukeln und Zittern machten es schwer, das Gerät zu bedienen. Als es warmgelaufen war, experimentierte er mit den Skalen, konnte aber nichts empfangen. Er drehte den Lautstärkeregler ganz auf: immer noch kein Geräusch.

Die Antenne mußte aus ihrer Halterung auf dem Kabinendach herausgebrochen sein.

Er stellte auf Senden und wiederholte die einfache Mitteilung ›Bitte kommen‹ mehrere Male; dann ließ er das Gerät auf Empfang gestellt. Es war kaum anzunehmen, daß seine Botschaft durchdrang.

Faber stellte den Motor ab, um Benzin zu sparen. Er mußte versuchen, den Sturm zu überstehen, und dann einen Weg finden, die Antenne zu reparieren oder zu ersetzen. Vielleicht würde er das Benzin noch brauchen.

Das Boot neigte sich erschreckend zur Seite, während es an der nächsten großen Welle hinabglitt. Faber erkannte, daß er die Kraft des Motors benötigte, damit das Boot frontal auf die Wellen traf. Er zog am Anlasser, doch nichts geschah. Nachdem er mehrere Male gezogen hatte, gab er es auf und verfluchte sich wegen seiner Dummheit.

Das Boot schlingerte so stark, daß Faber hinfiel und mit dem Kopf gegen das Ruder krachte. Er lag benommen auf dem Kabinenboden und rechnete damit, im nächsten Moment zu kentern. Eine neue Welle donnerte gegen die Kabine – diesmal wurde das Glas der Fenster zerschmettert. Plötzlich befand sich Faber unter Wasser. Er war sicher, daß das Boot unterging, rappelte sich hoch und tauchte auf. Alle Fenster waren zerbrochen, aber das Boot schwamm immer noch. Faber trat die Kabinentür auf, so daß das Wasser hinausströmte. Er klammerte sich an das Ruder, um nicht selbst ins Meer hinaus geschwemmt zu werden.

Es war unglaublich, aber der Sturm wurde noch schlimmer. Wahrscheinlich gab es in diesen Breiten ein solches Unwetter höchstens einmal im Jahrhundert. Das war einer von Fabers letzten zusammenhängenden Gedanken, dann mußte er alle Energie und Willenskraft darauf konzentrieren, das Ruder nicht loszulassen. Er hätte sich daran festbinden sollen, aber nun war es zu spät, sich noch ein Stück Tau zu suchen. Sturmwinde und gewaltige Wassermengen versuchten mit vereinter Kraft, ihn loszureißen. Seine Füße glitten ständig auf dem nassen Boden und den feuchten Wänden aus, und seine Armmuskeln brannten vor Schmerz. Er sog die Luft ein, wenn er sicher war, daß sich sein Kopf über Wasser befand, hielt aber sonst den Atem an. Viele Male war er kurz davor, ohnmächtig zu werden. Fast unbewußt nahm er wahr, daß das flache Kabinendach verschwunden war.

Faber konnte flüchtige, alptraumhafte Blicke auf das Meer werfen, wenn Blitze aufzuckten. Immer wieder überraschte ihn, wo die Welle war: vor ihm, hinter ihm, sich neben ihm aufbäumend oder ganz außer Sicht. Entsetzt stellte er fest, daß er seine Hände nicht mehr spürte; er blickte hinab und sah, daß sie wie totenstarr um das Ruder geschlossen waren. In seinen Ohren tönte ein ständiges Brüllen; der Wind war vom Donner und dem Rauschen des Meeres nicht zu unterscheiden.

Langsam entglitt ihm die Fähigkeit, klar zu denken. In einem seiner letzten bewußten Momente merkte er, daß die Wellen sich in eine Richtung bewegten und das Boot mit sich trugen. Wieder zuckte ein Blitz auf, und er sah neben sich eine riesige dunkle Masse, eine unglaublich hohe Welle – nein, es war keine Welle, es war eine Klippe . . .

Eine neue Welle hob das Boot und schleuderte es nach unten wie ein weggeworfenes Spielzeug. Faber sah einen spitzen Felsen, der wie ein Stilett aus dem Wellental hervorragte. Es schien, daß er das kleine Boot durchbohren würde, doch im letzten Moment schrammte es an dem Felsen vorbei und wurde weitergetragen. Die riesigen Wellen brachen sich jetzt. Der nächsten konnten die Spanten nicht mehr standhalten. Das Boot prallte wuchtig auf das Wellental, und das Geräusch des splitternden Rumpfes durchpeitschte die Nacht wie eine Explosion.

Das Wasser wich zurück, und Faber merkte, daß der Rumpf zersplittert war, weil das Boot von den Wellen an Land geschleudert worden war. Mit ungläubigem Staunen starrte er auf den Strand, der von einem neuen Blitz enthüllt wurde. Das Meer hob das zertrümmerte Boot vom Sand wieder empor; wieder donnerte Wasser über das Deck und warf Faber zu Boden. Aber der eine Moment hatte genügt, um ihn alles mit äußerster Klarheit erkennen zu lassen. Der Strand war schmal, und die Wellen brachen sich bis zu den Klippen hinauf. Doch zu seiner Rechten gab es eine Anlegestelle, die wie eine Brücke zur Spitze der Klippen führte. Wenn er die Anlegestelle zwischen zwei Wellen erreichte, konnte er vielleicht weit genug an der Brücke emporklettern, um dem Wasser zu entgehen.

Die nächste Welle spaltete das Deck, als wäre das gehärtete Holz nicht stärker als eine Bananenschale. Das Boot brach unter Faber zusammen, und er wurde von der zurückflutenden Brandung mitgerissen. Seine Beine schienen ihn kaum tragen zu können, doch er rappelte sich auf und rannte plätschernd durch das seichte Wasser auf die Anlegestelle zu. Nie in seinem Leben war ihm etwas schwerer gefallen, als diese wenigen Meter zurückzulegen. Er *wollte* stolpern, damit er im Wasser ruhen und sterben konnte, doch er hielt sich aufrecht – genau wie damals, als er den 5000-Meter-Lauf gewonnen hatte –, bis er gegen einen Pfahl der Anlegestelle krachte. Er zwang seine Hände dazu, für ein paar Sekunden wieder zum Leben zu erwachen, reckte sich und packte die Planken. Faber zog sich hoch, bis sein Kinn über dem Rand war. Dann schwang er die Beine hoch und rollte sich hinüber.

Die Welle kam, als er sich hinkniete. Er warf sich nach vorn. Die Welle trug ihn ein paar Meter und schleuderte ihn dann brutal gegen die Planken. Er schluckte Wasser und hatte Sterne vor den Augen. Als die Last von seinem Rücken geglitten war, bot er seine ganze Kraft auf, um sich zu bewegen. Doch er schaffte es nicht und merkte, wie er unerbittlich zurückgezogen wurde. Plötzlich übermannte ihn die Wut. Er wollte sich nicht geschlagen geben, jetzt nicht mehr! Faber brüllte seinen Haß auf den Sturm, das Meer, die Briten und Percival Godli-

man hinaus, und auf einmal war er auf den Beinen und rannte vor dem tosenden Meer davon. Er lief die Rampe hinauf, mit geschlossenen Augen und offenem Mund. Seine Knochen schienen fast zu brechen, und seine Lunge war dem Bersten nahe. Er rannte ohne jedes Ziel, doch er wußte, daß er nicht anhalten würde, solange er noch denken konnte.
Die Rampe war lang und steil. Ein starker Mann, der im Training und ausgeruht war, hätte es vielleicht bis ganz nach oben schaffen können. Ein müder Olympiakämpfer wäre vielleicht bis zur Hälfte gekommen. Ein nomaler Mann von vierzig Jahren hätte einen oder zwei Meter geschafft.
Faber erreichte die Spitze.
Einen Meter vor dem Ende der Rampe hatte er einen leichten Herzanfall und verlor das Bewußtsein, doch seine Beine pumpten noch zweimal, bevor er auf den durchweichten Grasboden knallte.
Er konnte sich später nicht mehr erinnern, wie lange er dort gelegen hatte. Als er die Augen öffnete, wütete der Sturm immer noch, aber es war Tag geworden, und er konnte ein paar Meter vor sich ein Häuschen erkennen, das bewohnt aussah.
Faber erhob sich auf die Knie und begann die endlose Strecke bis zur Tür zu kriechen.

18

U-505 beschrieb gelangweilt einen Kreis; seine mächtigen Dieselmaschinen stampften langsam, während es sich wie ein grauer, zahnloser Hai durch die Tiefe schob. Korvettenkapitän Werner Heer trank Ersatzkaffe und versuchte, nicht noch mehr Zigaretten zu rauchen. Es war ein langer Tag und eine lange Nacht gewesen. Er war ein Kämpfer, doch mit einem Kampf war nicht zu rechnen. Deshalb mißfiel ihm dieser Einsatz; und ihm mißfiel der ruhige Abwehroffizier mit den schlauen blauen Augen, ein unwillkommener Gast auf seinem U-Boot.
Der Abwehrmann, Major Wohl, saß dem Kapitän gegenüber. Der verfluchte Kerl sah nie müde aus. Seine blauen Augen

schauten sich um, nahmen alles auf, aber ihr Ausdruck veränderte sich nie. Trotz der Härten des Lebens unter Wasser war seine Uniform nie zerknittert. Pünktlich alle zwanzig Minuten steckte er sich eine neue Zigarette an und rauchte sie so lange, bis ein Stummel von knapp einem Zentimeter übrigblieb. Am liebsten hätte Heer aufgehört zu rauchen, damit er die Vorschriften durchsetzen und Wohl daran hindern konnte, seinen Tabak zu genießen, doch dazu war er selbst dem Nikotin zu sehr verfallen.
Leute vom Nachrichtendienst waren Heer immer unsympathisch, da er das Gefühl nie loswurde, daß sie über ihn Informationen sammelten. Er hatte auch etwas dagegen, mit der Abwehr zusammenzuarbeiten. Sein Boot war zum Kämpfen bestimmt, nicht dafür, an der britischen Küste zu lauern, um Geheimagenten aufzunehmen. Für ihn war es der reinste Wahnsinn, wegen eines Mannes, der vielleicht nicht einmal erscheinen würde, eine wertvolle Kampfmaschine aufs Spiel zu setzen, von ihrer hochqualifizierten Besatzung gar nicht zu reden.
Er leerte seine Tasse und verzog das Gesicht. »Verdammter Kaffee. Schmeckt fürchterlich.«
Wohls ausdrucksloser Blick ruhte für einen Moment auf ihm und glitt dann weiter. Er sagte nichts.
Heer bewegte sich unruhig auf seinem Sitz. Auf der Brücke eines Schiffes wäre er auf und ab marschiert, aber in Unterseebooten lernt man, unnötige Anstrengungen zu vermeiden. »Bei diesem Wetter kommt Ihr Mann bestimmt nicht.«
Wohl blickte auf seine Uhr. »Wir warten bis 6 Uhr«, sagte er ruhig.
Es war kein Befehl, denn Wohl konnte Heer keine Befehle erteilen. Trotzdem war die nüchterne Erklärung beleidigend für einen ranghöheren Offizier. Heer knurrte: »Was bilden Sie sich ein, ich bin Kapitän dieses Schiffes!«
»Wir werden beide unseren Befehlen gehorchen«, erwiderte Wohl. »Sie wissen, daß sie von höchster Stelle kommen.«
Heer beherrschte seinen Zorn. Der junge Wichtigtuer hatte natürlich recht. Heer würde sich an seine Befehle halten. Wenn

sie wieder im Hafen lagen, würde er Wohl wegen Unbotmäßigkeit melden. Nützen würde es jedoch kaum etwas. Fünfzehn Jahre in der Marine hatten Heer gelehrt, daß für Angehörige des Stabes eigene Gesetze galten.
»Wenn Ihr Mann dumm genug ist, sich heute nacht hinauszuwagen, versteht er auf keinen Fall genug von der Seefahrt, um zu überleben.«
Wohls einzige Antwort war der gleiche leere Blick.
Heer rief den Funker. »Weißmann?«
»Nichts, Herr Kapitän.«
»Ich fürchte, daß das Gemurmel vor ein paar Stunden von ihm kam«, sagte Wohl.
»Wenn das stimmt, war er weit vom Treffpunkt entfernt, Herr Major«, meinte der Funker. »Mir kam es eher wie ein Blitz vor.«
»Wenn er's nicht war, dann war er's eben nicht. Wenn er es war, ist er jetzt ertrunken.« Heers Tonfall war überheblich.
»Sie kennen den Mann nicht«, sagte Wohl. Diesmal war die Spur einer Emotion in seiner Stimme.
Heer schwieg. Der Klang der Maschinen veränderte sich leicht, und er glaubte, ein schwaches Rattern heraushören zu können. Wenn es auf der Rückreise schlimmer wurde, würde er es im Hafen überprüfen lassen. Vielleicht sollte er das ohnehin tun, nur um eine weitere Reise mit dem wortkargen Major Wohl zu vermeiden.
Ein Seemann schaute herein. »Kaffee, Herr Kapitän?«
Heer schüttelte den Kopf. »Wenn ich noch mehr trinke, pisse ich Kaffee.«
»Aber für mich bitte«, sagte Wohl. Er zog eine Zigarette hervor.
Das ließ Heer auf die Uhr blicken. Es war zehn nach sechs. Der listige Major Wohl hatte seine Sechs-Uhr-Zigarette hinausgezögert, um das U-Boot noch für ein paar zusätzliche Minuten warten zu lassen. »Wir gehen auf Heimatkurs.«
»Einen Moment«, widersprach Wohl. »Wir sollten einen Blick auf die Oberfläche werfen, bevor wir verschwinden.«
»Reden Sie keinen Unsinn.« Heer wußte, daß er sich auf siche-

rem Terrain befand. »Ist Ihnen klar, was für ein Sturm da oben tobt? Wir würden die Luke nicht öffnen können, und das Periskop würde nur ein paar Meter Sicht bieten.«

»Woher wollen Sie aus dieser Tiefe wissen, was für ein Sturm da ist?«

»Erfahrung.«

»Dann teilen Sie dem Stützpunkt wenigstens mit, daß unser Mann keinen Kontakt mit uns aufgenommen hat. Vielleicht befiehlt man uns, hier zu bleiben.«

Heer seufzte erbittert. »Aus dieser Tiefe können wir keine Funkverbindung herstellen – nicht mit dem Stützpunkt.«

Das ließ Wohl seine gelassene Haltung aufgeben. »Kapitän Heer, ich empfehle Ihnen dringend, aufzutauchen und Instruktionen einzuholen, bevor wie diesen Treffpunkt verlassen. Der Mann, den wir abholen sollen, hat Informationen, die für die Zukunft des Reiches lebenswichtig sind. Der Führer selbst wartet auf seinen Bericht!«

Heer blickte ihn an. »Vielen Dank dafür, daß Sie mir Ihre Meinung mitgeteilt haben, Major.« Er wandte sich ab. »Beide Maschinen volle Kraft voraus!« bellte er.

Das Stampfen der Diesel-Zwillingsmaschine verstärkte sich zu einem Brüllen, und das U-Boot begann schneller zu werden.

Vierter Teil

19

Als Lucy aufwachte, tobte der Sturm, der am Abend zuvor losgebrochen war, immer noch. Sie lehnte sich vorsichtig über die Bettkante, um David nicht zu stören, und hob ihre Armbanduhr vom Fußboden auf. Es war kurz nach sechs. Der Wind heulte um das Dach. David konnte weiterschlafen, denn heute war kaum an Arbeit zu denken.

Sie fragte sich, ob über Nacht Schiefer vom Dach gefallen waren. Sie würde auf dem Dachboden nachsehen müssen. Damit mußte sie warten, bis David aus dem Haus war, sonst würde er wütend sein, weil sie ihn nicht gebeten hatte, es zu tun.

Sie glitt aus dem Bett. Es war so kalt wie im November. Sie zog das Flanellnachthemd über den Kopf und schlüpfte rasch in Unterwäsche, Hose und Pullover. David rührte sich. Er drehte sich um, wachte aber nicht auf.

Sie überquerte den winzigen Flur und schaute in Jos Zimmer. Der Dreijährige hatte nun kein Kinderbett mehr, sondern ein richtiges Bett. Er fiel nachts oft heraus, ohne aufzuwachen. An diesem Morgen war er im Bett und lag mit weit geöffnetem Mund schlafend auf dem Rücken. Lucy lächelte. Er sah reizend aus, wenn er schlief.

Lucy ging leise die Treppe hinunter und überlegte einen Moment lang, warum sie so früh aufgewacht war. Vielleicht hatte Jo ein Geräusch gemacht, oder vielleicht hatte es an dem Sturm gelegen.

Sie kniete sich vor den Kamin, schob die Ärmel ihres Pullovers hoch und machte Feuer. Während sie den Rost säuberte, summte sie eine Schlagermelodie. Sie harkte die kalte Asche durch, schichtete die größten Brocken zusammen, legte getrockneten Farn als Zunder dazwischen und Holz und Kohle darauf. Hin und wieder benutzte sie nur Holz, aber bei diesem Wetter brannte Kohle besser. Sie zündete den Farn an und hielt eine Zeitungsseite für ein paar Minuten über den Kamin, um im Schornstein Zug zu schaffen. Als sie die Zeitung zurückzog, brannte das Holz, und die Kohle glühte rot. Sie faltete das Stück Papier und legte es unter den Kohlenkasten, um es am nächsten Tag wieder benutzen zu können.

Lucy ging in die Küche und stellte den Kessel auf den elektrischen Herd. Zwei Tassen, Davids Zigaretten und ein Aschenbecher kamen auf ein Tablett. Sie machte Tee, goß die Tassen voll und trug das Tablett durch den Flur zur Treppe.

Lucy hatte schon einen Fuß auf die unterste Stufe gestellt, als sie das Klopfen hörte. Sie blieb stehen, runzelte die Stirn, dachte, daß der Wind etwas rattern ließ, und machte noch einen Schritt. Das Geräusch wiederholte sich. Es war, als klopfe jemand an die Vordertür.

Das war natürlich lächerlich. Es gab niemanden, der an die Vordertür hätte pochen können – nur Tom, und der kam immer an die Küchentür, ohne anzuklopfen.

Das Pochen war wieder zu hören.

Nur um ihre Neugier zu stillen, ging sie zur Tür und öffnete sie, das Teetablett auf einer Hand balancierend.

Entsetzt ließ sie das Tablett fallen. Der Mann stürzte in den Flur und warf sie um. Lucy schrie auf.

Ihr Schreck währte nur einen Moment. Der Fremde lag ausgestreckt neben ihr auf dem Fußboden und war offensichtlich nicht in der Lage, jemanden anzugreifen. Seine Kleidung triefte, und seine Hände und sein Gesicht waren vor Kälte schneeweiß.

Lucy stand auf. David rutschte auf dem Hinterteil die Treppe herab und rief: »Was ist los? Was ist los?«

»Dort«, sagte Lucy und zeigte auf den Mann.

David, der noch seinen Pyjama trug, erreichte das Ende der Treppe und schwang sich in seinen Rollstuhl. »Ich weiß nicht, was es da zu schreien gibt.« Er rollte heran und musterte den Mann auf dem Fußboden.

»Entschuldige. Er hat mir einen Schrecken eingejagt.« Sie beugte sich vor, packte den Mann an den Oberarmen und zog ihn ins Wohnzimmer. David folgte ihr. Lucy legte den Mann vor den Kamin.
David starrte den Bewußtlosen nachdenklich an. »Woher, zum Teufel, kommt er nur?«
»Er muß ein schiffbrüchiger Matrose sein.«
»Natürlich.«
Aber Lucy bemerkte, daß er die Kleidung eines Arbeiters, nicht die eines Seemannes trug. Er war recht groß, muskulös an Nacken und Schultern. Sein Gesicht war kräftig und feinknochig; er hatte eine hohe Stirn und einen ausgeprägten Kiefer. Lucy dachte, daß er gut aussehen würde, wenn er nicht so schrecklich blaß wäre.
Der Fremde rührte sich und öffnete die Augen. Zuerst wirkte er entsetzt wie ein kleiner Junge, der in einer unbekannten Umgebung aufwacht. Doch seine Miene entspannte sich rasch, und er sah sich aufmerksam um, wobei sein Blick kurz auf Lucy, David, das Fenster, die Tür und das Feuer fiel.
»Wir müssen ihm diese Kleider ausziehen«, sagte Lucy. »Hol einen Pyjama und einen Morgenmantel, David.«
David rollte hinaus, und Lucy kniete sich neben den Fremden. Sie zog zunächst seine Stiefel und Socken aus. Eine Spur von Belustigung schien in seinen Augen zu funkeln, während er sie beobachtete. Als sie jedoch die Hand nach seiner Jacke ausstreckte, kreuzte er die Arme schützend über der Brust.
»Sie werden an Lungenentzündung sterben, wenn Sie diese Kleidung anbehalten.« Sie versuchte, ihre Stimme wie die einer Krankenschwester klingen zu lassen. »Erlauben Sie mir, sie auszuziehen.«
Der Fremde sagte: »Ich glaube nicht, daß wir uns gut genug kennen – schließlich sind wir einander nicht vorgestellt worden.«
Es war das erste Mal, daß er sprach. Seine Stimme war so selbstbewußt, und seine Worte wirkten so förmlich, daß der Kontrast zu seinem fürchterlichen Zustand Lucy laut auflachen ließ. »Sind Sie schüchtern?« fragte sie.

»Ich meine nur, daß ein Mann sich etwas Rätselhaftes bewahren sollte.« Er grinste breit, aber sein Lächeln fiel plötzlich in sich zusammen, und seine Augen schlossen sich vor Schmerz.
David kam mit sauberen Sachen über dem Arm zurück. »Ihr beide scheint euch ja schon erstaunlich gut zu verstehen.«
»Du mußt ihn ausziehen. Mir erlaubt er's nicht.«
Davids Miene war unergründlich.
»Ich schaffe es schon allein, danke – wenn es Ihnen nicht allzu unhöflich vorkommt«, sagte der Fremde.
»Wie Sie wollen.« David ließ die Sachen auf einen Stuhl fallen und rollte hinaus.
»Ich mache noch etwas Tee«, sagte Lucy, während sie ihm folgte. Sie schloß die Wohnzimmertür hinter sich.
In der Küche ließ David schon den Kessel vollaufen. Eine brennende Zigarette hing zwischen seinen Lippen. Lucy fegte rasch das zerbrochene Porzellan im Flur zusammen und kam dann ebenfalls in die Küche.
David sagte: »Vor fünf Minuten war ich nicht einmal sicher, ob der Bursche noch lebt – und nun kann er sich selbst anziehen.«
Lucy hantierte mit der Teekanne. »Vielleicht hat er sich verstellt.«
»Die Gefahr, von dir ausgezogen zu werden, hat ihn jedenfalls schnell kuriert.«
»Ich kann mir nicht vorstellen, daß jemand so schüchtern ist.«
»Dein eigener Mangel auf diesem Gebiet könnte dich dazu führen, seinen Einfluß bei anderen zu unterschätzen.«
Lucy klirrte mit den Tassen. »Gewöhnlich wirst du doch erst nach dem Frühstück bitter und gemein. Außerdem, wie kann ein Gebiet Einfluß haben?«
»Die Semantik ist immer deine letzte Verteidigungslinie.« David löschte seinen Zigarettenstummel in einer Pfütze im Ausguß.
Lucy goß kochendes Wasser in die Teekanne. »Warum sollen wir uns heute streiten – schließlich haben wir zur Abwechs-

lung etwas Interessanteres zu tun.« Sie nahm das Tablett und ging ins Wohnzimmer.

Der Fremde knöpfte gerade die Pyjamajacke zu. Er drehte Lucy den Rücken zu, als sie hereinkam. Lucy stellte das Tablett ab und schenkte den Tee ein. Als sie sich umdrehte, hatte er Davids Morgenmantel übergezogen.

»Sie sind sehr freundlich«, sagte er und schaute ihr gerade in die Augen.

Eigentlich wirkt er nicht schüchtern, dachte Lucy. Er war jedoch einige Jahre älter als sie – vielleicht um die vierzig. Das mochte die Erklärung sein. Mit jeder Minute sah er weniger wie ein Schiffbrüchiger aus.

»Setzen Sie sich ans Feuer.« Lucy reichte ihm eine Tasse Tee.

»Ich weiß nicht, ob ich die Untertasse halten kann. Ich kann die Finger nicht bewegen.« Er nahm ihr die Tasse ab, hielt sie zwischen steifen Handflächen und führte sie vorsichtig an die Lippen.

David kam herein und bot ihm eine Zigarette an. Er lehnte ab.

Der Fremde leerte seine Tasse. »Wo bin ich?«

»Die Insel heißt Storm Island.«

Der Mann zeigte sich erleichtert. »Ich hatte befürchtet, zum Festland zurückgetrieben zu werden.«

David drehte die Füße des Fremden zum Feuer, damit sie warm würden. »Sie wurden wahrscheinlich in die Bucht geschwemmt. Das passiert mit vielen Dingen. So bildete sich der Strand.«

Jo kam mit verschlafenen Augen ins Zimmer. Er zog einen einarmigen, zotteligen Teddybären hinter sich her, der so groß wie er selbst war.

Als er den Fremden sah, rannte er zu Lucy und vergrub sein Gesicht in ihrem Rock.

»Ich habe Ihr kleines Mädchen erschreckt«, lächelte der Mann.

»Es ist ein Junge. Ich müßte ihm endlich die Haare schneiden.« Lucy hob Jo auf ihren Schoß.

»Entschuldigen Sie.« Die Augen des Fremden schlossen sich wieder, und er schwankte auf seinem Stuhl.

Lucy stand auf und setzte Jo auf dem Sofa ab. »Wir müssen den armen Mann ins Bett bringen, David.«
»Noch einen Moment.« David rollte dichter an den Fremden heran. »Könnte es noch mehr Überlebende geben?«
Der Mann hob das Gesicht. »Ich war allein«, flüsterte er. Er war kaum noch bei Bewußtsein.
»David –«, begann Lucy.
»Noch eine Frage: Haben Sie der Küstenwache Ihren Kurs mitgeteilt?«
»Spielt das eine Rolle?« fragte Lucy.
»Es spielt eine Rolle. Wenn er es getan hat, sind vielleicht Männer draußen, die ihr Leben für ihn riskieren. Wir können sie wissen lassen, daß er in Sicherheit ist.«
Der Mann sagte langsam: »Ich . . . habe . . . sie nicht . . . benachrichtigt.«
»Nun ist's genug.« Lucy kniete sich vor den Mann. »Schaffen Sie's nach oben?«
Er nickte und erhob sich mühevoll.
Lucy legte seinen Arm um ihre Schultern und ging mit ihm hinaus. »Ich werde ihn in Jos Bett bringen.«
Sie nahmen eine Stufe nach der anderen und machten nach jeder eine Pause. Als sie oben waren, hatte das Gesicht des Mannes das bißchen Farbe, das es am Feuer angenommen hatte, wieder verloren. Lucy führte ihn in das kleine Schlafzimmer. Er brach über dem Bett zusammen.
Lucy zog mehrere Decken über ihn, packte ihn ein und schloß die Tür leise hinter sich.
Eine Woge der Erleichterung überschwemmte Faber. In den letzten Minuten hatte er sich übermenschlich anstrengen müssen, um sich zu beherrschen. Er fühlte sich kraftlos, niedergeschlagen und krank.
Nachdem die Vordertür geöffnet worden war, hatte er seiner Erschöpfung für eine Weile nachgegeben. Gefährlich war es geworden, als die schöne Frau begonnen hatte, ihn auszuziehen. Da war ihm die Büchse mit dem Film eingefallen, die an seine Brust geklebt war. Er hatte auch gefürchtet, daß man einen Krankenwagen rufen könne, aber davon war nicht die Rede

gewesen. Vielleicht war die Insel so klein, daß es kein Krankenhaus gab. Wenigstens war er nicht auf dem Festland. Dort wäre es unmöglich gewesen, die Meldung seines Schiffbruches zu verhindern. Aus den Fragen des Mannes ließ sich jedoch schließen, daß eine sofortige Meldung nicht vorgesehen war. Fabers Energie reichte nicht, um sich über weiter in der Zukunft liegende Gefahren den Kopf zu zerbrechen. Er schien sicher zu sein und wollte sich im Augenblick keine weiteren Gedanken machen.

Er drehte sich um und musterte das Zimmer: Tür, Fenster, Schornstein. Sein Sicherheitsinstinkt funktionierte automatisch. Die Wände waren hellrot, als habe das Paar sich ein Mädchen gewünscht. Auf dem Boden befanden sich eine Spielzeugeisenbahn und eine Menge Bilderbücher. Es war ein sicherer, häuslicher Ort: ein Heim. Er war ein Wolf im Schafpferch, aber ein lahmer Wolf.

Faber schloß die Augen. Trotz seiner Erschöpfung mußte er sich dazu zwingen, Muskel für Muskel zu entspannen. Allmählich verließen ihn die Gedanken, und er schlief ein.

Lucy schmeckte den Porridge ab und gab noch eine Prise Salz dazu. Sie hatten sich daran gewöhnt, ihn so zu essen, wie Tom ihn machte – auf schottische Art, ohne Zucker. Sie würde nie wieder süßen Porridge machen, sogar wenn es wieder Zucker im Überschuß und unrationiert gab. Es war merkwürdig, woran man sich gewöhnen konnte, wenn einem nichts anderes übrigblieb: an Graubrot, Margarine und gesalzenen Porridge.

Sie verteilte ihn, und die Familie setzte sich zum Frühstück. Jo nahm viel Milch, um seinen Porridge abzukühlen. David aß jetzt riesige Portionen, ohne dick zu werden. Es lag an der Arbeit im Freien. Lucy betrachtete seine Hände. Sie waren grob und braun – die Hände eines Mannes, der körperlich arbeitet. Die Hände des Fremden waren anders. Seine Finger waren lang, und die Haut war weiß unter dem Schorf und den Prellungen. Er war nicht an die harte Arbeit eines Seemanns gewöhnt.

»Du wirst heute nicht viel schaffen«, sagte Lucy. »Der Sturm wird sich kaum legen.«

»Das ist egal«, grunzte David. »Schafe müssen bei jedem Wetter versorgt werden.«
»Wohin willst du?«
»Zu Toms Seite. Ich fahre im Jeep hin.«
»Darf ich mit?« fragte Jo.
»Heute nicht«, erwiderte Lucy. »Es ist zu naß und zu kalt.«
»Aber ich mag den Mann nicht.«
Lucy lächelte. »Sei nicht albern. Er wird uns nichts tun. Er ist fast zu krank, um sich zu bewegen.«
»Wie heißt er?«
»Das wissen wir nicht. Er hat Schiffbruch erlitten, und wir müssen uns um ihn kümmern, bis er gesund genug ist, um zum Festland zurückzukehren. Er ist sehr nett.«
»Ist er mein Onkel?«
»Nur ein Fremder, Jo. Iß auf.«
Jo sah enttäuscht aus. Er hatte einmal einen Onkel getroffen. In seiner Vorstellung waren Onkel Leute, die Bonbons verteilten. Das gefiel ihm.
David beendete das Frühstück und zog seinen Mackintosh an. Das war ein zeltförmiges Kleidungsstück, mit Ärmeln und einem Loch für seinen Kopf, und bedeckte nicht nur ihn, sondern auch den größten Teil des Rollstuhls. Er setzte einen Südwester auf und band ihn unter dem Kinn fest. Dann küßte er Jo und verabschiedete sich von Lucy.
Ein oder zwei Minuten später hörte sie, wie der Jeep ansprang. Sie ging ans Fenster, um zuzusehen, wie David in den Regen hinausfuhr. Die Hinterräder des Wagens rutschten im Schlamm hin und her. Er würde sich in acht nehmen müssen.
Lucy wandte sich Jo zu. Er sagte: »Da ist ein Hund.« Er hatte auf der Tischdecke ein Bild aus Porridge und Milch gemacht.
Lucy gab ihm einen Klaps auf die Hand. »Was für eine Schweinerei!« Die Miene des Jungen wurde trotzig und mürrisch. Lucy mußte daran denken, wie sehr er seinem Vater ähnelte. Sie hatten die gleiche dunkle Haut und das gleiche fast schwarze Haar; beide kapselten sich ab, wenn sie schlecht gelaunt waren. Aber Jo lachte auch viel. Er hatte wenigstens etwas von Lucys Familie geerbt, Gott sei Dank.

Jo hielt ihren nachdenklichen Blick für Zorn und sagte: »Es tut mir leid.«
Lucy wusch ihn am Küchenausguß, räumte das Geschirr weg und sann über den Fremden nach. Da die unmittelbare Gefahr jetzt vorüber war und sie wußte, daß er nicht sterben würde, wurde sie von Neugier verzehrt. Wer war er? Woher kam er? Was hatte er während des Sturmes draußen zu suchen gehabt? Besaß er eine Familie? Wieso hatte er die Kleidung eines Arbeiters, die Hände eines Büroangestellten und den Akzent der Gegend um London? Es war alles ziemlich aufregend.
Ihr fiel ein, daß sie sich mit seinem plötzlichen Auftauchen nicht einfach abgefunden hätte, wenn sie anderswo lebte. Er könnte ein Deserteur, ein Verbrecher oder sogar ein geflüchteter Kriegsgefangener sein. Doch auf der Insel vergaß man, daß andere Menschen nicht nur Gesellschaft, sondern auch eine Bedrohung bedeuten konnten. Es war so angenehm, ein neues Gesicht zu sehen, daß es undankbar schien, Mißtrauen zu hegen. Vielleicht war sie eher als jeder andere dazu bereit, einen attraktiven Mann willkommen zu heißen . . . Sie drängte den Gedanken zurück.
Unsinn! Er war so erschöpft und krank, daß er auf keinen Fall jemanden bedrohen konnte. Auch auf dem Festland hätte sich niemand weigern können, ihn, durchnäßt und bewußtlos wie er war, bei sich aufzunehmen. Wenn er sich besser fühlte, konnten sie ihn immer noch ausfragen. Sollte seine Erklärung, wie es ihn hierher verschlagen hatte, nicht plausibel sein, konnte man dem Festland von Toms Haus aus Bericht erstatten.
Nachdem sie abgewaschen hatte, schlich sie nach oben, um nach ihm zu sehen. Er schlief mit dem Gesicht zur Tür, und seine Augen öffneten sich sofort, als sie hineinblickte. Wieder blitzte für einen Sekundenbruchteil Furcht auf.
»Keine Sorge«, flüsterte Lucy. »Ich wollte nur sehen, ob alles in Ordnung ist.«
Er schloß die Augen, ohne zu sprechen.
Lucy ging wieder nach unten. Sie zog sich und Jo Ölzeug und Gummistiefel an, und dann gingen sie nach draußen. Es goß

immer noch in Strömen, und der Wind blies mit ungeheurer Kraft. Sie blickte zum Dach hinauf. Tatsächlich waren einige Schiefer heruntergefallen. Sie stemmte sich gegen den Wind und hielt auf die Spitze der Klippen zu.

Lucy hatte Jos Hand fest gepackt – er hätte, weiß Gott, leicht fortgeweht werden können. Zwei Minuten später wünschte sie sich, im Haus geblieben zu sein. Regen drang unter dem Kragen ihres Mantels und oben an den Stiefeln durch. Sie war klatschnaß, und Jo konnte es nicht anders gehen. Aber da sie ohnehin durchnäßt waren, spielte es keine Rolle mehr, ob sie noch ein paar Minuten länger blieben. Lucy wollte an den Strand gehen.

Als sie jedoch am Kopf der Rampe ankamen, sah sie ein, daß es unmöglich war. Der schmale Holzsteg war vom Regen schlüpfrig geworden. Bei diesem Wind konnte sie das Gleichgewicht verlieren und sechzig Fuß nach unten auf den Strand stürzen. Sie mußte sich damit zufriedengeben, daß sie nur hinabschauen konnte.

Welch ein Schauspiel!

Gewaltige Wellen, jede von der Größe eines kleinen Hauses, rollten dicht hintereinander heran. Über dem Strand stiegen die Wellen noch höher, ihr Kamm krümmte sich zu einem Fragezeichen, und dann warfen sie sich wütend gegen den Fuß der Klippen. Gischt sprühte in dichten Massen über die Spitze der Felskante, so daß Lucy hastig zurücktrat und Jo vor Freude quietschte. Lucy konnte das Gelächter ihres Sohnes nur deshalb hören, weil er ihr in die Arme gesprungen war und sein Mund dicht an ihrem Ohr lag. Der Lärm von Wind und Meer übertönte alle anderen Geräusche.

Lucy, die sich um Jos Gesundheit sorgte, wollte sich gerade wieder auf den Rückweg machen, als sie das Boot bemerkte.

Es war natürlich kein Boot mehr – das war das Erschreckende daran. Nur die mächtigen Spanten des Decks und des Kiels waren übriggeblieben. Sie waren wie eine Handvoll Streichhölzer auf den Felsen unterhalb der Klippen zerstreut. Es mußte ein großes Boot gewesen sein. Ein Mann könnte es allein gesteuert haben, dachte Lucy, aber nicht ohne Mühe. Die Zerstörung, die

das Meer angerichtet hatte, war furchtbar. Es war schwer, zwei Holzplanken auszumachen, die noch zusammengefügt waren.
Wie in aller Welt war der Fremde dort lebendig herausgekommen?
Es schauderte sie bei dem Gedanken daran, was diese Wellen und diese Felsen mit einem menschlichen Körper anstellen konnten. Jo merkte, daß ihre Stimmung umgeschlagen war, und rief ihr ins Ohr: »Nach Hause.« Lucy wandte sich rasch vom Meer ab und eilte über den schlammigen Pfad zurück zum Haus.
Sie zog ihre nassen Mäntel, Hüte und Stiefel aus und hängte sie zum Trocknen in die Küche. Danach ging sie nach oben und sah wieder nach dem Fremden. Diesmal öffnete er die Augen nicht. Er schien ganz friedlich zu schlafen, doch sie hatte das Gefühl, daß er aufgewacht war, ihren Schritt auf der Treppe erkannt und die Augen wieder geschlossen hatte, bevor sie die Tür öffnete.
Lucy ließ heißes Badewasser einlaufen. Der Junge und sie waren bis auf die Haut durchnäßt. Sie zog Jo aus und steckte ihn in die Wanne. Dann legte sie impulsiv ihre eigene Kleidung ab und folgte ihm. Das warme Wasser war eine Wonne. Lucy schloß die Augen und entspannte sich.
Ganz plötzlich war das Leben interessant geworden. In einer einzigen Nacht hatte sie einen Sturm, einen Schiffbruch und das Auftauchen eines rätselhaften Mannes erlebt – all das nach drei Jahren Langeweile. Sie hoffte, daß der Fremde bald aufwachen würde, damit sie alles über ihn erfahren konnte.
Es wurde Zeit, den Lunch zu machen. Sie hatte etwas Hammelbrust für ein Irish-Stew. Lucy stieg aus der Wanne und trocknete sich ab. Jo beschäftigte sich mit seinem Badespielzeug, einer Gummikatze, die schon ganz zerkaut war. Lucy betrachtete sich im Spiegel und untersuchte ihre Schwangerschaftsstreifen. Sie verblichen langsam, würden aber nie völlig verschwinden. Sonnenbräune könnte helfen. Sie lächelte vor sich hin und dachte: Tolle Aussichten! Außerdem, wer interessierte sich schon für ihren Bauch? Nur sie selbst.

»Kann ich noch eine Minute drinbleiben?« fragte Jo. »Noch eine Minute« konnte alles – bis zu einem halben Tag – bedeuten.
»Nur bis ich angezogen bin«, antwortete Lucy. Sie hängte das Handtuch an eine Querstange und ging auf die Tür zu.
Der Fremde stand in der Tür und betrachtete sie.
Sie starrten einander an. Seltsamerweise hatte sie nicht die geringste Angst. Es lag daran, wie er sie anschaute: In seiner Miene war keine Drohung, keine Geilheit, kein Grinsen, keine Gier. Er blickte weder auf ihre Scham noch auf ihre Brüste, sondern in ihr Gesicht – direkt in die Augen. Sie erwiderte seinen Blick, ein wenig verblüfft, aber nicht verlegen. Nur ein winziger Teil ihres Bewußtseins fragte sich, warum sie nicht aufkreischte, sich mit den Händen bedeckte und die Tür vor ihm zuschlug.
Schließlich erschien doch etwas in seinen Augen. Vielleicht bildete Lucy es sich nur ein, aber sie sah Bewunderung, ein schwaches schalkhaftes Lächeln und eine Spur von Traurigkeit. Dann war der Bann gebrochen. Er wandte sich ab, ging zurück in sein Zimmer und schloß die Tür. Einen Moment später hörte Lucy, wie die Federung knarrte. Er hatte sich wieder ins Bett gelegt.
Ohne jeden Grund hatte sie ein entsetzlich schlechtes Gewissen.

20

Inzwischen hatte Percival Godliman seine Zurückhaltung aufgegeben.
Alle Polizisten im Vereinigten Königreich besaßen einen Abzug der Photographie von Faber, und etwa die Hälfte von ihnen war ständig auf die Suche nach ihm angesetzt. In den Städten durchsuchten sie Hotels und Pensionen, Bahnhöfe und Busstationen, Cafés und Einkaufszentren, dazu die Brücken, Gewölbe und Bombenruinen, wo sich Obdachlose aufhalten. Auf dem Lande suchten sie in Scheunen und Silos, leeren Hütten und Schloßruinen, auf Lichtungen, in Dickichten und Kornfeldern. Sie zeigten Fahrkartenverkäufern, Tankwarten, den

Fährbesatzungen und den Zöllnern die Photographie. Alle Passagierhäfen und Flugplätze wurden überwacht; das Bild war an jedem Paßkontrollschalter an ein Anschlagbrett geheftet.
Die Polizei glaubte, nach einem gewöhnlichen Mörder zu suchen. Der Streifenpolizist auf der Straße wußte, daß der abgebildete Mann in London zwei Menschen mit einem Messer getötet hatte. Höhere Beamte wußten etwas mehr: nämlich daß einem der Morde ein Vergewaltigungsversuch vorangegangen war, es für den zweiten anscheinend kein Motiv gab und der dritte – von dem ihre Männer nichts erfahren sollten – die Folge eines unerklärlichen, aber tödlichen Angriffs auf einen Soldaten im Zug von Euston nach Liverpool war. Nur die Polizeichefs und ein paar Beamte von Scotland Yard waren darüber im Bilde, daß der Soldat zeitweilig dem MI 5 zugeteilt worden war und alle Morde mit der militärischen Abschirmung zu tun hatten.
Auch bei den Zeitungen glaubte man, daß es sich um die übliche Fahndung nach einem Mörder handle. Am Tage nachdem Godliman die entsprechenden Informationen freigegeben hatte, brachten die meisten Zeitungen die Geschichte in ihren Spätausgaben. Das Opfer von Stockwell wurde als Arbeiter bezeichnet, hatte einen falschen Namen erhalten, und man hatte nur vage angedeutet, aus welcher Londoner Gegend es stammte. In Godlimans Pressemitteilung war dieser Mord mit dem Tode von Mrs. Una Garden im Jahre 1940 in Verbindung gebracht, die Art dieser Verbindung aber nur unklar angedeutet. Als Mordwaffe wurde ein Stilett angegeben.
Die beiden Zeitungen von Liverpool erfuhren sehr rasch von der Leiche im Zug; bei beiden kam man auf den Gedanken, daß der Londoner Stilettmörder verantwortlich sein könne. Beide baten die Polizei von Liverpool um Auskunft. Die Herausgeber der Zeitungen wurden vom Polizeichef der Stadt angerufen. Keiner brachte die Geschichte.
Insgesamt nahm man 157 hochgewachsene, dunkelhaarige Männer fest, weil man sie für Faber hielt. Alle bis auf 29 von ihnen waren in der Lage zu beweisen, daß sie die Morde auf keinen Fall begangen haben konnten. Angehörige des MI 5

verhörten die 29. Von ihnen konnten 27 Eltern, Verwandte und Nachbarn als Zeugen nennen, die bestätigten, daß sie in Großbritannien geboren und dort während der zwanziger Jahre gelebt hatten, als Faber noch in Deutschland gewesen war.
Die beiden letzten wurden nach London gebracht und noch einmal vernommen, diesmal von Godliman. Beide waren Junggesellen, die allein lebten, keine Verwandten mehr besaßen und ein unstetes Dasein führten.
Der erste war ein elegant angezogener, selbstbewußter Mann, der wenig überzeugend behauptete, daß er durch das Land reise und Gelegenheitsarbeiten ausführe. Godliman erklärte, daß er nach einem deutschen Spion suche und im Gegensatz zur Polizei die Macht habe, jeden für die Dauer des Krieges einsperren zu lassen, ohne daß Fragen gestellt würden. Er sei nicht im geringsten daran interessiert, gewöhnliche Verbrecher zu fassen. Jede Information, die er hier im Kriegsministerium erhalte, sei streng vertraulich und werde nicht weitergegeben.
Der Festgenommene gestand daraufhin sofort, ein Schwindler zu sein, und nannte die Adressen von neun bejahrten Frauen, die er während der letzten drei Wochen um ihren alten Schmuck betrogen hatte. Godliman übergab ihn der Polizei. Er fühlte sich nicht verpflichtet, gegenüber einem professionellen Lügner ehrlich zu sein.
Auch der letzte Verdächtige wurde von Godliman zermürbt. Sein Geheimnis bestand darin, daß er weit davon entfernt war, Junggeselle zu sein. Er hatte eine Frau in Brighton, noch eine in Solihull in Birmingham und weitere in Colchester, Newbury und Exeter. Alle fünf konnten am nächsten Tag Heiratsurkunden vorweisen. Der Polygamist wurde in Untersuchungshaft genommen.
Godliman schlief in seinem Büro, während die Jagd weiterging.

Bristol, Temple Meads, Bahnhof: »Guten Morgen, Miss. Würden Sie sich das mal ansehen, bitte?«
»He, Mädchen – der Bobby will uns seine Schnappschüsse zeigen!«

»Machen Sie keinen Quatsch, sagen Sie mir nur, ob Sie ihn gesehen haben.«
»Oh, sieht der prima aus! Wäre schön, wenn ich ihn gesehen hätte!«
»Wenn Sie wüßten, was er getan hat, wären Sie anderer Meinung. Würden Sie sich's bitte alle angucken?«
»Nie gesehen.«
»Ich nicht.«
»Ich auch nicht.«
»Nein.«
»Wenn Sie ihn fangen, fragen Sie ihn doch, ob er sich mit einem netten jungen Mädchen aus Bristol treffen möchte.«
»Ihr Mädchen – ich verstehe euch nicht . . . Nur weil sie euch ein paar Hosen geben und euch als Gepäckträger beschäftigen, glaubt ihr, euch wie Männer aufführen zu können . . .«

An der Fähre in Woolwich: »Entsetzliches Wetter, nicht, Constable.«
»Morgen, Captain. Wahrscheinlich ist's auf hoher See noch schlimmer.«
»Kann ich was für Sie tun? Oder wollen Sie nur über den Fluß setzen?«
»Ich möchte Sie bitten, sich dieses Photo hier anzusehen, Captain.«
»Will mir nur eben die Brille aufsetzen. – Oh, keine Sorge, ich kann genug sehen, um ein Schiff zu führen. Brauche die Brille nur zum Lesen. Also . . .«
»Na, klingelt's?«
»Tut mir leid, Constable. Sagt mir gar nichts.«
»Lassen Sie mich wissen, wenn er Ihnen begegnet.«
»Klar.«
»Bon voyage.«

35 Leak Street, London E1:
»Sergeant Riley – was für eine nette Überraschung!«
»Werd nicht frech, Mabel. Wen hast du hier?«
»Alles ehrenwerte Gäste, Sergeant. Sie kennen mich doch.«

»Und ob. Deshalb bin ich ja hier. Ist einer deiner netten ehrenwerten Gäste vielleicht von der Truppe abgehauen?«
»Seit wann spielen Sie denn Kindermädchen für die Armee?«
»Überhaupt nicht, Mabel. Ich suche einen Verbrecher, und wenn er hier ist, hat er dir wahrscheinlich erzählt, daß er abgehauen ist.«
»Hör zu, Jack – wenn ich dir sage, daß ich alle Gäste kenne, läßt du mich dann in Ruhe und verschwindest?«
»Wieso sollte ich dir trauen?«
»Wegen 1936.«
»Damals hast du besser ausgesehen, Mabel.«
»Du auch, Jack.«
»Eins zu null für dich . . . Beguck dir das mal. Wenn der Knabe hier auftaucht, gibst du Bescheid, ja?«
»Ehrenwort.«
»Und verlier keine Zeit.«
»In Ordnung!«
»Mabel . . . er hat eine Frau in deinem Alter abgestochen. Ich will dir nur helfen.«
»Ich weiß. Danke.«
»Tschüß.«
»Paß auf dich auf, Jacko.«

Bill's Cafe, an der A 30 in der Nähe von Bagshot: »Tee, bitte, Bill. Zwei Stückchen Zucker.«
»Morgen, Constable Pearson. Schreckliches Wetter.«
»Was ist auf dem Teller, Bill – Kieselsteine aus Portsmouth?«
»Butterbrötchen, das wissen Sie ganz genau.«
»Oh! Na, geben Sie mir zwei. Danke . . . Also, Leute! Wer will, daß sein Laster von oben bis unten durchsucht wird, kann sofort rausgehen . . . So ist's schon besser. Bitte, seht euch dieses Photo an.«
»Warum sind Sie hinter ihm her, Constable – ist er ohne Beleuchtung radgefahren?«
»Spar dir solche Scherze, Harry – gib das Bild weiter. Hat jemand den Burschen mitgenommen?«
»Ich nicht.«

»Nein.«
»Tut mir leid, Constable.«
»Ist mir nie unter die Augen gekommen.«
»Vielen Dank, Leute. Wenn ihr ihn seht, macht Meldung. Wiedersehen.«
»Constable?«
»Ja, Bill?«
»Sie haben die Brötchen nicht bezahlt.«
»Sind als Beweismaterial beschlagnahmt. Wiedersehen.«

Smethwicks Tankstelle, Carlisle: »Morgen, Missus. Wenn Sie eine Minute . . .«
»Sofort, Wachtmeister. Muß mich nur eben um diesen Gentleman kümmern . . . Zwölf Schilling Sixpence, bitte, Sir. Vielen Dank. Auf Wiedersehen . . .«
»Wie geht das Geschäft?«
»Schlecht wie immer. Was kann ich für Sie tun?«
»Können wir für einen Moment ins Büro gehen?«
»Ja, kommen Sie . . . Also?«
»Sehen Sie sich dieses Bild an. Hat dieser Mann hier neulich getankt?«
»Das dürfte nicht schwierig sein. Schließlich kommen unsere Kunden nicht gerade in Massen . . . oh! Wissen Sie was, ich glaube, er hat hier getankt!«
»Wann?«
»Vorgestern, morgens.«
»Sind Sie ganz sicher?«
»Tja . . . er war älter als auf dem Bild, aber ich bin ziemlich sicher.«
»Was hat er gefahren?«
»Einen grauen Wagen. Ich verstehe nicht viel von Automarken. Das Geschäft gehört eigentlich meinem Mann, aber er ist jetzt bei der Marine.«
»Wie hat der Wagen denn ausgesehen? War es ein Sportwagen? Eine Limousine?«
»Es war ein altes Modell, mit einem Leinenverdeck, das hochgeklappt werden kann. Ein Zweisitzer. Sportlich. Ein Reserve-

kanister war an das Trittbrett geschraubt. Den habe ich auch nachgefüllt.«

»Erinnern Sie sich daran, was er trug?«

»Nicht genau. Arbeitskleidung, glaube ich.«

»Ein großer Mann?«

»Ja, größer als Sie.«

»Teufel, ich glaube, das ist er! Haben Sie Telefon?«

William Duncan war 25 Jahre alt, einen Meter sechsundsiebzig groß, wog siebzig Kilo und war schlank und sehnig gebaut; sein Gesundheitszustand war erstklassig. Sein Leben an der frischen Luft und sein völliges Desinteresse an Tabak, Alkohol und nächtlichen Ausschweifungen sorgten dafür, daß er so blieb. Trotzdem wurde er nicht Soldat.

Bis zum Alter von acht Jahren hatte er wie ein normales Kind gewirkt, das vielleicht ein wenig zurückgeblieben war. Dann hatte sein Geist plötzlich aufgehört, sich zu entwickeln. Niemand wußte von einem Trauma oder einem körperlichen Schaden, das oder der dafür verantwortlich sein konnte. Es dauerte sogar einige Jahre, bis man merkte, daß etwas mit ihm nicht stimmte. Erst im Alter von fünfzehn Jahren konnte man eindeutig erkennen, daß er einfältig war, und mit achtzehn wurde er überall der ›Blöde Willi‹ genannt.

Seine Eltern gehörten beide zu einer obskuren Fundamentalisten-Sekte, deren Mitglieder nur unter sich heiraten durften (was möglicherweise etwas mit Willis Blödheit zu tun hatte). Sie beteten natürlich für ihn, aber sie brachten ihn auch zu einem Spezialisten in Stirling. Der Arzt, ein älterer Mann, machte mehrere Tests und teilte ihnen darauf, über die goldberänderten Halbgläser seiner Brille hinwegblickend, mit, daß der Junge ein intellektuelles Alter von acht Jahren habe und sein Geist sich nicht mehr entwickeln werde. Sie beteten weiterhin für ihn, doch sie vermuteten, daß der Herr sie prüfen wolle. Deshalb sorgten sie dafür, daß Willis Seele gerettet wurde, und freuten sich auf den Tag, da sie ihm wieder in der himmlischen Herrlichkeit begegnen und er geheilt sein würde. Zunächst aber brauchte er eine Arbeit.

Ein Achtjähriger kann Kühe hüten, also wurde der ›Blöde Willi‹ Kuhhirte. Bei seiner Arbeit sah er das Auto zum erstenmal. Er glaubte, daß ein Liebespaar darin sei.
Willi wußte von Liebespaaren. Das heißt, er wußte, daß Liebespaare existieren und daß sie im Dunkel von Gebüschen, Kinos und Autos unaussprechliche Dinge miteinander anstellen.
Er trieb die Kühe rasch an dem Busch vorbei, neben dem der Morris-Cowley-Bullnose-Zweisitzer geparkt war (wie jeder Achtjährige wußte er auch etwas von Autos) und achtete sehr darauf, nicht hineinzusehen, um nicht eine Sünde mit ansehen zu müssen.
Er trieb seine kleine Herde zum Melken in den Kuhstall, ging auf einem Umweg nach Hause, aß Abendbrot, las seinem Vater – laut und mühsam – ein Kapitel aus Levitikus vor, legte sich ins Bett und träumte von Liebespaaren.
Am Abend des nächsten Tages war der Wagen immer noch da.
Trotz seiner Unschuld wußte Willi, daß Liebespaare das, was sie miteinander anstellen mochten, auf keinen Fall 24 Stunden hintereinander treiben.
Diesmal ging er an das Auto heran und blickte hinein. Es war leer. Der Boden unter dem Motor war schwarz und klebrig von Öl. Willi dachte sich eine neue Erklärung aus: Der Fahrer hatte wohl eine Panne gehabt und das Auto hier zurückgelassen. Er fragte sich natürlich nicht, warum es halb in einem Gebüsch versteckt worden war.
Als er am Kuhstall ankam, erzählte er dem Farmer, was er gesehen hatte. »Ein kaputtes Auto steht auf dem Weg an der Hauptstraße.«
Der Farmer war ein großer Mann mit dichten sandfarbenen Augenbrauen, die sich zusammenzogen, wenn er nachdachte.
»War niemand dort?« fragte er.
»Nein – und es war schon gestern da.«
»Warum hast du mir denn gestern nichts gesagt?«
Willi errötete. »Ich dachte, daß es vielleicht . . . ein Liebespaar ist.«
»Ach!« Dem Farmer war klar, daß Willi sich nicht zierte, sondern in echter Verlegenheit war. Er klopfte dem Jungen auf die

Schulter. »Ist schon gut, geh nach Hause. Ich kümmere mich darum.«
Nach dem Melken ging der Farmer hinaus, um sich selbst davon zu überzeugen. *Er* fragte sich, warum das Auto halb verborgen war. Er hatte von dem Londoner Stilettmörder gehört. Zwar zog er nicht den voreiligen Schluß, daß der Mörder den Wagen zurückgelassen hatte, aber er hielt die Verbindung mit irgendeinem Verbrechen für möglich. Deshalb ließ er seinen ältesten Sohn nach dem Abendessen ins Dorf reiten und die Polizei in Stirling anrufen.
Die Polizei traf ein, bevor sein Sohn zurück war. Es war wenigstens ein Dutzend Beamte, von denen einer fast pausenlos Tee trank. Der Farmer und seine Frau mußten die halbe Nacht aufbleiben und sich um sie kümmern.
Der ›Blöde Willi‹ wurde gerufen, damit er noch einmal seine Geschichte erzählte. Er wiederholte, daß er den Wagen am Abend zuvor gesehen hatte, und errötete wieder, als er seine Vermutung erklärte, daß es sich um ein Liebespaar handle.
Für ihn war es alles in allem die aufregendste Nacht des Krieges.

An jenem Abend fuhr Percival Godliman, dem die vierte Nacht hintereinander im Büro bevorstand, nach Hause, um zu baden, sich umzuziehen und seinen Koffer zu packen.
Er hatte eine Wohnung mit Bedienung in einem Häuserblock in Chelsea. Sie war klein, doch groß genug für einen Alleinstehenden und sauber und ordentlich bis auf das Arbeitszimmer. Die Aufwartefrau durfte es nicht betreten, was zur Folge hatte, daß es mit Büchern und Papieren übersät war. Das Mobiliar stammte natürlich aus der Vorkriegszeit, aber es war geschmackvoll ausgewählt, und die Wohnung wirkte behaglich. Im Wohnzimmer standen lederne Klubsessel und ein Grammophon; die Küche war voll von nur selten benutzten Geräten.
Während das Badewasser einlief, rauchte er eine Zigarette – er hatte sich in letzter Zeit daran gewöhnt, da eine Pfeife zu viele Umstände machte – und betrachtete seinen wertvollsten Be-

sitz, ein Gemälde mit einer grimmig-phantastischen mittelalterlichen Szene, wahrscheinlich von Hieronymus Bosch. Es war ein Familienerbstück. Sogar als Godliman Geld benötigte, hatte er es nicht verkauft, da es ihm gefiel.

Als er in der Badewanne saß, dachte er an Barbara Dickens und ihren Sohn Peter. Er hatte niemandem von ihr erzählt, nicht einmal Bloggs. Während ihrer Unterhaltung über eine Wiederheirat hatte er sie erwähnen wollen, doch Colonel Terry war dazwischengekommen. Sie war Witwe; ihr Mann war gleich zu Beginn des Krieges gefallen. Godliman wußte nicht, wie alt sie war, aber sie wirkte wie vierzig, was jung für die Mutter eines zweiundzwanzigjährigen Jungen ist. Sie übersetzte abgefangene Feindsignale, war klug, amüsant und sehr attraktiv. Außerdem war sie reich. Godliman war dreimal mit ihr zum Dinner gewesen, bevor die gegenwärtige Krise angefangen hatte. Er glaubte, daß sie in ihn verliebt war.

Sie hatte ein Treffen zwischen Godliman und ihrem Sohn Peter, einem Captain, zustande gebracht. Der Junge gefiel Godliman. Doch er wußte etwas, wovon weder Barbara noch ihr Sohn eine Ahnung hatten: Peter würde an der Landung in der Normandie teilnehmen.

Das war ein Grund mehr, die Nadel zu fangen.

Er stieg aus der Wanne, rasierte sich langsam und sorgfältig und überlegte: »Bin ich in sie verliebt?« Er war sich nicht sicher, wie sich Liebe in seinem Alter äußerte. Bestimmt nicht als brennende Leidenschaft der Jugend. Als Zuneigung, Bewunderung, Zärtlichkeit und eine Spur ungewisser Begierde? Wenn das stimmte, dann liebte er sie.

Und er wollte sein Leben auch jetzt wieder mit irgend jemandem teilen. Jahrelang hatte er sich nichts als Einsamkeit und Ruhe für seine Forschungen gewünscht. Auch hatte er sich der Kameradschaft des Nachrichtendienstes nicht entziehen können: Die Parties, die nächtelangen Sitzungen, wenn etwas Wichtiges geschah, die grenzenlose Aufopferungsbereitschaft, die wilde Vergnügungssucht der Menschen, für die der Tod immer nahe und unkalkulierbar ist – all das hatte ihn angesteckt. Er wußte, daß vieles davon nach dem Krieg wieder ver-

schwinden würde, aber anderes würde bleiben: das Bedürfnis, einen anderen nachts zu berühren, das Bedürfnis, sagen zu können: »Hier! Sieh dir das an! Ist das nicht großartig?«
Der Krieg war strapaziös, bedrückend, enttäuschend und lästig, doch man hatte Freunde. Godliman glaubte, daß er unglücklich sein würde, wenn der Frieden die Einsamkeit zurückbrachte.
Im Moment war das Gefühl sauberer Unterwäsche und eines ordentlich gebügelten Hemdes ein Höhepunkt an Luxus. Er legte noch mehr frische Kleidung in seinen Koffer und setzte sich dann, um ein Glas Whisky zu genießen, bevor er ins Büro zurückfuhr. Der Militärfahrer in dem beschlagnahmten Daimler auf der Straße konnte ruhig noch ein bißchen warten.
Godliman stopfte sich gerade eine Pfeife, als das Telefon klingelte. Er legte die Pfeife nieder und steckte sich statt dessen eine Zigarette an.
Sein Telefon war den Amtsleitungen des Kriegsministeriums angeschlossen. Die Telefonistin teilte ihm mit, daß ein Polizeidirektor Dalkeith aus Stirling am Apparat sei.
Er wartete, bis es klickte und der Kontakt hergestellt war, und sagte: »Hier Godliman.«
»Wir haben Ihren Morris Cowley gefunden«, begann Dalkeith ohne jede Einleitung.
»Wo?«
»Auf der A 80 kurz vor Stirling.«
»Leer?«
»Ja, eine Panne. Er steht seit mindestens vierundzwanzig Stunden dort. Man hat ihn ein paar Meter von der Hauptstraße weggefahren und in einem Busch versteckt. Ein schwachsinniger Bauernjunge hat ihn gefunden.«
»Ist von dort aus zu Fuß eine Bushaltestelle oder ein Bahnhof zu erreichen?«
»Nein.«
Godliman grunzte. »Unser Mann mußte also weiter gehen oder sich von einem Wagen mitnehmen lassen.«
»Ja.«

»Würden Sie Nachforschungen –«
»Wir versuchen schon herauszufinden, ob ihn jemand aus der Gegend gesehen oder mitgenommen hat.«
»Gut. Geben Sie mir Bescheid . . . Ich benachrichtige inzwischen den Yard. Vielen Dank, Dalkeith.«
»Wir halten Sie auf dem laufenden. Auf Wiederhören, Sir.«
Godliman hängte den Hörer ein und ging in sein Arbeitszimmer. Er setzte sich an seinen Schreibtisch, holte sich einen Atlas und schlug die Straßenkarte des nördlichen Großbritannien auf. London, Liverpool, Carlisle, Stirling . . . Faber hielt auf den Nordosten Schottlands zu.
Godliman fragte sich, ob die Theorie, daß Faber das Land verlassen wolle, zu revidieren sei. Am besten konnte man westwärts hinauskommen, über das neutrale Irland. An der schottischen Ostküste dagegen spielten sich die verschiedensten militärischen Aktivitäten ab. War es möglich, daß Faber die Nerven besaß, seine Erkundigungen fortzusetzen, obwohl er wußte, daß der MI 5 ihm auf der Spur war? Es war möglich – Godliman wußte, daß Faber viel Mut hatte –, aber trotzdem unwahrscheinlich. Nichts von dem, was der Mann in Schottland entdecken konnte, würde so wichtig sein wie die Information, die er schon besaß.
Faber versuchte also, über die Ostküste zu flüchten. Godliman überlegte sich, welche Fluchtmöglichkeiten ein Spion hatte: ein leichtes Flugzeug, das auf einem einsamen Moor landete; eine Reise über die Nordsee in einem gestohlenen Schiff; ein Rendezvous mit einem U-Boot vor der Küste; eine Passage in einem Handelsschiff über ein neutrales Land in die Ostsee, um in Schweden an Land zu gehen und die Grenze ins besetzte Norwegen zu überqueren – es gab viele Möglichkeiten.
Der Yard mußte von der jüngsten Entwicklung unterrichtet werden. Man würde alle schottischen Polizeibehörden auffordern, jemanden zu finden, der vor Stirling einen Anhalter mitgenommen hatte. Godliman ging ins Wohnzimmer zurück, um zu telefonieren, doch es klingelte, bevor er dort war. Er nahm den Hörer ab.
»Hier Godliman.«

»Ein Mr. Richard Porter ruft aus Aberdeen an.«
»Oh!« Godliman hatte erwartet, daß es Bloggs war, der sich aus Carlisle meldete. »Stellen Sie ihn durch, bitte. Hallo? Hier Godliman.«
»Ah, hier Richard Porter. Ich gehöre zur Bürgerwehr in Aberdeen.«
»Ja, was kann ich für Sie tun?«
»Tja, wissen Sie, es ist schrecklich peinlich.«
Godliman beherrschte seine Ungeduld. »Zur Sache!«
»Dieser Bursche, nach dem Sie suchen – Stilettmorde und so weiter. Nun, ich bin ziemlich sicher, daß ich den verdammten Kerl in meinem Wagen mitgenommen habe.«
Godliman packte den Hörer fester. »Wann?«
»Vorletzte Nacht. Mein Wagen hatte eine Panne auf der A 80 kurz vor Stirling. Mitten in der Nacht. Da kommt dieser Bursche, zu Fuß, und repariert ihn, einfach so. Deshalb habe ich natürlich –«
»Wo haben Sie ihn abgesetzt?«
»Genau hier in Aberdeen. Er sagte, daß er nach Banff will. Ich habe gestern fast den ganzen Tag geschlafen, deshalb konnte ich erst heute nachmittag –«
»Machen Sie sich keine Vorwürfe, Mr. Porter. Vielen Dank für Ihren Anruf.«
»Auf Wiedersehen.«
Godliman drückte den Verbindungsknopf, und die Telefonistin des Kriegsministeriums ließ sich wieder vernehmen.
»Verbinden Sie mich bitte mit Mr. Bloggs. Er ist in Carlisle.«
»Er wartet schon auf Sie, Sir.«
»Ausgezeichnet!«
»Hallo, Percy. Neuigkeiten?«
»Wir sind ihm wieder auf der Spur, Fred. Er hat den Morris vor Stirling abgestellt und sich nach Aberdeen mitnehmen lassen.«
»Aberdeen!«
»Er versucht wahrscheinlich, sich nach Osten davonzumachen.«
»Wann ist er in Aberdeen angekommen?«

»Wahrscheinlich sehr früh gestern morgen.«
»Dann hat er noch keine Zeit gehabt zu verschwinden, wenn er nicht sehr schnell gewesen ist. Hier oben gibt's den schlimmsten Sturm seit Menschengedenken. Er hat gestern nacht begonnen und tobt immer noch. Keine Schiffe laufen aus, und bestimmt kann kein Flugzeug landen.«
»Gut! Fahren Sie so schnell wie möglich dorthin. Ich setze inzwischen die Stadtpolizei in Bewegung. Rufen Sie mich an, wenn Sie in Aberdeen sind.«
»Bin schon unterwegs.«
»Fred?«
»Ja?«
»Wir schnappen den Schuft doch noch.«
Fred lachte noch, als Godliman einhängte.

21

Als Faber aufwachte, war es fast dunkel. Durch das Schlafzimmerfenster konnte er erkennen, wie die letzten grauen Streifen am Himmel von der hereinbrechenden Nacht ausgelöscht wurden. Der Sturm hatte nicht nachgelassen. Regen trommelte auf das Dach. Der Wind heulte und peitschte unermüdlich.
Faber knipste die kleine Lampe neben dem Bett an. Die Anstrengung erschöpfte ihn, und er ließ sich zurück auf das Kissen fallen. Es war erschreckend für ihn, so schwach zu sein. Furcht lauerte immer dicht unter seinen anderen Empfindungen. Vielleicht hatte er deshalb so lange überlebt. Er war chronisch unfähig dazu, sich sicher zu fühlen. In der vagen Art, wie wir unsere eigenen grundlegenden Eigenschaften begreifen, verstand er, daß er aus seiner Unsicherheit heraus den Beruf des Spions gewählt hatte. Es war der einzige Lebensbereich, der es ihm gestattete, jeden sofort zu töten, der auch nur die geringste Bedrohung für ihn darstellte. Die Furcht vor Schwäche gehörte zu dem Syndrom, das sein zwanghaftes Streben nach Unabhängigkeit, seine Unsicherheit und seine Verachtung für seine militärischen Vorgesetzten einschloß.

Er lag in Jos Bett im Kinderzimmer mit den rosig getönten Wänden und überprüfte seinen Körper. Zwar schien er fast überall Prellungen zu haben, doch anscheinend war nichts gebrochen.
Er fühlte sich fieberfrei; dank seiner Konstitution hatte er trotz der Nacht auf dem Boot einer Lungenentzündung widerstanden. Wenn nur die Schwäche nicht gewesen wäre! Vielleicht war es mehr als Erschöpfung. Er erinnerte sich an den Moment, als er den Kopf der Rampe erreicht und geglaubt hatte zu sterben. Vielleicht hatte er sich mit diesem letzten rasenden Spurt nach oben bleibenden Schaden zugefügt.
Er überprüfte seinen Besitz. Die Büchse mit den Negativen war immer noch an seine Brust geklebt, das Stilett war an seinen linken Arm geschnallt, und sein Geld und seine Papiere befanden sich in der Jackentasche des geborgten Pyjamas.
Faber schob die Decken zur Seite und schwang sich in eine sitzende Position, so daß seine Füße den Boden berührten. Ein Moment des Schwindels übermannte ihn, ging aber sofort vorüber. Er stand auf. Es war wichtig, sich nicht die psychische Einstellung eines Kranken zu gestatten. Er zog den Morgenrock an und ging ins Badezimmer.
Als er zurückkam, lag seine eigene Kleidung, sauber und gebügelt, am Fußende des Bettes: Unterwäsche, Latzhose und Hemd. Plötzlich fiel ihm ein, daß er während des Morgens aufgestanden war und die Frau nackt im Badezimmer gesehen hatte. Es war eine merkwürdige Szene gewesen, und er war sich nicht sicher, was sie zu bedeuten hatte. Er erinnerte sich daran, daß die Frau sehr hübsch war.
Langsam zog er sich an. Er hätte sich gern rasiert, doch er beschloß, seinen Gastgeber um Erlaubnis zu bitten, bevor er das Rasiermesser aus dem Regal im Badezimmer borgte. Schließlich wachen manche Männer ebenso eifersüchtig über ihr Rasierzeug wie über ihre Frauen. Er nahm sich jedoch die Freiheit, den Plastikkamm des Kindes zu benutzen, den er in der oberen Schublade der Kommode gefunden hatte.
Faber blickte ohne Stolz oder Einbildung in den Spiegel. Er wußte, daß manche Frauen ihn für anziehend hielten und an-

dere nicht; wie er annahm, konnten die meisten Männer das gleiche von sich behaupten. Natürlich hatte er mehr Frauen gehabt als die meisten Männer, aber das führte er auf seinen sexuellen Appetit, nicht auf sein Aussehen zurück. Sein Spiegelbild zeigte ihm, daß man sich mit ihm sehen lassen konnte. Das genügte ihm.

Zufrieden verließ er das Schlafzimmer und schritt langsam die Treppe hinab. Wieder spürte er eine Welle der Schwäche; wieder zwang er sich dazu, sie zu bewältigen, packte das Geländer und setzte bedächtig einen Fuß vor den anderen, bis er das Erdgeschoß erreicht hatte.

Er blieb vor der Wohnzimmertür stehen und ging, als er keinen Laut hörte, weiter zur Küche. Er klopfte an und trat ein. Das junge Paar saß am Tisch und beendete gerade sein Abendessen.

Die Frau erhob sich. »Sie sind aufgestanden! Glauben Sie, daß das vernünftig ist?«

Faber ließ sich zu einem Stuhl führen. »Vielen Dank! Sie sollten mir wirklich nicht einreden, daß ich mich krank fühlen müßte.«

»Ich glaube, Ihnen ist nicht klar, was für ein schreckliches Erlebnis Sie hinter sich haben«, sagte sie. »Möchten Sie etwas essen?«

»Ich mache Ihnen Unannehmlichkeiten –«

»Nicht die geringsten. Seien Sie nicht albern. Ich habe etwas heiße Suppe für Sie aufgehoben.«

»Sie sind sehr gütig, und ich kenne noch nicht einmal Ihren Namen.«

»David und Lucy Rose.« Sie schöpfte Suppe in eine Schüssel und stellte sie vor ihm auf den Tisch. »Würdest du etwas Brot abschneiden, David?«

»Ich heiße Henry Baker.« Faber wußte nicht, warum er diesen Namen genannt hatte. Für diesen besaß er keine Papiere. Da die Polizei Jagd auf Henry Faber machte, hätte er seine Identität als James Baker benutzen sollen. Aber aus irgendeinem Grunde wollte er, daß diese Frau ihn Henry nannte – es war die englische Entsprechung, die seinem echten Namen Henrik am

nächsten kam. Wahrscheinlich spielte es keine Rolle; er konnte jederzeit behaupten, daß sein Name James sei, man ihn aber immer Henry gerufen habe.
Er probierte einen Löffel voll Suppe und war plötzlich heißhungrig. Schnell aß er sie auf und verschlang danach das Brot. Als er fertig war, lachte Lucy. Sie sah hinreißend aus, wenn sie lachte: Ihr Mund war weit geöffnet und zeigte zwei Reihen gleichmäßiger weißer Zähne, und an ihren Augenwinkeln bildeten sich fröhliche Lachfalten.
»Noch etwas?« bot sie an.
»Ja, bitte.«
»Man sieht, daß es Ihnen guttut. Ihre Wangen bekommen wieder Farbe.«
Faber merkte, daß er sich körperlich besser fühlte. Er aß seine zweite Portion langsamer - nicht, weil er satt gewesen wäre, sondern eher aus Höflichkeit.
»Wie kam es, daß Sie bei dem Sturm draußen waren?« fragte David. Er sprach zum erstenmal.
»Quäle ihn nicht, David«, warnte Lucy.
»Es geht schon«, sagte Faber. »Ich war einfach dumm. Es war der erste Angelurlaub, den ich mir seit Kriegsbeginn leisten konnte, und ich wollte ihn mir nicht vom Wetter verderben lassen. Sind Sie Fischer?«
David schüttelte den Kopf. »Schafzüchter.«
»Haben Sie viele Angestellte?«
»Nur einen, den alten Tom.«
»Ich nehme an, daß es noch mehr Schaffarmen auf der Insel gibt.«
»Nein. Wir wohnen auf dieser Seite und Tom auf der anderen. Dazwischen gibt's nichts als Schafe.«
Faber nickte langsam. Das war gut, sehr gut. Eine Frau, ein Krüppel, ein Kind und ein alter Mann würden kein Hindernis für ihn sein. Und er fühlte sich schon viel kräftiger.
»Wie halten Sie Kontakt mit dem Festland?« fragte Faber.
»Alle zwei Wochen kommt ein Boot. Es ist am Montag fällig, aber wenn der Sturm anhält, wird daraus nichts. In Toms Haus ist ein Funkgerät, aber das können wir nur in Notfällen ver-

wenden. Wenn man nach Ihnen suchte oder wenn Sie dringend ärztliche Hilfe brauchten, würde ich es benutzen. Aber das halte ich nicht für notwendig. Es hätte wenig Sinn, denn man kann Sie erst von der Insel abholen, wenn der Sturm nachgelassen hat. Und wenn das geschieht, kommt das Boot sowieso.«

»Natürlich.« Faber verbarg seine Freude. Die Frage, wie er das U-Boot am Montag benachrichtigen solle, hatte ihn im Hintergrund seines Bewußtseins gepeinigt. Er hatte einen gewöhnlichen Radioapparat im Wohnzimmer der Roses bemerkt, und wenn es hart auf hart käme, hätte er daraus einen Sender bauen können. Doch daß Tom ein echtes Funkgerät besaß, machte alles so viel leichter.

»Wozu braucht Tom einen Sender?« fragte Faber.

»Er gehört zum Königlichen Flugmeldekorps. Aberdeen wurde im Juli 1940 bombardiert. Da man keinen Fliegeralarm hatte, gab es fünfzig Opfer. Damals wurde Tom eingespannt. Zum Glück ist sein Gehör besser als seine Sehkraft.«

»Vermutlich kommen die Bomber aus Norwegen?«

»Vermutlich.«

Lucy stand auf. »Wollen wir nicht ins Wohnzimmer gehen?«

Die beiden Männer folgten ihr. Faber spürte keine Schwäche, keinen Taumel. Er hielt die Wohnzimmertür für David auf, der dicht an das Feuer heranrollte. Lucy bot Faber Brandy an. Als er dankend ablehnte, goß sie nur für ihren Mann und für sich selbst ein.

Faber lehnte sich zurück und musterte das Paar. Lucy war wirklich beeindruckend: Sie besaß ein ovales Gesicht, weit auseinanderstehende Augen von ungewöhnlicher, katzenartiger Bernsteinfarbe und üppiges tizianrotes Haar. Unter dem männlichen Fischerpullover und der ausgebeulten Hose deutete sich eine gute, gerundete Figur an. Wenn sie ihr Haar lockte und Seidenstrümpfe und ein Cocktailkleid anzöge, wäre sie eine berückende Schönheit. Auch David wirkte fast hübsch – bis auf den Schatten eines sehr dunklen Bartes. Sein Haar war beinahe schwarz, und er hatte einen südländischen Teint. Er wäre groß gewesen, wenn er Beine gehabt hätte, die der Länge seiner Arme entsprachen. Faber nahm an, daß diese Arme sehr kräftig und muskulös waren, wenn er den Rollstuhl schon jahrelang damit fortbewegt hatte.

Ja, sie waren ein attraktives Paar – aber irgend etwas stimmte ganz und gar nicht zwischen ihnen. Faber war kein Eheexperte, doch bei seiner Ausbildung in Vernehmungstechniken hatte man ihm beigebracht, die stumme Sprache des Körpers zu lesen, aus kleinen Gesten zu entnehmen, wenn jemand erschrocken oder selbstbewußt war, etwas verbarg oder log. Lucy und David blickten einander nur selten an und berührten sich nie. Sie sprachen mehr mit ihm als miteinander. Die Spannung zwischen ihnen war enorm.

Dieses behagliche kleine Haus mußte unter emotionalem Hochdruck stehen – trotz seiner Teppiche und seiner leuchtenden Farben, seiner geblümten Sessel, lodernden Kaminfeuer und eingerahmten Aquarelle. Allein zu leben, mit diesem untergründigen Haß und nur einem alten Mann und einem Kind als Gesellschaft ... Faber erinnerte sich an ein Stück, das er in London gesehen hatte, von einem Amerikaner mit dem Vornamen Tennessee.

David stürzte plötzlich seinen Drink hinunter und sagte: »Ich muß mich hinlegen. Mein Rücken tut weh.«

Faber erhob sich. »Entschuldigen Sie – jetzt sind Sie meinetwegen so lange aufgeblieben.«

David bedeutete ihm mit einer Handbewegung, sich zu setzen. »Keine Ursache. Sie haben den ganzen Tag geschlafen, natürlich wollen Sie noch nicht wieder ins Bett. Außerdem möchte Lucy sich bestimmt noch mit Ihnen unterhalten. Ich mute meinem Rücken einfach zuviel zu – der Rücken soll ja eigentlich seine Last mit den Beinen teilen.«

»Dann nimm heute nacht lieber zwei Tabletten.« Lucy holte ein Fläschchen vom obersten Regal des Bücherschranks, schüttelte zwei Tabletten heraus und gab sie ihrem Mann.

Er schluckte sie ohne Wasser hinunter. »Gute Nacht also.« Damit rollte er hinaus.

»Gute Nacht, David.«

»Gute Nacht, Mr. Rose.«

Einen Moment später hörte Faber, wie David sich die Treppe hinaufzog, und fragte sich, wie er es schaffte.
Lucy sprach, als wolle sie Davids Geräusch übertönen. »Wo wohnen Sie, Mr. Baker?«
»Bitte, sagen Sie Henry zu mir. Ich wohne in London.«
»Ich bin seit Jahren nicht in London gewesen. Wahrscheinlich ist nicht mehr viel davon übriggeblieben.«
»Es hat sich verändert, aber nicht so sehr, wie Sie vielleicht denken. Wann waren Sie zuletzt dort?«
»1940.« Sie goß sich einen weiteren Brandy ein. »Seit wir hier ankamen, habe ich die Insel erst einmal verlassen, und das auch nur, um das Baby zu bekommen. Schließlich kann man heutzutage nicht viel reisen.«
»Wieso sind Sie hierhergekommen?«
»Mmm.« Sie setzte sich, nippte an ihrem Drink und schaute ins Feuer.
»Vielleicht sollte ich nicht –«
»Das macht nichts. Wir hatten einen Unfall an dem Tag, als wir heirateten. Dabei hat David seine Beine verloren. Er war als Jagdpilot ausgebildet worden ... Wahrscheinlich wollten wir beide davonlaufen. Jetzt glaube ich, daß es ein Fehler war hierherzukommen, aber damals schien es ein guter Einfall.«
»Es hat seinem Groll gestattet, sich zu entwickeln.«
Sie warf ihm einen scharfen Blick zu. »Sie beobachten sehr genau.«
»Es ist offensichtlich.« Er sprach sehr ruhig. »Sie verdienen so viel Unglück nicht.«
Lucy zwinkerte mehrere Male. »Sie sehen zuviel.«
»Das ist nicht schwierig. Warum machen Sie weiter, wenn es nicht klappt?«
»Ich weiß nicht, was ich sagen soll. Wollen Sie Klischees hören? Das Ehegelübde, das Kind, der Krieg ... Wenn es noch eine Antwort gibt, habe ich keine Worte dafür.«
»Schuldbewußtsein«, sagte Faber. »Aber Sie denken doch daran, ihn zu verlassen, oder?«
Sie starrte ihn an und schüttelte voll Unglauben langsam den Kopf. »Woher wissen Sie das alles?«

»In vier Jahren auf dieser Insel haben Sie die Kunst, sich zu verstellen, verlernt. Außerdem sind diese Dinge von außen viel leichter zu durchschauen.«

»Waren Sie je verheiratet?«

»Nein. Das meine ich ja.«

»Wieso nicht? Ich finde, Sie hätten heiraten sollen.«

Nun war Faber an der Reihe, nachdenklich ins Feuer zu schauen. Wieso eigentlich nicht? Die übliche Entschuldigung – sich selbst gegenüber – war sein Beruf. Doch darüber konnte er mit ihr nicht reden – und es wäre ohnehin eine zu glatte Antwort gewesen. Plötzlich sagte er: »Ich traue mir nicht zu, daß ich jemanden so sehr lieben kann.« Die Worte waren hervorgesprudelt, ohne daß er darüber nachgedacht hatte. Ob sie stimmten? Einen Moment später fragte er sich, wie es Lucy gelungen war, ihn zu überrumpeln, als er gerade geglaubt hatte, sie zu entwaffnen.

Keiner von ihnen sprach für eine Weile. Das Feuer erstarb. Ein paar verirrte Regentropfen bahnten sich ihren Weg durch den Schornstein und ließen die heiße Schlacke aufzischen. Nichts deutete darauf hin, daß der Sturm nachlassen würde. Faber mußte plötzlich an die letzte Frau denken, die er gehabt hatte. Wie hatte sie geheißen? Gertrude. Es war sieben Jahre her, aber er konnte sie jetzt im flackernden Feuer vor sich sehen: ein rundes deutsches Gesicht, blondes Haar, grüne Augen, schöne Brüste, viel zu breite Hüften, dicke Beine, unförmige Füße; ein unstillbares Plappermäulchen, eine wilde, unerschöpfliche Begeisterung für Sex ... Sie hatte ihm geschmeichelt, indem sie seinen Geist bewunderte (wie sie sagte) und seinen Körper anbetete (was sie ihm nicht zu sagen brauchte). Sie schrieb Schlagertexte und las sie ihm in einer ärmlichen Kellerwohnung in Berlin vor: Es war kein einträgliches Geschäft. Er stellte sie sich in dem unordentlichen Schlafzimmer vor, wie sie nackt dalag und ihn dazu trieb, immer seltsamere und erotischere Dinge mit ihr anzustellen: ihr weh zu tun, sich selbst zu berühren, völlig still zu liegen, während sie aktiv war ... Faber schüttelte leicht den Kopf, um die Erinnerung zu verscheuchen. In all den Jahren, in denen er enthaltsam gelebt

hatte, waren ihm keine so verwirrenden Visionen gekommen. Er blickte Lucy an.
»Sie waren weit weg«, sagte sie mit einem Lächeln.
»Erinnerungen. Dieses Gespräch über die Liebe . . .«
»Ich sollte Sie nicht mit meinen Problemen belasten.«
»Das tun Sie nicht.«
»Gute Erinnerungen?«
»Sehr gute. Und Ihre? Sie haben doch auch nachgedacht.«
Sie lächelte wieder. »Ich war in der Zukunft, nicht in der Vergangenheit.«
»Was sehen Sie dort?«
Sie schien antworten zu wollen, überlegte es sich dann aber anders, setzte noch einmal an, schwieg dann aber doch. Eine Spur von Spannung zeigte sich um ihre Augen.
»Ich sehe, daß Sie einen anderen Mann finden.« Während Faber sprach, dachte er: Was soll das? »Er ist schwächer als David und sieht weniger gut aus. Aber Sie lieben ihn wegen seiner Schwäche. Er ist klug, aber nicht reich, mitfühlend, ohne sentimental zu sein, zärtlich, gütig, liebevoll. Er –«
Das Brandyglas in ihrer Hand zersprang unter dem Druck der Finger. Die Scherben fielen auf ihren Schoß und auf den Teppich, doch sie achtete nicht darauf. Faber ging hinüber zu ihrem Sessel und kniete vor ihr nieder. Ihr Daumen blutete. Er nahm ihre Hand.
»Sie haben sich verletzt.«
Lucy blickte ihn an. Sie weinte.
»Es tut mir leid.«
Der Schnitt war nur oberflächlich. Sie zog ein Taschentuch aus der Hosentasche und stillte das Blut. Faber ließ ihre Hand los und begann, die Glasscherben aufzuheben. Wenn er Lucy nur geküßt hätte, als er die Gelegenheit dazu hatte! Er legte die Scherben auf den Kaminsims.
»Ich wollte Sie nicht aus der Fassung bringen«, sagte er.
Sie zog das Taschentuch zurück und betrachtete ihren Daumen. Er blutete immer noch.
»Vielleicht ein kleiner Verband«, schlug er vor.
»In der Küche.«

Er fand eine Rolle Verbandsmaterial, eine Schere und eine Sicherheitsnadel. Nachdem er eine kleine Schüssel mit heißem Wasser gefüllt hatte, kehrte er ins Wohnzimmer zurück.
In seiner Abwesenheit war es ihr irgendwie gelungen, die Tränenspuren in ihrem Gesicht zu beseitigen. Sie saß schlaff und passiv da, während er ihren Daumen in dem heißen Wasser badete, ihn trocknete und einen kleinen Verbandsstreifen über die Schnittwunde legte. Die ganze Zeit über blickte sie in sein Gesicht, nicht auf seine Hände, doch ihre Miene war nicht zu deuten.
Faber beendete seine Arbeit und trat jäh zurück. Es war lächerlich, er hatte die Sache zu weit getrieben. Nun mußte er Distanz gewinnen. »Ich glaube, ich sollte jetzt schlafen gehen.«
Sie nickte.
»Es tut mir leid –«
»Hören Sie auf, sich zu entschuldigen. Es paßt nicht zu Ihnen.« Ihre Stimme war abweisend. Auch sie mußte das Gefühl haben, daß die Situation außer Kontrolle geraten war.
»Bleiben Sie noch auf?« fragte er.
Sie schüttelte den Kopf.
»Bitte ...« Er ging zur Tür und hielt sie auf.
Lucy wich seinen Augen aus, während sie an ihm vorbeischritt. Er folgte ihr durch den Flur und die Treppe hinauf. Während er zusah, wie sie die Stufen hinaufstieg, konnte er nicht anders, als sie sich in anderer Kleidung vorzustellen: Ihre Hüften wiegten sich leicht unter einem Seidenstoff, ihre langen Beine trugen Strümpfe statt einer grauen Wollhose, hochhackige Schuhe ersetzten die abgetragenen Filzpantoffeln.
Am Kopf der Treppe, auf dem winzigen Vorsprung, drehte sie sich um und flüsterte: »Gute Nacht.«
»Gute Nacht, Lucy.«
Sie sah ihn einen Moment lang an. Er wollte nach ihrer Hand greifen, doch sie erkannte seine Absicht, wandte sich rasch ab, betrat ihr Schlafzimmer und schloß die Tür, ohne sich noch einmal umzublicken. Er blieb mit ausgestreckter Hand und geöffnetem Mund stehen und fragte sich, was in ihr und – vor allem – was in ihm selbst vorgehen mochte.

22

Bloggs raste mit gefährlich hoher Geschwindigkeit in einem requirierten Sunbeam Talbot, dessen Motor frisiert worden war, durch die Nacht. Die hügeligen, gewundenen schottischen Straßen glänzten vom Regen und waren in den Niederungen manchmal fünf bis zehn Zentimeter hoch von Wasser bedeckt. Nördlich von Edinburgh überfuhr er drei Kaninchen und spürte das Übelkeit erregende Holpern, als die Reifen ihre kleinen pelzigen Körper zerquetschten. Er verringerte das Tempo nicht, dachte aber eine Zeitlang darüber nach, ob Kaninchen normalerweise bei Nacht hervorkommen.

Das anstrengende Fahren brachte ihm Kopfschmerzen ein, und sein Rücken begann durch das lange Sitzen weh zu tun. Außerdem hatte er Hunger. Er öffnete das Fenster, um von der kühlen Brise wachgehalten zu werden, doch es strömte so viel Wasser herein, daß er gezwungen war, es sofort wieder zu schließen. Die Nadel oder Faber oder wie er sich jetzt nennen mochte, fiel ihm ein: ein lächelnder jungen Mann in seiner Turnhose, der einen Pokal hielt. Faber schien dieses Rennen zu gewinnen. Er hatte einen Vorsprung von 48 Stunden und besaß den weiteren Vorteil, daß nur er die Route kannte, der man folgen mußte.

Es war noch eine oder zwei Stunden vor Morgendämmerung, als Bloggs nach Aberdeen hineinfuhr. Nie in seinem Leben war er für Straßenlaternen so dankbar gewesen, wenn sie auch trübe und abgeschirmt waren. Er hatte keine Ahnung, wo die Polizeiwache war. Da sich niemand auf den Straßen zeigte, der ihm den Weg hätte weisen können, fuhr er in der Stadt umher, bis er die vertraute blaue Laterne sah (auch sie war abgedunkelt).

Bloggs stellte den Wagen ab und rannte durch den Regen in das Gebäude. Man erwartete ihn. Godliman hatte angerufen, und die Geltung des Professors war inzwischen sehr hoch. Bloggs wurde in das Büro Alan Kincaids gebracht, eines Detektiv-Chefinspektors von Mitte Fünfzig. Drei weitere Beamte waren in dem Zimmer. Bloggs schüttelte ihnen die Hand und vergaß sofort ihre Namen.

Kincaid sagte: »Sie haben's verdammt schnell von Carlisle geschafft.«
»Und mich dabei fast umgebracht«, erwiderte Bloggs. Er setzte sich. »Wenn Sie ein Sandwich auftreiben könnten . . .«
»Selbstverständlich.« Kincaid steckte den Kopf aus der Tür und rief etwas. »Kommt sofort.«
Das Büro hatte grauweiße Wände, einen Holzfußboden und einfaches dunkelbraunes Mobiliar: einen Schreibtisch, ein paar Stühle und einen Aktenschrank. Ein Tablett mit schmutzigen Tassen stand auf dem Boden, und die Luft war rauchgeschwängert. Es roch, als hätten Männer hier die ganze Nacht gearbeitet.
Kincaid hatte einen kleinen Schnurrbart, dünnes graues Haar und eine Brille. Er war ein großer, intelligent wirkender Mann in Hemdsärmeln und Hosenträgern – nach Bloggs' Meinung von der Art, wie sie das Rückgrat der britischen Polizei bilden. Er sprach mit örtlichem Akzent, was darauf hindeutete, daß er wie Bloggs von der Pike auf gedient hatte. Sein Alter verriet aber, daß er nicht so schnell aufgestiegen war wie Bloggs.
Bloggs fragte: »Wieviel wissen Sie über diese ganze Sache?«
»Nicht viel«, sagte Kincaid. »Aber Ihr Chef, Godliman, meinte, daß die Londoner Morde die unwichtigsten Verbrechen dieses Mannes sind. Wir wissen auch, bei welcher Abteilung Sie sind. Wenn wir also zwei und zwei zusammenzählen, können wir uns ausrechnen, daß Faber ein sehr gefährlicher Spion ist.«
»Genau das«, bestätigte Bloggs.
Kincaid nickte.
»Was haben Sie bis jetzt unternommen?« erkundigte sich Bloggs.
Kincaid legte die Füße auf den Schreibtisch. »Er ist vor zwei Tagen hier eingetroffen, nicht wahr?«
»Ja.«
»Da fingen wir an, nach ihm zu fahnden. Wir hatten die Bilder – ich nehme an, daß jede Polizeiwache des Landes sie bekommen hat.«
»Stimmt.«

»Wir haben die Hotels und Pensionen, den Bahnhof und die Busstation überprüft. Wir waren sehr sorgfältig, obwohl wir nicht wußten, daß er hierhergekommen war. Natürlich hatten wir keinen Erfolg. Zwar suchen wir weiter, aber nach meiner Meinung hat er Aberdeen wahrscheinlich sofort verlassen.«
Eine Polizistin kam mit einer Tasse Tee und einem dicken Käse-Sandwich herein. Bloggs dankte ihr und machte sich gierig über das Sandwich her.
Kincaid fuhr fort: »Wir hatten einen Mann am Bahnhof, bevor der erste Zug am Morgen abfuhr. Das gleiche gilt für die Busstation. Wenn er die Stadt verlassen hat, muß er also entweder ein Auto gestohlen haben oder mitgenommen worden sein. Uns sind keine Autodiebstähle gemeldet worden.«
»Verdammt«, sagte Bloggs, während er den Mund voll Brot hatte. Er schluckte. »Es könnte also gar nicht schwieriger sein, ihn aufzuspüren.«
»Zweifellos hat er deshalb beschlossen, per Anhalter zu fahren.«
»Er könnte den Seeweg gewählt haben.«
»Von den Booten, die den Hafen vor zwei Tagen verlassen haben, war keines groß genug, um sich darauf zu verstecken. Seitdem ist wegen des Sturms natürlich keines mehr ausgelaufen.«
»Gestohlene Boote?«
»Keine Anzeigen.«
Bloggs zuckte die Achseln. »Wenn es keine Möglichkeiten gibt, hinauszufahren, kommen die Eigentümer vielleicht gar nicht zum Hafen. Dann würde ein Diebstahl unbemerkt bleiben, bis der Sturm vorbei ist.«
Eine Beamte sagte: »Daran haben wir nicht gedacht, Chef.«
»Stimmt«, erwiderte Kincaid.
Bloggs schlug vor: »Vielleicht könnte der Hafenmeister sich alle Liegeplätze ansehen –«
»Kapiert«, sagte Kincaid. Er wählte schon. Einen Moment später sprach er in die Telefonmuschel. »Captain Douglas? Hier ist Kincaid. Ja, ich weiß, zivilisierte Menschen schlafen zu dieser Stunde. Aber das Schlimmste kommt noch – ich möchte,

daß Sie einen Spaziergang im Regen machen. Ja, Sie haben richtig gehört ...«

Die anderen Polizisten lachten.

Kincaid legte die Hand über die Muschel und meinte zu Bloggs: »Sie wissen doch, was man über die Seemannsprache sagt? Es stimmt.« Er sprach wieder ins Telefon. »Gehen Sie alle Anlegestellen ab, und notieren Sie alle Boote, die nicht am üblichen Platz sind. Geben Sie mir die Namen und Adressen – und Telefonnummern, wenn Sie sie kennen – der Eigentümer. Ja. Ja, ich weiß ... einen Doppelten. Na schön, eine Flasche. Und auch Ihnen einen guten Morgen, alter Freund.« Er hängte ein.

Bloggs lächelte. »Sauer?«

»Wenn ich das mit meinem Knüppel täte, was er vorgeschlagen hat, könnte ich mich nie mehr hinsetzen.«

Kincaid wurde ernst.

»Er wird ungefähr eine halbe Stunde benötigen. Dann brauchen wir zwei Stunden, um alle Adressen zu überprüfen. Vielleicht lohnt's sich, obwohl ich immer noch glaube, daß ihn jemand mitgenommen hat.«

»Ich auch«, sagte Bloggs.

Die Tür öffnete sich, und ein Mann mittleren Alters in Zivilkleidung kam herein. Kincaid und seine Leute standen auf; Bloggs erhob sich gleichfalls.

»Guten Morgen, Sir,« grüßte Kincaid. »Das ist Mr. Bloggs. Mr. Bloggs, Richard Porter.«

Sie schüttelten einander die Hand. Porter hatte ein rotes Gesicht und einen sorgfältig gepflegten Schnurrbart. Er trug einen zweireihigen kamelfarbenen Mantel. »Freut mich. Ich bin das Rindvieh, das den Burschen nach Aberdeen mitgenommen hat. Sehr peinlich.« Er sprach dialektfrei.

»Sehr erfreut«, sagte Bloggs. Dem ersten Eindruck nach wirkte Porter genau wie ein Trottel, der einen Spion durch das halbe Land chauffieren würde. Bloggs kannte den Typ jedoch; hinter dem Anschein hohlköpfiger Herzlichkeit konnte sich durchaus ein geschärfter Intellekt verbergen. Er fragte: »Wie kamen Sie darauf, daß der Mann, den Sie mitnahmen, der ... der Stilettmörder war?«

»Ich hörte von dem zurückgelassenen Morris. Ungefähr an der Stelle war ich ihm begegnet.«

»Sie haben das Bild gesehen?«

»Ja. Natürlich konnte ich den Burschen nicht genau erkennen, da es während der Fahrt meistens dunkel war. Aber ich sah genug von ihm, im Licht der Taschenlampe unter der Motorhaube und danach, als wir nach Aberdeen kamen – da dämmerte es schon. Wenn man mir nur das Bild gezeigt hätte, würde ich sagen, daß er es gewesen sein *könnte.* Da ich ihn aber so nahe bei der Stelle mitnahm, wo der Morris gefunden wurde, bin ich sicher, daß er es war.«

»Das glaube ich auch.« Bloggs dachte einen Moment lang nach. Welche nützliche Information konnte er von dem Mann bekommen?

»Welchen Eindruck hat Faber auf Sie gemacht?« fragte er schließlich.

Porter antwortete sofort: »Er kam mir erschöpft, nervös und entschlossen vor – in dieser Reihenfolge. Er war auch kein Schotte.«

»Wie würden Sie seinen Akzent beschreiben?«

»Neutral. Außer vielleicht . . . aber das könnte ich mir auch nur einbilden. Sein Akzent – kleinere Public School in der Gegend von London. Er paßte nicht zu seiner Kleidung, wenn Sie verstehen, was ich meine. Er trug eine Latzhose. Auch das fiel mir erst später auf.«

Kincaid fragte dazwischen, ob jemand Tee wolle. Alle wollten. Der Polizist ging zur Tür.

Bloggs war zu der Einsicht gelangt, daß Porter weniger trottelig war, als er aussah. »Worüber haben Sie gesprochen?«

»Oh, über fast nichts.«

»Ja, aber Sie waren stundenlang zusammen –«

»Er schlief fast während der ganzen Fahrt. Er reparierte den Wagen – es war nur ein unterbrochener Kontakt, aber leider verstehe ich nichts von Motoren –, dann sagte er, daß sein eigener Wagen in Edinburgh eine Panne gehabt hätte und er auf dem Weg nach Banff wäre. Eigentlich wollte er nicht durch Aberdeen fahren, da er keinen Passierschein für das Sperrgebiet

hatte. Leider habe ich ihm versprochen, für ihn zu bürgen, wenn man uns anhielte. Jetzt komme ich mir natürlich wie ein verdammter Dummkopf vor – aber ich schuldete ihm den Gefallen. Schließlich hatte er mir aus der Klemme geholfen.«
»Niemand macht Ihnen Vorwürfe, Sir«, beruhigte ihn Kincaid.
Bloggs war anderer Meinung, sagte aber nur: »Es gibt nur wenige Menschen, die Faber begegnet sind und ihn uns beschreiben können. Würden Sie ganz genau nachdenken und mir sagen, wie Sie ihn einschätzen?«
»Er wachte auf wie ein Soldat«, antwortete Porter. »Er war höflich. Fester Händedruck. Darauf achte ich immer.«
»Sonst noch etwas? Überlegen Sie sich's ganz genau.«
»Ja, als er aufwachte ...« Porters gerötete Stirn legte sich in Falten. »Seine rechte Hand fuhr zu seinem linken Unterarm – so.« Er zeigte es.
»Immerhin etwas«, meinte Bloggs. »Da muß er sein Messer haben. In einer Scheide im Ärmel.«
»Ich fürchte, das ist alles.«
»Und er sagte, daß er nach Banff wollte. Das bedeutet, er hat ein anderes Ziel.«
»Tatsächlich?«
»Spione lügen aus Prinzip immer. Ich wette, daß Sie Ihr Ziel nannten, bevor er von seinem sprach.«
»Ich glaube, ja.« Porter nickte nachdenklich. »Wer hätte das geahnt.«
»Entweder wollte er nach Aberdeen, oder er fuhr nach Süden, nachdem Sie ihn abgesetzt hatten. Da er behauptete, nach Norden zu reisen, dürfte er gerade dort nicht sein.«
»Bei solchen Prophezeiungen könnte man leicht den Überblick verlieren«, sagte Kincaid.
»Das kommt manchmal vor.« Bloggs grinste. »Haben Sie ihm gesagt, daß Sie Friedensrichter sind?«
»Ja.«
»Deshalb hat er Sie nicht umgebracht.«
»Was? Du lieber Himmel! Wie meinen Sie das?«
»Er wußte, daß man Sie vermissen würde.«

»Du lieber Himmel!« wiederholte Porter. Er war etwas bleich geworden. Der Gedanke, daß sein Leben auf dem Spiel gestanden haben könnte, war ihm offensichtlich nicht gekommen.
Die Tür öffnete sich wieder. Ein Mann trat ein. »Ich habe Ihre Scheißinformation. Hoffe, daß sie der Mühe wert war.«
Bloggs grinste. Das mußte der Hafenmeister sein: ein kleiner Mann mit kurzgeschorenem weißen Haar, der eine große Pfeife rauchte und einen Blazer mit Messingknöpfen trug.
»Nur herein, Captain«, sagte Kincaid. »Wie sind Sie so naß geworden? Bei dem Regen sollten Sie zu Hause bleiben.«
»Zum Teufel mit Ihnen«, gab der Captain zurück. Bloggs war sich nicht sicher, wieviel von seinem Zorn echt war. Nicht allzuviel, nach den belustigten Mienen der anderen zu urteilen.
»Morgen, Captain«, grüßte Porter.
»Guten Morgen, Euer Ehren«, antwortete der Captain.
»Was haben Sie herausgefunden?« fragte Kincaid.
Der Captain nahm die Mütze ab und schüttelte die Regentropfen herunter. »Die *Marie II* ist verschwunden. Am Nachmittag, als der Sturm begann, sah ich sie einlaufen. Ich weiß nicht, wann sie auslief, aber jedenfalls hätte sie an dem Tag nicht noch mal fahren sollen.«
»Wem gehört sie?«
»Tam Halfpenny. Ich habe ihn angerufen. Er hat sie am Liegeplatz gelassen und seitdem nicht mehr gesehen.«
»Was für ein Schiff ist es?« fragte Bloggs.
»Ein kleines Fischerboot, sechzig Fuß lang und ziemlich breit. Ein kräftiges kleines Schiff. Innenbordmotor. Kein besonderer Stil – die Fischer hier halten sich nicht an die Modellbücher, wenn sie Boote bauen.«
»Ich möchte Ihnen eine sehr wichtige Frage stellen. Könnte das Boot den Sturm überstanden haben?«
Der Captain wollte gerade ein Streichholz an seine Pfeife halten und unterbrach sich dabei. Nach einer Weile entgegnete er: »Mit einem sehr geschickten Seemann am Ruder – vielleicht. Vielleicht auch nicht.«
»Wie weit könnte er bestenfalls gekommen sein, bevor der Sturm anfing?«

»Nicht weit – ein paar Meilen. Die *Marie II* wurde erst am Abend vertäut.«
Bloggs stand auf, ging um seinen Stuhl herum und setzte sich wieder. »Wo ist er jetzt also?«
»Wahrscheinlich auf dem Grund des Meeres, der verdammte Idiot.« Die Erklärung des Captains war recht genußvoll.
Die Wahrscheinlichkeit, daß Faber tot war, konnte Bloggs nicht zufriedenstellen. Ihm fehlte der Beweis dafür. Die Unzufriedenheit breitete sich über seinen ganzen Körper aus; er war unruhig, gereizt und enttäuscht. Bloggs kratzte sich das Kinn, das eine Rasur benötigt hätte. »Das glaube ich erst, wenn ich's sehe.«
»Das werden Sie nicht.«
»Hören Sie auf mit Ihren kümmerlichen Ratespielen«, sagte Bloggs scharf. »Ich brauche Information, nicht Pessimismus.«
Die anderen Männer im Zimmer erinnerten sich plötzlich daran, daß er trotz seiner Jugend der ranghöchste Polizist war.
»Wir wollen die Möglichkeiten durchgehen. Erstens: Er hat Aberdeen auf dem Landweg verlassen, und jemand anders hat die *Marie II* gestohlen. In diesem Fall hat er sein Ziel wahrscheinlich schon erreicht, aber er kann das Land wegen des Sturmes noch nicht verlassen haben. Alle anderen Polizeibehörden suchen nach ihm, mehr können wir da im Moment nicht tun.
Zweitens: Er ist immer noch in Aberdeen. Weil wir noch nach ihm fahnden, haben wir auch diese Möglichkeit abgedeckt.
Drittens: Er hat Aberdeen auf dem Seeweg verlassen. Wir stimmen wohl darin überein, daß das am wahrscheinlichsten ist. Diese Möglichkeit müssen wir uns genauer ansehen. Drei A: Er hat ein anderes Schiff – vermutlich ein U-Boot – erreicht, bevor der Sturm ausbrach. Wir glauben nicht, daß er Zeit dazu hatte, aber es ist nicht ausgeschlossen. Drei B: Er hat irgendwo Zuflucht gefunden oder Schiffbruch erlitten – auf dem Festland oder auf einer Insel. Drei C: Er ist tot.
Wenn er ein U-Boot erwischt hat, haben wir verloren. Dann ist es zu spät, noch etwas zu unternehmen. Daran brauchen wir also nicht zu denken. Wenn er Zuflucht gefunden oder Schiff-

bruch erlitten hat, müssen wir früher oder später Anzeichen dafür finden – entweder die *Marie II* oder Teile davon. Wir können die Küste sofort absuchen und uns das Meer vornehmen, sobald das Wetter uns erlaubt, ein Flugzeug starten zu lassen. Wenn der Kahn gesunken ist, könnten wir immer noch treibende Bootsteile finden.

Uns stehen also drei Wege offen. Wir setzen die Suchmaßnahmen fort, die schon begonnen haben; wir fangen an, die Küste, von Aberdeen aus nach Norden und Süden, abzusuchen; und wir bereiten uns darauf vor, das Meer aus der Luft zu inspizieren, sobald das Wetter besser wird.«

Bloggs hatte begonnen auf und ab zu schreiten, während er sprach und laut nachdachte. Jetzt blieb er stehen und blickte in die Runde. »Kommentare, Fragen, Vorschläge?«

Die späte Stunde hatte keinen von ihnen unbeeinflußt gelassen. Bloggs' plötzliche Energieleistung rüttelte sie alle aus einer schleichenden Lethargie auf. Einer lehnte sich nach vorn und rieb sich die Hände, ein zweiter knüpfte sich die Schuhbänder, ein dritter zog seine Jacke an. Sie wollten sich an die Arbeit machen. Es gab keine Fragen.

»In Ordnung«, sagte Bloggs. »Dann wollen wir mal den Krieg gewinnen.«

23

Faber war wach. Sein Körper benötigte wahrscheinlich immer noch Schlaf, obwohl er den Tag im Bett verbracht hatte. Aber sein Geist war überaus aktiv, spielte Möglichkeiten durch, malte sich Szenen aus, beschäftigte sich mit Frauen und seiner Heimat.

Normalerweise vermied er es, sich in Sentimentalitäten zu ergehen. In seinem Charakter war etwas Eiskaltes, und er pflegte es, weil es ihn schützte. Jetzt war der Erfolg jedoch in Reichweite, deshalb fühlte er sich dazu berechtigt, ein wenig zu phantasieren, ohne allerdings in seiner Wachsamkeit nachzulassen.

Er war sicher, solange der Sturm andauerte. Er würde am Montag einfach über Toms Sender den Kontakt mit dem U-Boot herstellen, und der Kapitän würde ein Beiboot in die Bucht schicken, sobald das Wetter sich aufklärte. Wenn der Sturm jedoch vor Montag zu Ende war, würde es eine leichte Komplikation geben: das Versorgungsboot. David und Lucy würden natürlich erwarten, daß er mit dem Boot zum Festland zurückkehrte.

Lucy drängte sich in lebhaften, farbigen Visionen, die er nicht beherrschen konnte, in seine Gedanken. Er sah, wie ihre auffallenden bernsteinfarbenen Augen ihn beobachteten, während er ihren Daumen verband; ihre Silhouette, während sie in unförmiger Männerkleidung vor ihm die Treppe hinaufging; ihre schweren, vollkommen runden Brüste, als sie nackt im Badezimmer stand. Die Visionen blieben keine Erinnerungen, sondern wurden zu Phantasien: Sie beugte sich über den Verband und küßte seinen Mund, drehte sich auf der Treppe um und nahm ihn in die Arme, trat aus dem Badezimmer und legte seine Hände auf ihre Brüste.

Faber wälzte sich ruhelos in dem kleinen Bett hin und her und verfluchte seine Vorstellungskraft, die ihn mit Träumen quälte, wie er sie seit seiner Schulzeit nicht mehr erlebt hatte. Er versuchte, sich daran zu erinnern, wie viele Frauen er gehabt hatte: Anna, Gretchen, Ingrid, das amerikanische Mädchen, die beiden Prostituierten in Stuttgart . . . Er konnte sich nicht an alle entsinnen, aber mehr als vielleicht zwanzig konnten es nicht gewesen sein.

Keine von ihnen war so schön gewesen wie Lucy. Erbittert seufzte er auf. Er hatte sich von dieser Frau beeindrucken lassen, nur weil er fast zu Hause war und sich so lange hatte zusammennehmen müssen. Faber war ärgerlich über sich selbst. Sein Verhalten war undiszipliniert. Man sollte die Konzentration nicht aufgeben, bevor ein Auftrag erfüllt war, und dieser war es noch nicht ganz.

Da war das Problem des Versorgungsbootes. Vielleicht war es am günstigsten, die Bewohner der Insel außer Gefecht zu setzen, selbst das Boot zu empfangen und dem Schiffer irgendein Ammenmärchen aufzubinden. Er könnte behaupten, daß er

mit einem anderen Boot zu Besuch gekommen, daß er ein Verwandter oder ein Vogelbeobachter sei – es spielte keine Rolle. Das Problem war zu geringfügig, um im Moment seine ganze Aufmerksamkeit in Anspruch zu nehmen. Später, wenn das Wetter besser war, würde er sich etwas ausdenken.
Er erwartete keine ernsten Schwierigkeiten. Eine einsame Insel, Meilen von der Küste entfernt, mit nur vier Bewohnern – sie war das ideale Versteck. Von jetzt an würde es ebensoleicht sein, Großbritannien zu verlassen, wie aus dem Laufstall eines Kleinkindes auszubrechen. Wenn er an die Situationen dachte, die schon hinter ihm lagen – die Menschen, die er umgebracht hatte: die vier Bürgerwehrmänner, den Jungen aus Yorkshire im Zug, den Abwehrkurier –, dann konnte ihm jetzt nicht mehr viel passieren.
Ein alter Mann, ein Krüppel, eine Frau und ein Kind ... Es würde so leicht sein, sie zu töten.

Auch Lucy lag wach. Sie lauschte. Es gab viel zu hören. Das Wetter war wie ein Orchester: Der Regen trommelte auf das Dach, der Wind flötete durch die Dachrinnen des Häuschens, das Meer spielte am Strand Glissandi. Das Gebälk des alten Hauses ächzte unter den Stößen des Unwetters. Und die Geräusche im Zimmer: Davids langsames, regelmäßiges Atmen, das nie ganz zu einem Schnarchen wurde, während er unter der doppelten Schlafmitteldosis fest schlief, und die schnelleren, leichten Atemzüge von Jo, der sich bequem auf einem Feldbett an der gegenüberliegenden Wand ausgestreckt hatte.
Der Lärm hält mich wach, dachte Lucy, dann fragte sie sich sofort: Warum mache ich mir etwas vor? Ihre Schlaflosigkeit war durch Henry verursacht worden, der ihren nackten Körper betrachtet und ihre Hände sanft berührt hatte, während er ihren Daumen verband. Wahrscheinlich war er längst eingeschlummert.
Er hatte ihr nicht viel von sich selbst erzählt, nur, daß er unverheiratet war. Sie wußte nicht, woher er stammte – sein Akzent lieferte keinen Anhaltspunkt. Er hatte nicht einmal angedeu-

tet, wovon er lebte, aber sie hielt ihn für einen Akademiker, vielleicht Zahnarzt oder Offizier. Er war nicht langweilig genug, um Rechtsanwalt zu sein, zu intelligent, um als Journalist zu arbeiten, und Ärzte konnten ihren Beruf nach Lucys Meinung nie länger als fünf Minuten geheimhalten. Sie tippte auf die Armee.

Während sie an Henry dachte, wurde ihr etwas Merkwürdiges klar: Sie wollte mit ihm schlafen.

Es war ein seltsamer Wunsch – ein Wunsch, der nach ihrem Weltbild Männer, aber nicht Frauen heimsuchte. Eine Frau mochte einen Mann schon nach kurzer Begegnung attraktiv finden, ihn vielleicht besser kennenlernen wollen, sogar beginnen, sich in ihn zu verlieben. Aber sie verspürt kein unmittelbares körperliches Verlangen, wenn sie nicht ... anomal war.

Lucy versuchte, sich selbst davon zu überzeugen, wie lächerlich das Ganze war. Sie brauchte Davids Liebe, nicht die Paarung mit dem ersten besten Mann, der auftauchte. Eine solche Frau war sie nicht.

Doch es wäre angenehm, wenn er sie noch einmal anschaute, wenn die Bewunderung in seiner Miene sich mit einer Art Belustigung mischte. Es wäre schön, seine Hände zu spüren, seinen Körper anzufassen und sich gegen seine warme Haut zu pressen.

Lucy merkte, daß ihr Körper auf ihre Phantasien reagierte. Sie fühlte den Drang, sich zu berühren, und widerstand ihm, wie sie es seit vier Jahren getan hatte. Wenigstens bin ich nicht wie eine alte Jungfer vertrocknet, dachte sie.

Sie bewegte die Beine und seufzte, als sich ein Gefühl der Wärme über ihren Leib breitete. Es wurde immer unglaublicher. Sie mußte einschlafen. Heute nacht würde sie weder Henry noch sonst jemanden umarmen.

Mit diesem Gedanken stand sie auf und ging zur Tür.

Faber hörte einen Schritt auf dem Treppenabsatz und reagierte automatisch.

Sofort verdrängte er die müßigen, lüsternen Gedanken, die ihn beschäftigt hatten. Mit einer einzigen flüssigen Bewegung schwang er die Beine auf den Fußboden, schlich lautlos durch das Zimmer und stellte sich mit dem Stilett in der Hand neben das Fenster in der dunkelsten Ecke.

Er hörte, wie sich die Tür öffnete, wie der Eindringling eintrat und sich die Tür wieder schloß. Das wunderte ihn, denn ein Mörder hätte die Tür offen gelassen, um schnell entkommen zu können. Außerdem gab es Hunderte von Gründen, die dagegen sprachen, daß ein Mörder ihn hier aufgespürt haben konnte.

Faber ignorierte den Gedanken, denn er hatte nur deshalb so lange überlebt, weil er auch die geringste Chance nicht außer acht ließ. Der Wind wurde für einen Moment schwächer, und er hörte ein verhaltenes Atmen, das ihm ermöglichte, die genaue Position des Eindringlings zu bestimmen. Er sprang.

Er hatte sie mit dem Gesicht nach unten auf das Bett geworfen – das Messer lag an ihrer Kehle und sein Knie über ihrem Gesäß –, bevor er merkte, daß der Eindringling eine Frau war. Einen Sekundenbruchteil später hatte er ihre Identität erraten. Er lockerte seinen Griff, streckte die Hand nach der Nachttischlampe aus und knipste das Licht an.

Ihr Gesicht wirkte bleich im trüben Schein der Lampe.

Faber ließ das Messer in der Scheide verschwinden, bevor sie es sehen konnte. Er verlagerte sein Gewicht von ihrem Körper weg. »Es tut mir schrecklich leid.«

Lucy drehte sich auf den Rücken und blickte zu ihm auf, während er sich mit gespreizten Beinen über sie setzte. Sie begann zu kichern.

»Ich habe Sie für einen Einbrecher gehalten«, fuhr Faber fort.

»Und woher sollte ein Einbrecher kommen?« lachte sie. Sie war errötet.

Lucy trug ein sehr loses, altmodisches Flanellnachthemd, das sie von der Kehle bis zu den Knöcheln bedeckte. Ihr dunkelrotes Haar war wirr über Fabers Kissen ausgebreitet. Ihre Augen schienen sehr groß, und ihre Lippen waren feucht.

»Sie sind sehr schön«, sagte Faber leise.

Sie schloß die Augen.

Faber beugte sich vor und küßte ihren Mund. Ihre Lippen öffneten sich sofort, und sie erwiderte hungrig seinen Kuß. Mit den Fingerspitzen streichelte er ihre Schultern, ihren Hals und ihre Ohren. Sie bewegte sich unter ihm.

Er hätte sie gern lange geküßt, ihren Mund erforscht und die Intimität genossen, doch er erkannte, daß sie keine Zeit für Zärtlichkeiten hatte. Lucy griff in seine Pyjamahose. Sie stöhnte leise und begann schwer zu atmen.

Ohne den Kuß zu unterbrechen, griff Faber nach der Lampe und knipste sie aus. Er setzte sich auf und warf seine Pyjamajacke ab. Rasch – damit sie nichts merkte – zog er an der Büchse, die an seine Brust geklebt war, und achtete nicht auf den Schmerz, als das Heftpflaster von seiner Haut gerissen wurde. Er ließ die Photographien unters Bett gleiten. Dann knöpfte er die Stiletthalterung an seinem linken Unterarm auf und ließ sie fallen.

Er schob ihr Nachthemd bis zur Hüfte hoch. Sie trug nichts darunter.

»Schnell«, sagte sie. »Schnell.«

Faber senkte seinen Körper zu ihrem hinab.

Lucy war danach nicht im geringsten schuldbewußt. Sie fühlte sich einfach nur zufrieden und gesättigt. Ihr Wunsch war erfüllt worden, und sie war froh darüber. Sie lag mit geschlossenen Augen still da und streichelte das borstige Haar in Henrys Nacken.

Nach einer Weile sagte sie: »Ich hatte es so eilig . . .«

»Es ist noch nicht vorbei«, flüsterte er.

Sie runzelte im Dunkeln die Stirn. »Bist du nicht . . .?«

»Nein. Du auch kaum.«

Sie lächelte. »Da bin ich anderer Meinung.«

Er knipste das Licht an und betrachtete sie. »Das werden wir sehen.«

Er ließ sich nach unten gleiten, so daß sein Oberkörper zwischen ihren Schenkeln lag, und küßte ihren Leib. Seine Zunge schnellte in ihren Nabel. Es war angenehm. Dann bewegte sich sein Kopf weiter nach unten. *Da* will er mich doch bestimmt

nicht küssen, dachte sie. Er tat es, und er küßte sie nicht nur. Seine Lippen zupften an ihren weichen Hautfalten. Der Schock lähmte sie, als seine Zunge tief in sie eindrang.
Schließlich fand seine unruhige Zunge eine winzige, empfindsame Stelle – so klein, daß sie nichts von ihr gewußt hatte, so empfindlich, daß seine Berührung zunächst fast schmerzhaft war. Sie vergaß den Schock und wurde von dem durchdringendsten Gefühl überwältigt, das sie je erlebt hatte. Sie war unfähig, sich zu beherrschen, bewegte die Hüften immer schneller auf und ab und rieb ihr schlüpfriges Fleisch über seinen Mund, sein Kinn, seine Nase, seine Stirn. Sie konzentrierte sich ganz auf ihre eigene Lust. Die Spannung wuchs und wuchs wie die Rückkoppelung in einem Mikrophon, bis die Wonne völlig von ihr Besitz ergriffen hatte und sie den Mund öffnete, um zu schreien. Henry legte die Hand über ihr Gesicht, um sie zum Schweigen zu bringen, doch der Schrei setzte sich in ihrer Kehle fort, während der Orgasmus anhielt und mit einer Art Explosion endete. Danach war sie so erschöpft, daß sie glaubte, nie wieder aufstehen zu können.
Für eine Weile schien ihr Geist völlig leer. Sie spürte vage, daß Henrys stoppelige Wange immer noch an der weichen Innenseite ihres Schenkels lag und daß seine Lippen sich sanft und liebevoll bewegten.
Endlich sagte sie: »Jetzt weiß ich, was Lawrence meinte.«
Er hob den Kopf. »Ich verstehe nicht.«
Sie seufzte. »Ich wußte nicht, daß es so sein kann. Es war wunderbar.«
»War?«
»Oh, Gott, ich habe keine Kraft mehr . . .«
Er änderte die Position und kniete sich über ihre Brust. Sie erkannte, was er wollte, und war zum zweitenmal vor Schock gelähmt. Er war einfach zu *groß* . . . aber plötzlich *wollte* sie es tun, *sehnte* sie sich danach, ihn in den Mund zu nehmen. Sie hob den Kopf, ihre Lippen schlossen sich um ihn, und Faber stöhnte leise.
Er hielt ihren Kopf in den Händen, bewegte ihn hin und her und seufzte verhalten. Sie schaute in sein Gesicht. Er starrte sie mit

weit aufgerissenen Augen an und weidete sich an dem Anblick dessen, was sie tat. Sie fragte sich, was sie tun würde, wenn er ... *käme* ... und entschied dann, daß es gleichgültig war. Alles andere mit ihm war so gut gewesen, daß ihr sogar das Freude machen würde.

Aber es sollte nicht sein. Als sie glaubte, er könne die Beherrschung verlieren, hörte er auf, glitt nach unten und drang wieder in sie ein. Diesmal war es sehr langsam und ruhig, wie der Rhythmus des Meeres am Strand, bis er die Hände unter ihre Hüften schob und ihre Gesäßhälften ergriff. Lucy blickte in sein Gesicht und wußte, daß er nun bereit war, seine Beherrschung aufzugeben und sich in ihr zu verlieren. Das erregte sie noch mehr; als er den Rücken krümmte, das Gesicht zu einer Maske des Schmerzes verzogen und mit einem tiefen Ächzen in der Brust, preßte sie die Beine um seine Hüften und überließ sich ihrer eigenen Ekstase. Und dann endlich hörte sie die Trompetenstöße und Donnerschläge und das Klirren der Zimbeln, die Lawrence versprochen hatte.

Sie schwiegen lange. Lucy war es so heiß, als glühe sie. Als sie weniger schwer atmeten, konnte sie den Sturm draußen toben hören. Henry lag auf ihr, aber sie wollte nicht, daß er sich bewegte. Sein Gewicht und der schwache Schweißgeruch seiner weißen Haut gefielen ihr. Von Zeit zu Zeit strich er mit den Lippen über ihre Wange.

Er war der ideale Partner für ein Verhältnis, da er mehr über ihren Körper wußte als sie selbst. Sein eigener Körper war sehr attraktiv: Die Schultern waren breit und muskulös, Taille und Hüften schmal, die Beine lang, kräftig und behaart. Lucy glaubte, daß er ein paar Narben hatte, war sich aber nicht sicher.

Sie wußte, daß sie sich nie in ihn verlieben, nie den Wunsch verspüren würde, mit ihm davonzulaufen und ihn zu heiraten. In seinem tiefsten Innern erspürte sie etwas Kaltes und Hartes, einen Teil von ihm, der gebunden war, eine Bereitschaft, gewöhnliche Gefühle für höhere Aufgaben zu opfern. Er würde nie einer Frau gehören, denn seine höchste Loyalität hatte er für etwas anderes aufbewahrt – wie ein Maler für die Kunst, ein

Geschäftsmann für den Profit, ein Patriot für sein Land, ein Kommunist für die Revolution. Sie mußte vorsichtig mit ihm umgehen wie mit einer gefährlichen Droge.
Nicht, daß sie Zeit hätte, süchtig zu werden. In kaum mehr als vierundzwanzig Stunden würde er verschwunden sein.
Lucy rührte sich endlich. Er rollte sofort von ihr herunter und legte sich auf den Rücken. Sie stützte sich auf einen Ellbogen und betrachtete seinen nackten Körper. Ja, er hatte Narben: eine lange auf der Brust und eine kleine, die wie ein Stern aussah – sie mochte von einer Brandwunde stammen –, auf der Hüfte. Sie rieb mit der Handfläche über seine Brust.
»Es ist nicht mehr damenhaft, aber ich möchte mich bedanken«, sagte sie.
Er streckte die Hand aus, um ihre Wange zu berühren, und lächelte. »Du bist sehr damenhaft.«
»Du weißt nicht, was du getan hast. Du hast –«
Er legte einen Finger auf ihre Lippen. »Ich weiß genau, was ich getan habe.«
Sie biß in seinen Finger und legte dann seine Hand auf ihre Brust. Er streichelte ihre Brustwarze. »Bitte, mach's noch einmal«, sagte Lucy.
»Ich glaube nicht, daß ich es kann«, antwortete er.
Doch er konnte es.

Lucy verließ ihn zwei Stunden nach Anbruch der Morgendämmerung. Ein leises Geräusch drang aus dem anderen Schlafzimmer, und ihr schien plötzlich einzufallen, daß ihr Mann und ihr Sohn im Haus waren.
Faber wollte sie davon überzeugen, daß es keine Rolle spielte, daß sie beide nicht den geringsten Grund hatten, sich um das zu sorgen, was ihr Mann wissen oder denken mochte. Aber er schwieg und ließ sie gehen. Lucy küßte ihn noch einmal sehr leidenschaftlich. Dann stand sie auf, glättete ihr zerknittertes Nachthemd und schlich auf Zehenspitzen hinaus. Er beobachtete sie zärtlich.
Sie hat's in sich, dachte Faber. Er lag auf dem Rücken und betrachtete die Decke. Sie war recht naiv und sehr unerfahren,

aber trotzdem war sie sehr gut gewesen. Ich könnte mich in sie verlieben, dachte er.
Faber erhob sich und holte die Filmbüchse und das Messer mit der Scheide unter dem Bett hervor. Sollte er sie weiterhin am Körper tragen? Vielleicht würde er tagsüber mit ihr schlafen wollen . . . Er beschloß, das Messer zu tragen – ohne es würde er sich unangezogen vorkommen – und die Büchse irgendwo zu verstecken. Er legte sie auf die Kommode und bedeckte sie mit seinen Papieren und seiner Brieftasche. Natürlich brach er damit alle Regeln, aber er war sicher, daß dies sein letzter Auftrag war; er hatte das Recht verdient, sich mit einer Frau zu vergnügen. Es würde kaum etwas ausmachen, wenn jemand die Bilder sah – was könnte man schon unternehmen?
Er legte sich aufs Bett, stand dann aber wieder auf. Jahrelanges Training gestattete ihm nicht, ein Risiko einzugehen. Er steckte die Büchse und die Papiere in die Jackentasche. Nun konnte er beruhigt sein.
Faber hörte die Stimme des Kindes, darauf Lucys Schritte, als sie die Treppe hinunterging, und David, der sich zum Badezimmer schleppte. Er würde aufstehen und mit der Familie frühstücken müssen. Ohnehin wollte er jetzt nicht schlafen.
Er stand am Fenster, auf das der Regen trommelte, und sah zu, wie der Sturm wütete, bis er hörte, wie sich die Badezimmertür öffnete. Dann zog er seine Pyjamajacke an und ging hinaus, um sich zu rasieren. Er benutzte Davids Rasiermesser, ohne um Erlaubnis gebeten zu haben.
Es schien nun bedeutungslos geworden zu sein.

24

Erwin Rommel hatte gleich gewußt, daß er sich mit Heinz Guderian streiten würde. Der Panzergeneral stellte genau den Typ des preußischen Offiziers dar, den Rommel haßte. Er kannte ihn seit einiger Zeit. Sie hatten beide zu Beginn ihrer Karriere das Jägerbataillon Goslar kommandiert und waren einander während des Polenfeldzuges wieder begegnet. Als Rommel Afrika verließ, hatte er Guderian als seinen Nachfolger empfohlen, da er wußte, daß die Schlacht verloren war. Das Manöver hatte sich als Fehlschlag erwiesen, da Guderian damals nicht die Gunst Hitlers genoß und die Empfehlung deshalb kurzerhand abgewiesen wurde.

Der General war nach Rommels Meinung einer von den Männern, die sich beim Trinken im Herrenklub ein seidenes Taschentuch aufs Knie legen, um ihre Bügelfalte nicht zu verderben. Er war deshalb Offizier, weil sein Vater Offizier und sein Großvater reich gewesen war. Rommel, der Lehrersohn, der in nur vier Jahren vom Oberstleutnant zum Feldmarschall aufgestiegen war, verachtete diese militärische Kaste, zu der er nie gehört hatte.

Jetzt starrte er über den Tisch hinweg den General an, der bei den französischen Rothschilds requirierten Cognac schlürfte. Guderian und sein Kumpan General von Geyr waren in Rommels Hauptquartier bei La Roche Guyon in Nordfrankreich gekommen, um ihn zu instruieren, wie er seine Truppen zu verteilen habe. Rommels Reaktion auf solche Besuche reichte von Ungeduld bis Wut. Seiner Ansicht nach hatte der Generalstab die Aufgabe, für verläßliche Nachrichten und regelmäßigen Nachschub zu sorgen. Seine Erfahrung in Afrika hatte ihn gelehrt, daß der Generalstab beidem nicht gewachsen war.

Guderian hatte einen kurzgetrimmten blonden Schnurrbart; in seinen Augenwinkeln saßen so viele Falten, daß er ständig zu grinsen schien. Er war groß und gut aussehend, was ihn dem kleinen, häßlichen, kahl werdenden Rommel nicht sympathischer machte. Guderian wirkte entspannt – und jeder deutsche General, der sich in diesem Stadium des Krieges entspannen konnte, mußte ein Narr sein. Die Mahlzeit, die sie gerade beendet hatten – Kalbfleisch und Wein aus weiter südlichen Gebieten –, war dafür keine Entschuldigung.

Rommel blickte aus dem Fenster und sah zu, wie der Regen von den Linden in den Hof tropfte, während er darauf wartete, daß Guderian das Gespräch eröffnete. Als dieser schließlich zu sprechen begann, wurde sofort deutlich, daß der General darüber nachgedacht hatte, wie er sein Argument am besten vortragen solle. Er hatte sich für den indirekten Weg entschieden.

»In der Türkei werden die britische 9. und 10. Armee mit der türkischen Armee an der Grenze nach Griechenland zusammengezogen. In Jugoslawien konzentrierten sich die Partisanen ebenfalls. Die Franzosen in Algerien bereiten sich darauf vor, an der Riviera zu landen. Die Russen scheinen ein Landungsunternehmen in Schweden einleiten zu wollen. In Italien sind die Alliierten zum Marsch auf Rom bereit.

Es gibt weniger gravierende Anzeichen: einen General, der auf Kreta entführt wurde; einen in Lyon ermordeten Geheimdienstoffizier; eine Radarstation auf Rhodos, die angegriffen wurde; ein Flugzeug, das mit dem falschen Schmiermittel abgeschmiert wurde und in der Nähe von Athen abstürzte; einen Kommandoüberfall auf Sagvaag; eine Explosion in der Sauerstoff-Fabrik in Boulogne-sur-Seine; einen entgleisten Munitionszug in den Ardennen; einen Brand in einem Treibstoffdepot bei Boussens . . . Ich könnte noch mehr Beispiele nennen.

Die Situation ist eindeutig. In den besetzten Gebieten häufen sich Sabotage und Verrat. An unseren Grenzen trifft man überall Vorbereitungen für die Invasion. Keiner von uns bezweifelt, daß in diesem Sommer eine entscheidende alliierte Offensive stattfinden wird, und wir können sicher sein, daß all diese Scharmützel uns davon ablenken sollen, wo genau der Feind zuschlagen wird.«

Der General machte eine Pause. Der lehrerhafte Vortrag reizte Rommel. Er nutzte die Gelegenheit, um Guderian zu unterbrechen. »Dafür haben wir einen Generalstab: um solche Informationen zu verarbeiten, die Aktivitäten des Feindes einzuschätzen und kommende Schachzüge vorherzusehen.«

Guderian lächelte nachsichtig. »Wir müssen uns auch über die Grenzen solcher Hellsehereien im klaren sein. Ich bin sicher, daß Sie Ihre eigenen Vorstellungen davon haben, wo der Angriff stattfinden wird. Solche Vorstellungen haben wir alle. Unsere Strategie muß die Möglichkeit berücksichtigen, daß unsere Vermutungen falsch sind.«

Rommel verstand jetzt, worauf der umständliche Vortrag des

Generals abzielte. Er mußte sich beherrschen, um nicht zu widersprechen, bevor Guderian seine Schlußfolgerung geäußert hatte.
»Sie haben vier Panzerdivisionen unter Ihrem Kommando«, fuhr Guderian fort. »Die 2. Panzerdivision in Amiens, die 116. in Rouen, die 21. in Caen und die 2. SS-Division in Toulouse. General von Geyr hat Ihnen schon vorgeschlagen, daß all diese Divisionen weit von der Küste zurückgezogen werden sollten, um an jeder Stelle sofort zurückschlagen zu können. Das sieht die strategische Planung des OKW vor. Trotzdem haben Sie sich nicht nur von Geyrs Vorschlag widersetzt, sondern die 21. sogar bis ganz an die Atlantikküste vorrücken lassen.«
»Und die drei anderen müssen so schnell wie möglich an die Küste vorrücken«, explodierte Rommel. »Wann werden Sie es endlich begreifen? *Die Alliierten haben die Luftherrschaft.* Wenn die Landung einmal stattgefunden hat, wird es keine weiteren entscheidenden Bewegungen der Panzertruppen mehr geben. Mobile Operationen sind nicht mehr möglich. Wenn Ihre kostbaren Panzer bei der Landung der Alliierten in Paris sind, werden sie auch in Paris *bleiben* – festgenagelt von der RAF –, bis die Alliierten über den Boulevard St. Michel marschieren. Das *weiß* ich – denn mir ist es passiert. Zweimal!« Er schöpfte Atem. »Wenn wir unsere Panzerdivisionen als Einsatzreserve zurückziehen, werden sie nutzlos. Es wird keinen Gegenangriff geben. Wir müssen den Invasionstruppen an der Küste begegnen, wo sie am verwundbarsten sind, und sie ins Meer zurückdrängen.«
Die Röte wich aus seinem Gesicht, während er seine eigene Verteidigungsstrategie darlegte. »Ich habe Unterwasserhindernisse bauen, den Atlantikwall verstärken, Minenfelder legen und Pfähle in jede Wiese treiben lassen, die hinter unseren Linien als Flugplatz benutzt werden könnte. Alle meine Truppen heben Verteidigungsstellungen aus, wenn sie nicht üben. Meine Panzerdivisionen müssen an die Küste vorrücken. Die Reserve des OKW sollte nach Frankreich verlegt werden. Man muß die 9. und 10. SS-Division von der Ostfront zurückholen. Unsere ganze Strategie muß darauf abzielen, die Alliierten an

der Einrichtung eines Brückenkopfes zu hindern. Denn wenn ihnen das gelingt, ist die Schlacht verloren . . vielleicht sogar der Krieg.«

Guderian beugte sich vor; seine Augen waren zu einem aufreizenden, ironischen Lächeln zusammengekniffen.

»Sie wollen also, daß wir die ganze europäische Küstenlinie von Tromsø in Norwegen um die Iberische Halbinsel herum bis nach Rom verteidigen. Und woher sollen wir die Armeen dafür nehmen?«

»Diese Frage hätte man sich 1938 stellen sollen«, murmelte Rommel.

Ein verlegenes Schweigen entstand nach dieser Bemerkung, die um so schockierender war, als der notorisch unpolitische Rommel sie gemacht hatte.

Von Geyr brach den Bann. »Wo meinen *Sie*, daß der Angriff stattfinden wird, Feldmarschall?«

Rommel dachte nach. »Bis vor kurzem war ich davon überzeugt, daß die Straße-von-Dover-Theorie stimmt. Als ich jedoch das letzte Mal beim Führer war, haben seine Argumente für die Normandie mich beeindruckt. Außerdem halte ich viel von seinem Instinkt, der ihm fast immer recht gegeben hat. Deshalb glaube ich, daß unsere Panzer vor allem an der Normandieküste stehen sollten. Eine Division käme vielleicht für die Mündung der Somme in Frage – unterstützt von Streitkräften, die nicht zu meiner Gruppe gehören.«

Guderian schüttelte ernst den Kopf. »Nein, nein, nein. Das ist viel zu riskant.«

»Ich bin dazu bereit, dem Führer selbst meine Meinung vorzutragen«, drohte Rommel.

»Ihnen wird nichts anderes übrigbleiben«, sagte Guderian resignierend, »denn ich werde Ihrem Plan nicht zustimmen, es sei denn . . .«

»Ja?« Rommel war überrascht darüber, daß die Position des Generals nicht ohne Einschränkungen zu gelten schien.

Guderian rückte auf seinem Stuhl hin und her. Es widerstrebte ihm, einem so halsstarrigen Gegner wie Rommel ein Zugeständnis zu machen. »Sie wissen vielleicht, daß der Führer auf einen Bericht von einem ungewöhnlich tüchtigen Agenten in England wartet.«

»Ich erinnere mich«, nickte Rommel. »Von der Nadel.«

»Ja. Er hat den Auftrag, die Stärke der *First United States Army Group* unter Patton in Ostengland zu erkunden. Wenn er herausfindet – wovon ich überzeugt bin –, daß diese Armee umfangreich, schlagkräftig und einsatzbereit ist, werde ich mich weiter gegen Sie wenden. Wenn er jedoch entdeckt, daß FUSAG ein Bluff ist – eine kleine Armee, die sich als Invasionsstreitmacht maskiert –, dann gebe ich zu, daß Sie recht haben, und Sie werden Ihre Panzer bekommen. Akzeptieren Sie diesen Kompromiß?«

Rommel nickte zustimmend. »Also hängt alles von der Nadel ab.«

»Alles hängt von der Nadel ab.«

Fünfter Teil

25

Lucy merkte ganz plötzlich, daß das Haus schrecklich klein war. Während sie ihren morgendlichen Arbeiten nachging – den Ofen anmachte, den Porridge zubereitete, aufräumte und Jo anzog –, schienen die Wände sie zu erdrücken. Schließlich waren es nur vier Räume, die durch einen kleinen Gang und eine Treppe verbunden waren; man konnte sich kaum bewegen, ohne mit einem anderen zusammenzustoßen. Wenn man still stand und lauschte, konnte man hören, was jeder tat: Henry ließ Wasser in das Waschbecken laufen, David rutschte die Treppe hinunter, und Jo schimpfte seinen Teddybär im Wohnzimmer aus. Lucy wäre am liebsten eine Zeitlang allein gewesen, damit die Ereignisse der Nacht zu einer Erinnerung wurden und nicht so sehr im Vordergrund ihrer Gedanken standen. Dann hätte sie sich ohne bewußte Anstrengung normal verhalten können.

Lucy fürchtete, daß die Täuschung ihr nicht leichtfallen würde, da sie keine Erfahrung darin hatte. Sie versuchte, sich an eine andere Gelegenheit in ihrem Leben zu erinnern, bei der sie jemanden täuschen mußte, der ihr nahestand, aber es gelang ihr nicht. Dabei richtete sie sich nicht nach sehr hohen Prinzipien – der *Gedanke* an eine Lüge machte ihr nichts aus. Aber sie hatte einfach nie einen Grund gehabt, unehrlich zu sein.

David und Jo setzten sich an den Küchentisch und begannen zu essen. David schwieg, während Jo pausenlos schwatzte, weil es ihm Spaß machte zu sprechen. Lucy wollte nichts essen.

»Möchtest du nichts?« fragte David beiläufig.

»Ich habe schon.« Ihre erste Lüge. Es war gar nicht so schlimm.

Der Sturm schien das Gefühl der Enge noch zu verstärken. Der Regen war so dicht, daß Lucy den Schuppen vom Küchenfenster aus kaum sehen konnte. Der niedrige stahlgraue Himmel und die Nebelfetzen schufen ein ständiges Zwielicht. Im Garten strömte der Regen zwischen den Reihen der Kartoffelpflanzen hindurch, und das Gemüsebeet war ein seichter Teich geworden. Das Spatzennest unter der Dachkante des Schuppens war fortgeschwemmt worden, und die Vögel flatterten in Panik unter die Dachkanten und kamen immer sofort wieder hervor.
Lucy hörte, wie Henry die Treppe herunterkam, und fühlte sich besser. Aus irgendeinem Grunde war sie davon überzeugt, daß ihm Täuschungen sehr leichtfielen.

»Guten Morgen!« sagte Faber laut und herzlich. David, der in seinem Rollstuhl am Tisch saß, blickte auf und lächelte. Lucy machte sich am Herd zu schaffen. Ihr ganzes Gesicht spiegelte ihre Schuldgefühle wider. Faber stöhnte innerlich, doch David schien Lucys Miene nicht zu bemerken. Faber begann David für einen Trottel zu halten.
»Setzen Sie sich und frühstücken Sie, Henry«, sagte Lucy.
»Vielen Dank.«
»Auf einen Kirchgang müssen Sie leider verzichten«, meinte David. »Mehr als Hymnengesang im Radio können wir nicht bieten.«
Faber fiel ein, daß Sonntag war. »Sind Sie ein regelmäßiger Kirchgänger?«
»Nein«, erwiderte David. »Sie?«
»Nein.«
»Ein Sonntag unterscheidet sich für einen Farmer kaum von anderen Tagen«, fuhr David fort. »Ich fahre zum anderen Ende der Insel hinüber, um meinen Hirten zu treffen. Sie können mitkommen, wenn Sie sich dazu imstande fühlen.«
»Gern«, antwortete Faber. Die beste Gelegenheit, alles auszukundschaften. Er mußte den Weg zu dem Häuschen mit dem Sender kennen. »Möchten Sie, daß ich fahre?«

David warf ihm einen scharfen Blick zu. »Ich komme ganz gut zurecht.« Ein kurzes gespanntes Schweigen folgte. »Bei diesem Wetter gibt es die Straße nur noch in meinem Kopf. Mit mir am Steuer werden wir viel sicherer sein.«
»Natürlich.« Faber begann zu essen.
»Für mich spielt es keine Rolle«, beharrte David. »Ich will auf keinen Fall, daß Sie mitkommen, wenn es Ihnen zuviel sein könnte –«
»Wirklich, es würde mich freuen.«
»Haben Sie gut geschlafen? Ich habe nicht daran gedacht, daß Sie noch müde sein könnten. Hoffentlich mußten Sie wegen Lucy nicht zu lange aufbleiben.«
Faber zwang sich, Lucy nicht anzusehen. Aus den Augenwinkeln konnte er erkennen, daß sie bis zu den Haarwurzeln errötet war. »Ich habe gestern den ganzen Tag geschlafen«, sagte er und versuchte, Davids Augen mit seinen eigenen zu fixieren.
Es gelang nicht. David schaute seine Frau an. Sie wandte ihm den Rücken zu. Seine Stirn war leicht gerunzelt, und dann fiel sein Unterkiefer – nur für einen Moment – hinunter, das klassische Bild des Überraschten.
Faber war etwas ärgerlich. David würde jetzt feindselig sein, und Feindseligkeit und Mißtrauen lagen dicht beieinander. Es war nicht gefährlich, doch es könnte lästig werden.
David gewann rasch seine Fassung zurück. Er stieß seinen Stuhl vom Tisch ab und rollte zur Hintertür. »Ich hole den Jeep aus dem Schuppen«, murmelte er. Dann nahm er eine Ölhaut von einem Haken, zog sie über den Kopf, öffnete die Tür und fuhr hinaus.
In den wenigen Augenblicken, da die Tür offenstand, blies der Sturm in die kleine Küche hinein, so daß der Fußboden ganz naß wurde und die Menschen fröstelten. Als sie wieder geschlossen war, erschauerte Lucy und begann das Wasser auf den Fliesen aufzuwischen. Faber streckte die Hand aus und berührte ihren Arm.
»Nicht.« Sie deutete mit einer ruckartigen Bewegung des Kopfes warnend auf Jo.

»Du bist albern«, sagte Faber.
»Ich glaube, er weiß es.«
»Aber wenn du nur einen Moment darüber nachdenkst, macht es dir doch nichts aus, ob er es weiß oder nicht.«
Sie überlegte. »Es sollte mir nichts ausmachen.«
Faber zuckte die Achseln. Die Hupe des Jeeps ertönte ungeduldig. Lucy reichte ihm eine Ölhaut und ein Paar Gummistiefel.
»Sprecht nicht von mir«, bat sie.
Faber zog die wasserdichte Kleidung an und ging zur Vordertür. Lucy folgte ihm und schloß die Tür zur Küche, in der Jo zurückgeblieben war.
Mit der Hand auf der Klinke drehte Faber sich um und küßte sie.
Sie erwiderte seinen Kuß leidenschaftlich, wandte sich dann um und ging in die Küche zurück.
Faber rannte über ein Meer aus Schlamm durch den Regen und sprang neben David in den Jeep, der sofort anfuhr.
Das Fahrzeug war speziell so angefertigt worden, daß man es auch ohne Beine bedienen konnte. Es besaß eine handautomatische Schaltung und einen Griff am Rand des Lenkrades, der es dem Fahrer ermöglichte, mit einer Hand zu lenken. Der zusammengeklappte Rollstuhl paßte in ein besonderes Fach hinter dem Fahrersitz. In einem Netz oberhalb der Windschutzscheibe lag eine Schrotflinte.
David fuhr mit großem Geschick. Er hatte recht gehabt, was die Straße betraf: Sie war nicht mehr als ein Heidestreifen, der von den Reifen des Jeeps blank gescheuert war. Der Regen sammelte sich in den tiefen Spuren. Es schien David Vergnügen zu bereiten, daß der Wagen im Schlamm hin und her rutschte. Er hatte eine Zigarette zwischen den Lippen und wirkte unangemessen herausfordernd. Vielleicht war dies sein Ersatz für das Fliegen.
»Was tun Sie, wenn Sie nicht angeln?« Er quetschte die Worte an der Zigarette vorbei.
»Bin Beamter.«
»In welcher Sparte?«

»Finanzen. Ich bin nur ein Rädchen im Getriebe.«
»Schatzamt, was?«
»Hauptsächlich.«
Sogar diese idiotische Antwort beendete Davids Verhör nicht.
»Interessant?«
»Ziemlich.« Faber nahm all seine Energie zusammen, um eine Geschichte zu erfinden. »Ich verstehe ein bißchen davon, wieviel technische Arbeiten kosten dürfen. Meistens passe ich darauf auf, daß der Steuerzahler nicht übers Ohr gehauen wird.«
»Eine bestimmte Art von Technik?«
»Alles, von Büroklammern bis zu Flugzeugmotoren.«
»Ach so. Na, jeder trägt eben auf seine Weise dazu bei, den Krieg zu gewinnen.«
Es war eine gehässige Bemerkung, und David hatte natürlich keine Ahnung, weshalb Faber sie nicht übelnahm. »Ich bin zu alt, um zu kämpfen«, sagte er freundlich.
»Waren Sie beim erstenmal dabei?«
»Zu jung.«
»Glück gehabt.«
»Zweifellos.«
Die Spur führte recht dicht am Rand der Klippen entlang, doch David verlangsamte das Tempo nicht. Faber kam der Verdacht, daß er sie beide umbringen wollte. Er versuchte, einen Haltegriff zu packen.
»Fahre ich zu schnell für Sie?« fragte David.
»Sie scheinen den Weg gut zu kennen«, antwortete Faber.
»Sie sahen erschrocken aus.«
Faber schwieg, und David fuhr etwas langsamer. Anscheinend war er zufrieden, weil er irgend etwas bewiesen hatte.
Die Insel war recht flach und kahl, wie Faber bemerkte. Der Boden hob und senkte sich leicht, aber er hatte noch keine Hügel gesehen. Die Vegetation bestand vor allem aus Gras mit einigen Farnsträuchern und Büschen, aber wenigen Bäumen. Es gab fast keinen Schutz vor dem Wetter. David Roses Schafe müssen widerstandsfähig sein, dachte er.
»Sind Sie verheiratet?« fragte David plötzlich.

»Nein.«
»Sehr klug.«
»Oh, ich weiß nicht.«
»Ich wette, daß Sie in London einiges aufreißen«, sagte David mit einem lüsternen Seitenblick.
Faber hatte die zweideutige, verächtliche Art, mit der manche Männer über Frauen sprechen, nie gefallen. Er gab scharf zurück: »Ich glaube, daß Sie mit Lucy viel Glück gehabt haben.«
»Oh, tatsächlich?«
»Ja.«
»Aber nichts geht über Abwechslung, oder?«
Faber dachte: Worauf zum Teufel will er hinaus? »Ich hatte noch keine Gelegenheit, die Vorzüge der Monogamie zu entdecken.«
»Eben.«
Faber dachte: *Er* weiß selbst nicht, worauf er hinauswill. Er beschloß zu schweigen, da jedes seiner Worte das Feuer nur zu schüren schien.
»Ich muß sagen, daß Sie nicht gerade wie ein Beamter vom Schatzamt aussehen. Wo sind der zusammengerollte Regenschirm und der Bowler?«
Faber bemühte sich um ein dünnes Lächeln.
»Und Sie wirken ziemlich fit für einen Bürohengst.«
»Ich fahre Rad.«
»Sie müssen sehr zäh sein. Sonst hätten Sie den Schiffbruch nicht überlebt.« »Vielen Dank.«
»Sie sehen auch nicht so aus, als seien sie zu alt für die Armee.«
Faber blickte David an. »Was soll das alles, David?« fragte er ruhig.
»Wir sind da.«
Faber schaute durch die Windschutzscheibe und sah ein Häuschen, das dem von Lucy sehr ähnlich war – mit Steinmauern, einem Schieferdach und kleinen Fenstern. Es stand auf einem Hügel, dem einzigen, der Faber auf der Insel aufgefallen war. Das Haus wirkte geduckt und unverwüstlich. Während er auf die Anhöhe kletterte, umrundete der Jeep eine kleine Gruppe

Kiefern. Faber fragte sich, warum das Haus nicht im Schutz der Bäume gebaut worden war.
Neben dem Haus stand ein Weißdornbaum mit nassen Blüten. David hielt den Wagen an. Faber sah zu, während David den Rollstuhl aufklappte und sich aus dem Fahrersitz hineingleiten ließ. Hilfe hätte er übelgenommen.
Sie betraten das Haus durch eine Brettertür ohne Schloß. Im Flur wurden sie von einem schwarzweißen Collie begrüßt, einem kleinen Hund mit breitem Schädel, der mit dem Schwanz wedelte, aber nicht bellte. Der Grundriß des Hauses war identisch mit dem von Lucy, doch die Atmosphäre war anders: Alles war kahl, freudlos und nicht sehr sauber.
David rollte voran in die Küche. Der Schafhirt saß an einem altmodischen, mit Holz befeuerten Herd und wärmte sich die Hände. Er stand auf.
»Henry, das ist Tom McAvity«, stellte David vor.
»Sehr erfreut«, sagte Tom förmlich.
Faber schüttelte ihm die Hand. Tom war ein kleiner, breiter Mann mit einem Gesicht, das einem alten gegerbten Koffer glich. Er trug eine Tuchmütze und rauchte eine riesige Bruyèrepfeife mit einem Deckel darauf. Sein Händedruck war fest, und seine Haut fühlte sich wie Sandpapier an. Faber mußte sich stark konzentrieren, um ihn zu verstehen, da sein schottischer Akzent sehr breit war.
»Ich hoffe, daß ich Ihnen nicht im Wege bin«, sagte Faber. »Ich wollte nur mitfahren.«
David rollte zum Tisch hinüber. »Ich glaube nicht, daß wir heute morgen viel tun werden, Tom – wir wollen uns nur etwas umsehen.«
»Gut. Aber erst mal trinken wir ein bißchen Tee.«
Tom goß starken Tee in drei Becher und gab jeweils einen Schuß Whisky hinzu. Die drei Männer saßen schweigend da und schlürften das Getränk. David rauchte eine Zigarette, und Tom zog sanft an seiner Pfeife. Faber war sicher, daß die beiden auf diese Weise viel Zeit zusammen verbrachten.
Als sie ausgetrunken hatten, stellte Tom die Becher in den flachen Steinausguß, und sie fuhren mit dem Jeep hinaus. Faber

saß auf dem Rücksitz. David fuhr jetzt langsam. Der Hund – er hieß Bob – trottete neben ihnen her, ohne sich anstrengen zu müssen. Offenbar kannte David das Gelände sehr gut, denn er lenkte den Wagen sicher über das offene Grasland, ohne daß er ein einziges Mal in sumpfigem Boden steckenblieb. Die Schafe schienen sehr unzufrieden mit ihrem Los. Ihre Vliese trieften, sie drängten sich in Senken, in der Nähe von Brombeersträuchern oder an windgeschützten Hängen zusammen und schienen nicht grasen zu wollen. Selbst die Lämmer versteckten sich hinter ihren Müttern.
Faber beobachtete den Hund, der plötzlich stehenblieb, einen Moment lang lauschte und dann wie ein Pfeil davonrannte.
Auch Tom hatte ihn beobachtet. »Bob hat etwas gefunden«, sagte er.
Der Jeep folgte dem Hund etwa eine Viertelmeile. Als sie stoppten, konnte Faber das Meer hören. Sie waren dicht am Nordrand der Insel. Der Hund stand an der Kante einer kleinen Schlucht. Nachdem die Männer den Wagen verlassen hatten, vernahmen auch sie den Laut, den der Hund aufgefangen hatte: das Blöken eines Schafes in Not. Sie schauten vom Rand der Schlucht hinab.
Das Tier lag etwa zwanzig Fuß unter ihnen auf der Seite und hielt gerade noch das Gleichgewicht auf dem steilen Ufer. Ein Vorderlauf stand ungelenk ab. Tom kletterte mit vorsichtigen Bewegungen hinunter und untersuchte das Bein.
»Hammel heute abend«, rief er.
David holte das Gewehr aus dem Jeep und ließ es hinabgleiten. Tom erlöste das Schaf von seiner Qual.
»Sollen wir es mit dem Seil hochziehen?« fragte David.
»Ja – oder vielleicht kann Henry runterkommen und mir helfen.«
»Natürlich«, sagte Faber. Er bahnte sich seinen Weg zu Tom hinab. Sie packten beide je ein Bein und schleiften das tote Tier den Hang empor. Fabers Ölhaut verfing sich in einem Dornenbusch, und er wäre fast gestürzt, bevor er sich mit einem lauten Ratschen befreien konnte.
Sie warfen das Schaf in den Jeep und fuhren weiter. Faber war

sehr naß geworden. Er merkte, daß er fast den ganzen Rückenteil der Ölhaut abgerissen hatte. »Ich fürchte, ich habe das gute Stück ruiniert«, sagte er.
Kurz darauf waren sie bei Toms Haus angelangt. Faber zog das zerrissene Ölzeug und seine nasse Arbeitsjacke aus, und Tom legte die Jacke zum Trocknen über den Ofen. Dann ging jeder zur Außentoilette hinaus – hier fehlten allerdings die modernen Installationen von Lucys Heim –, und Tom machte wieder Tee.
»Das erste Schaf, das wir in diesem Jahr verloren haben«, sagte David.
»Ja.«
»Im Sommer zäunen wir die Schlucht ein.«
»Ja.«
Faber spürte, daß sich die Atmosphäre verändert hatte. Sie saßen, tranken und rauchten wie zuvor, doch David schien unruhig. Zweimal ertappte Faber ihn dabei, daß er ihn, tief in Gedanken versunken, anstarrte. Schließlich stand David auf – auch Faber erhob sich sofort – und sagte: »Ich überlasse es Ihnen, das Schaf zu zerlegen, Tom.«
»Ja.«
David und Faber verließen das Haus. Tom erhob sich nicht, doch der Hund begleitete sie zur Tür.
Bevor er den Jeep startete, nahm David die Schrotflinte aus dem Netz über der Windschutzscheibe, lud sie wieder und legte sie zurück.
Auf der Rückfahrt schlug Davids Stimmung wieder um, und er wurde gesprächig. »Wissen Sie, ich habe früher Spitfires geflogen. Wunderbare Mühlen. Vier Maschinengewehre in jeder Tragfläche – amerikanische Brownings, die 1260 Schüsse in der Minute abfeuern können. Die Deutschen ziehen natürlich Kanonen vor; ihre Me 109 haben nur zwei Maschinengewehre. Eine Kanone richtet mehr Schaden an, aber unsere Brownings sind schneller und präziser.«
»Wirklich?« fragte Faber höflich.
»Später hat man Kanonen in die Hurricanes eingebaut, aber die Spitfire hat die *Battle of Britain* gewonnen.«

Faber ärgerte sich über diese Prahlerei. »Wie viele feindliche Maschinen haben Sie abgeschossen?« fragte er gereizt.
»Ich habe meine Beine verloren, als ich noch in der Ausbildung war.«
Faber warf ihm einen verstohlenen Blick zu. Sein Gesicht war eine Maske unterdrückter Wut.
David fuhr fort: »Nein, ich habe keinen einzigen Deutschen getötet, noch nicht.«
Es war ein unmißverständliches Signal. Faber wurde plötzlich sehr wachsam. Er hatte keine Ahnung, was David gefolgert oder entdeckt haben mochte, aber es gab keinen Zweifel, daß der Mann etwas wußte. Faber drehte sich ein wenig zur Seite, um David ansehen zu können, stemmte sich mit dem Fuß gegen den Kardantunnel auf dem Boden und ließ die rechte Hand leicht auf dem linken Unterarm ruhen. Er wartete auf Davids nächsten Schachzug.
»Interessieren Sie sich für Flugzeuge?« fragte David.
»Nein.« Fabers Stimme war ausdruckslos.
»Es ist so etwas wie ein nationales Freizeitvergnügen geworden – Flugmelder zu spielen. So, wie Vögel zu beobachten. Viele kaufen sich Bücher zur Identifizierung der Maschinen. Liegen ganze Nachmittage auf dem Rücken und betrachten den Himmel durch Fernstecher. Ich dachte, daß Sie sich auch dafür begeistern.«
»Wieso?«
»Bitte?«
»Wie kommen Sie darauf, daß ich mich dafür begeistern könnte?«
»Oh, ich weiß nicht.« David hielt den Jeep an, um sich eine Zigarette anzuzünden. Sie hatten die Mitte der Insel erreicht und waren je fünf Meilen von Toms und Lucys Haus entfernt. David warf das Streichholz auf den Boden. »Vielleicht lag es an den Photographien, die aus Ihrer Jackentasche gefallen sind –«
Während er sprach, schleuderte er die angezündete Zigarette in Fabers Gesicht und griff nach der Flinte über der Windschutzscheibe.

26

Sid Cripps blickte aus dem Fenster und fluchte still vor sich hin. Die Wiese war voll von amerikanischen Panzern – wenigstens achtzig an der Zahl. Er sah natürlich ein, daß Krieg geführt wurde, aber wenn er gefragt worden wäre, hätte er ihnen ein anderes Feld anbieten können, auf dem das Gras nicht so üppig war. Inzwischen mußten die Ketten sein bestes Weideland zerstört haben.
Er zog seine Stiefel an und ging hinaus. Ein paar Yankee-Soldaten waren auf dem Feld, und er fragte sich, ob sie den Bullen bemerkt hatten. Am Zaun blieb er stehen und kratzte sich den Kopf. Irgend etwas Komisches ging vor. Die Panzer hatten das Gras *nicht* zermalmt. Sie hatten keine Spuren hinterlassen, aber die amerikanischen Soldaten *machten* Panzerspuren mit einem Gerät, das wie eine Egge aussah.
Während Sid versuchte, sich einen Reim darauf zu machen, nahm der Bulle die Panzer wahr. Er starrte sie eine Zeitlang an, scharrte dann den Boden auf und setzte sich schwerfällig in Bewegung. Er wollte einen Panzer angreifen.
»Blöder Kerl, du brichst dir das Genick«, murmelte Sid.
Auch die Soldaten beobachteten den Bullen. Sie schienen das Ganze für sehr lustig zu halten.
Der Bulle rannte mit voller Wucht gegen den Panzer. Seine Hörner durchbohrten das Metall an der Fahrzeugseite. Sid hoffte inbrünstig, daß britische Panzer stärker waren als amerikanische.
Ein lautes Zischen ertönte, während der Bulle die Hörner zurückzog. Der Panzer fiel in sich zusammen wie ein aufgespießter Ballon. Die amerikanischen Soldaten kugelten sich vor Lachen.
Sid Cripps kratzte sich wieder den Kopf. Es war alles sehr seltsam.

Percival Godliman hielt einen Regenschirm und schritt rasch über den Parliament Square. Er trug einen dunkelgestreiften Anzug unter dem Regenmantel, und seine schwarzen Schuhe waren auf Hochglanz poliert – jedenfalls waren sie es gewesen,

bevor er hinaus in den Regen getreten war. Schließlich kam es nicht jeden Tag – noch nicht einmal jedes Jahr – vor, daß er eine Privataudienz bei Churchill hatte.
Ein Berufssoldat wäre nervös gewesen, wenn er dem Oberbefehlshaber der Streitkräfte so schlechte Nachrichten hätte überbringen müssen. Godliman war nicht nervös, denn ein hervorragender Historiker hat von Soldaten und Politikern nichts zu fürchten, aber er war beunruhigt.
Er dachte an die Mühe, die Planung, die Sorgfalt, das Geld und die Arbeitskraft, die nötig gewesen waren, um die Illusion der *First United States Army Group* in Ostengland zu schaffen: die vierhundert Landungsboote, die sich in den Häfen und Flußmündungen drängten und nur aus Segeltuch, Brettern und darunter treibenden Ölfässern bestanden; die mühsam hergestellten aufblasbaren Nachbildungen von Panzern, Geschützen, Lastwagen, Schützenpanzern und sogar Munitionslagern; die vorgetäuschten Beschwerden in den Leserbriefen der örtlichen Zeitungen über den moralischen Verfall seit dem Eintreffen von Tausenden amerikanischer Soldaten in der Gegend; das falsche Öldock in Dover, das von dem bekanntesten britischen Architekten entworfen und – aus Kartons und alten Abflußrohren – von Handwerkern gebaut worden war, die man sich aus Filmstudios geborgt hatte; die sorgfältig fabrizierten Berichte, die vom Zwanzigerkomitee »umgedrehte« deutsche Agenten nach Hamburg durchgegeben hatten; und das unaufhörliche Geplauder im Radio, das von Berufsschreiberlingen ersonnen und einzig und allein für die deutschen Abhörposten gesendet wurde.
Eine ganze Menge war erreicht worden. Alle Zeichen deuteten darauf hin, daß die Deutschen sich wirklich hatten täuschen lassen. Und jetzt war der ganze ausgeklügelte Betrug wegen eines einzigen Spions gefährdet – eines Spions, der Godliman entkommen war.
Seine kurzen trippelnden Schritte brachten ihn über das Pflaster von Westminster zu dem schmalen Eingang von No. 2, Great George Street. Der bewaffnete Posten neben dem Wall aus Sandsäcken prüfte seinen Passierschein und winkte ihn

herein. Godliman durchquerte die Halle und ging die Treppe hinab zu Churchills unterirdischem Hauptquartier.
Es war, als ginge man auf einem Schlachtschiff unter Deck. Die Kommandostelle war durch eine vier Fuß starke Decke aus Stahlbeton vor Bomben geschützt und verfügte über eiserne Türen, die an Schiffsschotten erinnerten, und Dachstützen aus alten Spanten. Als Godliman den Kartenraum betrat, kam eine Gruppe jüngerer Leute mit ernsten Gesichtern aus dem Konferenzzimmer dahinter heraus. Ein Adjutant folgte ihnen einen Moment später und entdeckte Godliman.
»Sie sind sehr pünktlich, Sir«, sagte der Adjutant. »Er ist bereit, Sie zu empfangen.«
Godliman betrat das kleine, bequeme Konferenzzimmer. Auf dem Fußboden lagen Teppiche, und ein Porträt des Königs hing an der Wand. Ein elektrischer Ventilator verteilte den Tabakrauch gleichmäßig im Raum. Churchill saß am Kopf eines alten spiegelglatten Tisches, in dessen Mitte die Statuette eines Fauns stand – das Symbol von Churchills eigener Täuschungseinheit, der *London Controlling Section.*
Godliman entschied sich, nicht zu salutieren.
»Setzen Sie sich, Professor«, sagte Churchill.
Godliman fiel plötzlich auf, daß Churchill, der nicht groß war, so *saß* wie ein hochgewachsener Mann: mit vorgeschobenen Schultern, die Ellbogen auf die Armlehnen seines Stuhls gestützt, das Kinn gesenkt, die Beine gespreizt. Statt seiner berühmten Luftschutzkombination trug er die kurze schwarze Jacke und die gestreifte graue Hose eines Anwalts, dazu eine gepunktete blaue Fliege und ein glänzendweißes Hemd. Trotz seiner untersetzten Gestalt und seines Bauches waren seine Finger zart und dünn. Sein Gesicht war rosig wie das eines Babys. In der einen Hand hielt er einen Füllfederhalter, in der anderen eine Zigarre, und auf dem Tisch stand neben den Papieren ein Glas, das mit Whisky gefüllt zu sein schien.
Er machte Anmerkungen am Rand eines maschinengeschriebenen Berichtes und murmelte beim Kritzeln gelegentlich vor sich hin. Godliman empfand nicht die geringste Scheu vor dem großen Mann. Als Friedenspolitiker war Churchill

seiner Meinung nach eine Katastrophe gewesen. Der Mann hatte jedoch die Qualitäten eines hervorragenden Kriegsführers, und dafür respektierte Godliman ihn. (Jahre später stritt Churchill bescheiden ab, daß er der britische Löwe gewesen sei. Er habe nur die Ehre gehabt, brüllen zu dürfen. Godliman glaubte, daß diese Einschätzung in etwa stimmte.)
Churchill blickte jäh auf und fragte: »Es besteht also kein Zweifel, daß dieser verdammte Spion entdeckt hat, was wir vorhaben?«
»Nicht der geringste, Sir«, antwortete Godliman.
»Sie meinen, daß er entkommen ist?«
»Wir haben ihn bis nach Aberdeen gejagt. Es ist fast sicher, daß er von dort aus vor zwei Nächten mit einem gestohlenen Boot hinausfuhr – vermutlich zu einem Rendezvous in der Nordsee. Er kann aber kaum aus dem Hafen gewesen sein, als der Sturm losbrach. Vielleicht hat er das U-Boot vor Ausbruch des Sturms getroffen, aber das ist unwahrscheinlich. Aller Voraussicht nach ist er ertrunken. Es tut mit leid, daß wir Ihnen keine genauere Information geben können.«
»Mir auch«, sagte Churchill. Plötzlich wirkte er ärgerlich, wenn auch nicht über Godliman. Er stand auf, ging hinüber zu der Uhr an der Wand und starrte wie hypnotisiert auf die Inschrift: *Victoria RI, Ministry of Works, 1889.* Dann begann er, am Tisch entlang auf und ab zu schreiten und vor sich hin zu murmeln, als habe er Godlimans Anwesenheit vergessen. Godliman konnte die Worte verstehen und war überrascht. Der große Mann flüsterte: »Diese untersetzte, leicht vornübergebeugte Gestalt schreitet auf und ab und scheint sich plötzlich nur noch ihrer eigenen Gedanken bewußt zu sein . . .« Es war, als folge Churchill einem Hollywood-Drehbuch, das er gleichzeitig verfaßte.
Die Vorstellung endete so jäh, wie sie begonnen hatte. Wenn Churchill wußte, daß er sich exzentrisch verhalten hatte, so ließ er es sich nicht anmerken. Er setzte sich, übergab Godliman ein Bündel Papiere und sagte: »Das war die deutsche Schlachtordnung der letzten Woche.«

Godliman las:

Russische Front:	122 Infanteriedivisionen
	25 Panzerdivisionen
	17 Divisionen diverser Art
Italien und Balkan:	37 Infanteriedivisionen
	9 Panzerdivisionen
	4 Divisionen diverser Art
Westfront:	64 Infanteriedivisionen
	12 Panzerdivisionen
	12 Divisionen diverser Art
Deutschland:	3 Infanteriedivisionen
	1 Panzerdivision
	4 Divisionen diverser Art

»Von diesen zwölf Panzerdivisionen im Westen steht nur eine einzige an der Normandieküste«, erklärte Churchill. »Die großen SS-Divisionen *Das Reich* und *Adolf Hitler* stehen bei Toulouse beziehungsweise Brüssel. Eine Verlegung scheint nicht geplant. Was sagt Ihnen das alles, Professor?«

»Unsere Täuschungs- und Abschirmungspläne sind offenbar erfolgreich gewesen«, erwiderte Godliman.

»Völlig!« bellte Churchill. »Sie sind verwirrt und unsicher, und sogar die sorgfältigsten Einschätzungen unserer Absichten liegen weit daneben. Und trotzdem!« Er machte eine Pause, um den Effekt zu erhöhen. »Und trotzdem teilt General Walter Bedell Smith – Ikes Stabschef – mir mit, daß . . .« Er nahm ein weiteres Stück Papier vom Tisch und las laut vor: ». . . unsere Chancen, den Brückenkopf zu halten, besonders wenn die Deutschen Verstärkung herangeführt haben, nur fünfzig zu fünfzig stehen.«

Er legte seine Zigarre nieder, und seine Stimme wurde ganz leise. »Es wird der fünfte Juli sein, möglicherweise der sechste oder siebte. Dann passen uns die Gezeiten . . . Es ist entschieden. Die Truppenkonzentration in West Country hat schon begonnen. Die Konvois fahren in diesem Moment über

die Landstraßen von England. Die gesamte militärische und industrielle Macht der englisch sprechenden Welt – der größten Zivilisation seit dem Römischen Reich – hat vier Jahre gebraucht, um sich diese Chance von fünfzig zu fünfzig zu schaffen. Wenn der Spion entkommt, verlieren wir auch sie.«
Er starrte Godliman für einen Moment an und nahm den Füllfederhalter mit seiner schmalen, weißen Hand auf. »Bringen Sie mir keine Mutmaßungen, Professor, sondern bringen Sie mir die Leiche der Nadel.«
Er blickte nach unten und fing an zu schreiben. Nach einer Weile stand Percival Godliman auf und verließ leise das Zimmer.

27

Zigarettentabak verbrennt bei 800 Grad Celsius, doch die Glut einer Zigarette ist gewöhnlich von einer dünnen Ascheschicht umgeben. Um eine Brandwunde hervorzurufen, muß die Zigarette länger als eine halbe Sekunde gegen die Haut gepreßt werden; eine flüchtige Berührung spürt man kaum. Das gilt sogar für die Augen, denn das Blinzeln ist die schnellste unwillkürliche Reaktion des menschlichen Körpers. Nur Amateure werfen Zigaretten. Professionelle – es gibt nur wenige auf der Welt, für die die Beherrschung des Nahkampfes eine berufliche Notwendigkeit ist – würden sie nicht beachten.
Faber achtete nicht auf die angezündete Zigarette, die David Rose nach ihm geworfen hatte. Er handelte richtig, denn die Zigarette prallte von seiner Stirn ab und fiel auf den Metallboden des Jeeps. Dann machte er allerdings den Fehler, nach Davids Flinte zu greifen. Er hätte sein Stilett ziehen und seinen Gegner erstechen sollen. Zwar *hätte* David ihn zuerst erschießen *können*, doch er hatte noch nie ein Gewehr auf einen Menschen gerichtet, geschweige denn einen getötet. Er hätte wahrscheinlich gezögert, und in diesem Moment hätte Faber ihn umbringen können.
Der Fehler kam Faber teuer zu stehen.

David hatte beide Hände um den Mittelteil der Flinte gelegt – die linke um den Lauf, die rechte um den Verschluß. Er hatte die Waffe etwa zehn Zentimeter aus dem Netz gezogen, als Faber die Mündung mit einer Hand packte. David versuchte, die Flinte an sich zu reißen, doch Fabers Griff hielt fest, so daß die Mündung auf die Windschutzscheibe zeigte.
Faber war ein kräftiger Mann, aber David war ungewöhnlich stark. Seine Schultern, Arme und Handgelenke hatten seinen Körper und seinen Rollstuhl seit vier Jahren bewegt, so daß die Muskeln überentwickelt waren. Außerdem hatte er beide Hände auf der Flinte, während Faber sie nur mit einer Hand, noch dazu in einem ungünstigen Winkel, gepackt hielt. David zog noch einmal, entschlossener, und die Mündung entglitt Fabers Fingern.
In diesem Moment – die Schrotflinte war auf seinen Bauch gerichtet, und Davids Finger krümmte sich um den Abzug – fühlte Faber sich dem Tode sehr nahe.
Er zuckte plötzlich nach oben und katapultierte sich aus seinem Sitz. Sein Kopf stieß gegen das Stoffdach des Jeeps, während die Flinte mit einem Krachen explodierte, das die Ohren taub werden ließ und Schmerzen hinter den Augen verursachte. Das Fenster neben dem Beifahrersitz zersplitterte in unzählige kleine Stücke, und der Regen trieb durch den leeren Rahmen herein. Faber verdrehte den Körper und fiel zurück, nicht auf seinen eigenen Sitz, sondern auf David. Er legte beide Hände auf Davids Kehle und drückte mit den Daumen zu.
David versuchte, die Flinte zwischen ihre Körper zu bringen, um den anderen Lauf abzufeuern, aber die Waffe war zu groß. Faber blickte in Davids Augen und sah ... was mochte es sein? Freude! Natürlich – endlich hatte der Mann eine Chance, für sein Land zu kämpfen. Dann veränderte sich seine Miene, als sein Körper den Sauerstoffmangel spürte, und er begann nach Atem zu ringen.
David ließ die Flinte los und schob beide Ellbogen so weit zurück, wie er konnte, dann stieß er zwei mächtige Gerade in Fabers untere Rippen.
Der Schmerz war kaum zu ertragen. Faber verzog das Gesicht

vor Qual, lockerte den Druck auf Davids Kehle aber nicht. Er wußte, daß er den Schlägen länger zu widerstehen vermochte, als David den Atem anhalten konnte.
David mußte der gleiche Gedanke gekommen sein. Er kreuzte die Unterarme zwischen ihren Körpern und stieß Faber zurück. Als die Lücke ein paar Zoll breit war, riß er die Hände nach oben und zur Seite gegen Fabers Arme, so daß der Würgegriff gebrochen wurde. Er ballte die rechte Faust und brachte sie zu einem gewaltigen, wenn auch wenig kunstvollen Schlag nach unten, der auf Fabers Wangenknochen landete und ihm das Wasser in die Augen trieb.
Faber antwortete mit einer Serie von Geraden zum Körper; David bearbeitete weiterhin sein Gesicht. Sie waren zu dicht beieinander, um sich in kurzer Zeit ernsthafte Verletzungen zuzufügen, doch Davids größere Kraft begann sich bemerkbar zu machen.
David hatte Zeit und Ort für den Kampf klug gewählt: Er besaß den Vorteil der Überraschung, der Waffenwahl und des beschränkten Raumes, wo seine Muskeln viel und Fabers bessere Koordination und Wendigkeit wenig wert waren.
Als Faber sein Gewicht ein wenig verlagerte, berührte seine Hüfte die Schaltung, so daß ein Vorwärtsgang eingelegt wurde. Da der Motor noch lief, ruckte der Wagen und ließ Faber das Gleichgewicht verlieren. David nutzte die Gelegenheit, eine lange linke Gerade abzufeuern, die – mehr durch Glück als durch Geschick – Faber voll ans Kinn traf und ihn auf die andere Seite des Jeeps warf. Sein Kopf krachte gegen den A-förmigen Pfosten, und er rutschte mit der Schulter auf den Türgriff. Die Tür sprang auf, er fiel mit einem Rückwärtssalto aus dem Wagen hinaus und landete mit dem Gesicht im Schlamm.
Für einen Moment war Faber zu benommen, um sich bewegen zu können. Als er die Augen öffnete, konnte er nichts als blaue Blitze auf einem verschwommenen roten Hintergrund erkennen. Der Motor des Jeeps jaulte. Er schüttelte den Kopf, versuchte verzweifelt, das Feuerwerk vor seinen Augen zu verscheuchen, und rappelte sich hoch auf Hände und Knie. Das Geräusch des Jeeps wurde leiser und kam wieder näher. Er

wandte den Kopf dem Lärm zu, und während sich die Farben vor seinen Augen auflösten und verschwanden, sah er, daß sich das Fahrzeug ihm mit hoher Geschwindigkeit näherte.
David wollte ihn überfahren.
Die vordere Stoßstange war nur noch Zentimeter von seinem Gesicht entfernt, als er sich zur Seite schleuderte. Er spürte einen Windstoß. Ein Kotflügel traf seinen ausgestreckten Fuß, und der Jeep donnerte vorbei; seine breitspurigen Reifen rissen den schwammigen Grasboden auf und schienen Schlick zu spucken. Faber wälzte sich zweimal im nassen Gras herum und erhob sich dann auf ein Knie. Sein Fuß schmerzte. Er sah zu, wie der Wagen einen engen Kreis beschrieb und wieder auf ihn zukam.
Faber konnte Davids Gesicht durch die Windschutzscheibe erkennen. Der junge Mann hatte sich über das Lenkrad gebeugt, und ein wildes, fast wahnsinniges Grinsen entblößte seine Zähne. Er schien sich im Cockpit einer Spitfire zu glauben, die sich mit der Sonne im Rücken auf eine Messerschmitt stürzt, während die acht Browning-Maschinengewehre 1260 Schüsse pro Minute abfeuern.
Faber bewegte sich auf den Klippenrand zu. Der Jeep wurde schneller. Faber wußte, daß er im Moment nicht fähig war zu laufen. Er blickte über die Klippe: Es war ein felsiger, fast senkrechter Hang, der dreißig Meter steil zum wütenden Meer hinabführte. Der Jeep raste direkt am Klippenrand auf ihn zu. In völliger Verzweiflung suchte Faber nach einem Gesims oder wenigstens einem vorspringenden Felsen, um Fuß zu fassen. Es gab keinen.
Der Jeep war noch vier oder fünf Meter entfernt; er hatte ein Tempo von etwa vierzig Meilen pro Stunde. Seine Räder waren weniger als zwei Fuß vom Klippenrand entfernt. Faber ließ sich flach hinfallen und schwang die Beine ins Leere hinaus. Er stützte sein Gewicht auf die Unterarme, während er an der Kante hing.
Die Räder verpaßten ihn um wenige Zentimeter. Einige Meter weiter rutschte ein Rad über die Kante. Einen Augenblick lang dachte Faber, daß das ganze Fahrzeug hinüberkippen und

ins Meer stürzen würde, doch die drei anderen Räder brachten den Jeep wieder in Sicherheit.
Der Boden unter Fabers Armen gab nach. Die durch den Jeep entstandene Vibration hatte die Erde gelockert. Er merkte, wie er ein kleines Stück zurückrutschte. Dreißig Meter unter ihm tobte das Meer zwischen den Klippen. Faber streckte einen Arm so weit wie möglich aus und grub die Finger tief in den weichen Boden. Ein Nagel riß ab, aber er achtete nicht darauf. Jetzt ließ er den anderen Arm folgen. Als beide Hände in der Erde verankert waren, zog er sich hoch. Es ging quälend langsam, aber schließlich war sein Kopf auf Höhe seiner Hände, und seine Hüften erreichten festen Boden, so daß er sich herumdrehen und von der Kante fortrollen konnte.
Der Jeep wendete erneut. Faber rannte auf ihn zu. Sein Fuß schmerzte, war aber nicht gebrochen. David beschleunigte, um einen weiteren Versuch zu machen. Faber wandte sich um und lief im rechten Winkel zur Richtung des Jeeps, wodurch er David zwang, in die Kurve zu gehen und langsamer zu werden.
Faber konnte nicht mehr lange durchhalten. Er würde bestimmt eher als David müde werden. Noch einen Versuch durfte er ihm nicht gestatten.
Er lief schneller. David wollte ihn abfangen und hielt auf einen Punkt vor Faber zu. Faber rannte zurück, und der Jeep beschrieb eine Zickzacklinie. Er war inzwischen sehr nahe gekommen. Faber begann zu sprinten; sein Kurs nötigte David, in einem engen Kreis zu fahren. Der Jeep wurde langsamer, und Faber kam immer näher. Zwischen ihnen lagen nur noch ein paar Meter, als David merkte, was Faber beabsichtigte. Er drehte das Lenkrad, aber es war zu spät. Faber rannte an die Seite des Jeeps und warf sich in die Höhe, so daß er mit dem Gesicht nach unten auf dem Leinenverdeck landete.
Er blieb ein paar Sekunden lang liegen und schöpfte Atem. Sein verletzter Fuß fühlte sich an, als wäre er in ein Feuer gehalten worden, und er hatte stechende Schmerzen in der Lunge.
Der Jeep fuhr immer noch. Faber zog das Stilett aus der Scheide unter seinem Ärmel und machte einen langen gezackten

Schnitt in das Verdeck. Der Stoff flatterte nach unten, und Faber hatte Davids Hinterkopf vor sich.
David blickte hoch. Ein Ausdruck unendlicher Überraschung glitt über sein Gesicht. Faber holte aus, um zuzustoßen.
David drückte die Kupplung durch und riß das Lenkrad herum. Der Jeep sprang nach vorn und stellte sich auf zwei Räder, während er quietschend eine enge Kurve beschrieb. Faber versuchte mit aller Kraft, sich festzuhalten. Der Jeep, der immer noch schneller wurde, krachte auf seine vier Räder zurück und hob sich dann von neuem. Er schwankte ein paar Meter unsicher, dann verloren die Räder den Halt auf dem durchweichten Boden, und das Fahrzeug stürzte mit malmendem Krachen auf die Seite.
Faber wurde mehrere Meter durch die Luft geschleudert und landete unglücklich. Der Aufprall raubte ihm den Atem. Es dauerte einige Sekunden, bis er sich bewegen konnte.
Durch seinen unkontrollierten Kurs war der Jeep der Klippe wieder gefährlich nahe gekommen.
Faber sah sein Messer ein paar Meter von sich entfernt im Gras liegen. Er hob es auf und wandte sich dem Jeep zu.
Irgendwie war es David gelungen, sich selbst und seinen Rollstuhl durch das aufgeschlitzte Verdeck zu zwängen. Jetzt saß er in dem Stuhl und schob sich vom Klippenrand fort. Faber mußte Davids Mut anerkennen.
Trotzdem mußte er ihn töten.
Faber lief hinter ihm her. David mußte seine Schritte gehört haben, denn kurz bevor Faber ihn einholte, hielt er den Rollstuhl plötzlich an und wirbelte ihn herum. Faber bemerkte einen schweren Schraubenschlüssel in Davids Hand.
Er warf sich gegen den Rollstuhl und stieß ihn um. Sein letzter Gedanke war, daß sie beide zusammen mit dem Stuhl ins Meer stürzen könnten – dann traf der Schraubenschlüssel seinen Hinterkopf, und er verlor das Bewußtsein.
Als er wieder zu sich kam, lag der Rollstuhl neben ihm, doch David war nirgends zu sehen. Faber rappelte sich auf und blickte sich erstaunt und benommen um.
»Hier!«

Die Stimme tönte hinter der Klippe hervor. Anscheinend war David aus dem Stuhl geschleudert worden und über die Kante gerutscht. Faber kroch an die Klippe heran und schaute hinüber.
David hatte die eine Hand um den Ast eines Strauches geklammert, der genau unter dem Überhang wuchs. Die andere Hand war in eine schmale Felsspalte gepreßt. Er hing frei in der Luft – genau wie Faber ein paar Minuten zuvor. In seinen Augen stand nacktes Entsetzen.
»Zieh mich hoch, um Gottes willen«, rief er mit heiserer Stimme.
Faber beugte sich näher zu ihm. »Woher wußtest du von den Bildern?«
»Hilf mir, bitte!«
»Erzähl mir von den Bildern.«
»Oh, Gott.« David machte eine gewaltige Anstrengung, um sich zu konzentrieren. »Als du zu Toms Toilette gingst, trocknete deine Jacke in der Küche. Tom war oben, um mehr Whisky zu holen, und ich durchsuchte deine Taschen. Dabei fand ich die Negative.«
»Und das genügt dir als Beweis, um mich töten zu wollen?« sagte Faber verblüfft.
»Das und was du in meinem Haus mit meiner Frau gemacht hast. Kein Engländer würde sich so benehmen.«
Faber konnte ein Lachen nicht unterdrücken. »Wo sind die Negative jetzt?«
»In meiner Tasche.«
»Gib sie mir, und ich ziehe dich hoch.«
»Du mußt sie dir selbst nehmen – ich kann nicht loslassen.«
Faber legte sich flach auf den Bauch und schob die Hand unter Davids Ölhaut zur Brusttasche seiner Jacke. Er seufzte befriedigt auf, als seine Finger die Filmbüchse berührten und hervorzogen. Dann überprüfte er die Filme: Keiner schien zu fehlen. Er steckte die Büchse in seine Jackentasche, knöpfte die Klappe zu und schob die Hand wieder zu David hinunter.
Er packte den Strauch, an den David sich klammerte, und entwurzelte ihn mit einem heftigen Ruck.

David schrie: »Nein!« Er tastete verzweifelt nach einem Halt, während seine andere Hand unerbittlich aus der Felsspalte rutschte.
»Das ist nicht fair!« brüllte er. Dann löste sich seine Hand aus der Spalte.
Zunächst schien er mitten in der Luft zu hängen, darauf fiel er schneller und schneller, prallte zweimal gegen die Klippe und ging mit einem gewaltigen Platschen im Wasser unter.
Faber wartete eine Weile, um sicher zu sein, daß David nicht wieder auftauchte. »Nicht fair?« murmelte er vor sich hin. »Nicht *fair*? Weißt du nicht, daß Krieg ist?«
Er blickte ein paar Minuten lang hinunter ins Meer. Einmal glaubte er, eine gelbe Ölhaut an der Oberfläche aufblitzen zu sehen, doch sie war sofort wieder verschwunden.
Plötzlich fühlte er sich schrecklich müde. Seine Verletzungen drangen eine nach der anderen in sein Bewußtsein vor: der verwundete Fuß, die Beule am Kopf, die Prellungen überall im Gesicht.
David Rose war ein Narr, ein Aufschneider und ein schlechter Ehemann gewesen, und er war um Gnade bettelnd gestorben. Doch er war auch ein mutiger Mann gewesen, und er hatte sich für sein Land geopfert – sein Wunsch war in Erfüllung gegangen.
Faber fragte sich, ob sein eigener Tod genauso gut sein würde.
Endlich wandte er sich vom Klippenrand ab und ging zu dem auf der Seite liegenden Jeep zurück.

28

Percival Godliman fühlte sich gestärkt, entschlossen und inspiriert.
Wenn er darüber nachdachte, war ihm unbehaglich zumute. Anfeuernde Worte wirken nur auf die Massen, Intellektuelle glauben dagegen immun zu sein. Und doch – obwohl er wußte, daß der Auftritt des großen Mannes sorgfältig geplant, die Crescendi und Diminuendi seiner Rede vorgezeichnet waren wie in einer Symphonie – spürte er ihre Wirkung.

Er kam in sein Büro zurück und brannte darauf, *irgend etwas* zu tun.
Godliman ließ seinen Schirm in den Ständer fallen, hängte seinen nassen Regenmantel auf und betrachtete sich im Spiegel an der Innenseite der Schranktür. Zweifellos hatte sich sein Gesicht irgendwie verändert, seit er sich der Jagd auf Spione in England angeschlossen hatte. Vor kurzem war ihm zufällig ein Photo von 1937 in die Hände geraten, das ihn mit einer Gruppe von Studenten bei einem Seminar in Oxford zeigte. Damals hatte er älter ausgesehen als heute: bleiche Haut, wuscheliges Haar, die stoppelige Rasur und die schlechtsitzenden Kleider eines Pensionärs. Das wuschelige Haar war verschwunden; von einem mönchischen Haarkranz abgesehen war er jetzt kahl. Seine Kleidung war die eines Managers, nicht die eines Lehrers. Ihm schien – vielleicht bildete er es sich nur ein –, daß sein Kinn entschiedener und seine Augen heller waren. Außerdem gab er sich mehr Mühe beim Rasieren.
Er war inspiriert, das Unmögliche zu schaffen. Das ärgerliche war nur, daß Inspiration allein nicht zu einer Lösung verhalf. Er erinnerte sich an seine Dissertation über die Reisen eines fast unbekannten mittelalterlichen Mönches namens *Thomas of the Tree.* Godliman hatte sich die nicht allzu wichtige, aber schwierige Aufgabe gestellt, die Route des Mönches über einen Zeitraum von fünf Jahren nachzuzeichnen. Es hatte eine verwirrende Lücke von acht Monaten gegeben, in denen er entweder in Paris oder Canterbury gewesen war. Godliman war nicht in der Lage gewesen, seinen Aufenthaltsort zu bestimmen, wodurch der Wert des ganzen Projekts gefährdet wurde. Die Dokumente, die er benutzte, enthielten die Information nicht. Wenn der Verbleib des Mönches nicht aufgezeichnet worden war, gab es keine Möglichkeit, ihm auf die Spur zu kommen – damit mußte man sich abfinden. Mit dem Optimismus der Jugend hatte Godliman sich jedoch geweigert zu glauben, daß die Information nicht vorlag. Er war von der Voraussetzung ausgegangen, daß *irgendwo* verzeichnet war, wie Thomas diese Monate verbracht hatte – trotz der bekannten Tatsache, daß fast alles, was im Mittelalter geschah, nicht dokumentiert

ist. Wenn Thomas weder in Paris noch in Canterbury gewesen war, mußte er sich auf der Überfahrt zwischen den beiden befunden haben – so hatte Godliman geschlossen. Dann hatte er Dokumente in einem Amsterdamer Museum gefunden, aus denen hervorging, daß Thomas an Bord eines Schiffes nach Dover gegangen war; es war vom Kurs abgetrieben worden und schließlich an der irischen Küste gestrandet. Diese Art beispielhafter historischer Forschung hatte Godliman schließlich seine Professur eingebracht.

Er konnte versuchen, mit dieser Denkweise an Fabers rätselhaftes Verschwinden heranzugehen.

Es war am wahrscheinlichsten, daß Faber ertrunken war. Wenn nicht, war er inzwischen vermutlich in Deutschland. Keine dieser Möglichkeiten gab Godliman Handlungsspielraum, deshalb mußten sie außer acht gelassen werden. Er hatte davon auszugehen, daß Faber am Leben war und irgendwo Land erreicht hatte.

Er verließ sein Büro und kletterte eine Treppe hinab zum Kartenraum. Dort stand sein Onkel, Colonel Terry, mit einer Zigarette zwischen den Lippen nachdenklich vor einer Europakarte. Es war in diesen Tagen ein vertrauter Anblick im Kriegsministerium: Männer von hohem Rang, die in Karten versunken waren und schweigend ihre eigenen Berechnungen darüber anstellten, ob man den Krieg gewinnen oder verlieren werde. Der Grund dafür war, daß alle Pläne gemacht und die umfangreiche Maschinerie in Bewegung gesetzt worden war. Diejenigen, von denen die großen Entscheidungen getroffen wurden, konnten jetzt nur noch abwarten, ob sie recht gehabt hatten.

Terry sah Godliman kommen und fragte: »Wie bist du mit dem großen Mann zurechtgekommen?«

»Er trank Whisky«, sagte Godliman.

»Er trinkt den ganzen Tag, aber es scheint ihm nie etwas auszumachen. Was hat er gesagt?«

»Er möchte, daß wir ihm den Kopf der Nadel bringen.« Godliman durchquerte den Raum bis zur Wandkarte von Großbritannien und legte einen Finger auf Aberdeen. »Wenn du ein

U-Boot aussenden müßtest, um einen flüchtigen Spion abzuholen, wie nahe könntest du es an die Küste herankommen lassen, ohne es zu gefährden?«

Terry stellte sich neben ihn und betrachtete die Karte. »Ich würde es nicht in die Dreimeilenzone reinlassen. Aber am sichersten wäre es, wenn es zehn Meilen entfernt warten könnte.«

»Richtig.« Godliman zog parallel zur Küste zwei Bleistiftstriche, die drei beziehungsweise zehn Meilen markierten. »Und wenn du ein Hobbysegler wärest, der von Aberdeen aus in einem kleinen Fischerboot in See sticht, wie weit würdest du hinausfahren, bevor du nervös wirst?«

»Du meinst: Was ist noch eine vernünftige Entfernung, die man mit so einem Boot zurücklegen kann?«

»Genau.«

Terry zuckte die Schultern. »Frag die Navy. Ich würde sagen, fünfzehn oder zwanzig Meilen.«

»Einverstanden.« Godliman zog einen Bogen von zwanzig Meilen Radius mit dem Mittelpunkt in Aberdeen. »Sollte Faber noch am Leben sein, ist er also entweder wieder auf dem Festland oder irgendwo in dieser Gegend.« Er zeigte auf das Gebiet, das von den parallelen Linien und dem Bogen eingefaßt war.

»Dort gibt's kein Land.«

»Haben wir eine größere Karte?«

Terry öffnete eine Schublade und zog eine in großem Maßstab gezeichnete Karte von Schottland heraus. Er breitete sie auf der Truhe aus. Godliman übertrug die Bleistiftmarkierungen von der kleineren Karte auf die größere.

Auch jetzt war innerhalb des Gebietes kein Land zu erkennen.

»Aber sieh hier«, sagte Godliman. Knapp östlich der Zehnmeilenzone befand sich eine lange, schmale Insel.

Terry kniff die Augen zusammen. »Storm Island«, las er. »Wie treffend.«

Godliman schnalzte mit den Fingern. »Ich wette, daß er dort steckt.«

»Kannst du jemanden dorthin schicken?«
»Wenn der Sturm nachläßt. Bloggs ist da oben. Ich werde ein Flugzeug für ihn bereitstellen lassen. Sobald das Wetter besser ist, kann er starten.« Er ging zur Tür.
»Viel Glück!« rief Terry ihm nach.
Godliman lief die Treppe zum nächsten Stockwerk hoch und betrat sein Büro. Er hob den Telefonhörer ab. »Verbinden Sie mich mit Mr. Bloggs in Aberdeen, bitte.«
Während er wartete, zeichnete er die Insel auf seinen Tintenlöscher. Sie war geformt wie die obere Hälfte eines Spazierstocks, mit dem Griff am westlichen Ende. Sie mußte etwa zehn Meilen lang und vielleicht eine Meile breit sein. Bestand sie aus einem unfruchtbaren Felsbrocken, oder beherbergte sie eine blühende Gemeinde von Kleinbauern? Wenn Faber dort war, konnte er vielleicht immer noch Verbindung mit seinem U-Boot aufnehmen. Bloggs mußte die Insel vorher erreichen. Es würde schwierig werden.
»Ich verbinde Sie mit Mr. Bloggs«, sagte die Telefonistin.
»Fred?«
»Hallo, Percy.«
»Ich glaube, er ist auf einer Insel, die Storm Island heißt.«
»Nein, ist er nicht«, widersprach Bloggs. »Wir haben ihn gerade verhaftet.«

Das Stilett war neun Zoll lang; es hatte einen mit Gravierungen versehenen Griff und ein kurzes, dickes Querstück. Seine Spitze war nadelscharf. Bloggs schien es ein höchst wirksames Mordinstrument. Es war vor kurzem poliert worden.
Bloggs und Detektiv-Chefinspektor Kincaid betrachteten das Messer. Keiner von beiden wollte es anfassen.
»Er wollte einen Bus nach Edinburgh nehmen«, erklärte Kincaid. »Ein Polizist entdeckte ihn am Fahrkartenschalter und forderte ihn auf, sich auszuweisen. Er ließ seinen Koffer fallen und rannte davon. Eine Schaffnerin schlug ihm ihren Fahrkartenapparat über den Schädel. Er brauchte zehn Minuten, um zu sich zu kommen.«
»Ich möchte ihn mir ansehen«, sagte Bloggs.

Sie schritten den Korridor zu den Zellen hinab. »Hier«, meinte Kincaid.
Bloggs blickte durch das Guckloch. Der Mann saß auf einem Schemel in der entfernten Ecke der Zelle und hatte den Rücken gegen die Wand gelehnt. Er hatte die Beine übereinander geschlagen, die Augen geschlossen und die Hände in die Taschen gesteckt. »Der ist nicht zum erstenmal in einer Zelle«, bemerkte Bloggs. Der Mann war groß, hatte ein langes, gut geschnittenes Gesicht und dunkles Haar. Es hätte der Mann auf der Photographie sein können, doch das war schwer zu entscheiden.
»Wollen Sie rein?« fragte Kincaid.
»Sofort. Was war in seinem Koffer außer dem Stilett?«
»Einbruchswerkzeug, eine Menge Geld in kleinen Scheinen, eine Pistole und etwas Munition, schwarze Kleidung und Schuhe mit Kreppsohlen, zweihundert Zigaretten – Lucky Strike.«
»Keine Photos?«
Kincaid schüttelte den Kopf.
»Mist«, sagte Bloggs unwillig.
»Seine Papiere weisen ihn als Peter Fredericks aus Wembley in Middlesex aus. Behauptet, ein arbeitsloser Werkzeugmacher zu sein, der eine Beschäftigung sucht.«
»Ein Werkzeugmacher?« wiederholte Bloggs skeptisch. »In den letzten vier Jahren hat es in Großbritannien keinen arbeitslosen Werkzeugmacher gegeben. Ein Spion müßte das doch wissen. Trotzdem . . .«
»Soll ich mit dem Verhör anfangen, oder wollen Sie's?«
»Sie.«
Kincaid öffnete die Tür, und Bloggs folgte ihm. Der Mann in der Ecke öffnete desinteressiert die Augen. Er änderte seine Haltung nicht.
Kincaid setzte sich an einen kleinen, einfachen Tisch. Bloggs lehnte sich gegen die Wand.
»Wie heißen Sie wirklich?« fragte Kincaid.
»Peter Fredericks.«
»Warum sind Sie so weit von zu Hause weg?«

»Ich suche Arbeit.«
»Warum sind Sie nicht in der Armee?«
»Schwaches Herz.«
»Wo sind Sie in den letzten Tagen gewesen?«
»Hier in Aberdeen. Davor in Dundee, davor in Perth.«
»Wann sind Sie in Aberdeen eingetroffen?«
»Vorgestern.«
Kincaid warf Bloggs einen Blick zu. Bloggs nickte. »Ihre Geschichte ist albern«, fuhr Kincaid fort. »Werkzeugmacher brauchen nicht nach Arbeit zu suchen. Das Land hat nicht genug davon. Sie sollten die Wahrheit sagen.«
»Ich sage die Wahrheit.«
Bloggs nahm sein ganzes Kleingeld aus der Tasche und band es mit seinem Taschentuch zusammen. Er hörte zu, ohne etwas zu sagen, und er schwenkte das kleine Bündel in der rechten Hand hin und her.
»Wo sind die Photos?«
Die Miene des Mannes änderte sich nicht. »Ich weiß nicht, wovon Sie sprechen.«
Kincaid zuckte die Achseln und schaute Bloggs an.
Bloggs sagte: »Aufstehen.«
»Bitte?«
»AUFSTEHEN!« brüllte Bloggs.
Der Mann erhob sich lässig.
»Vorwärts!«
Er machte zwei Schritte auf den Tisch zu.
»Name?«
»Peter Fredericks.«
Bloggs stieß sich von der Wand ab und schlug mit dem »Klingelbeutel« zu. Der Hieb traf genau auf den Nasenrücken, und der Mann schrie auf. Er hielt die Hände vor das Gesicht.
»Stillgestanden!« rief Bloggs. »Name!«
Der Mann stellte sich aufrecht hin, ließ die Hände an die Seiten sinken und flüsterte: »Peter Fredericks.«
Bloggs schlug wieder auf dieselbe Stelle. Diesmal ließ sich der Mann auf ein Knie sinken, und seine Augen tränten.
»Wo sind die Photos?« schrie Bloggs.

Der Mann schüttelte stumm den Kopf.
Bloggs riß ihn hoch, stieß ihm das Knie in den Unterleib und versetzte ihm einen Schlag in den Magen. »Was hast du mit den Negativen gemacht?«
Der Mann fiel auf den Boden und übergab sich. Bloggs trat ihm ins Gesicht. Ein scharfes Krachen war zu hören, als sei etwas gebrochen. »Was ist mit dem U-Boot? Wo ist der Treffpunkt? Was für ein Signal habt ihr ausgemacht?«
Kincaid packte Bloggs von hinten. »Das reicht, Bloggs. Das ist meine Dienststelle, und ich kann nicht ewig beide Augen zudrücken.«
Bloggs fuhr ihn an: »Wir haben es nicht mit einem kleinen Einbruch zu tun, Kincaid – durch diesen Mann könnten wir den Krieg verlieren.« Er hielt dem Detektiv drohend einen Finger unter die Nase. »Vergessen Sie nicht: Ich gehöre zum MI 5 und kann in Ihrer Diensttelle tun, was mir gefällt, verdammt noch mal. Wenn der Gefangene stirbt, übernehme ich die Verantwortung.« Er wandte sich wieder dem Mann auf dem Boden zu.
Der Mann starrte Bloggs und Kincaid an. Sein blutbedecktes Gesicht war ungläubig verzerrt. »Wovon reden Sie?« fragte er schwach. »Was soll das?«
Bloggs riß ihn wieder hoch. »Sie sind Henrik Rudolph Hans von Müller-Guder, geboren am 26. Mai 1900 in Oln, auch als Henry Faber bekannt und Oberstleutnant im deutschen Geheimdienst. Innerhalb von drei Monaten werden Sie wegen Spionage gehängt, wenn Sie lebend für uns nicht nützlicher sind als tot. Es wird Zeit, daß Sie Ihre Nützlichkeit zeigen, Oberstleutnant Müller-Guder.«
»Nein«, sagte der Mann. »Nein, nein! Ich bin ein Dieb, kein Spion. Bitte!« Er wich vor Bloggs' erhobener Faust zurück. »Ich kann's beweisen.«
Bloggs schlug wieder zu, und Kincaid griff zum zweitenmal ein. »Warten Sie. Also gut, Fredericks – wenn das Ihr Name ist –, beweisen Sie, daß Sie ein Dieb sind.«
»Ich habe in der letzten Woche am Jubilee Crescent in drei Häuser eingebrochen«, keuchte der Mann. »Aus dem ersten

habe ich fünfhundert Pfund geholt und aus dem zweiten etwas Schmuck – Diamantringe und ein paar Perlen. In dem anderen habe ich nichts gekriegt, wegen dem Hund . . . Sie müssen wissen, daß ich die Wahrheit sage. Ist es nicht angezeigt worden? Oh, mein Gott –«

Kincaid blickte Bloggs an. »All diese Einbrüche fanden statt.«

»Er könnte in der Zeitung davon gelesen haben.«

»Über den dritten wurde nicht berichtet.«

»Vielleicht hat er sie begangen – aber er könnte trotzdem ein Spion sein. Auch Spione stehlen.«

»Aber das war in der letzten Woche. Da war Ihr Mann doch in London, oder nicht?«

Bloggs schwieg für einen Moment. Dann sagte er: »Ach, Scheiße« und ging hinaus.

Peter Fredericks sah durch eine blutige Maske zu Kincaid auf. »Wer ist das – Gestapo-Mann?«

Kincaid starrte ihn nachdenklich an. »Sie sollten sich freuen, daß Sie nicht der Mann sind, nach dem er sucht.«

»Also«, sagte Godliman ins Telefon.

»Blinder Alarm.« Bloggs' Stimme kam kratzend und verzerrt über die Fernverbindung. »Ein kleiner Einbrecher, der zufällig ein Stilett bei sich hat und wie Faber aussieht.«

»Es geht also wieder von vorn los. Verflucht.«

»Sie haben eine Insel erwähnt.«

»Ja. Storm Island – ungefähr zehn Meilen vor der Küste, genau östlich von Aberdeen. Sie finden Sie auf einer Karte mit großem Maßstab.«

»Wieso sind Sie so sicher, daß er dort ist?«

»Ich bin überhaupt nicht sicher. Wir müssen immer noch jede andere Möglichkeit ins Auge fassen – andere Städte, die Küste, alles. Aber wenn er das Boot gestohlen hat, die . . .?«

»Marie II.«

»Ja. Wenn er sie gestohlen hat, lag sein Treffpunkt wahrscheinlich in der Nähe dieser Insel. Und wenn *das* stimmt, ist er entweder ertrunken oder auf der Insel gestrandet.«

»Das klingt vernünftig.«

»Wie ist das Wetter da oben?«
»Unverändert.«
»Könnten Sie die Insel mit einem großen Schiff erreichen?«
Bloggs grunzte. »Wenn das Schiff groß genug ist, kann man wahrscheinlich mit jedem Sturm fertig werden. Aber die Insel hat doch bestimmt keinen geeigneten Pier, oder?«
»Das müssen Sie herausfinden. Aber ich nehme an, daß Sie recht haben. Hören Sie zu. In der Nähe von Edinburgh ist ein Stützpunkt der RAF. Bis Sie dort sind, habe ich dafür gesorgt, daß Ihnen ein Amphibienflugzeug zur Verfügung steht. Sobald der Sturm nachläßt, starten Sie. Sehen Sie zu, daß auch die Küstenwache von einer Sekunde auf die andere auslaufen kann.«
»Hm.« Bloggs schien skeptisch. »Wenn das U-Boot auch darauf wartet, daß der Sturm nachläßt, wird es vor uns da sein.«
»Das stimmt.« Godliman zündete sich eine Zigarette an und suchte nach einem neuen Einfall. »Nun, wir können die Insel von einer Korvette umkreisen lassen, die auf Fabers Funksignal warten soll. Wenn der Sturm aufhört, werden wir ein Boot aussetzen. Ja, das ist eine gute Idee.«
»Wie steht's mit ein paar Jagdflugzeugen?«
»Einverstanden. Aber sie müssen, genau wie Sie, warten, bis der Sturm sich legt.«
»Er kann nicht mehr allzu lange dauern.«
»Was meinen die schottischen Meteorologen?«
»Sie geben ihm mindestens noch einen Tag.«
»Verdammt.«
»Es spielt keine große Rolle. Solange wir uns nicht rühren können, sitzt er auch fest.«
»Wenn er überhaupt dort ist.«
»Ja.«
»In Ordnung«, sagte Godliman. »Wir haben also eine Korvette, die Küstenwache, ein paar Jäger und ein Amphibienflugzeug.«
»Und mich.«
»Sie machen sich jetzt besser auf den Weg. Rufen Sie mich aus Rosyth an. Seien Sie vorsichtig.«
»Wiederhören.«

Godliman hängte ein. Seine Zigarette, die er im Aschenbecher vergessen hatte, war zu einem winzigen Stummel niedergebrannt. Er steckte sich eine neue an, nahm den Hörer wieder auf und ließ sich mit der Küstenwache verbinden.

29

Auf der Seite liegend, wirkte der Jeep kraftvoll, aber hilflos – wie ein verwundeter Elefant. Der Motor war abgewürgt. Faber gab dem Wagen einen heftigen Stoß, so daß er majestätisch auf alle vier Räder kippte. Der Jeep hatte den Kampf relativ unbeschädigt überstanden. Das Leinenverdeck war natürlich ruiniert: Der Schnitt, den Fabers Messer gemacht hatte, war zu einem langen Riß geworden, der von einer Seite zur anderen reichte. Der linke vordere Kotflügel, der den Boden durchfurcht und das Fahrzeug zum Stehen gebracht hatte, war zusammengedrückt. Der Scheinwerfer auf jener Seite war zerschmettert. Der Flintenschuß hatte das Fenster an derselben Seite zersplittern lassen. Die Windschutzscheibe war wie durch ein Wunder unversehrt.

Faber kletterte auf den Fahrersitz, nahm den Gang heraus und betätigte den Anlasser: Der Motor zündete und starb wieder ab. Beim nächsten Versuch sprang er an. Faber stöhnte vor Erleichterung. Im Augenblick hätte er keine längere Strecke zu Fuß bewältigen können.

Er blieb eine Weile sitzen und machte eine Bestandsaufnahme seiner Wunden. Vorsichtig berührte er seinen rechten Knöchel, der stark anschwoll. Vielleicht war ein Knochen angebrochen. Es war ein Glück, daß der Jeep für einen Mann ohne Beine ausgerüstet war, denn Faber hätte kein Bremspedal niederdrücken können. Die Beule an seinem Hinterkopf fühlte sich riesig an, wie ein Golfball; wenn er sie berührte, klebte seine Hand vor Blut. Er musterte sein Gesicht im Rückspiegel. Es war von kleinen Rissen und starken Prellungen übersät wie das Gesicht des Verlierers nach einem Boxkampf.

Faber hatte seine Ölhaut in Toms Häuschen gelassen. Seine Jacke und Hose waren jetzt vom Regen durchweicht und mit

Schlamm beschmiert. Er mußte sich rasch aufwärmen und trocknen.
Als er das Lenkrad packte, schoß ein brennender Schmerz durch seine Hand. Er hatte den abgerissenen Fingernagel vergessen. Dies war die unangenehmste seiner Verletzungen. Er würde mit einer Hand fahren müssen.
Faber gab langsam Gas und fand das, was er für die Straße hielt. Auf dieser Insel konnte er sich nicht verirren – er brauchte nur dem Klippenrand zu folgen, bis er Lucys Haus erreichte.
Er mußte eine Lüge erfinden, um Lucy zu erklären, was aus ihrem Mann geworden war. Natürlich könnte er ihr die Wahrheit sagen. Was sollte sie schon unternehmen? Wenn sie jedoch Schwierigkeiten machte, würde er sie töten müssen, und das widerstrebte ihm. Während er langsam an der Klippe entlang durch den strömenden Regen und den heulenden Wind fuhr, wunderte er sich selbst über diese Skrupel, die er nie gekannt hatte. Es war das erste Mal, daß er Widerwillen spürte, jemanden zu töten. Faber war nicht etwa amoralisch – im Gegenteil. Er war davon überzeugt, daß seine Morde sich moralisch von denen auf dem Schlachtfeld nicht unterschieden, und seine Gefühle paßten sich seinem Intellekt an. Zwar war er immer wieder der gleichen körperlichen Reaktion, der Übelkeit, ausgesetzt, nachdem er getötet hatte, aber das war etwas Unverständliches und deshalb ignorierte er es.
Weshalb also wollte er Lucy nicht töten?
Das Gefühl glich der Zuneigung, die ihn dazu brachte, der Luftwaffe falsche Koordinaten für die Paulskathedrale zu schicken. Es war das Streben, etwas Schönes zu erhalten. Lucy war ein erstaunliches Wesen, so schön und subtil wie ein Kunstwerk. Faber hatte nichts dagegen, ein Mörder zu sein, aber er eignete sich nicht zum Bilderstürmer. Sobald ihm der Gedanke gekommen war, merkte er, daß er auf eine seltsame Mentalität hindeutete. Aber Spione sind schließlich seltsame Menschen.
Ihm fielen einige der Spione ein, die zur selben Zeit wie er von der Abwehr rekrutiert worden waren: Otto, der nordische Riese, der nach japanischem Vorbild zarte Papierskulpturen

herstellte und Frauen haßte; Friedrich, der listige kleine Mathematiker von genialer Begabung, der vor Schatten zusammenschrak und fünf Tage lang deprimiert war, wenn er ein Schachspiel verlor; Helmut, der gern Bücher über die Sklaverei in Amerika las und sich kurz darauf der SS anschloß – alle waren unterschiedlich und auf ihre Weise seltsam. Wenn sie sonst noch etwas gemeinsam hatten, wußte er nicht, was es war.

Faber schien immer langsamer zu fahren. Der Regen und der Nebel wurden noch undurchdringlicher. Er begann wegen des Abgrundes zu seiner Linken unruhig zu werden. Obwohl ihm sehr heiß war, litt er unter Schüttelfrost. Plötzlich merkte er, daß er laut über Otto, Friedrich und Helmut gesprochen hatte, und erkannte die Symptome des Deliriums. Mit aller Kraft versuchte er, nur daran zu denken, wie er den Jeep auf geradem Kurs halten konnte. Das Geräusch des Windes schien eine Art Rhythmus anzunehmen und wurde hypnotisch. Einmal entdeckte er, daß er stehengeblieben war und über das Meer hinwegstarrte, ohne zu wissen, wann er angehalten hatte.

Stunden schienen vergangen zu sein, als Lucys Haus ins Blickfeld rückte. Er steuerte darauf zu und dachte: Ich muß bremsen, bevor ich gegen die Wand pralle. In der Tür stand eine Gestalt, die ihn durch den Regen hindurch ansah. Er mußte sich so lange beherrschen, bis er ihr die Lüge gesagt hatte. Er durfte es nicht vergessen, nicht vergessen . . .

Es war schon später Nachmittag, als der Jeep zurückkam. Lucy machte sich Sorgen um die Männer und war gleichzeitig ärgerlich, weil sie nicht zum Lunch erschienen waren. Während die Stunden vergingen, hatte sie immer mehr Zeit am Fenster verbracht und Ausschau gehalten.

Als der Jeep den leichten Abhang zum Haus herabrollte, wußte sie sofort, daß etwas nicht stimmte. Er bewegte sich äußerst langsam, fuhr im Zickzack über den Pfad und war nur von einer Person besetzt. Aus der Nähe sah sie, daß er vorn verbeult und der Scheinwerfer zerschmettert war.

»Oh, Himmel«, flüsterte sie.

Das Fahrzeug kam zitternd vor dem Haus zum Stehen. Lucy erkannte, daß Henry am Steuer saß. Er machte keine Anstalten, aus dem Wagen zu steigen. Lucy lief in den Regen hinaus und öffnete die Fahrertür.

Henry saß mit zurückgelegtem Kopf und halbgeschlossenen Augen da. Seine Hand lag auf der Bremse, sein Gesicht war blutig und von Prellungen bedeckt.

Lucy fragte: »Was ist passiert? *Was ist passiert?*«

Henrys Hand glitt von der Bremse, so daß der Jeep nach vorn rollte. Lucy lehnte sich über ihn und legte den Leerlauf ein.

»Habe David in Toms Haus gelassen . . . Hatte Unfall auf dem Rückweg . . .« Die Worte schienen Henry große Mühe zu kosten.

Nun, da sie wußte, was geschehen war, ließ Lucys Panik nach. »Komm ins Haus«, befahl sie. Die Schärfe ihrer Stimme drang zu Henry durch. Er drehte sich zu ihr, stellte den Fuß auf das Trittbrett, um auszusteigen, und fiel sofort zu Boden. Lucy sah, daß sein Knöchel wie ein Ballon geschwollen war.

Sie legte die Hände unter seine Achseln und zog ihn hoch. »Du mußt dein Gewicht auf den anderen Fuß verlagern und dich auf mich stützen.« Dann schlang sie seinen rechten Arm um ihren Nacken und schleppte ihn ins Haus.

Jo schaute mit großen Augen zu, während sie Henry ins Wohnzimmer und auf das Sofa half. Faber legte sich mit geschlossenen Augen zurück. Seine Kleidung war durchnäßt und schlammverschmiert.

»Jo, geh nach oben und zieh deinen Pyjama an, bitte.«

»Aber ich habe meine Geschichte noch nicht gehört. Ist er tot?«

»Er ist nicht tot, aber er hat einen Unfall gehabt, und du kannst heute abend keine Geschichte hören.«

Der Junge verzog das Gesicht, und Lucy blickte ihn drohend an. Er ging hinaus.

Lucy holte die große Schere aus ihrem Nähkorb und schnitt Henrys Kleidung auf: zuerst die Jacke, dann die Hose und das Hemd. Sie runzelte überrascht die Stirn, als sie das an seinen linken Unterarm geschnallte Messer sah. Es mußte ein Spezialgerät sein, um Fische zu säubern, oder etwas Ähnliches. Henry schob ihre Hand zur Seite, als sie versuchte, es abzunehmen. Lucy zuckte die Achseln und konzentrierte sich auf seine Stiefel. Der linke und die Socke darunter ließen sich leicht ausziehen, aber Henry schrie vor Schmerz auf, als sie den rechten berührte.

»Er muß herunter. Du mußt dich zusammennehmen.«

Er lächelte merkwürdig und nickte dann zustimmend. Sie durchschnitt den Schnürsenkel, packte den Stiefel mit behutsamem Griff und zog ihn aus. Danach trennte Lucy das Gummiband der Socke durch und zog sie ebenfalls aus.

Jo kam herein und sagte: »Er hat ja nur eine Unterhose an!«

»Seine Kleider sind alle naß.« Sie gab dem Jungen einen Gutenachtkuß. »Geh schon ins Bett, Liebling. Ich packe dich nachher ein.«

»Gib Teddy einen Kuß.«

»Gute Nacht, Teddy.«

Jo ging hinaus. Lucy blickte sich wieder nach Henry um. Seine Augen waren geöffnet, und er lächelte. »Gib Henry einen Kuß«, sagte er.

Sie beugte sich über ihn und küßte sein böse zugerichtetes Gesicht. Dann schnitt sie ihm vorsichtig die Unterhose vom Körper. Die Hitze des Feuers würde seine nackte Haut rasch trocknen. Lucy füllte in der Küche eine Schüssel mit warmem Wasser und ein wenig Antiseptikum, um seine Wunden zu waschen. Sie fand eine Packung Watte und kam ins Wohnzimmer zurück.

»Das ist das zweite Mal, daß du halbtot hier auftauchst.« Sie begann mit ihrer Arbeit.

»Das übliche Signal«, sagte Henry.

»Bitte?«

»Warten in Calais auf eine Phantomarmee.«

»Henry, wovon sprichst du?«

»Jeden Freitag und Montag.«

Sie merkte, daß er phantasierte. »Sei ganz ruhig.« Sie hob seinen Kopf leicht an, um das getrocknete Blut an der Beule abzuwischen.

Plötzlich setzte er sich aufrecht hin, blickte sie wild an und fragte: »Welcher Tag ist heute? Welcher Tag ist heute?«
»Sonntag, ruhig.«
»Gut.«
Danach schwieg er und gestattete ihr, das Messer abzuschnallen. Sie wusch sein Gesicht, verband den Finger, der den Nagel verloren hatte, und bandagierte seinen Knöchel. Als sie fertig war, betrachtete sie ihn für eine Weile. Er schien zu schlafen. Sie berührte die lange Narbe auf seiner Brust und das sternförmige Mal an seiner Hüfte.
Lucy leerte seine Taschen, bevor sie die zerrissene Kleidung wegwarf. Sie fand nicht viel: etwas Geld, seine Papiere, eine lederne Brieftasche und einen Filmbehälter. Sie stapelte alles auf dem Kaminsims neben seinem Fischmesser auf. Er würde ein paar von Davids Kleidungsstücken benötigen.
Sie ging nach oben, um nach Jo zu sehen. Der Junge war eingeschlafen; er lag auf seinem Teddybär und hatte die Arme ausgestreckt. Lucy küßte ihn auf die Wange und deckte ihn zu. Danach fuhr sie den Jeep in den Schuppen.
Schließlich holte sie sich in der Küche etwas zu trinken, setzte sich ins Wohnzimmer und musterte Henry. Sie wünschte sich, daß er aufwachen und sie wieder umarmen würde.

Es war fast Mitternacht, als er erwachte. Er öffnete die Augen, und seine Miene nahm die Ausdrücke an, die ihr inzwischen vertraut waren: erst Furcht, dann argwöhnische Umschau, dann Entspannung. Sie fragte impulsiv: »Wovor hast du Angst, Henry?«
»Ich weiß nicht, was du meinst.«
»Du siehst immer verängstigt aus, wenn du aufwachst.«
»Keine Ahnung.« Er zuckte die Schulter, und die Bewegung schien ihm weh zu tun. »Mein Gott, bin ich zerschlagen.«
»Möchtest du mir erzählen, was passiert ist?«
»Ja, wenn du mir einen Brandy gibst.«
Sie holte den Brandy aus dem Schrank. »Du kannst ein paar von Davids Sachen haben.«
»Gleich . . . wenn es dir nicht peinlich ist.«

Sie reichte ihm lächelnd das Glas. »Es gefällt mir sogar.«
»Was ist mit meinen Sachen?«
»Ich mußte sie abschneiden und wegwerfen.«
»Nicht die Papiere, hoffe ich.« Unmittelbar hinter seinem Lächeln schien sich eine andere Emotion zu verbergen.
»Auf dem Kamin.« Sie zeigte mit dem Finger darauf. »Das Messer ist wohl zum Fischsäubern?«
Seine rechte Hand fuhr zu seinem linken Unterarm, wo die Scheide gewesen war. »Für so etwas Ähnliches.«
Er schien sich einen Augenblick lang unbehaglich zu fühlen, gab sich aber sofort Mühe, gelöst zu wirken, und schlürfte seinen Drink. »Das tut gut.«
Nach einer Weile sagte sie: »Also?«
»Was?«
»Warum hast du meinen Mann zurückgelassen, und wie ist der Unfall passiert?«
»David beschloß, über Nacht bei Tom zu bleiben. Einige Schafe gerieten in die Schlucht –« Er machte eine fragende Pause.
»Ich weiß, wo sie ist.«
»– und sechs oder sieben von ihnen wurden verletzt. Sie sind alle in Toms Küche, werden verarztet und machen einen Höllenlärm. David meinte, ich sollte zurückfahren und dir sagen, daß er dortbleibt. Ich weiß eigentlich nicht, wieso ich den Unfall hatte. Der Wagen ist mir eben fremd, es gibt keine richtige Straße, und ich bin auf etwas geprallt und ins Schleudern gekommen. Plötzlich lag der Jeep auf der Seite. Die Einzelheiten ...« Er zuckte die Achseln.
»Du mußt sehr schnell gefahren sein; du warst in einem fürchterlichen Zustand.«
»Wahrscheinlich bin ich im Jeep hin und her geschleudert worden. Dabei habe ich mir den Kopf gestoßen, den Knöchel verstaucht ...«
»Einen Fingernagel verloren, das Gesicht geprellt und fast eine Lungenentzündung geholt. Unfälle müssen dich magisch anziehen.«

Er schwang die Beine auf den Fußboden, stand auf und ging zum Kamin.
»Es ist unglaublich, wie schnell du dich erholst.«
Er schnallte sich das Messer an den Arm. »Wir Fischer sind sehr gesund. Was ist mit der Kleidung?«
Sie erhob sich und stellte sich dicht neben ihn. »Wozu willst du dich anziehen? Es ist Zeit zum Schlafengehen.«
Er zog sie an sich, drückte sie gegen seinen nackten Körper und küßte sie heftig. Sie streichelte seine Schenkel.
Nach einer Weile löste er sich von ihr. Er nahm seine Sachen vom Kaminsims, ergriff ihre Hand und führte sie dann humpelnd nach oben zum Bett.

30

Die breite Autobahn schlängelte sich durch das bayrische Tal hinauf in die Berge. Feldmarschall Gerd von Rundstedt saß still und müde auf dem ledernen Rücksitz des Stabs-Mercedes. Von Rundstedt war 69 Jahre alt und wußte, daß er zuviel von Champagner und zuwenig von Hitler hielt. Seine Karriere war länger und unberechenbarer gewesen als die von Hitlers anderen Offizieren. 1940 Generalfeldmarschall, 1941 Chef der Heeresgruppe Süd, die den Dnjepr-Bogen besetzt hielt, im selben Jahr wegen des Rückzugs am Don Anfang Dezember seines Kommandos enthoben und im Frühjahr darauf zum Oberbefehlshaber West ernannt.
Während der Wagen an den vierhundert Jahre alten Gebäuden von Berchtesgaden vorbeifuhr, stellte der Feldmarschall sich die Frage, warum er immer wieder das Kommando übernahm, wenn Hitler ihm verzieh. Geld bedeutete ihm nichts, er hatte schon den allerhöchsten Rang erreicht, Auszeichnungen waren im Dritten Reich wertlos, und er glaubte nicht, daß in diesem Krieg Ehre zu gewinnen war.
Der Mann, den Hindenburg den »böhmischen Gefreiten« genannt hatte, wußte weder etwas von der deutschen soldatischen Tradition noch verstand er etwas – trotz seiner gelegentlichen Inspirationen – von militärischer Strategie. Sonst hätte

er diesen Krieg nicht angefangen, der nicht gewonnen werden konnte. Rundstedt war Deutschlands bester Soldat – er hatte es in Polen, Frankreich und Rußland bewiesen –, doch für ihn gab es nicht einmal die Hoffnung auf einen Sieg.

Trotzdem wollte er nichts mit der kleinen Gruppe von Generalen zu tun haben, die sich, wie er wußte, verschworen hatten, um Hitler zu stürzen. Er duldete sie, aber es war ihm nicht möglich, seinen Fahneneid zu brechen und sich der Verschwörung anzuschließen. Das war vermutlich auch der Grund, weshalb er weiterhin dem Reich diente. Ob es im Recht war oder nicht, sein Land war in Gefahr, und ihm blieb nichts anderes übrig, als es zu schützen. Ich bin wie ein altes Kavalleriepferd, dachte er. Wenn ich zu Hause bliebe, müßte ich mich schämen.

Er kommandierte jetzt fünf Armeen an der Westfront. Damit hatte er eineinhalb Millionen Mann unter sich. Sie waren nicht so stark, wie sie hätten sein können – manche Divisionen waren kaum mehr als Urlaubseinheiten für Invaliden von der russischen Front, es fehlte an Panzern, und es gab viele nichtdeutsche Zwangsrekrutierte in ihren Reihen –, aber Rundstedt konnte die Alliierten immer noch an der Übernahme Frankreichs hindern, wenn er seine Kräfte geschickt einsetzte.

Dieser Einsatz mußte nun mit Hitler diskutiert werden.

Der Mercedes kletterte die Kehlsteinstraße hoch, bis sie vor einer riesigen Bronzetür in der Seite des Kehlsteins endete. Ein SS-Posten drückte auf einen Knopf, die Tür öffnete sich mit einem Summen, und der Wagen fuhr in einen langen Marmortunnel, der von Bronzelaternen erleuchtet wurde. Am Ende des Tunnels hielt der Fahrer das Auto an. Rundstedt schritt zum Lift und setzte sich auf einen der Ledersitze, um sich die 130 Meter zum Adlerhorst hinauftragen zu lassen.

Im Vorzimmer nahm Rattenhuber seine Pistole entgegen und ließ ihn warten. Der Feldmarschall starrte gleichgültig auf Hitlers Porzellan und überlegte sich noch einmal seine Formulierungen. Kurz darauf kehrte der blonde Leibwächter zurück und führte ihn in den Konferenzsaal.

Der Saal erinnerte Rundstedt an einen Palast aus dem 18. Jahrhundert. Die Wände waren von Ölgemälden und Gobelins bedeckt; zum Mobiliar gehörten eine Büste von Wagner und eine gewaltige Uhr, die von einem Bronzeadler gekrönt wurde. Die Sicht aus dem Seitenfenster war bemerkenswert: Man konnte die Hügel von Salzburg und die Spitze des Untersberges erkennen, in dem der Legende nach Kaiser Friedrich Barbarossa darauf wartet, von den Toten aufzuerstehen und das Vaterland zu retten. Im Innern des Saales, auf den merkwürdig rustikalen Stühlen, saßen Hitler und nur drei Angehörige seines Stabes: Admiral Theodor Krancke, Befehlshaber des Marinegruppenkommandos West, General Alfred Jodl, der Generalstabschef, und Admiral Karl Jesko von Puttkamer, Hitlers Adjutant.
Rundstedt salutierte und wurde zu einem der Stühle gewiesen. Ein Diener brachte einen Teller mit Kaviarschnitten und ein Glas Champagner. Hitler stellte sich an das große Fenster und blickte hinaus, die Hände auf dem Rücken verschränkt. Ohne sich umzudrehen, sagte er plötzlich: »Rundstedt hat seine Einschätzung geändert. Er stimmt jetzt mit Rommel überein, daß die Alliierten in der Normandie landen werden. Das hat mir die Vorsehung von Anfang an gesagt. Aber Krancke glaubt immer noch an Calais. Rundstedt, erklären Sie Krancke, wie Sie zu Ihrem Urteil gekommen sind.«
Rundstedt schluckte einen Bissen hinunter und hustete kurz hinter vorgehaltener Hand. Hitler hatte einfach keine Manieren. Man kam nicht einmal dazu, Atem zu schöpfen. »Es gibt zwei Dinge: eine neue Information und ein neues Argument«, begann Rundstedt. »Zuerst die Information: Die letzten Berichte über die alliierten Bombardierungen in Frankreich zeigen eindeutig, daß ihr Hauptziel darin besteht, jede Brücke über die Seine zu zerstören. Wenn sie bei Calais landen, ist die Seine für die Schlacht bedeutungslos; wenn sie aber in der Normandie landen, müssen all unsere Entsatztruppen die Seine überqueren, um das Kampfgebiet zu erreichen.
Zweitens, das Argument: Ich habe mich lange damit beschäftigt, wie ich die Invasion Frankreichs einleiten würde, wenn

ich Befehlshaber der alliierten Streitkräfte wäre. Meine Folgerung ist, daß zunächst ein Brückenkopf eingerichtet werden muß, über den unverzüglich Männer und Material durchgeschleust werden können. Der erste Stoß muß daher auf ein Gebiet mit einem großen und geräumigen Hafen abzielen. Dafür bietet sich Cherbourg an.
Sowohl das Bombardierungsmuster als auch die strategischen Erfordernisse deuten auf die Normandie hin«, endete Rundstedt. Er nahm sein Glas und leerte es. Der Diener kam sofort, um nachzufüllen.
Jodl sagte: »Alle Geheimdienstberichte deuten auf Calais –«
»Und wir haben den Chef der Abwehr gerade als Verräter hinrichten lassen«, unterbrach Hitler. »Krancke, sind Sie überzeugt?«
»Nein, mein Führer«, erwiderte der Admiral. »Auch ich habe darüber nachgedacht, wie ich die Invasion durchführen würde, wenn ich auf der anderen Seite wäre – aber ich habe dabei auch eine Reihe von seemännischen Faktoren berücksichtigt, über die Rundstedt sich vielleicht nicht im klaren war. Ich meine, daß sie im Schutze der Dunkelheit bei Mondlicht angreifen werden – mit der Flut, um Rommels Unterwasserhindernisse zu überwinden, und weit entfernt von Klippen und Gewässern mit starken Strömungen. Die Normandie? Niemals.«
Hitler schüttelte entrüstet den Kopf.
»Es gibt noch eine Nachricht, die ich für bedeutsam halte«, sagte Jodl. »Die Garde-Panzerdivision ist aus dem Norden Englands nach Hove an der Südostküste verlegt worden, um sich der *First United States Army Group* unter General Patton anzuschließen. Das wissen wir durch unseren Abhördienst – unterwegs wurde Gepäck vertauscht, eine Einheit hatte die silbernen Bestecke einer anderen, und die Dummköpfe haben sich über Funk darüber gestritten. Es ist eine britische Elitedivision, sehr traditionsbewußt, die von General Sir Allan Henry Shafto Adair kommandiert wird. Ich bin sicher, daß sie mitten im Schlachtgetümmel sein wird, wenn es soweit ist.«
Hitler bewegte nervös die Hände, und sein Gesicht zuckte in schmerzlicher Unschlüssigkeit. »Generäle!« knurrte er. »Ent-

weder bekomme ich widersprüchliche Ratschläge oder überhaupt keine! Alles muß ich euch sagen – alles!«
Rundstedt äußerte sich mit der für ihn typischen Kühnheit. »Mein Führer, Sie haben vier ausgezeichnete Panzerdivisionen, die hier in Deutschland untätig sind. Wenn ich recht habe, können sie niemals schnell genug die Normandie erreichen, um die Invasion zurückzuwerfen. Ich bitte Sie, diese Divisionen nach Frankreich zu schicken und unter Rommels Befehl zu stellen. Wenn wir unrecht haben und die Invasion in Calais beginnt, werden sie immer noch nahe genug sein, um früh in die Schlacht eingreifen zu können.«
»Ich weiß nicht – ich weiß nicht!« Hitlers Augen weiteten sich, und Rundstedt fragte sich, ob er wieder einmal zu ungeduldig gewesen war.
Puttkamer sprach zum erstenmal. »Mein Führer, heute ist Sonntag.«
»Und?«
»Morgen abend könnte das U-Boot den Spion abholen – die Nadel.«
»Ach ja! Ihm kann ich trauen.«
»Natürlich könnte er jederzeit über Funk Bericht erstatten. Aber vielleicht hat er Gründe dafür, sich nicht auf einen Sender zu verlassen. In diesem Fall würde er seine Information persönlich überbringen. Unter diesen Umständen könnten Sie Ihre Entscheidung vielleicht um 24 Stunden verschieben, falls er irgendwie heute oder morgen mit uns Kontakt aufnimmt.«
»Wir haben keine Zeit, Entscheidungen aufzuschieben«, widersprach Rundstedt. »Luftangriffe und Sabotageakte haben sich dramatisch verstärkt. Wir müssen jeden Tag mit der Invasion rechnen.«
»Ich bin anderer Meinung«, sagte Krancke. »Die Witterungsbedingungen werden erst Anfang Juni geeignet sein.«
»Das ist nicht mehr lange!«
»Genug!« brüllte Hitler. »Ich habe mich entschieden. Meine Panzer bleiben in Deutschland. Am Dienstag, wenn wir von der Nadel gehört haben, werde ich den Einsatz dieser Truppen überdenken. Wenn seine Nachricht auf die Normandie hin-

weist – wovon ich überzeugt bin –, werde ich die Panzer verlegen.«
Rundstedt fragte leise: »Und wenn er nicht von sich hören läßt?«
»Dann werde ich die Lage trotzdem neu überdenken.«
Rundstedt neigte zustimmend den Kopf. »Mit Ihrer Erlaubnis kehre ich auf meinen Posten zurück.«
»In Ordnung.«
Rundstedt stand auf, salutierte und ging hinaus. In dem mit Kupfer ausgekleideten Lift schien sich sein Magen umzudrehen, während er die 130 Meter zu der unterirdischen Garage hinabbefördert wurde. Er wußte nicht, ob das Gefühl durch die Geschwindigkeit der Abfahrt oder durch den Gedanken hervorgerufen wurde, daß das Schicksal seines Landes in den Händen eines einzigen einsamen Spions lag.

Sechster Teil

31

Lucy erwachte langsam und träge aus der behaglichen Leere tiefen Schlafes und nahm ein isoliertes Stück der Welt nach dem anderen wahr: zuerst den harten, warmen Männerkörper neben sich; dann die Fremdheit des kleinen Bettes; den Lärm des Sturms vor dem Haus, der so wütend und unermüdlich wie an den beiden Tagen zuvor war; den schwachen Geruch der Haut des Mannes; ihren über seinen Körper gelegten Arm, ihr Bein, das über ihn geworfen war, als wolle es ihn festhalten; ihre gegen seine Seite gepreßten Brüste; das Tageslicht, das auf ihre Augenlider eindrang; den regelmäßigen, leichten Atem, der sanft über ihr Gesicht blies. Dann fügte sich plötzlich alles zusammen wie die Lösung eines Puzzlespiels. Sie lag schamlos und ehebrecherisch mit einem Mann zusammen, dem sie erst 48 Stunden vorher begegnet war.

Sie öffnete die Augen und erblickte Jo.

Er stand in seinem zerknitterten Schlafanzug neben dem Bett, mit zerzaustem Haar, eine arg mitgenommene Stoffpuppe unter dem Arm. Er lutschte am Daumen und starrte mit weit aufgerissenen Augen auf seine Mutter und den fremden Mann, die sich in seinem Bett aneinanderschmiegten. Lucy konnte seinen Gesichtsausdruck nicht deuten, denn zu dieser Tageszeit musterte er fast immer alles so erstaunt, als sei die Welt an jedem Morgen neu und wunderbar. Sie erwiderte schweigend seinen Blick und wußte nicht, was sie sagen sollte.

Dann war Henrys tiefe Stimme zu hören: »Guten Morgen.«

Jo nahm den Daumen aus dem Mund, antwortete: »Guten Morgen«, drehte sich um und ging aus dem Schlafzimmer.

»Verdammt, verdammt, verdammt«, sagte Lucy.

Henry rutschte im Bett nach unten, bis sein Gesicht mit ihrem auf gleicher Höhe war, und küßte sie. Seine Hand glitt zwischen ihre Schenkel und hielt sie besitzergreifend fest.
Sie stieß ihn zurück. »Um Himmels willen, hör auf.«
»Warum?«
»Jo hat uns gesehen!«
»Na und?«
»Er kann sprechen. Früher oder später wird er etwas zu David sagen. Was soll ich tun?«
»Nichts. Dann erfährt David es eben. Macht es etwas aus?«
»Natürlich.«
»Ich sehe nicht ein, wieso. Er hat dir Unrecht getan, und dies ist die Folge. Du brauchst dich nicht schuldig zu fühlen.«
Lucy merkte plötzlich, daß Henry einfach keine Vorstellung von dem komplizierten Gewirr aus Loyalität und Verpflichtungen hatte, aus denen eine Ehe besteht. »So leicht ist es nicht.«
Sie stand auf und ging über den Treppenabsatz in ihr eigenes Schlafzimmer. Dort zog sie Schlüpfer, Hose und Pullover an; dann fiel ihr ein, daß sie Henrys Kleidung ruiniert hatte und ihm ein paar von Davids Sachen leihen mußte. Sie fand Unterwäsche und Socken, ein Strickhemd, einen Pullover mit V-förmigem Kragen und schließlich – ganz unten im Schrank – eine Hose, die nicht in Kniehöhe abgeschnitten und zusammengenäht war. Während der ganzen Zeit beobachtete Jo sie schweigend.
Lucy trug die Kleider in das andere Schlafzimmer. Henry war im Badezimmer verschwunden, um sich zu rasieren. Sie rief durch die Tür: »Deine Sachen sind auf dem Bett.«
Sie ging nach unten, machte den Herd in der Küche an und setzte einen Topf mit Wasser auf. Es sollte gekochte Eier zum Frühstück geben. Sie wusch Jos Gesicht am Küchenausguß, kämmte sein Haar und zog ihn rasch an. »Du bist sehr ruhig heute morgen«, sagte sie munter. Er antwortete nicht.
Henry kam herunter und setzte sich an den Tisch – so selbstverständlich, als hätte er es seit Jahren getan. Lucy hatte ein merkwürdiges Gefühl, während sie ihn in Davids Sachen vor

sich sah, ihm ein Frühstücksei gab und einen Toastständer vor ihn stellte.
Jo fragte plötzlich: »Ist mein Daddy tot?«
Henry warf dem Jungen einen seltsamen Blick zu und sagte nichts.
»Sei nicht albern«, erwiderte Lucy. »Er ist in Toms Haus.«
Jo achtete nicht auf sie und wandte sich an Henry. »Du hast die Sachen von meinem Daddy, und du hast meine Mummy. Bist du jetzt mein Daddy?«
Lucy murmelte: »Kindermund tut Wahrheit . . .«
»Hast du meine Sachen gestern abend gesehen?« fragte Henry.
Jo nickte.
»Na, dann weißt du ja, warum ich ein paar Sachen von deinem Daddy borgen mußte. Ich gebe sie ihm zurück, wenn ich wieder eigene habe.«
»Gibst du ihm auch Mummy zurück?«
»Natürlich.«
»Iß dein Ei, Jo«, sagte Lucy.
Das Kind war anscheinend zufriedengestellt und widmete sich seinem Frühstück. Lucy blickte aus dem Küchenfenster. »Das Boot kann heute nicht kommen.«
»Freust du dich darüber?« wollte Henry wissen.
Sie sah ihn an. »Ich weiß nicht.«
Lucy war nicht hungrig. Sie trank eine Tasse Tee, während Jo und Henry aßen. Danach ging Jo zum Spielen nach oben, und Henry räumte den Tisch ab. Während er das Porzellan im Ausguß aufstapelte, sagte er: »Hast du Angst, daß David dir weh tun wird – körperlich, meine ich?«
Sie schüttelte verneinend den Kopf.
»Du solltest ihn vergessen«, fuhr Henry fort. »Du hattest doch sowieso vor, ihn zu verlassen. Welche Rolle spielt es also, ob er es erfährt oder nicht?«
»Er ist mein *Mann.* Das bedeutet etwas. Trotz allem . . . habe ich nicht das Recht, ihn zu demütigen.«
»Aber du hast das Recht, dich nicht darum zu kümmern, ob er gedemütigt ist oder nicht.«

»Es ist kein Problem, das man mit Logik lösen kann. Es geht um *Gefühle.*«
Er machte eine resignierende Geste mit den Händen. »Ich fahre also besser zu Tom hinüber, um herauszufinden, ob dein *Mann* zurückkehren will. Wo sind meine Stiefel?«
»Im Wohnzimmer. Ich hole dir eine Jacke.«
Sie ging nach oben und holte Davids alte Reitjacke aus dem Schrank. Sie war aus feinem graugrünen Tweed, sehr elegant mit betonter Taille und schrägen Taschenklappen. Lucy hatte Lederflicken auf die Ellbogen gesetzt, um sie zu schonen. Kleidungsstücke wie dieses konnte man jetzt nicht mehr kaufen. Sie brachte die Jacke hinunter ins Wohnzimmer, wo Henry seine Stiefel anzog. Er hatte den linken zugeschnürt und schob seinen verletzten rechten Fuß behutsam in den anderen. Lucy kniete sich hin, um ihm zu helfen.
»Die Schwellung ist zurückgegangen«, sagte sie.
»Aber es tut immer noch verdammt weh.«
Sie zogen den Stiefel an, schnürten ihn aber nicht zu und zogen den Senkel heraus. Henry stand versuchsweise auf.
»Es geht.«
Lucy half ihm in die Jacke. Sie war etwas eng in den Schultern.
»Wir haben keine Ölhaut mehr.«
»Dann werde ich eben naß.« Er zog sie an sich und küßte sie rauh. Sie legte die Arme um ihn und hielt ihn einen Moment lang fest.
»Fahr heute vorsichtiger.«
Er lächelte, nickte, küßte sie noch einmal – diesmal ganz kurz – und ging hinaus. Sie sah ihm nach, während er hinüber zum Schuppen hinkte, und stand am Fenster, als er den Jeep anließ und hinter der leichten Anhöhe aus dem Blickfeld verschwand. Nachdem er verschwunden war, fühlte sie sich erleichtert, doch irgendwie leer.
Lucy begann das Haus in Ordnung zu bringen. Sie machte Betten, wusch Geschirr ab, säuberte die Zimmer und räumte auf. Doch sie war zu unruhig, um ihrer Aufgabe etwas abgewinnen zu können. Sie machte sich Sorgen darüber, was sie mit ihrem Leben anfangen sollte, und ließ – unfähig, sich auf etwas ande-

res zu konzentrieren – ihre Gedanken immer wieder um vertraute Argumente kreisen. Das Haus vermittelte ihr Enge statt Geborgenheit. Irgendwo dort draußen gab es eine große Welt, die voll von Krieg und Heldentum war, von Farbe und Leidenschaft und Menschen, Millionen von Menschen; sie wollte an alldem teilhaben, neuen Gedanken begegnen und neue Städte und ihre Musik kennenlernen. Sie schaltete das Radio an. Die Geste war sinnlos, denn die Nachrichten sorgten dafür, daß sie sich noch isolierter fühlte. Es gab einen Kampfbericht aus Italien, die Rationierungsvorschriften waren etwas gemäßigt worden, der Londoner Stilettmörder befand sich immer noch in Freiheit, Roosevelt hatte eine Rede gehalten, Sandy Macpherson begann auf einer Kino-Orgel zu spielen. Lucy schaltete das Radio aus. Nichts davon berührte sie, denn sie lebte in einer anderen Welt. Sie hätte schreien mögen.
Trotz des Wetters hielt sie es nicht im Haus aus. Es würde nur eine symbolische Flucht sein, denn es waren nicht die Steinmauern des Hauses, die sie gefangenhielten. Sie holte Jo herunter, nachdem sie ihn mit Mühe von einem Regiment Spielzeugsoldaten getrennt hatte, und zog ihm wasserdichte Kleidung an.
»Warum gehen wir raus?« fragte er.
»Um zu sehen, ob das Boot kommt.«
»Du hast doch gesagt, daß es heute nicht kommt.«
»Für alle Fälle.
Sie setzten hellgelbe Südwester auf, banden sie unter dem Kinn fest und traten vor die Tür.
Der Wind versetzte Lucy einen Schlag und ließ sie taumeln. In Sekundenschnelle war ihr Gesicht so naß, als wenn sie es in eine Wasserschüssel getaucht hätte. Die Haarsträhnen, die unter dem Südwester hervorlugten, klebten schlaff an ihren Wangen und den Schultern ihrer Ölhaut. Jo kreischte vor Begeisterung und platschte in eine Pfütze.
Sie gingen an den Klippen entlang zum oberen Ende der Bucht und blickten hinab auf die riesigen Nordseewellen, die ihrem Verderben entgegen auf die Klippen und den Strand prasselten. Der Sturm hatte Wasserpflanzen in Gott weiß wel-

cher Tiefe entwurzelt und warf sie jetzt in Massen auf den Sand und die Felsen. Mutter und Sohn wurden von dem sich ständig verändernden Muster der Wellen gefesselt. Es war schon oft vorgekommen. Die See übte hypnotische Wirkung auf sie beide aus, und Lucy wußte danach nie ganz genau, wie lange sie ihr stumm zugesehen hatten.

Der Bann wurde diesmal gebrochen, als ihr etwas auffiel. Zuerst war es nur ein Aufblitzen von Farbe in einem Wellental, so flüchtig, daß sie nicht einmal sicher sein konnte, um welche Farbe es sich gehandelt hatte. Sie hielt danach Ausschau, sah es jedoch nicht wieder. Ihr Blick schweifte zurück zu der Bucht und der kleinen Anlegestelle, auf der sich immer wieder Treibgut sammelte, nur um von der nächsten großen Welle hinweggeschwemmt zu werden. Nach dem Sturm, am ersten schönen Tag, würden sie und Jo den Strand nach den Schätzen absuchen, die das Meer ausgespien hatte. Sie würden mit seltsam gefärbten Steinen, Holzstücken von rätselhafter Herkunft, riesigen Muscheln und verdrehten, rostigen Metallteilen zurückkehren.

Wieder zeigte sich der Farbtupfer, viel näher und diesmal ein paar Sekunden lang. Er war hellgelb wie die Ölkleidung der ganzen Familie. Lucy versuchte, ihn durch die Regenschwaden ins Auge zu fassen, konnte seine Gestalt aber nicht ausmachen, bevor er wieder verschwunden war. Doch die Strömung trug ihn näher heran; sie brachte alles in die Bucht und legte es auf dem Sand ab wie ein Mann, der den Inhalt seiner Hosentaschen auf einen Tisch leert.

Es *war* eine Ölhaut. Sie konnte es erkennen, als das Meer den Gegenstand auf einen Wellenkamm hob und ihn zum dritten und letzten Mal zeigte. Henry war gestern ohne seine zurückgekommen, aber wie war sie ins Meer geraten? Die Welle brach sich über der Anlegestelle und schleuderte das Objekt auf die nassen Holzbretter der Rampe. Es konnte nicht Henrys Ölhaut sein, denn es steckte noch ein Körper darin. Ihr entsetztes Keuchen wurde vom Wind fortgepeitscht, so daß nicht einmal sie selbst es hören konnte. Wer war es? Woher war er gekommen? Noch ein Schiffbrüchiger?

Sie mußte sich davon überzeugen, ob er noch am Leben war. Lucy bückte sich und rief Jo ins Ohr: »Bleib hier – ganz ruhig – beweg dich nicht von der Stelle.« Dann hastete sie die Rampe hinab.

Auf halbem Wege hörte sie Schritte hinter sich: Jo folgte ihr. Die Rampe war schmal und glitschig und deshalb sehr gefährlich. Lucy hielt an, drehte sich um, hob das Kind in ihre Arme und schimpfte: »Du ungezogener Junge, ich habe dir doch gesagt, daß du warten sollst!« Ihr Blick glitt zwischen dem Körper und der Sicherheit der Klippenspitze hin und her, sie zögerte einen Moment lang in schmerzlicher Unschlüssigkeit, erkannte, daß das Meer den Körper in jeder Sekunde zurückschwemmen konnte, und setzte den Weg nach unten, mit Jo auf den Armen, fort.

Eine kleinere Welle bedeckte den Körper. Als das Wasser zurückflutete, war Lucy nahe genug herangekommen, um sich überzeugen zu können, daß es ein Mann war. Er war so lange im Wasser gewesen, daß seine Gesichtszüge geschwollen und verzerrt waren. Das bedeutete, daß er tot sein mußte. Lucy konnte also nichts mehr für ihn tun, und sie wollte ihr Leben und das ihres Sohnes nicht aufs Spiel setzen, um eine Leiche zu bergen. Schon war sie im Begriff umzukehren, als ihr etwas an dem aufgedunsenen Gesicht vertraut vorkam. Sie starrte es verständnislos an und versuchte, es in ihre Erinnerung einzuordnen. Dann, ganz plötzlich, erkannte sie das Gesicht als das, was es war. Lähmendes Entsetzen übermannte sie; ihr Herz schien ausgesetzt zu haben, und sie flüsterte: »Nein, David, nein!«

Jetzt achtete sie nicht mehr auf die Gefahr und schritt voran. Eine kleinere Welle brach sich an ihren Knien und füllte ihre Gummistiefel mit schäumendem Salzwasser, doch sie merkte es nicht. Jo wand sich in ihren Armen, um nach vorn zu blikken, aber sie schrie ihm »Guck nicht hin!« ins Ohr und drückte sein Gesicht gegen ihre Schulter. Er begann zu weinen.

Lucy kniete sich neben den Körper und berührte das fürchterliche Gesicht mit der Hand. Es war David. Daran gab es keinen Zweifel. Er war tot, und zwar seit einiger Zeit. Irgendein tiefer

Instinkt veranlaßte sie, ganz sicherzugehen: Sie hob den unteren Rand der Ölhaut hoch und betrachtete seine Beinstummel.

Es war ihr unmöglich, die Tatsache des Todes zu verkraften. Sie hatte ihn sich in gewisser Weise tot gewünscht, doch ihre Einstellung zu ihm wurde durch ihr Schuldbewußtsein und die Furcht verwirrt, daß ihre Untreue entdeckt werden könne. Trauer, Entsetzen, Befreiung, Erleichterung – all das kämpfte in ihrem Inneren miteinander, ohne daß eines die Oberhand gewann.

Sie wäre wie angewurzelt stehen geblieben, doch die nächste Welle war stark. Ihre Wucht warf Lucy um, so daß sie eine große Portion Salzwasser schluckte. Irgendwie gelang es ihr, Jo nicht loszulassen und nicht von der Rampe geschwemmt zu werden. Als sich die Brandung beruhigte, stand sie auf und flüchtete vor dem gierigen Zugriff des Ozeans.

Sie kletterte bis zum Klippenrand empor, ohne sich umzublikken. Das Haus wurde sichtbar, und der Jeep stand davor. Henry war zurückgekommen.

Ohne Jo abzusetzen, lief Lucy stolpernd los. Sie sehnte sich danach, ihren Schmerz mit Henry zu teilen, seine Arme um sich zu spüren und von ihm getröstet zu werden. Sie atmete abgerissen und schluchzend, und Tränen mischten sich unsichtbar mit dem Regen in ihrem Gesicht. Sie ging um das Haus herum, riß die Küchentür auf und setzte Jo eilig auf den Boden.

Henry sagte: »David hat beschlossen, noch einen Tag bei Tom zu bleiben.«

Sie starrte ihn ungläubig an, ohne einen Gedanken fassen zu können. Dann begriff sie mit plötzlicher Intuition alles.

Henry hatte David ermordet.

Die Schlußfolgerung traf sie zuerst wie ein Hieb in den Magen, der ihr den Atem raubte; die Gründe verstand sie einen Sekundenbruchteil später. Der Schiffbruch, das seltsam geformte Messer, an dem er so hing, der beschädigte Jeep, die Nachricht über den Stilettmörder von London – alles paßte plötzlich zusammen wie die Teile eines Puzzlespiels, das in die Luft geworfen wird und gegen alle Vernunft in einem Stück landet.

»Kein Grund, so überrascht auszusehen.« Henry lächelte. »Sie haben da drüben viel zu tun, und ich habe ihn nicht ermuntert zurückzukommen.«
Tom. Sie mußte zu Tom. Er würde wissen, was zu tun war, und sie und Jo beschützen, bis die Polizei kam. Er hatte einen Hund und ein Gewehr.
Ihre Angst wurde von einem Moment der Trauer um *den* Henry unterbrochen, dem sie vertraut und den sie fast geliebt hätte, denn er existierte nicht – sie hatte ihn sich nur eingebildet. Statt eines warmherzigen, starken, liebevollen Mannes sah sie vor sich ein Ungeheuer, das lächelte und in aller Ruhe Botschaften von ihrem ermordeten Mann erfand.
Sie unterdrückte ein Schaudern. Mit Jo an der Hand verließ sie die Küche, ging durch den Flur und trat aus der Vordertür hinaus. Sie stieg in den Jeep, setzte Jo neben sich und ließ den Motor an.
Aber Henry war sofort da. Er hielt Davids Schrotflinte in der Hand, stellte den Fuß lässig auf das Trittbrett und fragte: »Wohin willst du?«
Sie verlor den Mut. Wenn sie jetzt losfuhr, würde er vielleicht schießen – welcher Instinkt hatte ihn nur dazu gebracht, die Flinte diesmal mit ins Haus zu nehmen? –, und sie durfte Jo nicht gefährden. »Ich stelle nur den Jeep unter.«
»Geht das nicht ohne Jos Hilfe?«
»Die Fahrt macht ihm Spaß. Du brauchst mich nicht ins Kreuzverhör zu nehmen!«
Henry zuckte die Achseln und trat zurück.
Sie betrachtete ihn einen Moment lang, wie er in Davids Reitjacke dastand und Davids Flinte wie zufällig in der Hand hielt, und fragte sich, ob er wirklich schießen würde, wenn sie einfach davonführe. Dann erinnerte sie sich an die eisige Kälte, die sie von Anfang an in ihm verspürt hatte, und wußte, daß er um des Zieles willen, dem er sich verschworen hatte, alles tun würde, ohne Rücksicht auf irgend jemanden.
Lucy gab mit einem schrecklichen Gefühl der Erschöpfung nach. Sie legte den Rückwärtsgang ein und fuhr den Jeep in den Schuppen. Dann stellte sie den Motor ab, stieg aus und ging

zusammen mit Jo zurück. Sie hatte keine Ahnung, was sie zu Henry sagen könnte, was sie in seiner Gegenwart tun würde, wie sie ihr Wissen verbergen sollte – wenn sie sich nicht schon verraten hatte.
Sie hatte keine Pläne.
Aber sie hatte die Schuppentür offengelassen.

32

»Das ist sie, Erster«, sagte der Captain und senkte sein Fernrohr.
Der Erste Offizier spähte durch den Regen und die Gischt. »Nicht gerade der ideale Urlaubsort, nicht wahr, Sir? Ganz schön trostlos, würde ich sagen.«
»Stimmt.« Der Captain war ein altmodischer Navy-Offizier mit angegrautem Bart; er war schon im ersten Weltkrieg auf See gewesen. Er hatte sich daran gewöhnt, die stutzerhafte Redeweise seines Ersten Offiziers zu übersehen, denn der Junge hatte sich – allen Erwartungen zum Trotz – als ausgezeichneter Seemann erwiesen.
Der »Junge«, der über dreißig und nach den Maßstäben dieses Krieges ein alter Seebär war, wußte gar nicht, welche Großmut ihm zuteil wurde. Er hielt sich mit aller Kraft an der Reling fest, während die Korvette eine steile Welle hinaufstieg, sich auf dem Kamm ausrichtete und ins Tal tauchte. »Jetzt sind wir also hier, und was machen wir nun, Sir?«
»Wir umkreisen die Insel.«
»Jawohl, Sir.«
»Und halten Ausschau nach einem U-Boot.«
»Bei diesem Wetter kommt bestimmt keines an die Oberfläche – und wenn, dann müßten wir darauf spucken können.«
»Der Sturm flaut heute nacht ab – spätestens morgen.« Der Captain stopfte sich seine Pfeife.
»Glauben Sie?«
»Ich bin sicher.«
»Seemännischer Instinkt, nehme ich an?«
Der Captain grunzte. »Das und der Wetterbericht.«

Die Korvette umrundete eine Landzunge, und sie erblickten eine kleine Bucht mit einer Anlegestelle. Darüber, auf dem Kliff, stand ein kleines, geducktes Haus, das sich gegen den Wind stemmte.
Der Captain streckte die Hand aus. »Wir setzen dort einen Landungstrupp aus, sobald wir können.«
Der Erste Offizier nickte. »Trotzdem . . .«
»Ja?«
»Jede Umkreisung der Insel dürfte ungefähr eine Stunde dauern.«
»Na und?«
»Wenn wir also nicht unheimlich viel Glück haben und genau zur richtigen Zeit am richtigen Platz sind . . .«
». . . wird das U-Boot auftauchen, seinen Passagier an Bord nehmen und wieder untertauchen, ohne daß wir auch nur sehen, wie sich das Wasser kräuselt«, vollendete der Captain.
»Ja.«
Am Ostende der Insel stand noch ein Häuschen. Der Captain musterte es durch sein Fernrohr und bemerkte, daß es eine große, professionell wirkende Funkantenne hatte. »Sparks!« rief er. »Versuchen Sie, das Haus zu erreichen. Probieren Sie es mit der Frequenz des Flugmeldekorps.«
»Aye, aye, Sir.«
Als das Haus aus dem Blickfeld verschwunden war, rief der Funker: »Keine Antwort, Sir.«
»In Ordnung, Sparks«, antwortete der Captain. »Es war nicht so wichtig.«

Die Besatzung des Kutters der Küstenwache saß unter Deck im Hafen von Aberdeen, spielte *Pontoon* um halbe Pennys und sann über den Schwachsinn nach, der unweigerlich mit einem hohen Rang verbunden zu sein schien.
»Karte«, sagte Jack Smith, der schottischer war als sein Name.
Albert »Slim« Parish, ein weit von seiner Heimat entfernter dicker Londoner, gab ihm einen Buben.
»Kaputt«, verkündete Smith.

Slim raffte den Gewinn an sich. »Eineinhalb Pennys«, sagte er mit gespieltem Erstaunen. »Ich hoffe nur, daß ich noch Zeit habe, sie zu verjubeln.«
Smith wischte mit dem Ärmel über eines der beschlagenen Bullaugen und spähte hinaus zu den Booten, die im Hafen auf und ab hüpften. »So, wie der Alte sich anstellt, könnte man glauben, daß wir Berlin anlaufen, nicht Storm Island.«
»Wußtest du etwa nicht, daß wir die Speerspitze der alliierten Invasion sind?«
»Was ist das eigentlich für ein Kerl – ein Deserteur? Wenn du mich fragst, das ist nicht unsere Sache, das ist Sache der Militärpolizei.«
Slim mischte die Karten. »Ich sage dir, was er ist: ein geflüchteter Kriegsgefangener.«
Ein Chor von ungläubigen Hohnrufen erklang.
»Na gut, hört nicht auf mich. Aber wenn wir ihn schnappen, achtet auf seinen Akzent.« Er legte die Karten nieder. »Welche Boote fahren nach Storm Island?«
»Nur der Krämer«, sagte irgend jemand.
»Wenn er also ein Deserteur ist, kann er nur mit dem Krämerboot zum Festland zurückkommen. Die Militärpolizei braucht also nur auf Charlies normale Fahrt zur Insel zu warten und den Deserteur zu greifen, wenn er hier aus dem Boot steigt. Wir brauchten also nicht hier herumzusitzen und zu warten, daß wir auslaufen und mit Lichtgeschwindigkeit rüberjagen, sobald das Wetter besser ist, außer ...«, er machte eine melodramatische Pause, »außer wenn er noch anders von der Insel verschwinden könnte.«
»Wie zum Beispiel?«
»Mit 'nem U-Boot.«
»Quatsch«, knurrte Smith verächtlich. Die anderen lachten bloß.
Slim teilte für eine weitere Runde aus. Diesmal gewann Smith.
»Ich habe einen Schilling rausgeholt«, sagte Slim. »Endlich kann ich mich in mein hübsches kleines Häuschen in Devon zurückziehen. Wir werden ihn natürlich nicht fangen.«
»Den Deserteur?«

»Den Kriegsgefangenen.«
»Wieso nicht?«
Slim klopfte sich an den Schädel. »Streng deinen Grips an. Wenn der Sturm nachläßt, sind wir hier, und das U-Boot ist tief in der Inselbucht. Wer kommt also zuerst an? Die Deutschen.«
»Warum machen wir's dann?« fragte Smith.
»Weil die Leute, die die Befehle geben, nicht so ausgefuchst sind wie meine Wenigkeit. Lacht nur!« Er gab von neuem die Karten aus. »Eure Einsätze. Ihr werdet sehen, daß ich recht habe. Was ist das denn, Smithie, ein Penny? Mensch, übernimm dich nicht. Ich will euch was sagen, ich wette fünf zu eins, daß wir mit leeren Händen von Storm Island wiederkommen. Wer hält dagegen? Und wenn ich zehn zu eins sage? Na? Zehn zu eins?«
»Kein Interesse«, sagte Smith. »Teil die Karten aus.«
Slim teilte die Karten aus.

Major Peterkin Blenkinsop (er hatte schon oft versucht, Peterkin zu Peter zu verkürzen, aber irgendwie kamen die Männer immer dahinter) stand steif wie ein Ladestock vor der Karte und wandte sich an die im Raum Versammelten. »Wir fliegen in Dreierformationen. Die ersten drei starten, sobald das Wetter es zuläßt. Unser Ziel –« er berührte die Karte mit seinem Zeigestock »– ist hier. Storm Island. Dort kreisen wir zwanzig Minuten bei geringer Höhe und suchen nach U-Booten. Nach zwanzig Minuten kehren wir zum Stützpunkt zurück.« Er machte eine Pause. »Diejenigen von Ihnen, die logisch veranlagt sind, werden sich inzwischen ausgerechnet haben, daß die zweite Formation – wenn es keine Lücken geben soll – genau zwanzig Minuten nach der ersten starten muß und so weiter. Fragen?«
»Sir?« meldete sich Oberleutnant Longman.
»Longman?«
»Was sollen wir tun, wenn wir das U-Boot entdecken?«
»Es mit Bordwaffen beschießen natürlich, ein paar Granaten abwerfen, ihm die Hölle heiß machen.«

»Aber wir sind Jagdflieger, Sir – wie sollen wir mit einem U-Boot fertig werden. Sind dafür nicht Schlachtschiffe zuständig?«

Blenkinsop seufzte. »Wie gewöhnlich dürfen diejenigen, denen bessere Methoden eingefallen sind, um den Krieg zu gewinnen, direkt an Mr. Winston Churchill, 10 Downing Street, London Südwest 1 schreiben. Gibt's also *Fragen* – im Gegensatz zu dämlicher Kritik?«

Es gab keine Fragen.

Bloggs dachte darüber nach, daß die letzten Kriegsjahre einen neuen Typ des RAF-Offiziers geschaffen hatten. Er saß dicht neben dem Feuer in einem weichen Sessel im Bereitschaftsraum, hörte zu, wie der Regen auf das Blechdach trommelte, und döste ab und zu ein. Die Piloten der *Battle of Britain* mit ihrem Studentenslang, ihrer ständigen Trinkerei, ihrer Unermüdlichkeit und ihrer unbekümmerten Mißachtung des Flammentodes, dem sie jeden Tag ins Auge sahen, hatten unverbesserlich munter gewirkt. Dieser schülerhafte Heroismus hatte in den folgenden Jahren nicht mehr angedauert, als der Krieg in weit von der Heimat entfernte Orte verschleppt wurde und sich der Schwerpunkt von den bravourösen Einzelleistungen der Luftkämpfe auf das mechanische Einerlei von Bombenflügen verlagerte. Sie tranken immer noch und benutzten ihren eigenen Jargon, doch sie schienen älter, härter und zynischer. Bloggs fiel ein, was er mit dem armen Wald- und Wieseneinbrecher in der Polizeistelle in Aberdeen gemacht hatte, und er kam zu der Einsicht: Es geht uns allen nicht anders.

Sie saßen um ihn herum und waren sehr still. Einige dösten wie er selbst, andere lasen Bücher oder beschäftigten sich mit Brettspielen. Ein bebrillter Navigator in einer Ecke lernte Russisch.

Während Bloggs das Zimmer mit halbgeschlossenen Augen überblickte, kam ein weiterer Pilot herein, der anscheinend im Krieg nicht gealtert war. Er grinste breit und hatte ein frisches Gesicht, das aussah, als müsse es höchstens einmal in der Wo-

che rasiert werden. Seine Jacke war geöffnet, und er trug seinen Helm unter dem Arm. Er ging schnurgerade auf Bloggs zu.
»Detektivinspektor Bloggs?«
»Das bin ich.«
»Famos, famos. Ich bin Ihr Pilot, Charles Calder.«
»Freut mich.« Bloggs schüttelte ihm die Hand.
»Die Mühle steht bereit, fliegt prächtig. Sie wissen sicher, daß es ein Amphibienflugzeug ist.«
»Ja.«
»Famos, famos. Wir landen auf dem Meer, lassen uns bis auf zehn Meter an den Strand herangleiten und setzen Sie in einem Schlauchboot aus.«
»Dann warten Sie darauf, daß ich zurückkomme?«
»Richtig. Tja, jetzt brauchen wir nur noch geeignetes Wetter.«
»Ja. Hören Sie, Charles. Ich habe diesen Burschen seit sechs Tagen und Nächten durch das ganze Land verfolgt. Ich versuche jetzt zu schlafen. Sie haben doch nichts dagegen?«
»Natürlich nicht!« Der Pilot setzte sich und holte ein dickes Buch unter seiner Jacke hervor. »Muß was für meine Bildung tun«, sagte er. *»Krieg und Frieden.«*
»Famos, famos«, gab Bloggs zurück und schloß die Augen.

Percival Godliman und sein Onkel Colonel Terry saßen nebeneinander im Kartenraum, tranken Kaffee und klopften die Asche ihrer Zigaretten in einen Feuerlöscheimer auf dem Boden. Godliman wiederholte sich.
»Mir fällt nichts mehr ein, was wir noch tun könnten.«
»Ich weiß.«
»Die Korvette ist schon da, und die Jäger sind nur ein paar Minuten entfernt. Das U-Boot gerät also sofort unter Feuer, wenn es sich an der Oberfläche zeigt.«
»Wenn man es sieht.«
»Die Korvette setzt so schnell wie möglich einen Landungstrupp aus. Bloggs wird kurz danach eintreffen, und die Küstenwache bildet die Nachhut.«
»Aber keiner von ihnen wird mit Sicherheit rechtzeitig da sein.«

»Ich weiß«, sagte Godliman müde. »Wir haben getan, was wir können, aber ist es genug?«
Terry steckte sich eine weitere Zigarette an. »Was ist mit den Bewohnern der Insel?«
»Ach ja. Es gibt dort nur zwei Häuser. In einem wohnen ein Schafzüchter und seine Frau – sie haben ein kleines Kind –, und in dem anderen wohnt ein alter Schafhirte. Der Schafhirte hat einen Sender – Königliches Flugmeldekorps –, aber wir können ihn nicht erreichen. Wahrscheinlich hat er das Gerät auf ›Senden‹ eingestellt. Er ist alt.«
»Der Schafzüchter klingt vielversprechend«, meinte Terry. »Wenn er auf Draht ist, könnte er deinen Spion erwischen.«
Godliman schüttelte den Kopf. »Der arme Kerl sitzt im Rollstuhl.«
»Mein Gott, wir haben wirklich kein Glück.«
»Nein«, sagte Godliman. »Alles Glück ist auf der Seite der Nadel.«

33

Lucy wurde ganz ruhig, ein eisiges Betäubungsmittel schien allmählich von ihr Besitz zu ergreifen, ihre Emotionen abzutöten und ihre Sinne zu schärfen. Immer seltener wurde sie von dem Gedanken gelähmt, daß sie das Haus mit einem Mörder teilte, und sie gewann eine kaltblütige Wachsamkeit, die sie selbst überraschte.
Während sie ihrer Hausarbeit nachging und um Henry herumfegte, der im Wohnzimmer saß und einen Roman las, fragte sie sich, wieviel er von der Veränderung ihrer Gefühle bemerkt hatte. Ihm entging wenig, und bei der Auseinandersetzung um den Jeep hatte er eine gewisse Vorsicht, wenn nicht sogar unverhülltes Mißtrauen gezeigt. Er mußte gewußt haben, daß irgend etwas sie aus der Fassung gebracht hatte. Andererseits war sie schon vor seiner Abfahrt verstimmt gewesen, da Jo sie zusammen im Bett entdeckt hatte. Vielleicht meinte er, daß dies die einzige Ursache für ihr Verhalten war.

Lucy hatte das merkwürdige Gefühl, daß Henry *genau* wußte, was in ihr vorging, es aber vorzog, sich so zu benehmen, als wenn nichts geschehen wäre.
Sie hängte ihre Wäsche zum Trocknen auf einen Kleiderständer in der Küche. »Tut mir leid, aber ich kann nicht ewig warten, bis der Regen aufhört.«
Er schaute gleichgültig auf die Sachen und sagte: »Das macht nichts.« Dann ging er zurück ins Wohnzimmer.
Unter den nassen Kleidungsstücken war eine vollständige Garnitur sauberer, trockener Sachen für Lucy.
Zum Lunch machte sie nach einem Sparrezept eine Gemüsepastete. Sie rief Jo und Henry zum Essen und trug die Mahlzeit auf.
Davids Flinte war in eine Ecke der Küche gelehnt. Lucy sagte: »Ich habe nicht gern ein geladenes Gewehr im Haus, Henry.«
»Ich bringe es nach dem Lunch hinaus«, antwortete er. »Die Pastete schmeckt gut.«
»Ich mag sie nicht«, sagte Jo.
Lucy nahm die Flinte und legte sie auf den Kühlschrank. »Es macht wohl nichts, solange Jo sie nicht erreichen kann.«
»Wenn ich erwachsen bin, will ich Deutsche erschießen«, erklärte Jo.
»Ich möchte, daß du heute nachmittag schläfst.« Lucy ging ins Wohnzimmer und nahm eine von Davids Schlaftabletten aus dem Fläschchen im Schrank. Wenn zwei Tabletten eine schwere Dosis für einen Mann von 75 Kilo darstellten, sollte eine Vierteltablette genügen, um einen Jungen von fünfzig Pfund am Nachmittag einschlafen zu lassen. Sie legte ein Viertel auf einen Löffel, zermalmte es mit dem Rücken eines weiteren Löffels und rührte das Pulver in ein kleines Glas Milch. Dann gab sie Jo das Glas und sagte: »Trink es bis auf den letzten Tropfen aus.«
Henry sah zu und sagte nichts.
Nach dem Lunch brachte sie Jo mit einem Stapel Bücher auf dem Sofa unter. Er konnte natürlich nicht lesen, aber er hatte die Geschichten so oft vorgelesen bekommen, daß er sie auswendig kannte. Er konnte die Seiten der Bücher umschlagen,

sich die Bilder ansehen und den Seitentext aus dem Gedächtnis wiederholen.

»Möchtest du etwas Kaffee?« fragte sie Henry.

»Echten Kaffee?« Er war überrascht.

»Ich habe einen kleinen Vorrat.«

»Ja, bitte!«

Er beobachtete sie, während sie den Kaffee machte. Vielleicht fürchtete er, daß sie versuchen könnte, auch ihm Schlaftabletten zu geben. Sie hörte Jos Stimme aus dem Nebenraum:

»Ich habe gesagt: ›Ist jemand zu Hause?‹ rief Puh sehr laut.

›Nein!‹ antwortete eine Stimme . . .«

– und er lachte herzhaft, wie er es bei diesem Scherz immer tat.

Oh, Gott, dachte Lucy, laß Jo nichts passieren.

Sie goß den Kaffee ein und setzte sich Henry gegenüber. Er griff über den Tisch hinweg und hielt ihre Hand. Sie saßen schweigend da, nippten an ihrem Kaffee und hörten dem Regen und Jos Stimme zu.

»›Wie lange braucht man, um dünn zu werden?‹ fragte Puh neugierig.

›Ungefähr eine Woche, glaube ich.‹

›Aber ich kann keine ganze Woche hierbleiben!‹«

Seine Stimme begann schläfrig zu klingen, und dann war er still. Lucy ging zu ihm hinüber und deckte ihn zu. Sie hob das Buch auf, das aus seinen Fingern auf den Boden geglitten war. Sie hatte es als Kind bekommen und kannte auch alle Geschichten auswendig. Auf dem Deckblatt stand in der gestochenen Schrift ihrer Mutter: »Für Lucy zum vierten Geburtstag mit lieben Wünschen von Mutter und Vater.« Sie legte das Buch auf die Anrichte.

Dann kam sie in die Küche zurück. »Er schläft.«

»Und . . .?«

Lucy streckte die Hand aus. Henry ergriff sie. Sie zog sanft, und er stand auf. Nun führte sie ihn nach oben ins Schlafzimmer, schloß die Tür und zog sich den Pullover über den Kopf.

Einen Moment lang stand er still und betrachtete ihre Brüste.

Dann begann er sich auszuziehen.

Während sie sich ins Bett legte, betete sie: Gib mir Kraft. Das

war es, wovor sie sich gefürchtet hatte: vortäuschen zu müssen, daß ihr sein Körper Lust bereitete, obwohl sie nichts als Angst, Ekel und Schuld fühlte.
Er kam ins Bett und nahm sie in die Arme.
Nach kurzer Zeit merkte sie, daß sie nichts vortäuschen mußte.

Ein paar Sekunden lang lag sie in seiner Armbeuge. Wie konnte ein Mann so kaltherzig morden und sich doch so liebevoll zeigen?
Sie fragte: »Möchtest du eine Tasse Tee?«
Er grinste. »Nein, danke.«
»Aber ich.« Lucy löste sich von ihm und stand auf. Als er sich bewegte, legte sie die Hand auf seinen flachen Bauch und sagte: »Nein, du bleibst hier. Ich hole mir den Tee. Noch bin ich mit dir nicht fertig.«
Er grinste wieder. »Du willst wohl aufholen, was du in den vier Jahren versäumt hast.«
Sobald sie das Zimmer verlassen hatte, fiel die Maske des Lächelns von ihrem Gesicht. Das Herz pochte ihr in der Brust, während sie nackt die Treppe hinunterlief. In der Küche knallte sie den Kessel auf den Herd und ließ etwas Porzellan klirren, um ihn zu täuschen. Dann begann sie die Kleidung anzuziehen, die sie unter der nassen Wäsche versteckt hatte. Ihre Hände zitterten so sehr, daß sie kaum die Hose zuknöpfen konnte.
Lucy hörte, wie das Bett oben knarrte. Sie blieb wie erstarrt stehen, lauschte und dachte: Bleib ... Bleib ... Aber er veränderte nur seine Lage.
Als sie fertig war, betrat sie das Wohnzimmer. Jo schlief tief und knirschte mit den Zähnen. Lieber Gott, laß ihn nicht aufwachen, betete Lucy. Sie hob ihn hoch. Er murmelte etwas im Schlaf über Christopher Robin, eine seiner Kinderbuchgestalten. Lucy preßte die Augen zusammen und zwang ihn nur durch ihre Willenskraft, still zu sein.
Sie wickelte die Decke fest um ihn. Dann ging sie zurück in die Küche und streckte die Hand nach der Flinte auf dem Kü-

chentisch aus. Die Waffe entglitt ihr, fiel auf das Schrankbrett und zerschmetterte einen Teller und zwei Tassen. Das Krachen war ohrenbetäubend. Sie blieb wie angewurzelt stehen.
»Was ist los?« rief Henry von oben.
»Mir ist eine Tasse runtergefallen«, antwortete Lucy. Sie konnte das Beben in ihrer Stimme nicht unterdrücken.
Das Bett knarrte wieder, und auf dem Fußboden der oberen Etage waren Schritte zu hören. Doch jetzt war es zu spät, den Plan rückgängig zu machen. Sie drückte Jo an sich, ergriff die Flinte, öffnete die Hintertür und rannte hinüber zum Schuppen.
Für einen Moment geriet sie in Panik: Hatte sie die Autoschlüssel stecken lassen? Bestimmt, das tat sie doch immer.
Sie rutschte auf dem nassen Schlamm aus und fiel auf die Knie. Plötzlich brach sie in Tränen aus. Eine Sekunde lang war sie versucht, sich von ihm fangen und ermorden zu lassen, wie er ihren Mann ermordet hatte. Dann dachte sie an das Kind in ihren Armen, und sie stand auf und lief weiter.
Lucy betrat den Schuppen und öffnete die Beifahrertür des Jeeps. Sie setzte Jo ab, doch er glitt zur Seite. Lucy schluchzte: »Oh, Gott!« und setzte Jo wieder aufrecht hin. Diesmal rührte er sich nicht. Sie rannte zur anderen Seite des Jeeps, stieg ein und ließ die Flinte zwischen ihren Beinen auf den Boden fallen.
Sie drehte den Zündschlüssel.
Der Motor hustete und erstarb.
»Bitte, *bitte!*«
Sie drehte den Schlüssel noch einmal. Der Motor wurde mit einem Brüllen lebendig.
Henry kam eilig aus der Hintertür.
Lucy ließ den Motor aufheulen und legte den Vorwärtsgang ein. Der Jeep machte einen Satz aus dem Schuppen. Sie gab Vollgas, die Räder drehten einen Moment lang im Schlamm durch, ehe sie wieder Halt bekamen. Der Jeep beschleunigte mit quälender Trägheit, und Henry, der sie barfüßig durch den Schlamm verfolgte, kam immer näher.
Lucy bemerkte es mit Entsetzen.

Sie zog mit aller Kraft am Handgaszug, so daß sie fast den dünnen Hebel abbrach. Am liebsten hätte sie vor Verzweiflung geschrien. Henry war nur noch rund einen Meter entfernt, fast auf gleicher Höhe mit ihr. Er lief wie ein Athlet, seine Arme pumpten wie Kolben, seine nackten Füße trommelten auf den Grasboden, seine Wangen blähten sich, und seine nackte Brust hob und senkte sich.
Der Motor kreischte auf, und es gab einen Ruck, während das automatische Getriebe sich anpaßte, und dann einen Stoß neuer Energie.
Lucy blickte wieder zur Seite. Henry schien einzusehen, daß sie ihm entkommen konnte. Er machte einen Satz nach vorn, packte den Türgriff mit der linken Hand und schob die rechte nach. Vom Jeep gezogen, lief er ein paar Schritte neben ihm her; seine Füße berührten kaum den Boden. Lucy starrte sein Gesicht an, das ihrem so nahe war: Es war rot vor Anstrengung und schmerzverzerrt, die Sehnen seines kräftigen Halses traten unter der Belastung hervor.
Plötzlich wußte sie, was sie zu tun hatte.
Sie nahm die Hand vom Lenkrad, steckte sie durch das offene Fenster und stach ihm heftig mit dem langen Nagel des Zeigefingers ins Auge.
Er ließ los und fiel zurück. Seine Hände waren vors Gesicht geschlagen.
Die Entfernung zwischen ihm und dem Jeep vergrößerte sich rasch.
Lucy merkte, daß sie weinte wie ein Baby.

Zwei Meilen von ihrem Haus entfernt sah sie den Rollstuhl. Er stand auf der Höhe der Klippen wie ein Denkmal; der unaufhörliche Regen konnte seinem Metallrahmen und den großen Gummireifen nichts anhaben. Lucy näherte sich ihm aus einer leichten Mulde. Seine schwarze Silhouette war von dem schiefergrauen Himmel und dem kochenden Meer eingerahmt. Er sah verletzt aus, wie das Loch, das ein entwurzelter Baum hinterläßt, oder ein Haus mit zerbrochenen Fenstern – als ob sein Besitzer ihm entrissen worden sei.

Dort auf der Klippe würden der Regen und der salzige Wind die Legierung bald schwarz werden lassen. Schließlich würde er rosten und – mit verdorbenen Reifen und vermodertem Ledersitz – zerfallen.
Lucy fuhr vorbei, ohne die Geschwindigkeit zu verringern.
Drei Meilen weiter, auf halber Strecke zwischen den beiden Häusern, ging ihr das Benzin aus.
Sie drängte ihre Panik zurück und versuchte logisch zu denken, während der Jeep zitternd zum Stehen kam.
Irgendwo hatte sie gelesen, daß Menschen in einer Stunde zu Fuß etwa vier Meilen zurücklegen. Henry war athletisch, aber er hatte sich den Knöchel verletzt. Obwohl er schnell zu heilen schien, konnte die Verfolgung des Jeeps ihm nur geschadet haben. Sie hatte also einen sicheren Vorsprung von einer guten Stunde.
(Lucy hatte nicht den geringsten Zweifel daran, daß er ihr folgen würde. Er wußte genausogut wie sie, daß in Toms Haus ein Funkgerät stand.)
Sie hatte mehr als genug Zeit. Hinten im Jeep befand sich für Fälle wie diesen ein Reservekanister mit zwei Liter Benzin. Sie stieg aus, kramte den Kanister hervor und schraubte den Deckel ab.
Dann kam ihr ein Einfall, der so teuflisch war, daß er sie selbst überraschte.
Lucy schraubte den Deckel wieder auf und ging nach vorn. Sie überzeugte sich, daß die Zündung abgeschaltet war, und öffnete die Motorhaube. Zwar verstand sie nicht viel von Technik, doch sie konnte die Verteilerkappe und die Leitungen zum Motor ausfindig machen. Sie klemmte den Benzinkanister fest neben die Radwölbung und nahm den Deckel ab.
Im Werkzeugkasten war ein Zündkerzenschlüssel. Sie schraubte die Kerze heraus, steckte sie in die Öffnung des Kanisters und band sie dort fest. Darauf schloß sie die Motorhaube.
Wenn Henry kam, würde er mit Sicherheit versuchen, den Jeep zu starten. Er würde den Anlasser betätigen, die Kerze würde zünden, und die zwei Liter Benzin würden explodieren.
Sie war sich nicht sicher, wieviel Schaden damit angerichtet

werden mochte, aber bestimmt konnte sich seine Lage nur verschlechtern.

Eine Stunde später bedauerte sie ihre eigene Klugheit.

Während sie sich, bis auf die Haut durchnäßt, mit dem schlafenden Kind als schwerer Last auf der Schulter, durch den Schlamm schleppte, wünschte sie sich nichts mehr, als sich hinzulegen und zu sterben. Im Rückblick schien die Falle von zweifelhaftem Wert und riskant. Das Benzin würde verbrennen, nicht explodieren. Wenn nicht genügend Luft in der Kanisteröffnung war, würde es vielleicht nicht einmal Feuer fangen. Am schlimmsten aber war, daß Henry vielleicht mit einer Falle rechnen, unter die Motorhaube schauen, die Bombe entschärfen, das Benzin in den Tank gießen und hinter ihr herfahren könnte.

Lucy überlegte, ob sie eine Pause machen solle, kam aber zu dem Schluß, daß sie vielleicht nicht mehr aufstehen könnte, wenn sie sich hinsetzte.

Inzwischen hätte Toms Haus in Sichtweite kommen müssen. Sie konnte sich auf keinen Fall verirrt haben – selbst wenn sie diesen Weg nicht schon Dutzende von Malen zurückgelegt hätte, war die ganze Insel einfach nicht groß genug, um sich darauf zu verirren.

Sie erkannte ein Dickicht, in dem sie und Jo einmal einen Fuchs beobachtet hatten. Sie mußte ungefähr eine Meile vom Haus des Schafhirten entfernt sein. Wenn der Regen nicht gewesen wäre, hätte sie es sehen können.

Lucy legte sich Jo auf die andere Schulter, nahm die Schrotflinte von einer Hand in die andere und quälte sich weiter voran.

Als das Haus endlich durch den strömenden Regen hindurch sichtbar wurde, hätte sie vor Erleichterung weinen können. Die Entfernung war geringer, als sie gedacht hatte – vielleicht noch eine Viertelmeile.

Plötzlich schien Jo leichter geworden zu sein. Obwohl das letzte Stück bergan führte – den einzigen Hügel auf der Insel hinauf –, brachte sie es, wie sie meinte, in Sekundenschnelle hinter sich.

»Tom!« rief Lucy, während sie sich der Vordertür näherte. »Tom, oh, Tom!«
Bob, der Schäferhund, antwortete mit einem Bellen.
Sie trat durch die Vordertür ins Haus. »Tom, schnell!« Bob sprang aufgeregt um ihre Füße und bellte heftig. Tom konnte nicht weit sein – wahrscheinlich war er draußen auf der Toilette. Lucy ging nach oben und legte Jo auf Toms Bett.
Das Funkgerät stand im Schlafzimmer. Es war eine kompliziert wirkende Konstruktion aus Drähten und Skalen und Knöpfen. Ein Teil erinnerte sie an eine Morsetaste. Sie berührte sie versuchsweise, und ein Piepton erklang. Aus der Ferne ihrer Kindheit – wahrscheinlich aus einer Detektivgeschichte für Mädchen – erinnerte sie sich an die Morsezeichen für SOS. Sie berührte die Taste von neuem: drei kurz, drei lang, drei kurz.
Wo war Tom?
Sie hörte ein Geräusch und rannte ans Fenster.
Der Jeep kam den Hügel herauf.
Henry hatte die Falle entdeckt und das Benzin benutzt, um den Tank zu füllen.
Wo war Tom?
Sie eilte aus dem Schlafzimmer, um draußen an die Toilettentür zu pochen. Am Kopf der Treppe hielt sie inne. Bob stand in der offenen Tür des anderen Schlafzimmers, das unbenutzt war.
»Komm her, Bob«, befahl Lucy. Der Hund blieb stehen und bellte. Sie ging zu ihm und bückte sich, um ihn aufzuheben.
Dann sah sie Tom.
Er lag auf dem Rücken auf den nackten Holzbrettern des leeren Schlafzimmers, seine Augen starrten blind an die Decke, seine Mütze lag umgekehrt hinter seinem Kopf. Seine Jacke war geöffnet, und auf dem Hemd darunter war ein kleiner Blutfleck. Dicht neben seiner Hand stand ein Kasten mit Whiskyflaschen, und Lucy ertappte sich plötzlich bei dem zusammenhanglosen Gedanken: Ich wußte gar nicht, daß er so viel trinkt.
Sie fühlte seinen Puls.

Er war tot.
Denk nach, *denk nach!*
Gestern war Henry zerschlagen zu Lucys Haus zurückgekehrt, als sei er in einen Kampf verwickelt gewesen. Dabei mußte er David getötet haben. Heute war er hierher, zu Toms Haus, gekommen, »um David zu holen«. Aber er hatte gewußt, daß David nicht hier war. Warum hatte er also die Fahrt gemacht?
Es lag auf der Hand: um Tom zu töten.
Welches Motiv hatte er? Welche Kraft trieb ihn so sehr an, daß er in ein Auto steigen, zehn Meilen fahren, einen alten Mann erstechen und ruhig und gefaßt zurückkehren konnte, als hätte er nur kurz Luft geschnappt? Ein Schauder lief Lucy über den Rücken.
Jetzt war sie auf sich allein gestellt.
Sie packte das Halsband des Hundes und zog ihn vom Körper seines Herrn fort. Sie gab einem plötzlichen Impuls nach und knöpfte die Jacke über der kleinen Stilettwunde zu, die den Schafhirten getötet hatte. Dann schloß sie die Tür hinter sich.
Sie sagte zu dem Hund: »Er ist tot, aber ich brauche dich.«
Lucy ging wieder ins vordere Schlafzimmer und blickte aus dem Fenster.
Der Jeep fuhr gerade vor und hielt an. Henry stieg aus.

34

Lucys Notrufzeichen wurden auf der Korvette gehört.
»Sir«, sagte Sparks. »Ich habe gerade ein SOS von der Insel aufgefangen.«
Der Captain runzelte die Stirn. »Wir können erst etwas machen, wenn es möglich ist, ein Boot auszusetzen. Kam sonst noch was durch?«
»Überhaupt nichts, Sir. Es wurde nicht einmal wiederholt.«
Der Captain überlegte noch für einen Moment. »Wir können nichts machen«, meinte er noch einmal. »Machen Sie dem Festland Meldung, und spitzen Sie weiter die Ohren.«
»Aye, aye, Sir.«

Das Notrufzeichen wurde auch von einem Lauschposten des MI 8 auf der Spitze eines schottischen Berges aufgefangen. Der Funker, ein junger Mann mit Unterleibsverletzungen, der aus der RAF ausgemustert worden war und nur noch sechs Monate zu leben hatte, versuchte, deutsche Marinesignale aus Norwegen abzufangen, und ignorierte das SOS. Sein Dienst war jedoch fünf Minuten später zu Ende, und er erwähnte es beiläufig gegenüber seinem Kommandeur.
»Es wurde nur einmal gesendet«, sagte er. »Wahrscheinlich ein Fischerboot vor der schottischen Küste – bei diesem Wetter könnten kleinere Schiffe hier und dort in Schwierigkeiten sein.«
»Überlassen Sie's mir«, antwortete der Kommandeur. »Ich rufe die Navy an, und am besten informiere ich auch Whitehall. Die Vorschriften, wissen Sie.«
»Vielen Dank, Sir.«

Auf der Station des Königlichen Flugmeldekorps war Panik ausgebrochen. Natürlich *sollte* ein Beobachter nicht SOS geben, wenn er feindliche Maschinen sichtete, doch man wußte, daß Tom alt war, und wer konnte ahnen, was er in seiner Aufregung senden würde? Also ließ man die Luftschutzsirenen aufheulen, alle anderen Posten wurden gewarnt, Flakgeschütze wurden an der ganzen Ostküste von Schottland hervorgerollt, und der Funker versuchte verzweifelt, Tom zu erreichen.
Natürlich erschienen keine deutschen Bomber. Das Kriegsministerium wollte wissen, warum man vollen Alarm ausgelöst hatte, obwohl außer ein paar durchnäßten Gänsen nichts am Himmel zu sehen war.
Man teilte es dem Ministerium mit.

Auch die Küstenwache hörte es.
Sie hätte darauf reagiert, wenn das Zeichen auf der richtigen Frequenz gewesen wäre, wenn sie den Standort des Senders hätte ermitteln können und wenn dieser Standort nicht allzu weit von der Küste entfernt gewesen wäre.

Unter den gegebenen Umständen schloß man, daß der alte Tom das Signal gesendet haben mußte, da es auf der Flugmeldekorps-Frequenz gekommen war. Um diese Situation kümmerte man sich aber bereits, so gut es ging.
Als die Nachricht die Kartenspieler unter dem Deck des Kutters im Hafen von Aberdeen erreichte, teilte Slim eine weitere Runde Pontoon aus und erklärte: »Ich sage euch, was passiert ist. Der alte Tom hat den Kriegsgefangenen geschnappt. Jetzt sitzt er ihm auf dem Kopf und wartet auf die Armee, damit sie den Burschen abholt.«
»Quatsch«, sagte Smith. Seine Ansicht fand allgemeine Zustimmung.

Und *U-505* hörte es.
Das U-Boot war immer noch über dreißig Seemeilen von Storm Island entfernt, aber Weißmann graste die Frequenzen ab – er hoffte gegen alle Vernunft, vom *American Forces Network* in Großbritannien gesendete Glenn-Miller-Platten zu hören. Zufällig hatte er zum richtigen Zeitpunkt gerade die richtige Wellenlänge eingestellt. Er gab die Information an Korvettenkapitän Heer weiter und fügte hinzu: »Es war nicht auf der Frequenz unseres Mannes.«
Major Wohl, der natürlich in der Nähe und so unerträglich wie immer war, sagte: »Dann hat es nichts zu bedeuten.«
Heer verpaßte die Gelegenheit, ihn zu korrigieren, nicht. »Es hat *etwas* zu bedeuten. Es bedeutet, daß an der Oberfläche einiges vor sich gehen könnte, wenn wir auftauchen.«
»Aber das ist wahrscheinlich kein Problem für uns.«
»Höchstwahrscheinlich«, stimmte Heer zu.
»Dann hat es nichts zu bedeuten.«
»Es hat *wahrscheinlich* nichts zu bedeuten.«
Auf der ganzen Fahrt zur Insel stritten sie sich darüber.

So ergab es sich, daß innerhalb von fünf Minuten die Navy, das Königliche Flugmeldekorps, der MI 8 und die Küstenwache Godliman anriefen, um ihm von dem Notruf zu berichten. Und Godliman rief Bloggs an.

Bloggs war endlich vor dem prasselnden Kaminfeuer im Bereitschaftsraum in tiefen Schlaf gesunken. Das schrille Klingeln des Telefons schreckte ihn auf. Er sprang hoch, weil er dachte, daß die Maschinen zum Start bereit seien.
Ein Pilot hob den Hörer ab, sagte zweimal »Ja« und gab ihn Bloggs. »Ein Mr. Godliman für Sie.«
»Hallo, Percy.«
»Fred, jemand hat gerade von der Insel SOS gefunkt.«
Bloggs schüttelte den Kopf, um auch den letzten Rest von Schläfrigkeit zu verscheuchen. »Wer?«
»Das wissen wir nicht. Es gab nur ein einziges Signal, das nicht wiederholt wurde, und dort scheint man nichts zu empfangen.«
»Immerhin, jetzt gibt's kaum noch Zweifel.«
»Nein. Ist dort oben alles soweit?«
»Alles außer dem Wetter.«
»Viel Glück.«
»Danke.«
Bloggs legte den Hörer auf und wandte sich an den jungen Piloten, der immer noch *Krieg und Frieden* las. »Eine gute Nachricht. Der Lump ist ganz bestimmt auf der Insel.«
»Famos, famos«, sagte der Pilot.

35

Henry schlug die Jeeptür zu und kam langsam auf das Haus zu. Er trug wieder Davids Reitjacke. Seine Hose war nach dem Sturz schlammbedeckt, und das Haar klebte naß an seinem Kopf. Er hinkte leicht mit dem rechten Fuß.
Lucy trat vom Fenster zurück, verließ das Schlafzimmer und lief die Treppe hinab. Die Schrotflinte lag auf dem Boden im Flur, wo sie sie hatte fallen lassen. Sie hob die Waffe auf. Plötzlich schien sie sehr schwer. Lucy hatte noch nie ein Gewehr abgefeuert und wußte nicht einmal, wie sie sich davon überzeugen konnte, daß dieses geladen war.
Sie atmete tief ein und stieß die Vordertür auf. »Halt!« rief sie.

Der Tonfall ihrer Stimme – höher als beabsichtigt – klang schrill und hysterisch.
Henry lächelte freundlich und ging weiter.
Lucy richtete die Flinte auf ihn. Sie hielt den Lauf mit der linken Hand und den Verschluß mit der rechten. Ihr Finger lag am Abzug. »Ich bringe dich um!« schrie sie.
»Sei nicht albern, Lucy«, sagte er nachsichtig. »Wie könntest du mir weh tun? Nach allem, was wir zusammen getan haben? Haben wir uns nicht geliebt – wenigstens ein bißchen?«
Es stimmte. Sie hatte sich selbst gesagt, daß sie sich nicht in ihn verlieben könne, und auch das stimmte. Aber sie hatte etwas für ihn verspürt – wenn nicht Liebe, so doch etwas sehr Ähnliches.
»Du wußtest schon heute nachmittag über mich Bescheid.« Jetzt war er nur noch 25 Meter entfernt. »Aber da hat es dir doch auch nichts ausgemacht.
Er hatte recht. Einen Moment lang sah sie vor ihrem inneren Auge ein lebhaftes Bild von sich selbst, wie sie über ihm saß und seine gefühlvollen Hände an ihre Brüste preßte. Dann merkte sie, was er beabsichtigte –
»Wir können eine Lösung finden, Lucy, wir können immer noch zusammenbleiben –«
– und sie drückte den Abzug durch.
Es krachte ohrenbetäubend, die Waffe zuckte wie lebendig in ihren Händen hoch, und der Kolben prellte im Rückstoß ihrer Hüfte. Durch den Schock ließ sie die Flinte beinahe zu Boden fallen. Sie hatte sich niemals vorgestellt, daß man sich so fühlen würde, wenn man ein Gewehr abgefeuert hatte. Einen Moment lang war sie völlig taub.
Die Ladung pfiff hoch über Henrys Kopf hinweg, aber er duckte sich trotzdem, drehte sich um und rannte im Zickzack zum Jeep zurück. Lucy hätte am liebsten noch einmal geschossen, doch sie überlegte es sich im letzten Augenblick anders. Wenn er wüßte, daß beide Läufe leer waren, würde ihn nichts daran hindern zurückzukommen.
Er riß die Tür des Jeeps auf, sprang hinein und raste den Hügel hinab.

Lucy wußte, daß er wieder auftauchen würde.
Plötzlich war sie zufrieden, fast fröhlich. Sie hatte die erste Runde gewonnen, sie hatte ihn fortgejagt – sie, eine Frau!
Aber er würde wiederkommen.
Jedenfalls hatte sie die Oberhand. Sie war im Haus, besaß die Flinte und hatte Zeit, sich vorzubereiten.
Beim nächstenmal würde er raffinierter sein. Er würde bestimmt versuchen, sich anzuschleichen.
Lucy hoffte, daß er bis zum Einbruch der Dunkelheit warten würde, damit sie mehr Zeit hatte.
Zuerst mußte sie die Flinte wieder laden.
Sie ging in die Küche. Tom bewahrte alles in der Küche auf – Lebensmittel, Kohle, Werkzeug, Vorräte –, und er hatte die gleiche Flinte wie David. Sie wußte, daß es die gleichen Waffen waren, denn David hatte Toms Gewehr ausprobiert und sich dann dasselbe schicken lassen. Die beiden Männer hatten sich oft lange über Waffen unterhalten.
Lucy fand Toms Flinte und eine Schachtel Munition. Sie legte die beiden Flinten und die Schachtel auf den Küchentisch.
Maschinen sind problemlos, davon war sie überzeugt. Wenn Frauen ungeschickt mit technischen Dingen umgehen, dann nur aus Besorgnis, nicht aus Dummheit.
Sie fingerte an Davids Flinte herum, wobei sie den Lauf von sich abwandte, bis sich der Verschluß öffnete. Dann überlegte sie sich, was sie getan hatte, um ihn zu öffnen, und übte es noch einige Male.
Es war unglaublich einfach.
Lucy lud beide Flinten. Um sicherzugehen, daß sie nichts falsch gemacht hatte, richtete sie Toms Waffe auf die Küchenwand und drückte den Abzug durch.
Mörtel regnete herab, Bob kläffte wie wahnsinnig, Lucy prellte sich wieder die Hüfte und wurde für kurze Zeit taub. Aber sie war bewaffnet.
Sie mußte daran denken, den Hahn sanft durchzuziehen, damit die Flinte nicht hochzuckte und das Zielen unmöglich machte. Männer lernten so etwas wahrscheinlich in der Armee.

Was nun? Sie mußte es Henry so schwer wie möglich machen, ins Haus zu kommen.
Natürlich hatte keine der Türen ein Schloß. Wenn in eines der Häuser auf der Insel eingebrochen würde, konnte der Schuldige nur in dem anderen wohnen. Lucy stöberte in Toms Werkzeugkasten und fand eine schwarz glänzende Axt mit scharfer Schneide. Sie stellte sich auf die Treppe und begann auf das Geländer einzuhacken.
Ihre Arme schmerzten, doch nach fünf Minuten hatte sie sechs kurze Stangen aus kräftiger, gehärteter Eiche. Sie fand einen Hammer und Nägel und brachte über der Vorder- und Hintertür Riegel an; jede Tür erhielt drei Bretter, jedes Brett wurde mit vier Nägeln befestigt. Danach war der Schmerz in ihren Handgelenken kaum zu ertragen, und der Hammer fühlte sich schwer wie Blei an, aber sie war noch nicht fertig.
Lucy holte sich noch eine Handvoll glänzender, zehn Zentimeter langer Nägel, ging der Reihe nach zu jedem Fenster des Hauses und nagelte es zu. Als sie die Arbeit beendet hatte, war es dunkel geworden. Sie knipste das Licht nicht an.
Natürlich konnte er noch ins Haus eindringen, aber jedenfalls nicht heimlich. Er würde etwas zerbrechen müssen und sich dadurch verraten – und dann würde sie mit den Flinten zur Stelle sein.
Sie ergriff beide Waffen und ging nach oben, um nach Jo zu sehen. Er schlief immer noch, in seine Decke eingewickelt, in Toms Bett. Lucy zündete ein Streichholz an, um sein Gesicht zu betrachten. Die Schlaftablette mußte starke Wirkung gehabt haben, aber seine Gesichtsfarbe war normal, seine Temperatur schien normal, und er atmete leicht und regelmäßig.
»Bleib so, mein Kleiner«, flüsterte Lucy. Nach dem kurzen Andrang von Zärtlichkeit fühlte sie sich Henry gegenüber um so verbitterter.
Für eine Weile patrouillierte sie ruhelos durch das Haus und spähte durch die Fenster in die Dunkelheit. Der Hund folgte ihr ständig. Sie entschloß sich, nur eine Flinte bei sich zu tragen und die andere am Kopf der Treppe zurückzulassen. Doch sie hakte die Axt in ihren Hosengürtel.

Lucy erinnerte sich an das Funkgerät und sendete ihr SOS noch mehrere Male. Sie hatte keine Ahnung, ob jemand zuhörte oder ob das Gerät funktionierte. Da sie das Morsealphabet nicht kannte, konnte sie nichts anderes senden.
Ihr fiel ein, daß auch Tom das Morsealphabet wahrscheinlich nicht beherrscht hatte. Ob er irgendwo ein Buch hatte? Wenn sie nur jemandem mitteilen könnte, was hier geschah! Sie durchsuchte das Haus, verbrauchte dabei Dutzende von Streichhölzern und geriet jedesmal in Angst und Schrecken, wenn sie eines in der Nähe der unteren Fenster ansteckte. Aber sie fand nichts.
Also gut, vielleicht hatte er das Morsealphabet doch gekannt. Doch wozu hätte er es andererseits gebraucht? Er hatte dem Festland nur Meldung machen sollen, wenn sich Feindmaschinen näherten. Es gab keinen Grund, weshalb diese Nachricht nicht – wie hatte David sich ausgedrückt? – *au clair* übermittelt werden sollte.
Sie ging zurück ins Schlafzimmer und musterte das Gerät von neuem. Neben dem größten Gehäuse befand sich ein Mikrophon, das ihrem flüchtigen Blick vorher verborgen geblieben war.
Wenn sie mit jemandem sprechen konnte, konnte er auch mit ihr sprechen.
Der Klang einer anderen menschlichen Stimme – einer normalen, vernünftigen Stimme vom Festland – schien ihr plötzlich begehrenswerter als alles andere auf der Welt.
Lucy nahm das Mikrophon und begann mit den Schaltern zu experimentieren.
Bob knurrte leise.
Sie legte das Mikrophon hin und streckte in der Dunkelheit die Hand nach dem Hund aus. »Was ist los, Bob?«
Er knurrte wieder. Sie konnte fühlen, daß seine Ohren steif aufgerichtet waren.
Plötzlich hatte sie schreckliche Angst. Das Selbstbewußtsein, das sie gewonnen hatte, nachdem sie Henry mit der Flinte gegenübergetreten war und auf ihn geschossen hatte, nachdem sie gelernt hatte, neu zu laden, die Türen verbarrikadiert und

die Fenster zugenagelt hatte, löste sich bei dem ersten Knurren eines wachsamen Hundes auf.
»Nach unten«, flüsterte sie. »Leise.«
Sie hielt sein Halsband fest und ließ sich von ihm die Treppe hinabführen. In der Dunkelheit tastete sie nach dem Geländer – sie vergaß, daß sie es für ihre Barrikaden in Stücke gehackt hatte – und verlor fast das Gleichgewicht. Sie gewann ihre Balance zurück und saugte an einem Splitter, den sie sich in den Finger getrieben hatte.
Der Hund verhielt im Flur, knurrte dann noch lauter und zog sie zur Küche. Sie hob ihn hoch und hielt ihm die Schnauze zu, um ihn zum Schweigen zu bringen. Darauf schlich sie durch die Tür.
Lucy blickte zum Fenster hinüber, doch vor ihren Augen war nichts als samtene Schwärze.
Sie lauschte. Das Fenster knarrte, zuerst fast unhörbar, dann etwas lauter. Er versuchte, ins Haus zu kommen. Bob grollte drohend, tief in der Kehle, aber er schien sie zu verstehen, als sie seine Schnauze jäh drückte.
Die Nacht wurde ruhiger. Der Sturm ließ unmerklich nach. Henry schien seine Bemühungen am Küchenfenster aufgegeben zu haben. Lucy schlich ins Wohnzimmer.
Sie hörte das gleiche Knarren von altem Holz, auf das Druck ausgeübt wurde. Henry wirkte jetzt entschlossener. Dreimal erklang ein gedämpftes Dröhnen, als klopfe er mit dem Handballen gegen den Fensterrahmen.
Lucy setzte den Hund ab und wuchtete die Schrotflinte hoch. Es mochte nur ihre Phantasie sein, aber sie glaubte, das Fenster als graues Quadrat in der alles einhüllenden Dunkelheit auszumachen. Wenn es ihm gelang, das Fenster zu öffnen, würde sie sofort feuern.
Jetzt dröhnte es viel heftiger. Bob verlor die Beherrschung und bellte laut. Sie hörte von draußen her ein scharrendes Geräusch.
Dann ertönte die Stimme. »Lucy?«
Sie biß sich auf die Lippe.
»Lucy?«

Es war die Stimme, mit der er im Bett gesprochen hatte: tief, einschmeichelnd und intim.

»Lucy, hörst du mich? Hab keine Angst. Ich will dir nichts tun. Antworte mir, bitte.«

Sie mußte dagegen ankämpfen, nicht sofort beide Hähne durchzuziehen – nur um diese entsetzlichen Laute verstummen zu lassen und die Erinnerungen zu unterdrücken, die sich ihr unwillkürlich aufdrängten.

»Lucy, mein Liebling . . .« Sie glaubte, ein unterdrücktes Schluchzen zu hören. »Lucy, er griff mich an – ich mußte ihn töten . . . Ich habe für mein Land getötet, dafür solltest du mich nicht hassen.«

Lucy wußte nicht, was er meinte. Es klang verrückt. Konnte er wahnsinnig sein und es zwei Tage lang verborgen haben? Er hatte vernünftiger gewirkt als die meisten Menschen, und doch hatte er schon früher gemordet . . . es sei denn, man verfolgte ihn zu Unrecht . . . Verdammt. Sie wurde weich. Genau das mußte er beabsichtigt haben. Sie hatte eine Idee.

»Lucy, sprich doch mit mir . . .«

Seine Stimme verklang, während sie auf Zehenspitzen in die Küche schlich. Bob würde sie warnen, wenn Henry mehr tat, als nur zu reden. Sie kramte in Toms Werkzeugkasten, bis sie eine Kneifzange fand. Dann ging sie ans Küchenfenster und tastete nach den Köpfen der drei Nägel, die sie eingehämmert hatte. Vorsichtig und so leise wie möglich zog sie sie heraus. Es erforderte ihre ganze Kraft.

Als sie die Arbeit beendet hatte, kehrte sie ins Wohnzimmer zurück, um zu lauschen.

». . . mach mir keine Schwierigkeiten, und ich lasse dich in Ruhe . . .«

Fast geräuschlos öffnete sie das Küchenfenster, stahl sich ins Wohnzimmer, nahm den Hund am Halsband und zog sich wieder in die Küche zurück.

». . . dir weh zu tun würde mir nie einfallen . . .«

Sie streichelte den Hund ein- oder zweimal und flüsterte: »Ich würde es nicht tun, wenn ich anders könnte, Bob.« Dann stieß sie ihn aus dem Fenster.

Lucy schloß es hastig, ergriff einen Nagel und hämmerte ihn mit drei kurzen Schlägen an einer neuen Stelle ein.
Sie ließ den Hammer fallen, packte die Flinte und lief ins Vorderzimmer. Dort preßte sie sich dicht neben dem Fenster gegen die Wand.
»... dir eine letzte Chance geben – ah!«
Lucy hörte das Trippeln von Pfoten, ein markerschütterndes Bellen, wie sie es einem Schäferhund nie zugetraut hätte, einen scharrenden Laut und das Geräusch eines großen Mannes, der zu Boden fiel. Henry keuchte und grunzte, wieder vernahm sie das Tappen von Hundepfoten, einen Schmerzensschrei, einen Fluch in einer fremden Sprache und erneutes Bellen. Wenn sie nur sehen könnte, was geschah.
Die Geräusche wurden dumpfer, entfernten sich und hörten plötzlich auf. Lucy wartete – sie drückte sich immer noch gegen die Wand neben dem Fenster – und strengte ihre Ohren bis zum äußersten an. Sie wollte hinaufgehen und sich um Jo kümmern, noch einmal das Funkgerät ausprobieren oder auch nur husten, aber sie wagte nicht, sich zu bewegen. Blutrünstige Visionen dessen, was Bob mit Henry angestellt haben mochte, gingen ihr durch den Sinn. Sie sehnte sich danach, den Hund an der Tür schnuppern zu hören.
Sie betrachtete das Fenster. Dann *merkte* sie, daß sie das Fenster betrachtete. Sie konnte nicht nur ein Quadrat von schwach hellerem Grau erkennen, sondern den hölzernen Querbalken des Rahmens. Mit jeder Minute konnte es dämmern. Dann würde sie in der Lage sein, die Möbel im Zimmer zu sehen, und Henry würde sie nicht mehr in der Dunkelheit überraschen können –
Ein paar Zentimeter von ihrem Gesicht entfernt zersplitterte die Fensterscheibe mit einem Krachen. Lucy fuhr zusammen. Sie spürte einen kurzen durchdringenden Schmerz an der Wange, berührte die Stelle und wußte, daß sie von einer Scherbe geschnitten worden war. Sie riß die Schrotflinte hoch und wartete darauf, daß Henry durch das Fenster kletterte, doch nichts geschah. Erst als ein oder zwei Minuten vergangen waren, fragte sie sich, was das Fenster zerbrochen hatte.

Sie spähte zum Boden hinab. Zwischen den Glasscherben lag etwas Großes, Dunkles. Erst allmählich erkannte sie die vertraute Gestalt des Hundes.
Lucy schloß die Augen, dann blickte sie zur Seite. Sie war unfähig, beim Tode des treuen Schäferhundes irgend etwas zu empfinden. Ihre Gefühle waren durch die Gefahr und die Morde abgestumpft: erst David, dann Tom, dann die endlose, unerträgliche Spannung der nächtlichen Belagerung ... Sie spürte nichts als Hunger. Gestern war sie den ganzen Tag über zu nervös gewesen, um etwas zu essen, so daß seit ihrer letzten Mahlzeit 36 Stunden vergangen waren. Jetzt sehnte sie sich, so widersinnig und lächerlich es auch war, nach einem Käse-Sandwich.
Etwas anderes kam durch das Fenster.
Sie bemerkte es aus dem Augenwinkel und drehte den Kopf, um es direkt anzusehen.
Es war Henrys Hand. Lucy starrte sie wie hypnotisiert an: eine langfingrige Hand, unberingt, weiß unter dem Schmutz, mit gepflegten Nägeln und einer Bandage um die Spitze des Zeigefingers – eine Hand, die sie überall gestreichelt, mit ihrem Körper wie mit einer Harfe gespielt und ein Messer in das Herz eines alten Schafhirten gestoßen hatte.
Die Hand brach ein Stück Glas ab, dann noch ein weiteres, so daß sich das Loch in der Scheibe vergrößerte. Dann griff sie bis zum Ellbogen herein, tastete sich an der Fensterbank entlang und suchte nach einem Verschluß, um ihn zu öffnen.
Lucy bemühte sich, ganz leise zu sein, ließ die Flinte quälend langsam in ihre linke Hand gleiten, zog die Axt mit der rechten aus dem Gürtel, hob sie hoch über den Kopf und hieb mit aller Kraft auf Henrys Hand ein.
Er mußte es geahnt oder den Lufthauch gespürt oder den Schatten einer gespenstischen Bewegung hinter dem Fenster gesehen haben, dann einen Sekundenbruchteil bevor der Schlag landete, zuckte er jäh zurück.
Die Axt traf dröhnend auf das Holz der Fensterbank und blieb dort stecken. Für eine Sekunde glaubte Lucy, ihn verfehlt zu haben, dann hörte sie von draußen einen Schmerzensschrei

und sah neben dem Axtblatt zwei abgetrennte Finger, die wie Raupen auf dem lackierten Holz lagen.
Lucy hörte das Geräusch sich entfernender Schritte.
Sie übergab sich.
Erschöpfung überwältigte sie, gefolgt von einem Anfall von Selbstmitleid. Hatte sie nicht endlich genug durchgemacht? Für Situationen wie diese gab es Polizisten und Soldaten – niemand konnte von einer gewöhnlichen Hausfrau und Mutter erwarten, daß sie einen Mörder für unbegrenzte Zeit in Schach hielt. Wer konnte es ihr verübeln, wenn sie jetzt aufgab? Wer konnte ernsthaft behaupten, daß er sich besser und ausdauernder geschlagen hätte, daß er auch nur eine Minute länger tapfer, entschlossen und erfinderisch geblieben wäre?
Lucy war am Ende ihrer Kräfte. Jetzt waren *sie* an der Reihe: die Welt da draußen, die Polizisten und Soldaten, wer immer für die andere Seite der Funkverbindung zuständig war. Sie selbst hatte getan, was sie konnte.
Sie riß den Blick von der Fensterbank los und stieg müde die Treppe hinauf. Unterwegs hob sie die zweite Flinte auf und nahm beide Waffen mit sich ins Schlafzimmer.
Jo schlief zum Glück immer noch. Er hatte sich während der ganzen Nacht kaum bewegt und überhaupt nichts von der Apokalypse bemerkt, die sich um ihn herum abspielte. Lucy ahnte, daß er nicht mehr so fest schlief. Etwas an seinem Gesichtsausdruck und der Art, wie er atmete, verriet ihr, daß er bald aufwachen und sein Frühstück verlangen würde.
Jetzt sehnte sie sich nach ihrem früheren einfachen Leben – danach, morgens aufzustehen, Frühstück zu machen, Jo anzuziehen und langweilige, *ungefährliche* Hausarbeiten zu verrichten, zum Beispiel zu waschen und zu putzen, Kräuter oder Gemüse im Garten abzuschneiden und Tee zu kochen. Es schien unglaublich, daß sie unzufrieden mit Davids Lieblosigkeit, den langen eintönigen Abenden und der endlosen öden Landschaft mit ihrem Gras, ihrer Heide und ihrem Regen gewesen war.
Dieses Leben war für immer vorbei.
Sie saß vor dem Funkgerät und musterte seine Schalter und

Skalen. Danach wollte sie endgültig aufgeben. Sie nahm ihre letzte Energie zusammen und zwang sich, noch für einen Augenblick länger analytisch zu denken. Es gab gar nicht einmal *so* viele mögliche Kombinationen von Schaltern und Skalen. Sie fand einen Knopf mit zwei Einstellungen, drehte daran und tippte auf die Morsetaste. Kein Laut war zu hören. Das bedeutete vielleicht, daß das Mikrophon jetzt angeschlossen war. Lucy zog es an sich und sprach hinein. »Hallo, hallo, ist dort jemand? Hallo?«

Über einem Schalter stand »Senden« und darunter »Empfang«. Er war auf »Senden« gestellt. Wenn man ihr antworten sollte, mußte sie offensichtlich auf »Empfang« umschalten.

Sie sagte: »Hallo, hört mich jemand?« und stellte den Schalter auf »Empfang«.

Nichts.

Dann: »Kommen, Storm Island, wir empfangen Sie klar und deutlich.«

Es war die Stimme eines Mannes. Er schien jung und stark, fähig und selbstbewußt, ruhig und aufmerksam und vor allem *normal.*

»Kommen, Storm Island, wir haben die ganze Nacht versucht, Sie zu erreichen . . . Wo, zum Teufel, sind Sie gewesen?«

Lucy schaltete auf »Senden«, wollte sprechen und brach in Tränen aus.

36

Percival Godliman hatte nach zu vielen Zigaretten und zu wenig Schlaf Kopfschmerzen. Er hatte den Fehler gemacht, etwas Whisky zu trinken, um die lange, sorgenvolle Nacht in seinem Büro zu überstehen. Alles bedrückte ihn: das Wetter, sein Büro, seine Arbeit, der Krieg. Zum erstenmal, seit er Spione fing, sehnte er sich nach staubigen Bibliotheken, unleserlichen Manuskripten und mittelalterlichem Latein.

Colonel Terry kam mit zwei Tassen Tee auf dem Tablett herein. »Niemand hier scheint zu schlafen«, sagte er fröhlich und

setzte sich. »Zwieback?« Er bot Godliman einen Teller an. Godliman verzichtete auf den Zwieback und trank den Tee, der ihn ein wenig aufmunterte.
»Der Mann mit der dicken Zigarre hat mich gerade angerufen. Er hält mit uns Nachtwache.«
»Und wieso?« fragte Godliman mürrisch.
»Er macht sich Sorgen.«
Das Telefon klingelte.
»Godliman.«
»Das Königliche Flugmeldekorps in Aberdeen für Sie, Sir.«
»Ja.«
Eine neue Stimme, die eines jungen Mannes, war zu hören.
»Hier ist das Königliche Flugmeldekorps in Aberdeen, Sir.«
»Ja.«
»Sind Sie Mr. Godliman?«
»Ja.« Mein Gott, diese Militärs waren langatmig.
»Wir haben Storm Island endlich erreicht, Sir.«
»Gott sei Dank!«
»Es ist nicht unser eigentlicher Beobachter – es ist eine Frau.«
»Was hat sie gesagt?«
»Noch nichts, Sir.«
»Was soll das *heißen*?« Godliman unterdrückte die wütende Ungeduld, die in ihm aufstieg.
»Sie . . . sie weint nur, Sir.«
»Oh.« Godliman zögerte. »Können Sie mich mit ihr verbinden?«
»Ja, einen Moment.«
Eine Pause entstand, die durch mehrere Klickgeräusche und ein Summen unterbrochen wurde. Dann ertönte das Schluchzen einer Frau.
Godliman fragte: »Hallo, hören Sie mich?«
Sie weinte immer noch.
Der junge Mann unterbrach: »Sie kann Sie nicht hören, bis sie auf ›Empfang‹ stellt, Sir – ah, jetzt hat sie's getan. Fahren Sie fort.«
»Hallo, junge Frau«, sagte Godliman. »Wenn ich zu Ende gesprochen habe, sage ich ›Over‹, dann schalten Sie auf ›Senden‹,

um mit mir zu sprechen, und sagen ›Over‹, wenn *Sie* fertig sind. Verstehen Sie mich? Over.«
Die Stimme der Frau kam über die Leitung. »Oh, Gott, endlich jemand, der vernünftig ist. Ja, ich verstehe. Over.«
»Erzählen Sie mir also, was passiert ist«, sagte Godliman sanft. »Over.«
»Ein Schiffbrüchiger ist hier vor zwei – nein, drei Tagen gelandet. Ich glaube, er ist der Stilettmörder aus London. Er hat meinen Mann und unseren Schafhirten ermordet, und jetzt ist er vor dem Haus, und ich habe meinen kleinen Jungen hier . . . Ich habe die Fenster zugenagelt und mit einer Schrotflinte auf ihn geschossen und die Türen verriegelt und den Hund auf ihn gehetzt, aber er hat ihn getötet, und ich habe ihn mit der Axt getroffen, als er durchs Fenster klettern wollte, und *ich kann nicht mehr, also kommen Sie bitte und retten Sie mich . . .* Over.«
Godliman legte die Hand über die Telefonmuschel. Sein Gesicht war weiß geworden. »Arme Frau«, flüsterte er, doch als er sich wieder an sie wandte, war sein Ton energisch. »Sie müssen noch etwas länger aushalten. Die Navy, die Polizei, die Küstenwache und alle möglichen Leute sind unterwegs zu Ihnen, aber sie können erst landen, wenn der Sturm aufhört. Jetzt möchte ich, daß Sie etwas tun. Ich kann Ihnen nicht sagen, warum Sie es tun müssen, weil uns vielleicht die falschen Leute zuhören, aber es ist *absolut notwendig.* Können Sie mich gut verstehen? Over.«
»Ja, sprechen Sie weiter. Over.«
»Sie müssen Ihr Funkgerät zerstören. Over.«
»Oh, nein, bitte . . . wirklich?«
»Ja«, sagte Godliman. Dann merkte er, daß sie immer noch sendete.
»Ich . . . kann nicht . . .« Darauf folgte ein Schrei.
»Hallo, Aberdeen, was ist los?« fragte Godliman.
Der junge Mann meldete sich. »Das Gerät ist immer noch auf ›Senden‹ gestellt, Sir, aber sie spricht nicht. Wir können nichts hören.«
»Sie hat geschrien.«

»Ja, das haben wir mitbekommen.«
»Verdammt.« Godliman überlegte ganz kurz. »Wie ist das Wetter dort oben?«
»Es regnet, Sir.« Der junge Mann schien verblüfft.
»Ich mache nicht bloß Konversation, mein Junge«, sagte Godliman barsch. »Gibt es ein Zeichen dafür, daß der Sturm nachläßt?«
»In den letzten paar Minuten ist er etwas schwächer geworden, Sir.«
»Gut. Lassen Sie sofort von sich hören, wenn die Frau wieder sendet.«
»Jawohl, Sir.«
Godliman wandte sich an Terry. »Gott weiß, was das Mädchen dort oben durchmacht.« Er drückte mehrmals auf die Telefongabel.
Der Colonel schlug die Beine übereinander. »Wenn sie nur den Sender in Stücke hauen würde, dann ...«
»Dann ist es uns egal, ob er sie umbringt.«
»Du sagst es.«
Godliman sprach in die Muschel. »Verbinden Sie mich mit Bloggs in Rosyth.«

Bloggs schrak aus dem Schlaf auf und lauschte. Es dämmerte. Alle anderen im Bereitschaftsraum lauschten ebenfalls. Nichts war zu hören. Genau deshalb lauschten sie.
Der Regen hatte aufgehört, auf das Blechdach zu trommeln.
Bloggs ging zum Fenster. Der Himmel war grau, doch am östlichen Horizont zeigte sich ein weißer Streifen. Der Wind hatte sich plötzlich gelegt, und der Regen war zu einem leichten Nieseln geworden.
Die Piloten zogen ihre Jacken an, setzten ihre Helme auf, banden die Schnürsenkel zu und zündeten sich die letzte Zigarette an.
Ein Horn ertönte, und eine Stimme donnerte über den Flugplatz: »Alarm! Alarm!«
Das Telefon klingelte. Die Piloten ignorierten es und drängten sich durch die Tür hinaus. Bloggs nahm den Hörer ab. »Ja?«

»Hier Percy, Fred. Wir haben gerade Kontakt mit der Insel aufgenommen. Er hat die beiden Männer umgebracht. Die Frau wehrt ihn im Moment noch ab, aber sie hält nicht mehr lange durch.«
»Der Regen hat aufgehört«, sagte Bloggs. »Wir starten jetzt.«
»Beeilen Sie sich, Fred. Wiedersehen.«
Bloggs hängte ein und sah sich nach seinem Piloten um. Charles Calder war über *Krieg und Frieden* eingeschlafen. Bloggs schüttelte ihn grob. »Aufwachen, du müder Hund, aufwachen!«
Er öffnete die Augen.
Bloggs hätte ihn prügeln mögen. »Los, aufwachen, wir starten, der Sturm ist zu Ende!«
Der Pilot sprang hoch. »Famos, famos«, sagte er.
Er lief zur Tür hinaus, und Bloggs folgte ihm.

Das Rettungsboot knallte ins Wasser, das vor dem Kiel v-förmig aufspritzte. Die See war alles andere als ruhig, aber hier in der teilweise geschützten Bucht bestand keine Gefahr für ein kräftiges, von erfahrenen Seeleuten gesteuertes Boot.
Der Captain sagte: »Weitermachen, Erster.«
Der Erste Offizier stand mit drei Matrosen an der Reling. Er trug eine Pistole in einem wasserdichten Halfter. »Los, Leute!« befahl er.
Die vier Männer kletterten die Leiter hinunter ins Boot. Der Offizier setzte sich ins Heck, und die drei Matrosen fuhren die Riemen aus und begannen zu rudern.
Der Captain beobachtete sie einen Moment lang, während sie sich stetig der Anlegestelle näherten. Dann kehrte er auf die Brücke zurück und ordnete an, daß die Korvette weiterhin die Insel umkreisen solle.

Das schrille Klingeln einer Glocke beendete das Kartenspiel auf dem Kutter.
Slim sagte: »Ich dachte, daß sich was geändert hat. Wir schaukeln nicht mehr so sehr auf und ab. Bewegen uns eigentlich kaum noch. Macht mich richtig seekrank.«

Niemand hörte zu. Die Besatzungsmitglieder eilten zu ihren Posten; einige von ihnen legten Schwimmwesten an.
Die Maschinen sprangen brüllend an, und durch das Schiff lief ein leichtes Zittern.
Smith stand am Bug und genoß die frische Luft und die Tropfen auf seinem Gesicht nach einem Tag und einer Nacht unter Deck.
Während der Kutter den Hafen verließ, stellte sich Slim neben ihn.
»Nun geht's wieder los«, sagte Slim.
»Ich wußte, daß es klingeln würde«, meinte Smith. »Weißt du, warum?«
»Sag schon.«
»Weißt du, was ich in der Hand hatte? As und König.«
»Bankhalterpontoon«, sagte Slim. »Nein, so was.«

Korvettenkapitän Werner Heer schaute auf seine Uhr und sagte: »Dreißig Minuten.«
Major Wohl nickte, ohne eine Miene zu verziehen. »Wie ist das Wetter?« fragte er.
»Der Sturm hat sich gelegt«, entgegnete Heer widerwillig. Er hätte diese Information am liebsten für sich behalten.
»Dann sollten wir auftauchen.«
»Wenn Ihr Mann da wäre, würde er uns ein Signal geben.«
»Der Krieg wird nicht durch Hypothesen gewonnen, Kapitän«, sagte Wohl. »Ich schlage mit allem Nachdruck vor, daß wir auftauchen.«
Während das U-Boot im Dock lag, hatte es eine hitzige Auseinandersetzung zwischen Heers und Wohls Vorgesetzten gegeben. Wohls Vorgesetzter hatte sich durchgesetzt. Heer war immer noch Kapitän des Schiffes, aber man hatte ihm unmißverständlich klargemacht, daß er beim nächstenmal einen verdammt guten Grund brauchte, wenn er einen von Major Wohls nachdrücklichen Vorschlägen mißachtete.
»Wir werden um Punkt 6 Uhr auftauchen«, erklärte er.
Wohl nickte noch einmal und wandte den Blick ab.

37

Das Geräusch von splitterndem Glas, dann eine Explosion wie die einer Brandbombe: *Wumm!*

Lucy ließ das Mikrophon fallen. Irgend etwas war unten im Gange. Sie ergriff eine Schrotflinte und rannte hinunter.

Das Wohnzimmer stand in Flammen. Das Feuer ging von einem zerbrochenen Gefäß auf dem Boden aus.

Henry hatte mit dem restlichen Benzin aus dem Jeep eine Art Bombe hergestellt. Die Flammen breiteten sich hungrig über Toms fadenscheinigen Teppich aus und züngelten nach oben über die losen Bezüge seiner uralten dreiteiligen Garnitur. Ein Federkissen ging in Flammen auf, und das Feuer griff nach der Zimmerdecke.

Lucy hob das Kissen auf und schleuderte es durch das zerbrochene Fenster. Dabei versengte sie sich die Hand. Sie riß sich den Mantel vom Leib, warf ihn auf den Teppich und trampelte darauf. Dann nahm sie den Mantel und preßte ihn über die geblümte Couch. Sie hatte Erfolg –

Wieder splitterte Glas.

Es kam von oben.

Lucy schrie: »Jo!«

Sie ließ den Mantel fallen und raste die Treppe hinauf ins vordere Schlafzimmer.

Henry saß auf dem Bett und hielt Jo auf dem Schoß. Der Junge war wach, lutschte am Daumen und hatte die Augen, wie immer beim Aufwachen, weit aufgerissen. Henry streichelte sein zerzaustes Haar.

Er befahl: »Wirf die Flinte aufs Bett, Lucy.«

Sie ließ die Schultern niedergeschlagen sinken und gehorchte.

»Du bist an der Wand hochgeklettert und durchs Fenster gestiegen«, sagte sie tonlos.

Henry schob sich Jo vom Schoß. »Geh zu Mummy.«

Jo lief zu ihr, und sie hob ihn hoch.

Henry nahm beide Flinten und ging zum Funkgerät. Er klemmte sich die rechte Hand unter die linke Achsel. Auf seiner Jacke war ein großer roter Blutfleck. »Du hast mich ver-

letzt«, sagte er. Dann wandte er seine Aufmerksamkeit dem Gerät zu.
Plötzlich war eine Stimme zu hören. »Kommen, Storm Island.«
Henry nahm das Mikrophon. »Hallo?«
»Einen Moment.«
Nach einer Pause meldete sich eine andere Stimme. Lucy erkannte den Mann aus London, der ihr befohlen hatte, den Sender zu zerstören. Er würde enttäuscht über sie sein.
»Hallo, hier ist wieder Godliman. Können Sie mich hören? Over.«
Henry antwortete: »Ja, ich kann Sie hören, Professor. Haben Sie in letzter Zeit schöne Kathedralen gesehen? Over.«
»Ist das . . .«
»Ja.« Henry lächelte. »Wie geht's?« Das Lächeln war plötzlich wie weggewischt, als sei er nicht mehr zum Scherzen aufgelegt. Er drehte an der Frequenzskala.
Lucy wandte sich ab und verließ das Zimmer. Es war vorbei, und sie hatte verloren. Sie ging teilnahmslos die Treppe hinunter und betrat die Küche. Ihr blieb nichts anderes übrig, als darauf zu warten, daß er sie umbrachte. Sie konnte nicht fortlaufen – dazu fehlte ihr die Energie. Das wußte er offenbar.
Sie blickte aus dem Fenster. Der Sturm war zu Ende. Der heulende Wind war zu einer steifen Brise geworden, es regnete nicht mehr, der östliche Himmel war hell und versprach Sonnenschein. Das Meer –
Lucy runzelte die Stirn und sah noch einmal hin.
Ja, es *war* ein U-Boot.
Zerstören Sie den Sender, hatte der Professor gesagt.
In der Nacht hatte Henry in einer fremden Sprache geflucht.
»Ich habe es für mein Land getan«, hatte er erklärt.
Und im Delirium: *Warten bei Calais auf eine Phantomarmee.*
Zerstören Sie den Sender.
Warum würde ein Mann eine Brieftasche mit Negativen auf eine Angelfahrt mitnehmen?
Sie hatte von Anfang an gewußt, daß er nicht wahnsinnig war.

Es war ein deutsches U-Boot, Henry war ein Spion, und er versuchte in diesem Moment, mit dem Schiff Funkkontakt aufzunehmen.
Zerstören Sie den Sender.
Sie wußte, was sie zu tun hatte. Jetzt, da sie alles verstand, hatte sie nicht das Recht aufzugeben, denn es ging nicht nur um ihr Leben. Sie mußte es für David und all die jungen Männer tun, die im Krieg gestorben waren.
Sie wußte, was sie zu tun hatte. Zwar hatte sie Angst vor dem Schmerz – es würde *sehr* schmerzhaft sein und sie vielleicht umbringen –, aber sie hatte die Qualen einer Geburt ertragen, und es konnte nicht schlimmer sein.
Sie wußte, was sie zu tun hatte. Am liebsten hätte sie Jo fortgebracht, damit er es nicht sehen konnte. Aber dafür war keine Zeit, denn Henry würde seine Frequenz im nächsten Moment finden, und dann könnte es zu spät sein.
Sie wußte, was sie zu tun hatte. Sie mußte den Sender zerstören, doch der Sender war oben bei Henry. Er hatte beide Flinten und *würde* sie töten. Sie wußte, was sie zu tun hatte.
Lucy stellte einen von Toms Küchenstühlen in die Mitte des Raumes, stellte sich darauf, griff nach oben und schraubte die Glühbirne heraus.
Sie stieg vom Stuhl, ging zur Tür und legte den Schalter um.
»Wechselst du die Birne aus?« fragte Jo.
Lucy kletterte auf den Stuhl, zögerte ganz kurz und stieß dann drei Finger in den unter Strom stehenden Anschluß.
Ein Knall, ein Moment der Qual, und sie verlor das Bewußtsein.

Faber hörte den Knall. Er hatte die richtige Frequenz gefunden, den Schalter auf »Senden« gestellt und das Mikrophon in die Hand genommen. Gerade als er sprechen wollte, ertönte das Geräusch. Danach erlosch sofort die Beleuchtung der Skalen des Funkgeräts.
Sein Gesicht lief vor Wut dunkel an. Sie hatte die Stromversorgung des ganzen Hauses kurzgeschlossen. So viel Findigkeit hätte er ihr nicht zugetraut.

Er hätte sie schon vorher töten sollen. Was zum Teufel war nur mit ihm los? Er hatte nie gezögert – nie –, bevor er dieser Frau begegnet war.

Faber nahm eine der Flinten und ging hinunter ins Erdgeschoß.

Das Kind weinte. Lucy lag betäubt in der Türöffnung zur Küche. Fabers Blick fiel auf die leere Glühbirnenfassung mit dem Stuhl darunter. Er runzelte verblüfft die Stirn.

Sie hatte es mit der *Hand* getan.

»Allmächtiger Gott«, sagte Faber.

Lucys Augen öffneten sich. Ihr ganzer Körper schmerzte. Henry stand mit der Flinte in der Hand über ihr. »Warum hast du die Finger benutzt? Warum keinen Schraubenzieher?«

»Ich wußte nicht, daß es mit einem Schraubenzieher geht.«

Er schüttelte ungläubig den Kopf. »Du bist wirklich eine erstaunliche Frau.« Er hob das Gewehr, richtete es auf sie und senkte es wieder. »Zur Hölle mit dir!«

Er schaute zum Fenster hinüber und schrak zusammen.

»Du hast es gesehen.«

Sie nickte.

Einen Moment lang blieb er gespannt stehen, dann schritt er zur Tür. Als er sie zugenagelt fand, zertrümmerte er das Fenster mit dem Kolben seiner Flinte und kletterte hinaus.

Lucy stand auf. Jo umarmte ihre Beine, doch sie fühlte sich nicht kräftig genug, um ihn aufzuheben. Sie taumelte zum Fenster und blickte hinaus.

Henry lief auf die Klippe zu. Das U-Boot war immer noch da, vielleicht eine halbe Meile vom Strand entfernt. Henry erreichte den Klippenrand und schob sich hinüber. Er würde versuchen, zum U-Boot zu schwimmen.

Sie mußte ihn aufhalten.

Lieber Gott, mach ein Ende, betete sie.

Lucy kletterte aus dem Fenster, ignorierte das Weinen ihres Sohnes und rannte hinter Henry her.

Als sie den Klippenrand erreicht hatte, legte sie sich hin und schaute nach unten. Henry hatte die halbe Strecke zwischen ihr und dem Meer zurückgelegt. Er blickte auf, sah sie, er-

starrte für einen Augenblick und begann dann, sich schneller zu bewegen, gefährlich schnell.
Ihr erster Einfall war, daß sie ihm nachklettern mußte. Aber was sollte sie dann tun? Selbst wenn sie ihn einholte, konnte sie ihn nicht zurückhalten.
Der Boden unter ihr gab ein wenig nach. Sie schob sich zurück, bevor er abbröckelte und sie die Klippe hinunterstürzte.
Plötzlich hatte sie eine Idee.
Sie hämmerte mit beiden Fäusten auf den felsigen Boden. Er schien noch etwas mehr nachzugeben, und ein Spalt tat sich auf. Sie legte eine Hand über den Rand und schob die andere in den Spalt. Ein erdfarbener Kreidebrocken von der Größe einer Wassermelone löste sich.
Lucy blickte über den Rand und machte Henry ausfindig.
Sie zielte sorgfältig und ließ den Stein fallen.
Er schien sehr langsam hinabzusegeln. Henry sah ihn kommen und hielt den Arm schützend über den Kopf. Der Stein schien ihn zu verfehlen.
Der Brocken verpaßte seinen Kopf um ein paar Zentimeter und traf seine linke Schulter. Henry hielt sich mit der linken Hand fest. Sein Griff schien sich zu lösen. Einen Moment lang balancierte er unsicher. Seine rechte Hand, die verletzte, tastete nach einem Halt. Dann schien er sich, mit schleudernden Armen, von der Felswand fortzubeugen, bis seine Füße von dem schmalen Sims rutschten und er plötzlich mitten in der Luft hing. Schließlich fiel er wie ein Stein den unteren Felsen entgegen.
Henry gab kein Geräusch von sich.
Er landete auf einem flachen Felsen, der über die Wasseroberfläche ragte. Der Laut, den sein Körper beim Aufprall machte, war entsetzlich. Er lag auf dem Rücken wie eine zerbrochene Puppe, mit ausgestreckten Armen und unmöglich verdrehtem Kopf.
Etwas Abscheuliches sickerte auf den Felsen, und Lucy wandte sich ab.
Sie hatte ihn getötet.

Dann geschah alles auf einmal.
Ein brüllendes Geräusch dröhnte am Himmel, und drei Jäger mit RAF-Zeichen auf den Tragflächen schossen aus den Wolken und strichen im Tiefflug über das U-Boot. Ihre Bordkanonen flammten.
Vier Seeleute liefen im Trab den Hügel zum Haus hinauf. Einer von ihnen rief: »Links-zwei-drei-vier-links-zwei-drei-vier.«
Ein weiteres Flugzeug landete auf dem Meer, ein Schlauchboot wurde zu Wasser gelassen, und ein Mann mit einer Schwimmweste ruderte auf die Klippe zu.
Ein kleines Schiff umrundete die Landzunge und näherte sich schnell dem U-Boot.
Das U-Boot tauchte unter.
Das Schlauchboot stieß gegen die Felsen am Fuß der Klippe. Der Mann stieg aus und untersuchte Henrys Körper.
Noch ein Schiff erschien. Sie erkannte den Kutter der Küstenwache.
Einer der Seeleute kam auf sie zu und sagte: »Alles in Ordnung, Kindchen? Im Haus ist ein kleines Mädchen. Es weint und ruft nach seiner Mutter.«
»Es ist ein Junge«, antwortete Lucy. »Ich muß ihm die Haare schneiden.«
Sie lächelte ohne jeden Grund.

Bloggs steuerte das Schlauchboot auf den Körper am Fuß der Klippe zu. Es prallte gegen den Felsen, und er kletterte auf die flache Klippe hinauf.
Es war die Nadel.
Er war ohne jeden Zweifel tot. Sein Schädel war wie ein Glaspokal zersprungen, als er auf den Felsen traf. Ein genauerer Blick verriet Bloggs, daß der Mann schon vor dem Sturz arg zugerichtet war: Seine rechte Hand war verstümmelt, und sein Knöchel war bandagiert.
Bloggs durchsuchte die Leiche.
Das Stilett war dort, wo er es vermutet hatte – in einer Scheide, die an den linken Unterarm geschnallt war. In der Innentasche der blutbefleckten Jacke fand Bloggs eine Brieftasche, Papiere,

Geld und eine kleine Filmbüchse, die 24 Negative der Abzüge, die Faber an die portugiesische Botschaft geschickt hatte.
Die Matrosen ließen von oben ein Seil herunter. Bloggs steckte Fabers Besitz in seine eigenen Taschen und band die Leiche fest. Sie zogen sie hoch und warfen danach das Seil für Bloggs herab. Als er den Klippenrand erreicht hatte, sah er das Haus und die Seeleute. Der Oberleutnant stellte sich vor, und sie gingen hinüber zu dem Häuschen auf dem Hügel.
»Wir haben nichts angerührt, um kein Beweismaterial zu vernichten.«
»Das wäre nicht so schlimm gewesen«, sagte Bloggs. »Es wird ohnehin keine Anklage geben.«
Sie mußten durch das zerbrochene Küchenfenster ins Haus klettern. Die Frau saß mit dem Kind auf dem Schoß am Tisch. Bloggs lächelte ihr zu. Ihm fiel nichts ein, was er hätte sagen können.
Er blickte sich schnell in dem Häuschen um. Es war ein Schlachtfeld. Er sah die zugenagelten Fenster, die verriegelten Türen, die Spuren des Feuers, den Hund mit der durchschnittenen Kehle, die Flinten, das zerbrochene Geländer und die Axt, die neben zwei abgetrennten Fingern in die Fensterbank gedrungen war.
Was ist das für eine Frau? dachte Bloggs.
Er trieb die Matrosen zur Arbeit an: Einer mußte das Haus aufräumen und die Türen und Fenster aufriegeln, der zweite die ausgebrannte Sicherung reparieren und der dritte Tee kochen.
Bloggs setzte sich vor die Frau und betrachtete sie. Sie trug zu große, unfrauliche Kleidung, ihr Haar war naß und ihr Gesicht verschmutzt. Trotz allem war sie mit ihren bezaubernden bernsteinfarbenen Augen in dem ovalen Gesicht erstaunlich schön.
Er lächelte dem Kind zu und sprach schonungsvoll mit der Frau. »Was Sie getan haben, ist ungeheuer wichtig für den Krieg. Später einmal werde ich Ihnen erklären, wie wichtig. Aber jetzt muß ich Ihnen zwei Fragen stellen. Geht das?«
Ihre Augen konzentrierten sich auf ihn, und sie nickte nach einer Weile.

»Ist es Faber gelungen, mit dem U-Boot Funkkontakt aufzunehmen?«
Die Frau schaute ihn nur verständnislos an.
Bloggs fand einen Toffee in der Hosentasche. »Darf ich dem Jungen einen Bonbon geben?« fragte er. »Er sieht hungrig aus.«
»Vielen Dank.«
»Also: Hat Faber mit dem U-Boot Kontakt aufgenommen?«
»Sein Name war Henry Baker.«
»Ah. Hat er es getan?«
»Nein, ich habe den Strom kurzgeschlossen.«
»Das war klug. Wie haben Sie's gemacht?«
Sie zeigte auf die leere Fassung über ihnen.
»Schraubenzieher, was?«
»Nein.« Sie lächelte dünn. »So klug war ich nicht. Finger!«
Bloggs warf ihr einen entsetzten Blick zu. Der Gedanke, absichtlich ... Er schüttelte sich. Es war fürchterlich. Er verdrängte die Vorstellung. »So. Meinen Sie, daß man ihn vom U-Boot aus sehen konnte, als er die Klippe herunterkletterte?«
Die Anstrengung, wie sie sich zu konzentrieren versuchte, spiegelte sich auf ihrem Gesicht. »Niemand ist aus der Luke gekommen. Könnten sie ihn durch das Periskop gesehen haben?«
»Nein«, sagte er zuversichtlich. »Das ist eine gute Nachricht. Sie wissen also nicht, daß er gefangen und ... neutralisiert wurde. Egal ...« Er wechselte hastig das Thema. »Sie haben genausoviel durchgemacht wie die Männer an der Front. Wir werden Sie und den Jungen in ein Krankenhaus auf dem Festland bringen.«
»Ja.«
Bloggs wandte sich an den Oberleutnant. »Gibt es irgendeine Transportmöglichkeit?«
»Ja – einen Jeep in der kleinen Baumgruppe dort unten.«
»Gut. Können Sie diese beiden zur Anlegestelle fahren und sie an Bord nehmen?«
»Sicher.«

»Gehen Sie schonend mit ihnen um.«
»Natürlich.«
Bloggs drehte sich wieder der Frau zu. Ihn überkam ein Gefühl der Zuneigung und Bewunderung für sie. Sie wirkte jetzt zerbrechlich und hilflos, doch er wußte, daß sie nicht nur schön, sondern auch mutig und stark war. Impulsiv nahm er ihre Hand. »Wenn Sie ein oder zwei Tage im Krankenhaus gewesen sind, werden Sie sich schrecklich deprimiert fühlen. Das bedeutet, daß Sie auf dem Wege der Besserung sind. Ich werde in der Nähe sein, und die Ärzte werden mir Bescheid geben. Ich möchte mich noch weiter mit Ihnen unterhalten. Aber erst, wenn Sie es wünschen. Einverstanden?«
Endlich lächelte sie. Es war wie die Wärme eines Feuers.
»Sie sind sehr freundlich.«
Sie stand auf und trug ihr Kind aus dem Haus.
»Freundlich?« murmelte Bloggs vor sich hin. »Meine Güte, was für eine Frau.«
Er ging nach oben zum Funkgerät und stellte die Frequenz des Königlichen Flugmeldekorps ein.
»Hier Storm Island, over.«
»Kommen, Storm Island.«
»Geben Sie mir London.«
»Einen Moment.« Nach einer langen Pause meldete sich eine vertraute Stimme. »Godliman.«
»Percy. Wir haben den . . . Schmuggler gefangen. Er ist tot.«
»Wunderbar, wunderbar.« Aus Godlimans Stimme war Triumph herauszuhören. »Ist es ihm gelungen, mit seinem Partner Verbindung aufzunehmen?«
»Fast mit Sicherheit nicht.«
»Gut gemacht, gut gemacht!«
»Gratulieren Sie nicht mir«, sagte Bloggs. »Als ich herkam, war schon alles vorbei. Wir mußten nur noch aufräumen.«
»Wer hat ihn dann getötet?«
»Die Frau.«
»Ach, so was. Wie ist sie?«
Bloggs grinste. »Sie hat Heldentaten vollbracht, Percy.«
Godliman lachte laut. »Ich glaube, ich weiß, was Sie meinen.«

38

Hitler stand am Panoramafenster und blickte auf die Berge hinaus. Er trug seine feldgraue Uniform und wirkte müde und deprimiert. In der Nacht hatte er nach seinem Arzt schicken lassen.
Admiral Puttkamer salutierte.
»Melde mich zur Lagebesprechung, mein Führer.«
Hitler wandte sich um und musterte seinen Adjutanten. Seine glänzenden Augen machten Puttkamer immer wieder nervös.
Hitler fragte: »Ist die Nadel abgeholt worden?«
»Nein. Es gab Schwierigkeiten am Treffpunkt – die englische Polizei jagte Schmuggler. Anscheinend war die Nadel sowieso nicht da. Er hat vor ein paar Minuten einen Funkspruch gesendet.« Puttkamer hielt einen Bogen Papier vor sich hin.
Hitler nahm ihm den Bogen ab, setzte seine Brille auf und begann zu lesen:

EUER TREFFPUNKT UNSICHER IHR ARSCHLÖCHER ICH BIN VERLETZT UND SENDE MIT DER LINKEN HAND FIRST UNITED STATES ARMY GROUP IN EAST ANGLIA UNTER PATTON ZUSAMMENGEZOGEN SCHLACHTORDNUNG WIE FOLGT EINUNDZWANZIG INFANTERIEDIVISIONEN FÜNF PANZERDIVISIONEN ETWA FÜNFTAUSEND FLUGZEUGE UND ERFORDERLICHE TRUPPENTRANSPORTER IN THE WASH FUSAG GREIFT CALAIS AM FÜNFZEHNTEN JUNI AN GRÜSSE AN WILLI

Hitler gab Puttkamer die Botschaft zurück und seufzte. »Also ist es doch Calais.«
»Können wir uns auf diesen Mann verlassen?« fragte der Adjutant.
»Absolut.« Hitler drehte sich um und ging durch das Zimmer zu einem Stuhl. Seine Bewegungen waren steif, und er schien Schmerzen zu haben.
»Er ist ein aufrechter, treuer Deutscher. Ich kenne seine Familie.«
»Aber Ihr Instinkt . . .«

»Ach . . . Ich habe gesagt, daß ich dem Bericht dieses Mannes trauen werde, und daran halte ich mich.«
Er entließ Puttkamer mit einer Handbewegung.
»Sagen Sie Rommel und Rundstedt, daß sie ihre Panzer nicht bekommen. Und schicken Sie den verdammten Arzt herein.«
Der Adjutant salutierte wieder und ging hinaus, um die Befehle zu übermitteln.

Epilog

Als Deutschland England im Viertelfinale der Fußballweltmeisterschaft von 1970 besiegte, war Großvater außer sich. Er saß vor dem Farbfernseher und brummelte durch seinen Bart auf den Schirm ein. »List!« sagte er zu den verschiedenen Experten, die nun das Spiel analysierten. »List und Tücke! So wird man mit den Preußen fertig!«

Er ließ sich nicht besänftigen, bevor seine Enkel eintrafen. Jos weißer Jaguar hielt auf der Auffahrt zu dem bescheidenen Einfamilienhaus. Der kleine David rannte hinein, um sich auf den Schoß seines Großvaters zu setzen und an seinem Bart zu ziehen. Der Rest der Familie folgte bedächtiger: Rebecca, Davids kleine Schwester, Jos Frau Ann, dann Jo selbst in einer Wildlederjacke. Er strahlte Wohlhabenheit aus. Großmutter kam aus der Küche, um sie zu begrüßen.

»Hast du das Spiel gesehen, Papa?« fragte Jo.

»Schrecklich«, sagte Großvater. »Wir waren schwach.« Seit er aus dem Polizeidienst in den Ruhestand getreten war, hatte er mehr Freizeit und begonnen, sich für Sport zu interessieren.

Jo kratzte sich den Schnurrbart. »Die Deutschen waren besser. Sie spielen guten Fußball. Wir können nicht jedesmal gewinnen.«

»Erzähl mir nichts von den verfluchten Deutschen.«

Jo grinste. »Ich mache eine Menge Geschäfte mit Deutschland.«

Großmutters Stimme kam aus der Küche. »Bring ihn nicht in Rage, Jo!« Sie behauptete, daß sie taub wurde, doch sie überhörte nichts Wichtiges.

»Ich weiß«, sagte Großvater. »Vergeben und vergessen und in einem verdammten Audi durch die Gegend fahren.«

»Gute Autos.«

»List und Tücke, so wird man mit den Preußen fertig«, wiederholte Großvater. Er wandte sich an seinen Enkel auf seinem Schoß. Eigentlich war er nicht sein Enkel, da Jo auch nicht sein Sohn war. »So haben wir sie im Krieg geschlagen, Davy – wir haben sie reingelegt.«

»Wie habt ihr sie reingelegt?« fragte David. Er war wie alle Kinder davon überzeugt, daß seine Vorfahren die gesamte Geschichte bestimmt hatten.
»Ja, weißt du, wir haben sie glauben lassen –« Großvaters Stimme wurde leise und verschwörerisch, und das Kind kicherte voll Vorfreude. »Wir haben sie glauben lassen, daß wir Calais angreifen wollten –«
»Das ist in Frankreich, nicht in Deutschland.«
»Ja, aber die Deutschen waren damals überall in Frankreich. Die Franzosen haben sich nicht so gut verteidigt wie wir.«
»Was natürlich nichts damit zu tun hat, daß wir auf einer Insel leben«, sagte Jo.
Ann brachte ihn zum Schweigen. »Laß Großvater seine Kriegsgeschichten erzählen.«
»Wir ließen sie jedenfalls glauben«, fuhr Großvater fort, »daß wir Calais angreifen wollten. Deshalb brachten sie alle ihre Panzer und Soldaten hierher.« Er benutzte ein Kissen für Frankreich, einen Aschenbecher für die Deutschen und einen Brieföffner für die Alliierten. *»Aber* wir griffen die Normandie an, und dort war niemand außer dem alten Rommel und ein paar Knallbüchsen! List und Tücke, siehst du?«
»Haben sie nichts von dem Trick gemerkt?« wollte David wissen.
»Fast hätten sie's gemerkt. Es gab sogar einen Spion, der alles herausfand. Das wissen nicht viele Leute, aber ich weiß es, weil ich im Krieg Spione gejagt habe.«
»Was passierte mit dem Spion?«
»Wir töteten ihn, bevor er etwas verraten konnte.«
»Hast du ihn getötet, Opa?«
»Nein – das war Oma.«
Davids Augen weiteten sich. *»Oma* hat ihn getötet?«
Großmutter kam mit einer Teekanne in der Hand herein und sagte: »Fred Bloggs, machst du den Kindern Angst?«
»Warum sollen sie's nicht erfahren?« knurrte er. »Sie hat einen Orden, wißt ihr. Aber sie sagt mir nicht, wo sie ihn aufbewahrt, weil sie nicht will, daß ich ihn Besuchern zeige.«
Großmutter goß den Tee ein. »Es ist alles vorbei, und wir soll-

ten es vergessen, genau wie Jo sagt. Viel Gutes ist dabei ja auch nicht herausgekommen.« Sie reichte Großvater eine Tasse.
Er nahm ihren Arm und hielt ihn fest. »*Etwas* Gutes doch.« Seine Stimme war plötzlich sanft und ohne die Verdrießlichkeit des Alters.
»Ich bin einer Heldin begegnet und habe sie geheiratet.« Sie blickten sich einige Sekunden in die Augen und schienen ihre Umgebung vergessen zu haben. Lucys schönes Haar war jetzt graugesprenkelt, und sie trug es in einem Knoten. Sie war schwerer als früher. Jahrelang war ihre Kleidung modisch und elegant gewesen, doch jetzt hatte sie nicht mehr die geeignete Figur. Aber ihre Augen waren unverändert: groß und bernsteinfarben und wunderschön.
Diese Augen blickten ihn jetzt an. Sie waren beide ganz still und erinnerten sich daran, wie es gewesen war.
Dann sprang David vom Schoß seines Großvaters, so daß die Tasse Tee zu Boden fiel. Der Bann war gebrochen.

Irving Wallace
Geheimakte R
Roman
352 Seiten, Ln.

Gustav Lübbe Verlag
GmbH
5060 Bergisch Gladbach 2

Welt-Bestseller

In diesem neuen Welt-Bestseller von Irving Wallace ist ein Thema angeschnitten, das uns alle angeht: Wie weit darf die Freiheit des Einzelnen zugunsten der Sicherheit aller eingeschränkt werden.
Irving Wallace gelingt es, in einer spannungsgeladenen Handlung den Kampf um Führung und Macht, das Ringen um Demokratie und persönliche Freiheit, das Ineinandergreifen der Gesetzesmaschinerie und die Möglichkeiten deren Manipulation meisterhaft zu beschreiben. Spannend bis zur allerletzten Sekunde.